Amanda Hocking a toujours écrit des histoires. Elle a fini son premier roman à dix-sept ans. Puis elle en a écrit d'autres. Beaucoup d'autres. Elle a décidé d'autopublier l'une de ses séries, *De mon sang*, en livre numérique. Des blogueurs l'ont lue, adorée et chroniquée. Aujourd'hui, à vingt-sept ans, elle a vendu plus d'un million d'exemplaires dans le monde entier.
Amanda Hocking est très proche de ses lecteurs et communique sur tous les réseaux sociaux ainsi que sur son blog, où elle partage son expérience d'écrivain avec ses fans.
De mon sang est sa première série publiée en France.

Passionnée

Du même auteur, chez Castelmore :

De mon sang :

1. *De mon sang*
2. *Destinés*
3. *Troublée*
4. *Passionnée*

Ce livre est également disponible au format numérique

www.castelmore.fr

Amanda Hocking

DE MON SANG

Passionnée – Tome 4

Traduit de l'anglais (États-Unis)
par Florence Cogne

CASTELMORE

Titre original : *Wisdom*

Loi n° 49-956 du 16 juillet 1949 sur les publications destinées à la jeunesse

Dépôt légal : août 2013

ISBN : 978-2-36231-092-8

Castelmore
60-62, rue d'Hauteville – 75010 Paris
E-mail : info@castelmore.fr
Site Internet : www.castelmore.fr

Chapitre premier

Une vague de terreur me submergea.

Je ne savais plus où j'étais. À mon réveil, je m'attendais à voir l'environnement familier et rassurant de ma chambre. Or je ne m'y trouvais pas. La chaleur était presque insupportable. Malgré ma peau trempée de sueur, je frissonnai. Désorientée, je sortis du lit d'un pas chancelant.

Je trébuchai et tombai lourdement, avec un bruit sourd. Je poussai un juron et me frottai le genou, même si la douleur s'était déjà évanouie. Après avoir multiplié les efforts pour maîtriser ma force et gagner en grâce, je détestais lorsque ma maladresse resurgissait.

La lumière s'alluma. Je m'assis, plissant les yeux pour tenter de discerner qui avait éclairé la pièce. Sur le seuil, vêtu en tout et pour tout d'un jean troué, Peter me dévisageait.

Enfin, la mémoire me revint. Pourtant, je n'arrivais pas à chasser ma panique. Mon cœur, qui battait à tout rompre, avait provoqué la venue de Peter.

— Que fais-tu par terre ? me demanda-t-il.

— J'ai trébuché.

— Ça va ?

Il s'avança jusqu'à moi et se pencha pour m'aider. J'acceptai la main qu'il me tendait et, quand il m'aida à me relever, je remarquai la transpiration qui luisait sur tout son corps et ses bras. Si j'avais été moins focalisée sur ma propre terreur, peut-être aurais-je pris la peine de maudire la beauté parfaite de Peter. Chaque fois que je le voyais, je regrettais qu'il soit toujours aussi attirant.

— Qu'y a-t-il ?

Je n'étais pas habituée à entendre sa voix teintée d'accents protecteurs. Depuis un certain temps, il cherchait à me dévoiler son côté plus doux, mais cela me surprenait encore.

— Je n'en sais rien, avouai-je en secouant la tête.

— Alice, tu es terrifiée.

Il percevait le rythme effréné de mes battements cardiaques, que je ne réussissais pas à calmer.

— Que s'est-il passé ?

Je me mordis la lèvre et ramenai une mèche de cheveux derrière mon oreille. Il posa la main sur mon bras, et son regard d'émeraude étincelant parvint à m'apaiser quelque peu. J'avais envie de tout lui raconter, mais j'étais incapable d'expliquer ce qui m'avait fait si peur.

— C'était comme un cauchemar. Mais ça n'en était pas un. C'était plutôt une… sensation.

— De quel genre ? s'enquit-il.

— De la peur, une peur intense.

— Tu dormais et, d'un seul coup, tu as ressenti de la frayeur ? (Il ôta sa main de mon bras et observa mon visage.) Tu n'as vu aucune image ?

Je fronçai les sourcils, essayant de me rappeler ce qui avait provoqué mon réveil.

— Non, pas d'images, mais j'étais comme paralysée. Juste avant d'ouvrir les yeux, je me suis sentie terrorisée, et j'étais incapable de bouger.

Je secouai de nouveau la tête, cette fois pour garder ma lucidité.

— C'est terminé, et je n'ai plus envie d'en parler, ajoutai-je.

— Tant que tu vas bien, répliqua Peter, visiblement peu enclin à abandonner le sujet.

— Oui, tout va bien, lui assurai-je avec un sourire forcé. Sauf que j'ai très chaud. Pourquoi étouffe-t-on autant à l'intérieur ?

— Le système de climatisation est cassé. Je suis sorti pour tenter de le réparer, mais le soleil me fatigue trop. De plus, je n'y connais rien, soupira-t-il.

Cela expliquait les taches de graisse qui couvraient son pantalon et celle qui s'étalait juste au-dessus de son nombril, sur ses abdominaux sculpturaux.

— Ça craint vraiment, fis-je observer avant de détourner le regard.

— Je vais appeler un dépanneur, mais j'ignore combien de temps il lui faudra pour venir jusqu'ici. C'est l'inconvénient de vivre au milieu de nulle part.

Il se passa la main dans les cheveux. Il les avait coupés depuis qu'il avait déménagé, sûrement à cause de la chaleur permanente.

— Oui, je veux bien te croire. Je vais filer prendre une douche.

— Il est à peine midi.

— De toute façon, je ne pense pas pouvoir me rendormir, dis-je en haussant les épaules.

— Je vais essayer de te trouver un ventilateur, proposa-t-il avant de se diriger vers la porte.

— D'accord. Merci.

Je lui adressai un sourire. Il hocha la tête, puis me laissa seule.

Je me dirigeai vers la penderie pour chercher une tenue. Le meuble était presque vide, puisque je n'avais pas emporté beaucoup de vêtements pour mon séjour d'une dizaine de jours. Dès notre arrivée, Mae avait insisté pour ranger mes affaires et s'occuper de mon linge.

Je me serais volontiers contentée de tout laisser dans ma valise, mais Mae avait catégoriquement refusé. La présence de Daisy semblait démultiplier son instinct maternel. Pour être franche, je me demandais comment Peter le supportait.

Lorsque Mae était allée à l'encontre de son mari en transformant son arrière-petite-fille Daisy en vampire, Ezra lui avait donné trois jours pour quitter la maison. Il leur en avait fallu deux. Peter avait affrété un avion privé puis Mae, Daisy et lui s'étaient réfugiés dans l'arrière-pays australien.

Malgré leur départ, Mae avait gardé le contact avec nous, et plus particulièrement avec Milo. Attristée de passer les fêtes de fin d'année loin de nous, après Noël, elle s'était mise à comploter pour nous voir.

Comme Milo commençait les cours la semaine suivante, il avait estimé que le moment était idéal pour aller leur rendre visite. Jack avait préféré ne pas nous accompagner, car il n'avait pas réellement envie de voir Mae ou Peter. Il ne souhaitait pas que je parte, mais il n'avait pas non plus essayé de m'en dissuader.

J'avais donc voyagé avec mon frère, Milo, et son petit ami humain, Bobby, pour rester une semaine et demie avec Mae, son enfant-vampire Daisy, et Peter. Et un climatiseur en panne.

Milo m'avait avertie que c'était l'été en Australie. Pourtant, si j'avais mesuré à quel point il ferait chaud, j'aurais peut-être reporté notre séjour à juillet.

Peter avait acheté une immense ferme à environ une heure d'Alice Springs. Il paraît que c'est un endroit agréable, et que

Sydney est sublime, mais je n'avais vu aucune des deux villes. Sydney se trouvait à quatre heures de vol, mais ce n'était pas ce qui nous empêchait de nous y rendre. Daisy ne pouvait pas sortir en public. À peine âgée de cinq ans, elle ne contrôlait presque pas sa soif de sang.

La semaine précédente, Milo avait tenté de faire passer ce séjour pour une occasion de célébrer mon dix-huitième anniversaire et, d'une certaine façon, c'était le cas. Mae avait organisé une petite fête en mon honneur, avec un gâteau que seul Bobby pouvait manger. Elle m'avait offert une jolie robe, et Daisy m'avait confectionné une carte.

J'entrai dans la douche, et l'eau froide fit des merveilles sur moi, mais mon appréhension demeurait. Quelque chose clochait, mais je n'arrivais pas à mettre le doigt dessus.

J'envisageai de téléphoner à Jack mais, la plupart du temps, je ne captais aucun réseau. De plus, je ne voulais pas l'alarmer. Il avait été convaincu que ce voyage était une idée catastrophique, mais cela n'avait pas été si terrible. Le séjour était peut-être un peu ennuyeux. En réalité, Jack craignait surtout Peter, bien entendu.

Lorsque je sortis de la salle de bains, je marchai jusqu'à la commode et ouvris le tiroir du haut. Au milieu de mes sous-vêtements, j'avais caché ce que Peter m'avait offert : un magnifique pendentif en forme de cœur, incrusté de diamants. Je l'adorais, mais me demandais comment justifier son existence auprès de Jack.

Ce cadeau n'avait rien d'ostensiblement répréhensible en soi, mais Jack ne partagerait pas cet avis. Pour mon anniversaire, il avait fait fabriquer un Muppet à mon effigie et m'avait emmenée plonger avec les requins dans l'aquarium. Des présents plutôt extraordinaires, mais qui ne rivalisaient pas avec un bijou de valeur.

Néanmoins, Jack avait fait de moi une immortelle. Il avait donc battu Peter, d'une certaine manière.

Lorsque Milo ouvrit la porte sans frapper, je laissai retomber le collier dans le tiroir, que je refermai brusquement.

— Est-ce qu'il fait moins chaud ici ? demanda-t-il.

— Euh… je ne sais pas, balbutiai-je en reculant d'un pas.

— Je trouve que c'est pire.

Il poussa un grognement, mais entra tout de même. Comme Peter, il avait choisi de rester torse nu.

— Il doit faire presque 40 °C là-dedans ! gémit-il.

— Tu as essayé la piscine ?

— Oui, c'est ça, grimaça-t-il avant de s'affaler sur mon lit. Le soleil tape et, même si ce n'était pas le cas, tu as vu le bassin.

Le système de filtration fonctionnait mal. Une couche de mousse verte répugnante recouvrait la surface. Tout dans la maison semblait avoir un problème. Visiblement, elle était encore plus délabrée quand Mae et Peter l'avaient achetée. Ils la remettaient en état, mais la piscine était hors d'usage, le climatiseur en panne, la toiture à changer, et le porche panoramique s'affaissait.

Je m'approchai de la fenêtre et repoussai les épais rideaux. Le soleil me piqua les yeux, et je fixai le regard sur la désolation alentour. Le premier voisin se trouvait à des kilomètres de là. Le paysage était sec et poussiéreux. Lorsque je fis coulisser la fenêtre, une bouffée d'air chaud s'engouffra dans la pièce, mais c'était mieux que rien.

— Je commence à me dire que ce voyage était une mauvaise idée, annonça Milo d'un ton las.

— Ce n'est pas si terrible que ça. Enfin, mise à part cette chaleur.

Je m'assis à côté de lui sur le lit. Des gouttes de sueur perlaient sur son torse. Il me dévisagea, l'air découragé.

— Ça t'a fait plaisir de revoir Mae, pas vrai ?

— Plus ou moins, déclara-t-il en haussant les épaules, avant de détourner les yeux.

Milo avait occupé la place du petit dernier, celui qui avait récolté toute l'attention de Mae jusqu'à l'arrivée de Daisy, qui en réclamait bien plus que lui. Il n'était pas du genre jaloux, mais cela touchait une corde sensible chez lui. Il avait déjà dû subir l'indifférence de notre mère biologique, alors il avait encore plus de mal à supporter celle de sa remplaçante.

— Et que fait Bobby ? demandai-je, dans l'espoir de lui remonter le moral en évoquant son petit ami.

Ils étaient ensemble depuis quatre mois, sans pour autant être « destinés » comme les vampires, mais ils s'aimaient vraiment. Bobby rendait Milo heureux, et il était gentil.

Il vivait pratiquement sous notre toit à Minneapolis. En dépit de la haine qu'il m'avait inspirée au départ, j'avais fini par l'apprécier pour de bon. Peut-être était-ce en partie parce que je l'avais mordu, créant ainsi un lien entre nous. Cela avait tendance à rendre mon frère fou, mais nous n'y pouvions rien.

— Il est dans notre chambre, assis devant un ventilateur, me répondit Milo en se grattant le bras d'un geste absent.

Les araignées australiennes l'adoraient. Leurs morsures ne le faisaient pas souffrir, mais lui laissaient des boursouflures qui le démangeaient pendant des heures.

— Si la chaleur l'affecte même lui, c'est qu'elle est horrible.

— Il s'est sûrement habitué à vivre selon notre climat, répliquai-je en bâillant.

Nous détestions avoir chaud, et maintenions une température glaciale chez nous. De plus, c'était encore l'hiver dans le Minnesota.

— Pouah ! il fait trop chaud pour dormir ! me lamentai-je.

— Tu m'étonnes, renchérit Milo en levant les yeux sur moi. Quelle heure est-il à la maison ? Peut-être que Jack est réveillé.

— Je n'arrive pas à calculer le décalage horaire. C'est à toi de me le dire.

— J'ignore quelle heure il est ici, déclara-t-il, mais sans faire le moindre effort pour se renseigner. Tu as parlé à Jack récemment ?

— L'autre jour. La réception est si mauvaise que je réussis rarement à le joindre.

Mon cœur se serra en pensant à lui. Nous étions liés, alors il m'était douloureux d'être séparée de lui. Au cours des mois précédents, cette sensation s'était quelque peu atténuée, mais pas au point d'apprécier d'être seule.

— Comment ça va là-bas ? m'interrogea Milo.

— Comme d'habitude, je suppose. Ezra broie du noir, et Jack a hâte qu'on rentre.

— Je n'arrive pas à croire qu'Ezra n'ait toujours pas parlé à Mae.

Je partageais la surprise de mon frère.

Même si Jack pouvait m'agacer ou me rendre furieuse, je ne concevais pas de rester des mois entiers sans lui adresser la parole. Cela m'était aussi vital que de manger.

Nous entendîmes les hurlements de Bobby en provenance de sa chambre, mais mîmes du temps à réagir. Les araignées avaient envahi la chambre des garçons depuis notre arrivée. Chaque fois qu'il en croisait une, Bobby criait comme une fille. Certaines étaient en effet mortelles mais, la plupart du temps, il les écrasait avant qu'on vienne à sa rescousse.

J'entendis une porte claquer, puis un étrange bruit de griffes. Le cœur de Bobby battait à toute vitesse, mais j'en distinguai un autre, dont le rythme était rapide et fort, mais moins que celui d'un humain.

Il s'agissait du cœur d'un vampire. Celui d'un très petit vampire affamé.

Lorsque Bobby émit un nouveau cri, Milo et moi étions déjà sortis de ma chambre en courant. La leur se situait tout au bout du couloir, mais nous vîmes Daisy qui grattait la porte à mains nues. Grâce à sa force, elle parvenait à arracher le bois, laissant des traînées ensanglantées tandis qu'il volait en éclats sous ses doigts.

Avant que nous ayons une chance de l'attraper, elle réussit à faire un trou dans la porte, suffisamment grand pour s'y faufiler, et Bobby se mit à pousser des cris perçants.

Chapitre 2

Bobby avait fermé à clé pour empêcher Daisy d'entrer, ce qui ne nous aida pas à venir à son secours. Milo se précipita et arriva le premier devant la chambre.

Comme Bobby hurlait toujours, Milo fonça à travers l'ouverture avant de l'avoir suffisamment agrandie, récoltant une entaille au flanc plutôt profonde, qu'il n'aurait pourtant pas remarquée sans Daisy, l'odeur du sang amplifiant la rage de cette dernière.

Je passai la main par le trou et déverrouillai la porte, estimant que cela irait plus vite. Bobby était debout sur le lit, le dos plaqué au mur. Une vilaine morsure sur son bras répandait du sang sur les draps, mais il se contentait de regarder Milo se battre avec Daisy, les yeux écarquillés.

Quand la soif ne lui faisait pas perdre le contrôle, c'était une adorable petite fille aux joues rebondies encadrées par de douces boucles blondes. Mais, lorsqu'elle montrait les dents pour tenter d'atteindre le sang qui coulait du flanc de mon frère, elle paraissait maléfique.

Son visage se crispa en un rictus hargneux, dévoilant ses crocs pointus, anormalement grands pour une enfant. Ses yeux s'embrasaient, et elle se déplaçait à la vitesse de l'éclair.

Milo ne parvenait pas à bouger assez rapidement, et elle ne cessait de le mordre tandis qu'il s'échinait à l'immobiliser. Chaque fois qu'elle refermait la mâchoire sur lui, elle n'essayait même pas de boire son sang. Elle grondait et happait tout sur son passage, comme un animal enragé.

Je repoussai Milo, et Daisy se remit immédiatement sur ses pieds. Je l'enserrai avant qu'elle puisse attaquer Bobby, qui semblait rester sa cible principale.

Elle se tortillait tant que je ne pus la maintenir dans mes bras. Elle tourna la tête et faillit me mordre à l'épaule, mais je lui attrapai une touffe de cheveux au niveau de la nuque.

Elle agita encore la tête, s'arrachant ainsi de grosses mèches, et je fus contrainte de prendre des mesures plus draconiennes. Je lui plaquai violemment le visage contre le parquet, puis m'agenouillai sur son dos.

J'éprouvai de la culpabilité car, après tout, je me battais avec une enfant de cinq ans, mais j'avais plutôt la sensation de clouer un piranha sur place.

— Ça va ?

Milo bondit sur le lit pour rejoindre son petit ami. Bien que visiblement effrayé, ce dernier semblait indemne.

Daisy griffait le sol et tentait toujours de me mordre. Ses petits doigts potelés saignaient, mais elle n'y prêtait pas attention.

Soudain, elle cessa. Elle resta immobile et silencieuse, juste assez pour que je me dise que je l'avais tuée, puis elle se mit à pleurer. Pas comme un sale gamin en plein caprice, mais comme un enfant terrorisé qui avait mal.

Je me tournai vers Milo pour obtenir de l'aide, car j'ignorais si je devais la libérer et risquer qu'elle attaque de nouveau.

Quelques secondes plus tard, Mae surgit dans la pièce, alertée par les sanglots de Daisy.

— Bon sang ! mais qu'est-ce que tu fais ? cria-t-elle en m'écartant de sa protégée.

Elle employa plus de force que nécessaire et me projeta contre le mur, que mon crâne percuta violemment.

Mae souleva Daisy, qui avait repris son apparence de fillette ordinaire et dont le corps pendait dans ses bras comme celui d'un pantin désarticulé. De grosses larmes coulaient sur son visage, ses boucles blondes collaient à ses joues mouillées, et ses doigts étaient encore ensanglantés.

— Ce petit monstre a essayé de me manger ! protesta Bobby.

Il gardait le bras en l'air pour ralentir l'hémorragie, tandis que Milo se tenait devant lui sur le lit.

— Je me fiche de ce qu'elle faisait ! s'indigna Mae en la serrant contre elle, les larmes aux yeux, avant de nous fusiller du regard. Ce n'est qu'une enfant !

— Pas seulement, rétorquai-je. Elle a failli tous nous tuer !

— Oh ! elle a faim, c'est tout, l'excusa-t-elle. Et Bobby est un humain. Elle n'a pas l'habitude de se retrouver en leur compagnie.

— Et alors ? criai-je. Qu'aurais-tu fait si elle l'avait tué ? ou si elle tue quelqu'un d'autre ?

Mae secoua la tête, incapable de soutenir mon regard.

— Je vais lui donner à boire.

Sur ces paroles, elle tourna les talons et sortit de la pièce avec Daisy.

— C'était vraiment grotesque, soupirai-je en me passant la main dans les cheveux.

Milo examina le bras de son petit ami. Malgré le sang, la plaie était plutôt superficielle. L'odeur exquise et enivrante de Bobby emplissait la chambre, et mon estomac gargouilla.

Il y avait déjà plusieurs mois que j'avais mordu Bobby mais, souvent, lorsque j'avais faim, c'était son sang que je désirais, plus que celui d'un autre mortel. Cette proximité avec lui et son odeur me rappelèrent que je ne m'étais pas alimentée depuis plus d'une semaine.

Milo n'avait pas aimé que je morde son petit ami. Partager un humain avec un autre vampire est perturbant. Pendant des semaines, Bobby m'avait suivie partout comme un chiot, suscitant de nombreuses disputes entre nous trois. Mordre quelqu'un intensifie les sentiments que vous éprouvez déjà l'un pour l'autre. Ils avaient fini par se normaliser, mais j'avais encore envie de protéger Bobby.

Milo inspecta les blessures de Bobby avec une grimace de dégoût, car il percevait l'odeur de Daisy sur la morsure.

— Tu dois aller rincer la plaie et mettre un pansement dessus, ordonna-t-il en lâchant le bras de son petit ami.

— D'accord.

Bobby descendit du lit, baissa les yeux sur son pantalon couvert d'éclaboussures rouges, puis soupira :

— Je vais devoir le jeter ! Merde ! je l'adorais !

Il ne semblait pas bouleversé de s'être fait agresser par un vampire. En réalité, il possédait plus d'expérience que Milo ou moi dans ce domaine, puisqu'il les côtoyait depuis l'âge de dix-huit ans, ce qui signifiait qu'il avait deux ans d'avance sur nous en la matière.

Il se rendit dans la salle de bains pour rincer sa blessure, et je me tournai vers Milo.

— Mae a complètement perdu la tête, chuchotai-je. Ne me dis pas que tu prends sa défense, ajoutai-je lorsqu'il garda le silence.

Il quitta le lit et essuya le sang de son flanc. Grâce au miroir accroché au mur, il détailla ses plaies, dont certaines auraient été graves s'il avait été mortel. Les marques de morsures sur ses épaules et ses bras cicatrisaient déjà.

— Je ne suis du côté de personne, finit-il par affirmer.

— Daisy a failli tuer ton petit ami.

Il pivota vers moi et me regarda posément.

— Toi aussi.

— C'est différent. (Je secouai la tête.) J'étais en train de mourir. Daisy est une enfant incontrôlable.

— Peut-être, admit-il. Mais que peut-on y faire ? Tu veux que j'aille la tuer ?

J'ignorais ce que je désirais qu'il fasse mais, de toute évidence, elle était dangereuse. C'était la première fois qu'un tel incident se produisait depuis notre arrivée, mais je n'avais jamais vu un vampire aussi assoiffé.

Je n'avais pas de réponse convenable, et Milo ne souhaitait pas en discuter davantage. Puisque je n'avais rien de mieux à faire, je retournai bouder sur mon lit. Un peu plus tard, Peter vint réparer la porte de la chambre des garçons, et nous conseilla de ne plus laisser Bobby seul.

Furieuse contre Mae, j'étais déterminée à me terrer dans mon antre toute la journée. Puis je me rendis compte qu'elle m'en voulait, et que mon comportement lui ferait probablement plaisir. Pour la contrarier, je décidai de me lever.

Lorsque je descendis, Daisy était assise dans la salle à manger. Sur la table ronde s'étalaient des livres de coloriage et des crayons. Les cheveux retenus par un ruban, la petite portait désormais une robe d'été rose et blanc à volants.

Ses doigts étaient complètement guéris, de sorte qu'elle pouvait tenir les crayons. Elle chantait *Across the Universe* d'une voix angélique. J'étais certaine que sa connaissance des Beatles lui venait entièrement de Mae.

Bien sûr, je comprenais ce qui avait motivé cette dernière. Son arrière-petite-fille était en phase terminale et, si Mae ne l'avait pas transformée, elle serait morte. De plus, Daisy était une fillette gentille et adorable… quand elle ne se transformait pas en un terrifiant démon. Elle était simplement trop jeune pour contrôler ses instincts, et demeurerait à jamais prisonnière du corps parfait d'une enfant de cinq ans.

— Coucou, Alice, pépia-t-elle.

Sans lever les yeux sur moi, elle continua à colorier, mais elle avait cessé de fredonner. Sous la table, je la voyais balancer les jambes d'avant en arrière.

— Salut, répondis-je d'un ton sévère.

Je n'étais pas très douée pour communiquer avec les enfants, et encore moins ceux qui pouvaient parfois devenir monstrueux.

— Où est Mae ? demandai-je.

— Elle étend du linge dehors. Elle a dit que je pouvais rester à l'intérieur si je lui promettais de ne pas bouger, m'informa Daisy.

Mae l'avait laissée sans aucune surveillance, à peine quelques heures après qu'elle eut manqué de tous nous tuer. Génial !

— Mae adore vraiment s'occuper de la lessive, marmonnai-je.

— Tu veux colorier avec moi ? me proposa Daisy.

Elle me dévisagea, ses yeux couleur miel remplis d'espoir. On aurait dit une version miniature de Mae.

— Euh… non, merci.

Je ne voulais pas m'impliquer dans une activité avec elle, mais m'approchai de la table pour voir son travail. Elle avait un livret de coloriage *Mon petit poney* ouvert près d'elle, mais elle s'affairait sur une page blanche. Je ne parvenais pas à déchiffrer ce qu'elle dessinait.

— Qu'est-ce que tu fais ?

— Une carte pour Bobby, parce que je lui ai fait du mal.

Elle me tendit la feuille pour que j'y jette un coup d'œil.

D'après mon observation, il s'agissait d'une licorne rose mal dessinée avec un arc-en-ciel en arrière-plan. Les mots

« pardon, Bobby » étaient correctement orthographiés, mais les lettres étaient à l'envers.

— C'est très joli, la complimentai-je en me forçant à sourire. Je suis sûre qu'elle lui plaira.

— J'espère. Je ne voulais pas lui faire du mal, regretta-t-elle d'une voix triste, le regard dans le vague un instant, avant de reprendre son coloriage. Il me faut des paillettes. Peter a promis de m'en acheter la prochaine fois qu'il ira en ville.

— C'est plutôt gentil de sa part.

Je me frottai les bras et remarquai que la chaleur ne semblait pas l'affecter beaucoup. Mais, quand j'étais petite, elle ne m'importunait pas non plus.

Derrière moi, la porte recouverte d'une moustiquaire claqua, et Mae entra dans la pièce. Elle m'adressa un sourire crispé, si bien que je supposai qu'elle ne m'avait pas encore pardonné. Ce qui était logique, puisque je n'avais rien à me faire pardonner. J'avais maîtrisé Daisy de la seule manière possible afin de sauver la vie de Bobby, et elle n'avait pas réellement souffert. Elle ne pouvait pas ressentir de véritable douleur physique.

— Daisy m'a dit que tu étendais des vêtements, déclarai-je.

— J'aime bien l'odeur du linge séché au grand air, répliqua Mae.

Son accent britannique paraissait plus froid que d'habitude. Elle avait relevé ses cheveux ondulés en un chignon, et sa robe d'été était humide de sueur. Elle me frôla en passant pour rejoindre Daisy, dont elle admira les œuvres avant de lui déposer un baiser sur le haut du crâne.

— Ta carte est très belle, ma chérie.

— Merci, répondit Daisy en lui souriant. Alice dit que Bobby va l'adorer.

— J'en suis sûre.

Mae leva les yeux vers moi. Une partie de sa colère se dissipa. Elle prit une chaise à côté de Daisy et se mit à colorier.

— Daisy a mangé puis fait une sieste, et elle a colorié tranquillement toute la soirée. Il n'y a aucun souci quand elle s'alimente.

— J'en suis certaine.

Je ne pouvais pas réellement argumenter. Que dire alors que Daisy assistait à la discussion ? Je changeai donc de sujet.

— Tu as eu des nouvelles pour la climatisation ?

— Pas encore, répondit Mae en secouant la tête. Mais il fait moins chaud depuis que le soleil s'est couché. Dehors, ce n'est pas si terrible. Peter est assis là-bas, ajouta-t-elle en me regardant.

J'hésitai à le rejoindre. Depuis mon arrivée en Australie, j'avais évité de me retrouver seule avec lui. Mais, comme la chaleur à l'intérieur de la maison était étouffante et que j'avais bien besoin d'une pause, je sortis.

Je devais admettre que, dans l'arrière-pays, les étoiles étaient magnifiques. Sans toute la pollution lumineuse de la ville, elles scintillaient au-dessus de ma tête, m'offrant un spectacle inédit.

Je quittai le porche pour mieux les voir. Il faisait beaucoup plus frais dehors, et je savourai cette sensation l'espace d'un instant. J'entendis un son à ma gauche et me tournai. J'aperçus Peter assis à l'autre bout du porche, les jambes dans le vide.

— Le ciel est très lumineux, lançai-je en m'avançant de quelques pas vers lui.

— C'est vrai. (Il se pencha en avant pour l'admirer.) Je ne m'y suis pas encore habitué. J'ai vécu trop longtemps en ville.

— C'est pour ça que tu es venu ici ?

Je m'appuyai contre le porche près de lui, tandis qu'il gardait le nez en l'air. Comme toujours, son visage était impénétrable.

— Tu sais très bien pourquoi je suis venu ici, répliqua-t-il avec douceur.

Je baissai le regard et envoyai valser un caillou d'un coup de pied. Il était parti à cause de moi, et j'ignorais quoi répondre.

Peu avant son départ, Peter m'avait déclaré sa flamme, mais je ne pouvais pas lui rendre son amour. Enfin, au fond de moi, j'en étais capable, mais m'y refusais. Parce que j'étais avec Jack, que j'aimais. Puis cette histoire avec Mae et Daisy était survenue. Peter avait saisi cette occasion de me fuir. Une fois de plus.

— Alors, tu te plais ici ? loin de l'effervescence de Minneapolis ?

— Je ne sais pas, soupira-t-il. C'est pénible de devoir prendre l'avion chaque semaine pour aller à la banque du sang de Sydney, mais l'isolement et le silence me conviennent. (Il marqua une pause, l'air pensif.) Je crois que je ne me plais nulle part désormais, ajouta-t-il en me sondant du regard. Mais j'ai déjà connu de pires endroits.

— Dois-je le prendre comme une pique ? rétorquai-je sèchement.

— Alice, je ne cherche pas à me disputer avec toi.

Ses yeux étincelèrent dans l'obscurité, et il poussa un long soupir.

— Je ne serai jamais gagnant avec toi. Soit je me montre cruel, soit je t'en demande trop. Dans tous les cas, ça ne va jamais.

— Tu n'as rien dit de mal, le rassurai-je en secouant la tête. Je te demandais juste si tu étais heureux.

— Ne me pose pas cette question, décréta-t-il avec douceur. Ne me le demande pas, car tu n'as pas envie d'entendre la réponse.

Je décidai de changer de sujet.

— Comment vont Mae et Daisy ?

— Pas bien. Daisy ne contrôle pas mieux sa soif de sang, et Mae refuse d'admettre que c'est un problème.

Je levai un sourcil interrogateur.

— Ah bon ? Daisy s'est déjà comportée comme aujourd'hui ?

— Elle ne côtoie jamais d'humains, sinon ce serait bien plus grave.

Il baissa la voix, de crainte que Mae écoute notre conversation depuis la maison.

—Elle a poursuivi un wallaby ou un koala il y a quelques nuits.

—Ces deux animaux ne se ressemblent pas, soulignai-je.

—C'était un petit animal dont les poils tiraient sur le gris, dit-il en haussant les épaules. Quand je l'ai rattrapé, ce n'était plus qu'une masse ensanglantée.

—Tu veux dire qu'elle l'a tué ?

Quand il avait expliqué qu'elle l'avait poursuivi, j'avais imaginé qu'elle lui avait couru après comme un bambin qui trouve un animal mignon. J'avais pourchassé des centaines de lapins et d'écureuils dans mon enfance, pour tenter de m'en faire des compagnons de jeu.

—Elle a essayé de le manger, annonça-t-il.

—Pas possible ! Ce n'est même pas… Je croyais que le sang animal n'était pas comestible ?

—En effet, confirma-t-il avec un regard éloquent. Elle devient tellement enragée quand elle a soif qu'elle n'arrive pas à différencier le sang humain de celui de l'animal.

Je m'étais retrouvée confrontée à des animaux depuis ma transformation. Jack possédait un montagne des Pyrénées, Matilda, mais je n'avais jamais eu envie de l'attaquer, même lorsque la faim me tenaillait. Son sang ne m'attirait pas du tout.

—Nom de Dieu ! c'est énorme !

—Elle s'en est déjà prise plusieurs fois à Mae et à moi, poursuivit-il. Nous la nourrissons tous les jours, mais cela ne suffit pas. Je sais bien qu'elle est vampire depuis quelques mois à peine, et qu'elle était très jeune au départ, mais j'aurais cru que cela se serait amélioré à présent. Or c'est de pire en pire.

—Que va-t-il lui arriver ?

— Elle va rester ici pour l'éternité, et nous allons croiser les doigts. On ne peut pas faire grand-chose de plus.

Ce qui s'était produit ce jour-là avec Bobby n'était pas un hasard. Même si Daisy paraissait mignonne et innocente tandis qu'elle coloriait à table, elle était tout aussi dangereuse.

Je restai encore un moment avec Peter, mais un silence tendu s'abattit entre nous, et je me réfugiai à l'intérieur. Il faisait encore trop chaud dans ma chambre pour y dormir, alors j'essayai de placer un ventilateur à ma fenêtre. Peter en avait remonté un gros en métal du sous-sol, qui devait être aussi ancien que la maison.

Des toiles d'araignées s'y accrochaient et, lorsque je tentai d'en chasser une, je ressentis une sensation de piqûre familière. L'animal détala, pourtant je ne l'aurais pas tué. J'examinai la boursouflure rouge qui s'était formée sur ma main.

— Tu t'es fait piquer par une araignée ? grimaça Bobby, appuyé contre l'embrasure de ma chambre.

— Oui, ces maudites bestioles sont partout, marmonnai-je.

J'essayai de nouveau de faire tenir le ventilateur sur le rebord de ma fenêtre. Bobby entra, puis vint s'asseoir sur mon lit, comme si je l'y avais invité. Une fois l'appareil calé du mieux possible, je le mis en route, puis reculai quand il projeta de la poussière.

— C'est agréable, affirma Bobby en agitant la main devant son visage.

— J'étais obligée d'agir avant de mourir d'un coup de chaleur, répondis-je lorsque l'explosion de poussière se calma.

Comme le ventilateur semblait fonctionner, je m'allongeai sur le lit.

— J'en ai plus qu'assez. Ça commence à bien faire ! ajoutai-je.

— Tu m'étonnes !

Il s'installa le dos au mur, les jambes croisées.

Sa compassion m'aurait davantage convaincue s'il n'avait pas porté un jean violet et un tee-shirt. D'accord, le tissu de son haut était très fin, puisque je distinguais ses tatouages noirs en dessous.

— Tu es en pantalon, dis-je en lui jetant un coup d'œil. Tu ne dois pas avoir si chaud que ça.

— Oui, mais c'est un pantalon violet, insista-t-il, comme si cela changeait la donne. Donc, je suis génial.

— D'ailleurs, possèdes-tu des shorts ? Je ne t'ai jamais vu en mettre.

Je fis gonfler mon oreiller sous ma tête afin de pouvoir mieux le regarder en restant allongée.

— Seulement des caleçons de bain. Les shorts, c'est pas mon truc.

— Que penses-tu de la garde-robe de Jack ? lançai-je avec un sourire triste en songeant à mon petit ami.

Ce dernier portait des bermudas de surfeur presque tous les jours de l'année, quelle que soit la météo. Et il était fabuleusement beau ainsi.

— Ça lui va, et tant mieux pour lui.

Bobby gratta le pansement qui recouvrait la morsure de Daisy sur son bras, puis l'observa en fronçant les sourcils. Lorsqu'il baissa la tête, ses cheveux noirs lui retombèrent encore plus devant les yeux, et il les repoussa.

— Elle a mordu en plein dans mon étoile nautique ! Je parie que la cicatrice va complètement ruiner mon tatouage.

Il en avait sur tous les bras, noirs ou dans différentes nuances de gris pour la majorité. Le seul en couleur était une étoile nautique verte sur l'arrière du bras. C'était celui que Daisy avait abîmé.

— Elle t'a mordu à l'arrière du bras ? m'étonnai-je.

— Quelle petite peste ! Je me demande ce qui lui a pris. Toutes les bonnes veines se situent à l'intérieur de mon bras. Elle n'a aucune idée de ce qu'est un vampire.

— C'est certain, renchéris-je d'un ton las, mais tu dois cesser de toucher ta plaie, ou tu auras une vilaine cicatrice.

Il continua à se gratter, alors je lui donnai un léger coup de pied au genou, et il cessa. Il se pencha en arrière, la tête contre le mur, et poussa un soupir.

— Entre les araignées et Daisy, ce séjour va m'achever.

— Je regrette vraiment d'avoir laissé Milo me convaincre de venir, dis-je en contemplant le plafond. D'ailleurs, qu'est-ce qu'il fait ?

— Il dort. Il prétend qu'il fait trop chaud pour dormir dans la journée. Il a sûrement raison. Mais, heureusement pour moi, je ne dors jamais.

Bobby était insomniaque, ce qui le rendait parfaitement adapté à notre mode de vie.

— Je n'arrive pas à croire que je suis en train de gâcher mes dix jours de vacances d'hiver ici. Quand Milo m'a invité en Australie, cela m'a évoqué les endroits tendance de Sydney, les kangourous et la plongée sous-marine sur la Grande Barrière de corail.

— À qui le dis-tu ? Mae avait expliqué qu'ils vivaient dans un lieu reculé, mais je pensais tout de même visiter la civilisation !

— Et, imagine, tu pourrais à la fois perdre ton temps ici et devoir retourner à la fac en rentrant.

Il m'adressa un sourire, mais je secouai la tête.

— Oh, allez ! tu devrais au moins passer ton bac, insista-t-il.

— Milo n'a pas réussi à m'en persuader, alors tu n'as aucune chance d'y parvenir, rétorquai-je d'un ton ferme.

Mon frère avait abandonné le lycée au début de sa première, à cause de sa transformation. Désormais, il se maîtrisait assez pour reprendre son cursus. Il s'était inscrit dans une école privée huppée de Minneapolis pour terminer son année, et les cours reprenaient le 21 janvier. Le même jour, Bobby entamait son second semestre aux Beaux-Arts.

— Donc tu vas quitter l'école sans qualification ? Que vas-tu faire dans la vie ? me demanda-t-il.

— Et si je poursuis mes études ? Tu comprends, ce n'est pas comme si je pouvais enchaîner huit années de médecine tout en paraissant toujours dix-huit ans.

— Tu peux prétendre être une ado surdouée, comme dans la série *Docteur Doogie*. Ou bien tu peux exercer un métier qui nécessite moins d'études. Toiletteuse pour chiens, tiens.

— Non mais tu plaisantes ? Tu penses que j'ai une tête de toiletteuse canine ?

— Non. C'est juste que je n'ai pas la moindre idée de ce à quoi tu aspires, dit-il, perplexe. D'ailleurs, tu as des ambitions ? ou est-ce que, telle que je te vois, tu es à l'apogée de ton existence ?

— Je n'en sais rien, j'ai l'éternité pour trouver ma voie, éludai-je.

Depuis quelque temps, cette question précise me taraudait.

Au lycée, je ne m'étais jamais inquiétée de mes notes parce que je m'en moquais. Milo, qui avait toujours travaillé avec sérieux, insistait sur l'importance des études et de faire une carrière.

Même si mon frère, à présent vampire, n'avait que seize ans, il n'avait pas changé d'avis. Il désirait terminer son cursus secondaire dans un établissement de renom, puis fréquenter l'université et obtenir un emploi. Il comptait encore mener une vie normale et faire des choses ordinaires.

Lorsque j'étais devenue vampire, j'avais d'abord cru avoir décroché le gros lot. Mais désormais, avec tout ce temps devant moi, je commençais à me dire que j'avais sous-estimé cette histoire d'éternité.

— Est-ce que je viens de gâcher l'ambiance ? s'enquit Bobby avec un regard penaud. Tu parais toute pensive et triste maintenant.

— Non, ce n'est rien, je réfléchissais, le rassurai-je avec un sourire.

— Tu n'es pas censée réfléchir, on est en vacances ! s'exclama-t-il avec une joie feinte. (Soudain, il se pencha en avant, manifestement enthousiaste.) On devrait faire un truc amusant. Par exemple, poursuivre des kangourous, annonça-t-il avec un sourire plus large, les yeux brillants. Ou voir si un dingo pourrait kidnapper notre bébé, ajouta-t-il avec un accent australien, inspiré du personnage de Meryl Streep dans *Un cri dans la nuit*.

Afin de se préparer au voyage, Bobby avait loué ce film et l'avait regardé une dizaine de fois. J'étais certaine qu'il existait de meilleurs longs-métrages sur l'Australie, mais c'était son préféré. Il s'agissait de l'histoire vraie d'une femme accusée d'avoir tué son bébé, alors qu'elle clamait qu'un chien sauvage l'avait enlevé.

Donc, au cours du mois précédent, j'avais entendu Bobby prononcer en boucle la réplique : « Un dingo a pris mon bébé. »

— Tu es bête, dis-je en levant les yeux au ciel, ce qui le fit rire.

Lorsque mon téléphone entonna les premières notes de *Purple Rain*, je bondis du lit. La plupart du temps, je laissais mon portable sur la commode, car je n'arrivais presque jamais à capter du réseau.

Cette mélodie m'indiquait simplement que j'avais un message vocal, mais cela signifiait que l'appareil s'était connecté assez longtemps pour que quelqu'un l'enregistre. Je me précipitai pour le saisir avant qu'il n'y ait plus de service.

— Qui est-ce ? demanda Bobby en me rejoignant.

Nous avions été si longtemps privés de technologie qu'il était aussi fébrile que moi.

— Je ne sais pas.

Je tentai d'accéder à ma messagerie, sans succès.

— Merde !

— Va vers la fenêtre ! me conseilla-t-il.

Lorsque je m'en approchai, une barre apparut à l'écran. Cela fonctionnait. Excitée à la perspective d'entendre la voix de quelqu'un, et en particulier celle de Jack, je tendis le bras pour passer l'appareil à l'extérieur de la maison.

— Qu'est-ce que tu fais ? lança Bobby.

— Je cherche du réseau !

Je me penchai par la fenêtre, et finis par percevoir une tonalité.

J'avais à peine pu joindre Jack depuis mon arrivée, et je n'avais eu de nouvelles de personne d'autre. Leif ne possédait pas de portable. Olivia avait essayé de m'appeler, mais nous n'avions pas réussi à nous parler. Jane ne tarderait pas à sortir de cure de désintoxication, alors je m'attendais à ce qu'elle me téléphone.

« Vous avez un nouveau message », m'indiqua la voix enregistrée, et mon cœur s'accéléra.

« Coucou, Alice, c'est Jack. »

Mon rythme cardiaque monta en flèche mais, malgré ma joie, je remarquai au son de sa voix que quelque chose clochait. Elle semblait triste et lointaine.

« J'ai essayé de t'appeler plusieurs fois. J'ai même tenté sur les portables de Milo et de Bobby, mais… »

Jack poussa un soupir. Mon estomac se noua. Il y avait un problème.

« Je ne voulais pas te le dire par téléphone, enfin je savais que je n'avais pas le choix, mais pas par message interposé… »

Jack laissa sa phrase en suspens. Derrière moi, Bobby me posa une question, mais je lui fis signe de se taire.

« J'ignore comment te l'annoncer, mais… Jane est morte. Je suis vraiment navré, Alice. Elle a été tuée hier soir. »

Chapitre 3

La dernière fois que j'avais vu Jane, elle m'avait juré de changer de vie.

En novembre, elle avait été gravement blessée lors du combat qui nous avait opposés aux lycans, et elle avait passé un mois à l'hôpital pour se rétablir. Depuis, je ne lui avais pas réellement parlé, estimant que c'était dans son intérêt de cesser de me côtoyer. En outre, nous n'avions plus grand-chose en commun.

Malgré une amitié qui remontait à nos sept ans, j'avais compris au fil du temps que nos priorités étaient très différentes. Jane avait été successivement accro à la fête, à l'alcool, au sexe et, pour finir, aux morsures de vampires. Je ne voulais pas m'impliquer dans ce mode de vie, dont elle ignorait comment se tirer.

J'étais restée longtemps sans nouvelles d'elle, presque jusqu'à Noël. Bobby avait travaillé d'arrache-pied sur un projet à rendre. Il avait réussi haut la main, et avait eu envie de sortir fêter son succès. Milo, Bobby, Jack et moi étions allés au *V*, le club de vampires en plein centre de Minneapolis, que je fréquentais plus souvent depuis le début de mon entraînement avec Olivia, et je devais avouer que cela me plaisait.

Après avoir supporté un énième remix dance de *Jingle Bell Rock*, nous décidâmes de partir. Il neigeait, mais ce n'était pas désagréable. On se serait cru dans un film. Tout était enveloppé de féerie et de douceur. Sous la neige fraîche, tout paraissait plus propre et plus brillant. Comme il était plus de 4 heures, peu de voitures circulaient, limitant le risque de souiller la scène.

Je contemplais le ciel et les flocons qui tombaient. Les nuages semblaient luire sous les lumières de la ville, et les gratte-ciel s'élevaient au-dessus de nous. L'espace d'un instant, tout fut paisible, me donnant l'impression de me trouver à l'intérieur d'une boule à neige.

Des battements de cœur irréguliers comparables à ceux d'un lapin apeuré vinrent briser ce silence. La gorge desséchée, je me rappelai alors que je n'avais pas bu depuis près d'une semaine. Mais je n'allais pas en boîte pour me nourrir. Je ne m'abreuvais pas sur des humains. Bobby était le seul que j'avais mordu, lorsque je n'avais pas eu d'autre choix.

— Mon Dieu ! s'exclama Milo. (Il se tenait devant moi, main dans la main avec Bobby. Il se pencha en avant pour mieux voir.) C'est Jane, non ?

— Qu'est-ce que tu racontes ?

Je le devançai en le frôlant pour vérifier ce dont il parlait. Jack me suivit, au cas où il y aurait un danger, comme cela semblait être le cas chaque fois que Jane était dans les parages.

Lorsque je la vis, je me figeai. Elle attendait à l'angle de la rue, près de l'entrée du *V*. Ses jambes, frêles comme des brindilles, dépassaient de sa minijupe. Ses cheveux, plus longs, encadraient mollement son visage décharné. Elle était secouée de frissons, sa peau était bleuâtre et son regard reflétait sa panique.

— Jane ?

Je m'avançai vers elle d'un pas incertain. Ses yeux croisèrent les miens pendant une fraction de seconde, mais elle les détourna rapidement.

— Jane, que fais-tu ici ?

— Rien.

Elle secoua la tête et tourna au coin de la rue pour m'échapper.

— Jane ! répétai-je en lui courant après.

Jack, Milo et Bobby restèrent en arrière pour nous accorder un peu d'intimité.

— Qu'est-ce que tu veux ? lança-t-elle.

Elle s'arrêta, mais refusait de soutenir mon regard. Elle se dissimulait dans l'ombre d'un réverbère voisin.

— Je te croyais à l'hôpital.

Lorsqu'elle bougea, je tentai d'observer si son cou portait des traces de morsures. Je n'en distinguai aucune, mais cela ne prouvait rien. Les marques cicatrisaient vite, et elle pouvait en avoir sur les bras et les cuisses, cachées à ma vue.

— Je suis rentrée hier, répondit-elle d'une voix éteinte, puis elle eut un tic nerveux.

Auparavant, elle était la plus belle fille que je connaissais. Désormais, elle paraissait atteinte de leucémie.

— Qu'est-ce que tu fais ici ? murmurai-je.

Un autre vampire tourna à l'angle de la rue. Il ne nous prêta aucune attention, mais Jane le regarda s'éloigner, une expression de désir sur le visage. Les humains avaient autant envie des vampires que nous des humains.

— Je pensais que tu avais arrêté ça, lui dis-je pour la ramener à la réalité.

— Arrête, Alice ! s'exclama-t-elle, peinant à garder son regard agité et nerveux sur moi. Tu m'as laissée pour morte sur le perron d'une église. Ne fais pas semblant de te soucier de mon intérêt.

— Je ne t'ai pas laissée pour morte. Tu étais en vie, et nous avons jugé préférable que tu te fasses aider par des professionnels plutôt que de vivre sous le même toit que des vampires ! criai-je avant de détourner les yeux. J'ai failli me faire tuer en essayant de te sauver ! J'ai risqué la vie de mon frère pour te préserver ! Alors ne prétends pas que je m'en fiche !

— Alice.

Jack me fit prendre conscience que mes mots résonnaient contre les murs des bâtiments. Je parlais trop fort, surtout que j'évoquais des vampires.

— Bon, très bien, tu te soucies de moi, concéda Jane avec un haussement d'épaules, mais elle avait les larmes aux yeux. Ça ne change rien.

— Que veux-tu dire ? la pressai-je d'une voix plus douce en avançant d'un pas vers elle.

— Regarde-moi ! répliqua-t-elle avec un rire sans joie. Regarde-moi, Alice ! (Elle essuya une larme sur sa joue.) Je suis une junkie !

— Jane…

— Qu'est-ce que je suis censée faire ? Je viens de passer un mois entier à l'hôpital, où personne n'a réussi à identifier mon problème. Ils ont la certitude que je suis accro, mais ils n'ont pas de remède. On n'a pas encore inventé de programme en douze étapes pour les accros aux morsures.

— Je suis sûre que n'importe lequel fonctionnerait.

Elle éclata d'un petit rire désabusé.

— J'espère, rétorqua-t-elle, avant de renifler et de se frotter le nez. Mon père m'envoie en cure de désintox demain. J'ai envie que ça marche. Je le souhaite. Mais j'avais juste besoin d'un dernier shoot. Je sais qu'ils disent tous ça. Une dernière fois, et tout ça… (Elle esquissa un sourire.) Je me fiche que ce soit un cliché. Je veux me sentir bien une dernière fois, et ensuite je pourrai essayer de m'en sortir.

— La dernière fois que tu t'es fait mordre, tu as failli mourir !

Je me rendais compte que je paraissais hypocrite, d'autant plus que Milo avait manqué de tuer Bobby, et que j'avais moi-même frôlé la mort à cause de Peter. Les vampires représentaient un vrai danger, et j'aurais dissuadé n'importe quel humain de les fréquenter. En passant du temps avec eux, l'issue se révélait forcément fatale.

Jane ne tenait plus en place et tremblait de tous ses membres.

— Je le sais ! Mon Dieu, je le sais, Alice ! Tu me prends pour une imbécile ! Je comprends à quel point c'est risqué, bien mieux que toi ! C'est moi qui les ai laissés s'abreuver sur moi pendant des mois ! C'est moi qui ai perdu tout ce sang et qui ai failli mourir deux fois, d'accord ?

— Dans ce cas, pourquoi tu fais ça ? demandai-je.

— Parce que je n'ai pas le choix !

Elle me dévisagea, déchirée par la sensation de manque. Je partageais cette faim, sauf que, chez moi, elle était inversée. Elle voulait se faire mordre, et j'avais envie de mordre. Cette idée sembla lui traverser l'esprit au même moment. Son expression paniquée se fit alors implorante.

— Alice, si tu es sincèrement inquiète pour ma sécurité, tu pourrais t'en charger.

— Quoi ? grimaçai-je en reculant d'un pas. Non, c'est dégoûtant.

— Non, Alice, écoute-moi, insista-t-elle en marchant vers moi. J'ai seulement besoin d'une dernière morsure, une seule, je t'assure. Et tu sais que tu ne me ferais pas de mal. Jack est juste à côté !

Elle le désigna d'un geste. Je me tournai vers lui et m'aperçus qu'il l'observait, l'air mal à l'aise.

— Il ne te laisserait pas me faire de mal, poursuivit-elle. Occupe-toi de cette dernière fois, et j'entre en centre de désintox demain matin à la première heure.

— Non, Jane, hors de question.

J'agitai les mains et reculai encore.

— Très bien, annonça-t-elle en croisant les bras avant de me défier du regard. Si tu refuses, alors je trouverai quelqu'un d'autre qui acceptera. Et qui sera peut-être dangereux. Au point de me tuer, qui sait ?

— C'est du chantage affectif ! m'écriai-je, et j'entendis Milo marmonner qu'elle trichait.

— Non, c'est un fait ! Je me ferai mordre ce soir. Et, si ce n'est pas par toi, ce sera par quelqu'un d'autre.

Elle haussa les épaules et braqua les yeux sur moi, comme si cela n'avait pas d'importance pour elle.

La vampire en moi prit conscience que nous parlions de boire, et pas n'importe quoi : du sang humain, frais et tiède. Mon estomac gargouilla d'anticipation, et je salivai. Lorsque la faim s'emparait de moi, toute logique tombait à l'eau.

Je me tournai vers Jack, certaine qu'il jouerait la voix de la raison, mais il se contenta de m'adresser un regard lugubre et un haussement d'épaules. Sachant qu'il ne serait pas furieux contre moi, ma soif s'accentua.

Je me retournai vers Jane.

— Tu me promets d'entrer en cure demain ?

— Alice, arrête tes bêtises ! cria Milo.

Il se tenait un peu plus loin derrière nous, vers l'angle de la rue, et Bobby devait le contenir.

— Je te le jure, m'assura Jane en hochant la tête.

Pour la première fois depuis longtemps, je vis une lueur de bonheur illuminer brièvement ses pupilles. Désormais, seules les morsures lui procuraient du plaisir.

— Je ne le referai plus jamais, l'avertis-je, et Jack poussa un soupir audible.

Jane acquiesça de nouveau, et je fondis sur elle pour la mordre. Je la plaquai contre une fenêtre du bâtiment, plus violemment que nécessaire. Elle eut un hoquet de surprise, puis j'enfonçai les crocs dans son cou. C'était la première fois que je mordais consciemment une personne, et je fus surprise de constater à quel point ce geste m'était naturel.

Dès que son sang s'écoula dans mes veines, une merveilleuse sensation de chaleur se propagea dans tout mon organisme. Il s'agissait d'une vague de plaisir insatiable qui émanait de son sang et m'envahissait. Les battements de son cœur résonnaient à mes oreilles, à l'unisson avec les miens.

Toutes ses émotions me submergèrent. Elle se sentait terrifiée, fragile et impuissante. Elle ne maîtrisait plus rien et craignait pour son avenir. Et, avant tout, elle se sentait seule et délaissée.

Je revins brusquement à mon état normal, ce qui était plus difficile qu'il n'y paraissait. Je n'avais pas bu longtemps sur elle, et j'avais une folle envie d'y retourner. J'essuyai son sang de ma bouche et reculai d'un pas. Je sentis les bras de Jack m'envelopper pour me stabiliser.

Après avoir bu, des vertiges s'emparaient toujours de moi. Le sang frais avait un effet encore plus puissant. De plus, le chagrin et la dépression de Jane m'accablaient.

— Pourquoi as-tu arrêté ?

Jane se laissa glisser le long du mur et retomba dans la neige. Du sang s'écoulait doucement de son cou. Son odeur exquise emplissait l'air. Si Jack ne m'avait pas retenue, je crois que je n'aurais pas résisté.

Milo et Bobby se précipitèrent vers Jane pour l'aider avant qu'elle perde connaissance. J'étais moi-même au bord de l'évanouissement, alors Jack suggéra que tout le monde rentre. Mon frère savait où habitait Jane, donc il s'assura avec Bobby de la ramener chez elle sans encombre.

Jack me porta presque jusqu'à la voiture. Je ne cessais de bredouiller qu'elle était vraiment triste et que je n'avais fait qu'empirer la situation.

Deux jours plus tard, Jane m'avait appelée depuis son centre de désintoxication. Elle avait prétendu être accro à l'héroïne, m'expliquant que les symptômes se rapprochaient le plus de ce qu'elle subissait.

De mon côté, cette conversation m'avait mise mal à l'aise. J'avais profité d'elle, comme une aventure d'un soir ivre, et je me sentais sale à tous les égards. Vers la fin de la communication, elle m'avait remerciée de l'avoir mordue.

— Si bizarre que cela puisse paraître, je n'avais pas éprouvé une telle proximité avec quelqu'un depuis très longtemps, m'indiqua-t-elle d'une voix que la mauvaise qualité de la ligne rendait métallique. Pas d'une façon perverse, je veux dire, mais… tout ce que j'ai fait, c'était pour voir si l'on se souciait de moi, je crois. Et tu as été la première personne à me le prouver. Je l'ai ressenti.

» Alors… merci. (Elle éclata d'un rire nerveux.) Mon Dieu ! ça semble idiot. Mais ce n'est pas grave. Je vais me sortir de ce pétrin, et je serai tirée d'affaire dans quelques semaines. Et, à ce moment-là, il faudra qu'on se fasse une virée shopping.

Ensuite, nous réussîmes à retrouver l'esprit de nos anciennes conversations entre amies, avant la période où elle s'était lancée à corps perdu dans la fête et moi dans l'univers des vampires. Elle m'avait téléphoné encore quelques fois du centre, et m'avait aussi envoyé plusieurs lettres.

Elle allait mieux. Elle allait redevenir la Jane qui m'avait manqué au cours des trois ou quatre années précédentes : ma meilleure amie.

Chapitre 4

Nous prîmes le premier avion pour les États-Unis, mais les vingt heures de vol n'y firent rien. Tout le long, je me sentis comme une sorte de zombie.

Même Milo avait versé quelques larmes quand il avait appris la nouvelle. Quant à moi, mes yeux étaient secs. Manifestement, je ne ressentais rien.

Pendant le voyage, j'avais eu tout le temps nécessaire pour essayer d'analyser mes sentiments de déni. Milo avait tenté d'aborder le sujet. Lorsqu'il échoua, il se mit à parler de tout et de rien, mais je ne réussis pas à ouvrir la bouche. Je me sentais vide.

La mort de Jane me semblait irréelle. Avec tout ce qu'elle avait traversé dernièrement, cette issue m'avait effleurée, mais je n'avais jamais vraiment cru que cela se produirait. Je l'avais eue au téléphone la semaine précédente, et elle se portait beaucoup mieux. Elle reprenait enfin sa vie en main.

Jack nous attendait à l'aéroport. Il se tenait en bas de l'Escalator, l'air hésitant.

Lorsqu'il m'aperçut, son visage s'éclaira, mais ses yeux bleus gardèrent une lueur de tristesse inhabituelle. Je dévalai les marches, bousculant des personnes qui m'injurièrent. Je me jetai à son cou, enroulai les jambes autour de lui et le laissai me soulever.

— Je suis tellement content que tu sois rentrée, murmura-t-il dans mes cheveux en me serrant contre lui.

Je réussis alors à laisser couler mes larmes.

Milo prit le volant pour le retour, afin que je puisse me blottir contre Jack à l'arrière de la voiture. Quelques mois auparavant, nous avions envisagé de déménager mais, à présent que tout le monde était parti, nous n'avions plus aucune raison de le faire. Nous avions décidé de rester jusqu'à ce que l'on quitte Minneapolis, ce qui ne tarderait pas, sûrement dès que Milo aurait terminé son année scolaire.

La maison m'avait incroyablement manqué. Si je n'avais pas déjà été en larmes, j'en aurais pleuré de soulagement. Jack m'aida à monter mes valises dans notre chambre. Je me réfugiai dans ses bras sur le lit, et il me caressa les cheveux.

— Que lui est-il arrivé ? demandai-je dès que je me fus ressaisie.

J'avais eu Jack en ligne juste avant de quitter l'Australie, mais la connexion fragile l'avait empêché de m'en dévoiler beaucoup à propos de mon amie.

— Je ne connais pas tous les détails, déclara-t-il. (Comme j'avais posé la tête sur son torse, sa voix grondait dans mon oreille.) Je l'ai lu dans le journal.

— C'était dans le journal ? m'étonnai-je en levant les yeux vers lui.

— Oui.

Il hésita, puis riva son regard inquiet au mien.

— J'en ai d'abord entendu parler aux infos, mais j'ignorais que c'était Jane jusqu'à ce qu'Olivia m'appelle pour me le dire. Et ensuite je l'ai lu dans la presse.

— Oh, mon Dieu !

Je me redressai, et il garda la main dans mon dos.

— Mais que s'est-il passé pour que ce soit dans les médias et qu'Olivia te téléphone ?

— Tu te souviens de la fille retrouvée en décembre ?

Jack se redressa à son tour et fit de son mieux pour conserver son calme. Cela le touchait plus qu'il voulait l'admettre mais, comme je percevais ses émotions, je le savais.

— Ce n'était pas Jane. Je lui ai parlé depuis, m'empressai-je de préciser.

Je repris espoir, mais il secoua la tête.

— Non, en effet. Mais, depuis la mort de cette fille, ils en ont trouvé deux autres. Je suppose que les journalistes l'avaient mentionné, mais que je n'avais pas particulièrement fait attention.

— Quel est le rapport avec Jane ? demandai-je.

— Les victimes ont été tuées et leurs corps abandonnés d'une certaine façon. (Il me caressa la nuque, comme pour me réconforter par avance.) La police refuse de communiquer les détails concrets, mais toutes étaient des ados de ton âge à peu près. Et toutes ont été laissées au grand jour en plein centre de Minneapolis.

— Comment ça ?

— D'habitude, les meurtriers dissimulent leurs cadavres, je présume, mais, là, on les a découverts sur un trottoir, m'expliqua Jack. Jane était sur celui d'Hennepin Avenue. Olivia a vu les policiers lorsqu'ils l'ont trouvée.

Le *V*, le club de vampires d'Olivia, se situait tout près de là.

— Tu veux dire que… (Je déglutis péniblement. La pièce se mit à tourner, et Jack m'entoura de son bras.) Ce serait un tueur en série qui aurait assassiné Jane ?

— Oui, c'est leur hypothèse.

— Ce n'était pas un vampire ? demandai-je en levant la tête vers lui.

— Aucune idée. Olivia n'est pas parvenue à s'approcher assez pour le vérifier, mais personne n'en sait vraiment plus. L'article insistait plus sur la forme que sur le fond.

— Qu'est-ce qu'il racontait ?

— Que la police établissait le profil des victimes, et elle a évoqué tous les efforts déployés pour stopper ces meurtres. (Il m'examina, mais je gardai le regard rivé sur le lit.) Ce n'est pas ta faute, Alice. Quoi qu'il soit arrivé à Jane. Tu n'as rien à te reprocher.

J'avais présenté les vampires à Jane et l'avais entraînée dans cette voie avec moi. J'en ressentais forcément une certaine culpabilité.

— Est-ce que l'article indiquait la date de l'enterrement ? demandai-je, sans répondre à ses paroles.

— Demain à 16 heures. Tu as envie que je t'accompagne ?

— Je ne sais pas, dis-je en secouant la tête. Je ne suis pas sûre de vouloir y aller.

— Pourquoi tu n'y assisterais pas ?

— Parce que je suis une vampire !

Incapable de rester assise, je me levai et Jack m'observa. J'arpentai la pièce et relevai les manches de mon sweat-shirt. Mes cheveux étaient gras, et j'avais besoin de me doucher et de dormir.

Pourtant, j'avais envie de bouger et de courir. Je désirais faire quelque chose de significatif, susceptible d'effacer ce qui était arrivé à Jane.

— Alice.

Jack ne descendit pas du lit, mais s'approcha du bord afin de me toucher. Il me tendit la main, que je refusai de saisir pendant un long moment, comme prise de frénésie.

— Je ne sais pas quoi faire, avouai-je. Je n'ai même aucune idée de ce que je devrais ressentir. Tu vois… Jane m'énervait énormément. Elle pouvait se montrer si écervelée et si délibérément stupide que j'avais envie de la gifler. Mais elle était tellement fidèle. Et tout ce qu'elle a traversé ces derniers mois, j'en suis responsable. C'est moi qui l'ai entraînée là-dedans !

— Non, Alice. (Il secoua la tête, puis me prit la main et tenta de m'attirer à lui, mais je résistai.) Jane avait déjà des problèmes. Avant ça, c'était l'alcool et le sexe.

— Mais ce n'est pas ce qui l'a tuée ! criai-je.

— Tu ignores la cause de sa mort, affirma-t-il doucement.

Lorsque j'essayai de me détourner de lui, il s'empara de mon autre main et me força à le regarder.

— Je ne dis pas que Jane et toi étiez les meilleures amies du monde, mais tu l'appréciais et tu faisais tout ton possible pour l'aider. Elle le savait, et elle t'aimait aussi beaucoup.

Ces paroles firent redoubler mes larmes, et je le laissai m'asseoir sur ses genoux. D'habitude, son amour dominait mes émotions, mais je ressentais juste ma culpabilité et ma confusion. Jack me tint longtemps dans ses bras. Épuisée par le voyage, je m'endormis.

Milo nous réveilla le lendemain, persuadé que nous devions nous rendre à l'enterrement. Il réussit à me convaincre en pleurant et en évoquant la fois où Jane l'avait déguisé et maquillé, quand il avait six ans. Elle s'était comportée comme la grande sœur taquine que je n'avais jamais été. Il souhaitait lui rendre un dernier hommage et refusait d'y aller sans moi.

Après avoir pris une douche, je me dirigeai vers mon dressing pour choisir mes vêtements. Jane avait consacré tellement d'heures dans sa vie à m'habiller correctement, et je ne trouvais rien d'approprié. Je ne voulais pas la décevoir en optant pour la mauvaise tenue.

J'étais assise à côté d'un tas de robes, en train de sangloter, lorsque Jack entra. Il venait de sortir de la salle de bains. Il baissa les yeux sur moi.

—Alice, qu'y a-t-il ?

—Je n'ai rien à me mettre ! me lamentai-je en levant une affreuse robe rose. Je ne peux pas porter ça pour son enterrement !

Sans dire un mot, il me rejoignit et s'assit derrière moi. Il me passa un bras autour de la taille et me serra contre lui, tandis que, de sa main libre, il triait les robes. Il mit de côté celles qui ne faisaient manifestement pas l'affaire pendant que je m'efforçais de retrouver mon calme. Quand il eut besoin de mon avis, je m'étais reprise.

Nous limitâmes la sélection à deux modèles noirs : une robe moulante, trop sexy pour la circonstance, mais que Jane aurait adorée, et une robe simple, tout à fait convenable.

—Alors, pour laquelle vas-tu opter ?

Jack posa le menton sur mon épaule. Il m'enlaçait tandis que je tenais les deux vêtements devant moi.

—Jane était unique, déclarai-je enfin en laissant tomber la plus ajustée. Et elle serait furieuse si je lui volais la vedette à son propre enterrement.

Je me préparai à toute vitesse car Milo ne cessait de répéter que nous allions arriver en retard, mais Jack et lui furent plus rapides que moi. Ils m'attendirent devant ma chambre, puis nous roulâmes en silence jusqu'à l'église.

Le ciel était nuageux, ce qui était le seul point positif de la journée. De toute façon, je portais d'immenses lunettes de soleil, que je jugeais appropriées dans de telles circonstances.

Une fois sur place, Jack se gara dans le parking, mais je n'étais pas prête à aller plus loin. De beaux véhicules, comparables à la Lexus, voire plus luxueux, stationnaient là. Le père de Jane était un riche homme d'affaires, et elle était sa fille unique. La plupart de ceux qui pénétraient en file dans l'église semblaient faire partie de ses clients et de ses amis.

Quelques amis de Jane étaient présents aussi, mais, quand elle s'était mise à fréquenter assidûment les vampires, elle avait négligé la majorité de ses autres copains. Ceux qui étaient venus se démarquaient de manière affreuse.

Une fille avec qui Jane faisait souvent la fête arborait une minijupe rouge vif. Sa garde rapprochée marchait dans son sillage tandis qu'elle entrait en tapant un SMS. L'un des anciens petits amis de Jane paraissait très affecté, mais peut-être planait-il complètement.

— On entre ? suggéra Milo depuis la banquette arrière tandis que j'observais tous les hommes engoncés dans leurs costumes et les ados toxicos. Alice ? (Lorsque je ne répondis pas, il poussa un soupir de frustration.) La cérémonie va bientôt commencer.

Jack se retourna brusquement vers lui.

— Si tu veux y aller, personne ne t'en empêche.

— Ce n'est pas pour être méchant, mais je ne souhaite pas interrompre le service. (Mon frère se pencha entre les deux sièges avant et me toucha l'épaule.) Alice, je pense que tu dois entrer et y assister.

— Milo, intervint Jack.

— Non, il a raison. Allons-y.

J'ouvris la portière avant de perdre mon courage et sortis de la voiture.

Jack en fit le tour et me prit par la main, tandis que mon frère se plaça de l'autre côté. En avançant jusqu'à l'église, je remarquai une affichette abîmée par les éléments punaisée sur un poteau. J'en avais vu des milliers d'autres dans Minneapolis et Saint Paul au cours des mois précédents. Une photo de Daisy en noir et blanc occupait la majeure partie de la page, avec un numéro à composer pour quiconque disposerait d'informations sur sa disparition.

Son enlèvement avait fait grand bruit. Le kidnapping d'une adorable fillette de cinq ans en phase terminale dans un quartier huppé avait tendance à susciter beaucoup d'attention. À présent, tout le monde commençait à se dire qu'elle était morte, alors l'intérêt était un peu retombé.

L'église était pleine à craquer, et il y régnait une chaleur propre aux lieux bondés. La température et la tristesse étaient oppressantes. Le bruit des pleurs et de lourds battements de cœur m'emplirent la tête.

Le cercueil en acajou reposait au bout de l'allée centrale, le couvercle ouvert. Lorsque je l'aperçus depuis l'arrière de l'église, une sensation de vertige s'empara de moi. De là où je me trouvais, je ne voyais pas Jane. Je distinguais seulement le tissu blanc qui tapissait le cercueil.

Mes genoux se dérobèrent sous moi. La scène me paraissait totalement irréelle. Jack me pressa la main, et Milo se rapprocha de moi.

Nous nous glissâmes sur le banc le plus proche, dans le fond, et je chancelai. Je croyais que cet étrange engourdissement reviendrait, mais ce n'était pas le cas. La nausée me gagnait, et toutes mes émotions semblaient exacerbées.

Pendant presque tout le service, Milo pleura doucement. Il n'avait jamais adoré Jane, surtout parce qu'il estimait qu'elle avait une mauvaise influence sur moi, mais il éprouvait de l'affection pour elle. Elle savait se montrer très drôle et gentille. Parfois, elle s'était comportée ainsi envers lui.

Après l'éloge funèbre récité par son cousin, le pasteur invita les membres de l'assemblée à s'exprimer, mais j'en étais incapable. Tout ce que j'avais à dire à propos de Jane me paraissait blasphématoire.

J'avais laissé notre amitié se désagréger et, si j'avais agi différemment, elle ne serait peut-être pas morte.

À la fin, tout le monde fut appelé à rendre un ultime hommage à la défunte. Jack resta sur le banc tandis que je m'avançais avec Milo. Je n'aurais pas pu le faire seule, et j'étais heureuse que mon frère soit là pour me tenir la main. Lui seul la connaissait aussi bien que moi.

Lorsque je la vis dans son cercueil, le pire fut qu'elle n'avait pas l'air décédée. Presque un mois jour pour jour s'était écoulé depuis notre dernière rencontre, et elle était bien plus en beauté à présent. Elle avait repris du poids, dans le bon sens du terme, et sa peau avait retrouvé des couleurs. Peut-être était-ce grâce au maquillage, mais peu m'importait.

Jane semblait plus vivante qu'elle n'en avait eu l'air depuis des mois, pourtant elle était morte.

Je tendis la main et touchai la sienne, froide et raide. Des larmes ruisselèrent sur mes joues. J'avais envie de m'excuser, de lui dire adieu, de lui parler, mais les mots ne me venaient pas. Ma bouche refusait de s'ouvrir. Un sanglot étouffé, tel ceux de Milo, s'approcha le plus de ce que je pouvais exprimer.

Nous étions les derniers devant le cercueil. Les porteurs nous observaient. J'étais déjà restée trop longtemps muette, alors je guidai Milo loin du cercueil. Je quittai Jane du regard, consciente que je ne la reverrais plus jamais.

Nous nous apprêtions à regagner nos places au fond de l'église lorsque j'aperçus quelque chose qui me pétrifia. Milo avait la tête baissée, mais pas moi, car je voulais m'assurer qu'on ne dépasse pas notre rang.

Notre mère se tenait au milieu de l'allée, à quelques mètres de nous.

Je me figeai, et mon frère leva la tête. Lorsqu'elle examina Milo attentivement, notre mère resta bouche bée.

Nous avions tous les deux changé depuis notre transformation mais, chez lui, la différence était bien plus spectaculaire. Il était devenu vampire à l'âge de seize ans, mais ses joues rebondies et ses grands yeux bruns lui avaient toujours donné l'air plus jeune. Désormais, il était plus grand, plus musclé, et plus fin.

Elle l'avait vu pour la dernière fois plus de quatre mois auparavant, mais il avait vieilli de plusieurs années, comme s'il avait désormais dix-huit ou dix-neuf ans.

Depuis que nous étions vampires, nous avions fait tout notre possible pour couper les ponts avec elle. Milo lui téléphonait encore parfois, mais elle ne nous voyait plus. Il lui serait plus facile de poursuivre son existence si elle ignorait ce que nous étions devenus.

Pour l'enterrement, ses cheveux étaient toujours aussi frisés et emmêlés, mais elle avait tout de même revêtu une tenue noire. Dans un effort de coquetterie, elle s'était maquillée avec un rouge à lèvres criard et un épais trait d'eye-liner.

— Milo ?

Elle se pencha vers nous, comme si elle n'en croyait pas ses yeux.

— Bonjour, maman, répondit mon frère.

Il déglutit péniblement, et me serra la main encore plus fort. Son cœur tambourinait dans sa poitrine, et le mien aussi.

— C'est bien toi ?

Elle tendit le bras, comme si elle souhaitait le toucher. Elle approcha la main, mais la laissa retomber et se contenta de le contempler.

— Quand je t'ai dépassé, je me suis dit que… Tu ressembles tant à ton père.

Elle ne parlait jamais de lui, sauf en de rares occasions, pour mentionner qu'il n'avait rien fait pour nous aider.

— Merci ? bredouilla Milo.

Derrière nous, les porteurs avaient refermé le cercueil et commencèrent à le transporter vers le corbillard. La cérémonie était officiellement terminée. Autour de nous, tout le monde sortait doucement, mais nous ne bougions pas.

— Décidément, ton école privée te réussit, déclara notre mère, sans cesser d'observer Milo, bouche bée.

— Euh… oui, balbutia ce dernier.

Elle était persuadée qu'il fréquentait un lycée privé à New York, mais il s'agissait d'un mensonge pour expliquer sa soudaine absence. Elle pensait que j'étais partie pour vivre avec Jack, ce qui était la vérité.

— Tu as vraiment mûri. (Sa voix se brisa.) Tous les deux, d'ailleurs. Tu as l'air très en forme, Alice. Vous êtes devenus de beaux jeunes adultes, ajouta-t-elle avant d'esquisser un sourire. Vous vous êtes réellement épanouis sans moi.

— C'est faux, maman, s'empressa d'objecter Milo afin d'atténuer la culpabilité de cette dernière.

— Quand êtes-vous revenus ? nous demanda-t-elle, imaginant que nous avions pris un vol depuis New York pour assister à l'enterrement.

Elle avait un mouchoir roulé en boule dans la main, et j'avais du mal à croire qu'elle avait versé des larmes. J'étais même surprise de sa présence. Elle aimait bien Jane, mais elle la connaissait à peine.

— Hier, mentit Milo. J'allais venir te…

— Non, je comprends, l'interrompit-elle en secouant la tête. Ta sœur avait besoin de toi. (Elle détourna le regard un instant, puis le riva sur moi.) J'ai pensé te téléphoner pour ton anniversaire, la semaine dernière, mais je me suis dit que tu ne décrocherais pas.

— Tu aurais dû m'appeler.

— Tu aurais répondu ? insista-t-elle, et je baissai les yeux. Je sais que tu as ton indépendance, maintenant. Je ne voulais pas m'immiscer dans ta vie en venant ici…

— Non, ce n'est pas ce que tu as fait, la rassurai-je rapidement.

Les larmes lui montaient aux yeux. Je ne l'avais jamais vue si fragile. Je lui connaissais trois visages : soûle, fatiguée ou agacée.

— Jane a fait partie de tes amies proches pendant des années, et je me devais de la remercier pour avoir si bien pris soin de toi, expliqua-t-elle en se tamponnant discrètement les yeux. Mes sincères condoléances, Alice.

— Merci, dis-je, hésitante.

— Bien, je ne vous embête pas plus longtemps, j'y vais, annonça-t-elle tout à coup avant de se tourner et de s'éloigner de nous.

— Attends, maman !

Milo me lâcha la main et se précipita vers elle.

Avant qu'elle puisse réagir, il la prit dans ses bras et la serra. Je craignais qu'il lui fasse du mal sans le faire exprès mais, lorsqu'elle l'étreignit à son tour, elle ne semblait pas souffrir. De nouvelles larmes roulèrent sur les joues de Milo.

— Je t'aime.

— Je sais, mon chéri. Moi aussi je t'aime.

Elle lui caressa le dos pendant un long moment, puis s'écarta de lui.

— Je viendrai te voir avant de partir, lui promit-il en reniflant.

Elle posa les mains sur les joues de mon frère et lui sourit.

— Rien ne t'y oblige. Retourne au lycée, lui conseilla-t-elle, la gorge nouée par l'émotion. Tu dois faire de bonnes études pour mener ta propre vie. C'est tout ce que j'ai toujours désiré pour toi. (Elle baissa les mains, et son sourire triste s'attarda sur ses lèvres.) Occupe-toi bien de ta sœur, d'accord ?

— Compte sur moi, acquiesça Milo.

Elle rajusta sa robe fluide et gagna la sortie. Mon frère s'essuya les joues de la paume de la main, et je m'avançai vers lui.

Je me mordis la lèvre et observai notre mère disparaître de l'église. J'aurais dû la serrer dans mes bras mais, quand elle s'était tenue devant nous, je n'y étais pas parvenue. Je pouvais à peine parler, et encore moins bouger.

— Ça va ? m'enquis-je.

— Oui. Et toi ? (Il retenait encore ses larmes.) Désolé. Je me comporte comme un vrai bébé.

— Non, tu es fidèle à toi-même, soulignai-je en me forçant à lui sourire.

À présent, l'église était vide. Jack était resté en retrait pour nous accorder un moment d'intimité. Lorsque ma mère partit, il nous rejoignit.

— C'était votre mère, n'est-ce pas ?

— En personne.

Je pris une profonde inspiration pour éviter d'éclater de nouveau en sanglots.

— Tu tiens le coup ? me demanda Jack en enfonçant les mains dans les poches de son costume.

— Aussi bien que possible.

— C'était un moment plutôt intense, pas vrai ? fit observer Milo. Je pensais ne plus jamais la revoir.

— Et ça t'a fait plaisir ? s'enquit Jack.

— Oui, répondit mon frère avant de se mordre la lèvre inférieure. Oui, vraiment. J'avais besoin de tourner la page. Je crois que c'était nécessaire pour tous les deux.

J'ignorais s'il parlait de lui et de notre mère, ou de lui et de moi, mais, dans les deux cas, je n'avais pas l'impression de pouvoir passer à autre chose. Je me sentais encore plus bouleversée qu'auparavant.

Sur le trajet du retour, Milo se montra enjoué, presque gai. Toutes les larmes qu'il avait versées lui avaient permis d'évacuer sa tristesse. J'aurais souhaité pouvoir en dire autant.

Lorsque nous arrivâmes, Bobby, assis sur l'îlot central, trempait un bâton de céleri dans du beurre de cacahouètes.

— Comment ça s'est passé ? nous interrogea-t-il.

— Bien, étrangement, lui répondit Milo.

— Où est ma chienne ?

Jack avait immédiatement remarqué son absence. Il desserra sa cravate et chercha Matilda du regard. Chaque fois qu'il revenait à la maison, elle se ruait sur lui, telle une grosse boule de poils blancs.

— Elle est dehors avec Leif, annonça Bobby.

— Leif est de nouveau chez nous? marmonna Jack en se dirigeant vers les portes-fenêtres qui s'ouvraient sur le jardin.

Leif avait fait partie de la meute de vampires assoiffés de sang venue aux États-Unis pour éliminer Peter, et nous par la même occasion. Mais il les avait quittés, et avait failli mourir en nous aidant.

Depuis, il vagabondait. Je ne savais pas où il vivait ou comment il se nourrissait, même s'il m'assurait qu'il ne tuait personne, mais, parfois, il passait nous rendre visite pour se doucher et se reposer.

Je n'arrivais pas à connaître les véritables sentiments de Jack envers Leif. Manifestement, il ne lui faisait pas confiance, mais je crois que c'était seulement parce qu'il n'avait aucune idée de ce que Leif me voulait.

Je le comprenais parfaitement. Leif et moi étions liés d'une manière que je ne m'expliquais pas. Dès que je l'avais vu, j'avais senti cette connexion. Elle n'avait aucun caractère sexuel ou inapproprié. C'était simplement un lien.

Jack sortit et, quand je le rejoignis, il se roulait déjà dans la neige en costume. Matilda le salua d'un aboiement joyeux. Sa fourrure blanche était couverte de neige sale. Dès que son maître était apparu, elle avait perdu tout intérêt pour Leif. Cette chienne était sans doute le seul être sur terre à aimer Jack plus que moi.

— Tu es élégante, intervint Leif en m'examinant.

Il se tenait sur le côté de la maison, pieds nus sur la terrasse.

Il ramena en arrière ses cheveux bruns mouillés de neige fondue. Cela changeait de son look ébouriffé habituel. Il avait de grands yeux bruns, qui me rappelaient ceux de Milo, et je crois que c'était pour cela qu'il me plaisait depuis le départ. Je ne pouvais que faire confiance à quelqu'un qui ressemblait tant à mon frère.

— Euh… oui. Nous étions à un enterrement.

Je frottai mes bras nus, pas à cause du froid, mais parce qu'en parler me mettait mal à l'aise.

— Je suis navré, me dit-il avec sincérité. J'espère que tout va bien pour toi.

— Pour l'instant, je n'en sais rien, répondis-je en haussant les épaules. Mais ça finira par s'arranger.

Il me sourit, et Jack cessa de jouer avec Matilda pour nous contempler.

— Pourrais-je utiliser votre douche ? lança Leif à Jack.

Mon petit ami acquiesça. Ezra avait déjà autorisé Leif à se laver chez nous aussi souvent qu'il le souhaitait, mais ce dernier demandait toujours la permission à Jack.

— Tu devrais également laver tes vêtements, suggérai-je tandis que Leif s'apprêtait à entrer.

Son jean et son pull se réduisaient presque à des loques.

— Ou emprunter une tenue à Ezra, ajoutai-je. Oui, fais ça. Jette ceux-là, et prends ceux d'Ezra.

— Merci.

Il m'adressa un autre sourire.

Dès qu'il disparut, Jack balaya la neige de son costume et s'avança vers moi. Matilda tournait en rond autour de lui. Elle ne s'était pas encore rendu compte qu'il avait cessé de jouer avec elle.

— Tu ne voulais pas réellement t'amuser avec ta chienne, je me trompe ? demandai-je en levant les yeux sur lui.

— Comment ça ?

Il tentait de prétendre qu'il ne voyait pas où je voulais en venir.

— Tu désirais juste éloigner Matilda de Leif. Dès qu'il est là, tu marques ton territoire. (Je haussai un sourcil moqueur.) Je devrais m'estimer heureuse que tu ne me fasses pas pipi dessus.

Il éclata d'un rire qui déclencha de délicieux frissons dans tout mon corps. Ce son me faisait toujours un effet fou.

— Peut-être bien. (Lorsqu'il se rappela que j'étais triste, son sourire s'évanouit un peu.) Pardon. Je n'aurais pas dû me préoccuper de cela dès notre retour. Je suis un abruti.

— Non, ce n'est pas grave. Je vais plutôt bien, ajoutai-je en me forçant à sourire pour le prouver. Tu vas quand même passer la journée avec moi ?

— J'ai envie de passer chaque jour de ma vie en ta compagnie.

Il riva ses yeux bleus remplis de douceur et d'adoration sur moi, puis m'embrassa tendrement. Je savourai la sensation de ses lèvres froides sur les miennes.

Lorsqu'il mit fin à notre baiser, je posai la tête contre son torse, et il m'enlaça. Rien d'autre au monde ne pouvait me faire me sentir mieux.

Chapitre 5

Le vent glacial me fouetta les cheveux. À cette altitude, il était beaucoup plus froid qu'au sol. Les parois vitrées des immeubles voisins reflétaient les lumières de la ville comme des miroirs. Le gratte-ciel s'élevait sur plus de cinquante étages. Ainsi, nous dominions presque tous les autres buildings de Minneapolis.

J'agrippai plus fort le garde-corps en fer gelé, puis me penchai par-dessus le bord du bâtiment. Olivia détestait me voir faire cela car, si je me réceptionnais mal, une chute d'une telle hauteur pouvait m'être fatale.

Pour moi, il s'agissait du prolongement logique de mon entraînement. Je n'étais pas sujette au vertige, mais je devais me dépasser. Mon estomac se nouait, et je n'aimais pas me sentir si désorientée. Les phares des véhicules projetaient une lumière éblouissante sur les routes. Au-dessous de nous, les gens se réduisaient à de minuscules points noirs.

— Alice, arrête, veux-tu ! me reprocha Olivia d'une voix lasse.

— Deux secondes !

Olivia était une vampire terriblement séduisante. Âgée de plus de six cents ans, elle paraissait tout juste aborder la quarantaine, et en beauté. Elle était propriétaire du *V*, situé au sous-sol de l'immeuble dans lequel nous nous trouvions, et habitait dans le luxueux appartement avec terrasse du dernier étage.

Avant de prendre sa retraite et d'acheter le club, elle avait exercé avec talent le métier de chasseuse de vampires. Une poignée de chasseurs de vampires œuvrent à maîtriser ceux qui se rebellent. Certains peuvent se révéler particulièrement dangereux, à la fois pour leurs congénères et les humains, et les chasseurs sont nécessaires pour les contrôler.

Quelques mois auparavant, quand la meute de lycans m'avait attaquée, Olivia m'avait secourue, parce qu'elle s'était prise d'affection pour moi. J'ignorais jusqu'à quel point je lui plaisais au juste, mais elle savait que j'étais avec Jack, donc je ne m'en inquiétais pas.

Cette agression m'avait laissée sous le choc, abasourdie par mon impuissance. Bien que vampire, j'avais failli mourir et n'avais pas été d'une grande aide lors du combat. La transformation ne suffisait pas. Je devais devenir assez forte pour nous protéger mes proches et moi, alors Olivia avait accepté de m'entraîner.

—Alice, si tu ne descends pas de là, je cesserai de m'occuper de toi, me menaça-t-elle, pas pour la première fois. Même si je suppose que mes paroles ne t'impressionnent plus autant qu'avant.

Nous avions effectué nos exercices habituels, guère différents de ceux du karaté ou du kickboxing. Il y avait un peu de renforcement musculaire, mais la plus grande partie du travail consistait à apprendre à utiliser la puissance dont je disposais déjà ainsi qu'à maîtriser ma grâce et mon endurance.

Cette nuit-là, j'avais réussi à immobiliser Olivia avec une facilité relative, et elle avait commencé à se plaindre d'avoir perdu la main. Elle n'avait pas chassé de vampires depuis plus d'un demi-siècle.

— J'avais de la colère à évacuer ce soir, c'est tout, lui expliquai-je.

Je ne me retournai pas pour la regarder, mais la sentis s'approcher de moi. La veille, j'avais assisté à l'enterrement de Jane, et ma dernière session avec Olivia remontait à avant mon anniversaire.

— Comment vas-tu avec tout ça ? me demanda-t-elle en se penchant contre le garde-corps près de moi.

J'étais contre le rebord, tout le haut du corps penché à l'extérieur, mais elle ne me répéta pas de descendre. Une bourrasque souleva ses longs cheveux noirs. Les miens étaient ramenés en queue-de-cheval lorsque je m'entraînais, mais Olivia soutenait qu'il me faudrait apprendre à combattre les cheveux détachés.

— Où était-elle ?

Quand Olivia tarda à répondre, je pivotai vers elle.

— Où se trouvait Jane quand tu l'as vue ? insistai-je.

— Sur Hennepin Avenue. (Elle désigna d'un signe de tête la rue en dessous de nous.) À un ou deux pâtés de maisons dans cette direction.

— Est-ce que tu l'as vue ?

Je plissai les yeux en me concentrant sur le trottoir. J'étais trop loin pour distinguer grand-chose mais, même de très près, je doutais d'être plus avancée.

— Juste assez pour remarquer que c'était elle.

Olivia recula et marcha vers la porte. Elle venait de découvrir une nouvelle tactique pour m'éloigner du rebord : la rétention d'informations.

— Comment as-tu su qu'elle se trouvait là, d'abord ? demandai-je avant de sauter et de me précipiter derrière elle.

— Quelqu'un est mort à proximité de mon club, déclara-t-elle en m'adressant un regard empreint de gravité. C'est mon boulot de savoir quand il y a un décès, et de m'en charger.

— Tu t'es occupée de Jane ?

— La police était déjà sur place quand je l'ai appris. Je n'ai rien eu à voir, ni à faire. (Elle ouvrit la porte qui menait à la cage d'escalier et commença à descendre.) D'après ce qu'on m'a raconté, elle ne portait aucune trace de morsure. Donc je ne crois pas que c'était un vampire.

— Mais tu n'en es pas sûre ? la pressai-je tout en dévalant les marches derrière elle.

— La seule certitude, c'est que la malheureuse est morte, annonça-t-elle sans ménagement, avant de pousser la porte de son immense et somptueux loft.

Le bâtiment, hors du commun, avait une forme triangulaire plutôt que carrée, et une façade entièrement vitrée. Tout le sol était en marbre. L'escalier arrivait au milieu de l'appartement, dans le salon.

De moelleux canapés et fauteuils haut de gamme meublaient la pièce. Bien entendu, ils étaient magnifiques, mais la principale préoccupation d'Olivia dans la vie était le confort. Elle possédait une petite cuisine un peu en retrait, afin de nourrir les nombreux humains qu'elle hébergeait, puisqu'elle refusait de boire du sang en poche. Elle aimait à répéter que s'il n'était pas frais ce n'était pas de la nourriture.

Au centre, à l'arrière de l'escalier, se trouvait un ascenseur à destination exclusive du sous-sol. Pour accéder chez elle, il fallait traverser le club.

Les cloisons dissimulaient trois chambres luxueuses, toutes dépourvues de fenêtres. Olivia occupait l'une d'elles, tandis que les deux autres accueillaient ses invités occasionnels.

— Tu ne sais vraiment rien ? lui demandai-je.

Elle s'allongea sur l'un des somptueux canapés. Elle était toujours vêtue de cuir noir ajusté et, lorsqu'elle s'étira, le tissu remonta, révélant la perfection de sa peau pâle.

— Je connais beaucoup de choses, mais rien d'utile à propos de ton amie.

Elle bâilla et roula sur le ventre, me tournant le dos. Je m'installai dans un fauteuil.

— Mais tu es au courant de tout avec ta boîte !

— Personne ne se soucie de la mort d'un humain, affirma-t-elle, la tête posée sur un coussin. Sans vouloir te vexer, ma puce, personne n'en dit rien.

— Mais ce n'est pas que cela. Ils croient qu'elle a été assassinée par un tueur en série.

— Un tueur en série humain, insista-t-elle.

— Je ne vois pas ce que ça change. Un meurtre reste un meurtre.

Je me renfonçai dans mon siège. Je détestais qu'on me rappelle à quel point la vie humaine comptait peu aux yeux des vampires. La vie éternelle ne signifiait pas que tout le reste devait passer au second plan.

— Je vais retrouver celui qui a fait ça à Jane, et je me fiche qu'il ait éliminé d'autres personnes, que ce soit un vampire ou le prince d'Égypte. Je vais supprimer ce salaud.

En prononçant cette phrase à voix haute, je compris que je le pensais sincèrement.

— C'est pour ça que tu me cuisines ? s'enquit Olivia en me jetant un coup d'œil par-dessus son épaule. Tu imagines que tu vas te venger ? ajouta-t-elle en haussant un sourcil moqueur avant d'éclater de rire.

— Quoi ? En quoi est-ce drôle ? Je t'ai battue à plate couture tout à l'heure, précisai-je, sur la défensive.

— Je suis vieille ! s'exclama-t-elle, toujours hilare. Et je suis rouillée. Si tu envisages cela sérieusement, tu auras besoin de t'entraîner avec quelqu'un d'autre. Je ne fais pas le poids.

— Bien sûr que je ne plaisante pas. (Je me levai.) On a tué ma meilleure amie !

— Calme-toi, ma belle, me conseilla-t-elle d'une voix bienveillante. Je sais, tu es une fille passionnée. C'est ce qui me plaît chez toi.

— Alors qu'est-ce que ça signifie ?

— Qu'il faut que tu fasses ton deuil, et ensuite nous en reparlerons.

Elle se remit sur le ventre. Ses cheveux retombèrent sur ses épaules comme un châle. Elle venait de clore le sujet. Olivia m'aimait bien, mais elle montrait peu de patience pour les conversations qui ne l'intéressaient pas.

— Bon, soupirai-je, je file d'ici, alors.

— Tu descends au club ? lança-t-elle avec plus d'entrain.

— Je suppose. Milo et Bobby y sont, donc je vais sûrement y passer un petit moment.

— Pourrais-tu m'envoyer une fille, dans ce cas ?

— Quelle fille ? rétorquai-je d'un ton las.

Elle m'adressa un vague signe de la main et s'enfonça davantage dans le canapé.

— N'importe laquelle. Tu connais mes goûts.

— Tu te doutes bien que je ne ferai monter personne, n'est-ce pas ?

J'appuyai sur le bouton de l'ascenseur.

Je ne souhaitais pas encourager son utilisation des humains comme garde-manger, mais elle disposait d'un harem de filles qui adoraient qu'elle les morde. Sachant où cela avait mené Jane, je n'aurais même pas dû tolérer l'idée, mais au moins Olivia ne les tuait pas et les traitait avec un certain respect.

Auparavant, elle ingérait du sang quotidiennement, et parfois même plusieurs fois par jour. Elle s'enivrait. Le sang a un effet puissant sur nous, il nous euphorise et nous galvanise. Mais, si nous nous alimentons seulement lorsque le besoin se fait sentir, soit une fois par semaine environ, cette sensation s'estompe rapidement.

Depuis qu'elle m'entraînait, Olivia avait considérablement réduit sa consommation. Lorsque je l'avais connue, elle était souvent shootée et incohérente. Même à présent, la raison pour laquelle je la battais n'avait aucun rapport avec son âge. L'excès de sang la rendait lente et paresseuse.

L'ascenseur s'ouvrit sur un couloir sombre à l'arrière du club. Pour l'atteindre, je dus me faufiler dans un labyrinthe de tunnels plongés dans le noir. Les premières fois où j'étais montée chez Olivia, je m'étais perdue à de nombreuses reprises, mais j'avais fini par maîtriser l'itinéraire.

Je poussai une large porte, révélant la piste de danse inondée de lumière bleue. Le DJ passait le nouveau titre des Cobra Starship, sur lequel la foule se trémoussait en rythme. Beaucoup de danseurs étaient des vampires et des donneurs, mais pas tous. Il y avait des personnes ordinaires qui fréquentaient la discothèque simplement pour danser. Peut-être ne leur arriverait-il rien d'autre, mais peut-être serviraient-ils d'en-cas à la fin de la soirée.

Je chassai cette pensée de mon esprit. J'étais incapable de sauver chaque individu, et la plupart d'entre eux n'avaient aucun besoin de mon aide. En temps normal, les vampires tentaient d'épargner leurs proies, car il était plus facile de vivre et de s'alimenter sans laisser une pile de cadavres derrière soi.

Je commençais à peine à mesurer le côté révoltant de cette existence. Mais, pour le moment, je n'avais pas besoin de m'inquiéter pour tous ceux qui se trouvaient à l'intérieur. Je devais juste localiser mon frère et Bobby.

Ce fut relativement aisé, puisque ce dernier s'était récemment découvert une passion pour la breakdance. Dans le coin près du bar, les gens s'étaient un peu écartés pour qu'il puisse essayer ses combinaisons. Elles n'étaient pas terribles. Il n'aurait pas franchi le stade des auditions pour un concours télévisuel.

Milo, son plus grand fan, se tenait sur le côté et l'encourageait. Je les rejoignis et observai Bobby tournoyer pendant un instant, puis donnai une petite tape sur l'épaule de mon frère.

— Tu attaques les cours demain, non ?

L'avantage d'être vampire, c'était que je n'étais pas obligée de crier pour couvrir la musique. J'étais certaine que Bobby n'entendait rien, mais Milo hocha la tête.

— Quelle heure est-il ? me lança-t-il tout en acclamant son petit ami qui faisait un saut sur une main.

— Trois heures passées.

— Merde ! grimaça-t-il, je ne pensais pas qu'il était aussi tard.

Il sortit de l'ombre pour attirer l'attention de Bobby, puis l'appela.

À contrecœur, ce dernier s'interrompit et se leva. Il récolta des applaudissements, mais je me demandais si c'était pour sa performance ou parce qu'il s'était arrêté.

— On doit partir, lui indiqua Milo.

— OK !

Bobby haussa les épaules et se dirigea vers la porte, mais Milo le retint. Son petit ami était torse nu. Il ne portait qu'un jean slim noir afin de montrer ses tatouages.

— Où est ton haut ? s'enquit mon frère.

— Euh… aucune idée.

Bobby regarda autour de lui, mais chacun avait repris ses occupations, et son sweat ne se trouvait pas par terre.

— Bon, ce n'est pas grave. Allons-y, dit-il.

— Mais il gèle dehors ! s'agaça Milo. Et tu es couvert de sueur ! Tu risques un choc thermique si tu sors comme ça ! (Il se tourna vers moi avec un regard penaud.) Désolé. Il faut qu'on retrouve son pull. Ou n'importe quel pull.

Milo et Bobby se fondirent dans la foule pour dénicher le vêtement, mais j'étais prête à parier qu'ils reviendraient bredouilles. Mon frère portait un fin tee-shirt, si bien qu'il n'avait rien à lui prêter. Je cherchai des yeux quelque chose que Bobby pouvait mettre.

Distraite par ma quête, je percutai une fille.

— Pardon, m'excusai-je en la regardant.

Puis je la reconnus, et nous nous figeâmes toutes les deux.

Avant ma transformation, deux vampires s'étaient mis en tête de boire mon sang. Peter s'était occupé du type, mais la fille, Violette, s'était enfuie. À l'époque où elle le côtoyait, elle s'accoutrait comme pour Halloween, avec un maquillage outrancier, de faux crocs et des cheveux violets.

Depuis la mort de son acolyte, elle avait opté pour un look normal, retrouvant son blond naturel et un maquillage subtil. Je l'avais vue à plusieurs reprises dans le club, mais ne lui avais adressé la parole qu'une fois. Manifestement, je lui faisais très peur et, après ce que Peter avait fait à son ami, je la comprenais.

— Pardon, s'empressa-t-elle de dire, comme si c'était elle qui m'était rentrée dedans.

— Attends ! m'exclamai-je de mon ton le plus enjoué pour l'empêcher de s'enfuir.

Certes, elle avait tenté de me tuer, ou du moins de contribuer à mon enlèvement, mais elle ressemblait surtout à une gamine désorientée. Elle était devenue vampire à l'âge de quatorze ans, par amour pour un garçon stupide, à peine deux ans auparavant. Pour être tout à fait franche, elle me rappelait beaucoup Jane.

— Écoute, je suis désolée. (Violette me répondait par politesse, mais m'évitait du regard.) J'essaierai de faire attention où je vais la prochaine fois.

— Non, c'était ma faute, expliquai-je, et elle me dévisagea, l'air perplexe. Comment vas-tu ?

— Très bien.

Elle braqua ses extraordinaires yeux violets sur moi un instant, puis son visage s'adoucit.

— J'ai appris pour ton amie. Toutes mes condoléances, ajouta-t-elle.

— Tu as entendu parler d'elle ? demandai-je, le cœur battant. Que sais-tu au juste ?

— Euh... rien d'important, en fait, dit-elle en reculant d'un pas. J'ai seulement... su qu'elle avait été tuée. J'ai vu sa photo à la télé, et comme je l'avais déjà rencontrée, quand elle était avec toi...

« Rencontrer » n'était pas le terme exact. Cette nuit-là, elle avait failli tuer Jane aussi.

Mon estomac se noua. Peter avait éliminé son ami pour me sauver. Violette s'abaisserait-elle à assassiner Jane juste pour se venger ? Mon expression avait dû changer, car elle blêmit et son cœur cogna plus vite.

— Je ne suis au courant de rien ! Je t'assure ! (Sous le coup de la peur, elle paraissait plus jeune.) Je... j'essayais simplement d'être gentille.

— Oui, ne t'inquiète pas, j'ai compris, insistai-je en secouant la tête pour tenter de chasser toute trace d'accusation. Non, excuse-moi. Merci. Je veux dire, pour tes condoléances.

— Oui, acquiesça-t-elle.

Elle se mordit la lèvre inférieure, puis me contempla un long moment, avant de faire un geste vers sa gauche.

— Je... j'y vais. Sur la piste de danse, ou ailleurs.

— D'accord, approuvai-je avec un hochement de tête et un sourire. Amuse-toi bien.

Elle se fondit parmi la foule, et je me demandais pourquoi je l'avais obligée à converser avec moi. Ce n'était pas parce qu'elle semblait perdue que je devais la secourir. Ce n'était pas comme si j'avais beaucoup aidé Jane.

En fait, la plupart du temps, je n'étais d'aucune utilité à personne. Je compliquais l'existence de tout le monde, et je faisais frôler la mort à tous ceux qui comptaient pour moi. Il valait sans doute mieux pour Violette qu'elle m'évite.

Milo et Bobby me rejoignirent une minute plus tard. Bobby portait un blouson noir sexy que Milo avait dû acheter à un autre vampire. Mon frère s'en plaignit jusqu'à ce qu'on regagne la voiture, tandis que son petit ami papotait toujours à propos de ses fabuleux talents de danseur.

En l'absence de Peter, je m'étais mise à emprunter son Audi, puisque j'avais enfin obtenu mon permis. Le véhicule n'avait que deux places, alors ce soir-là nous avions dû choisir la Jetta, mais je la pilotais. Je m'étais découvert une passion pour la conduite. J'avais passé des mois à refuser de prendre le volant et, à présent, j'adorais ça.

Une fois à bord, je mis la musique à fond afin de couvrir le début d'une dispute entre Milo et Bobby.

Mais j'avais l'esprit ailleurs. J'accélérai le plus possible, malgré les protestations de mon frère à l'arrière, et songeai à ce que j'avais dit à Olivia. Je m'entraînais depuis deux mois. Je n'étais pas la plus forte des vampires, mais j'étais certaine de pouvoir liquider le meurtrier de Jane. Il s'en prenait exclusivement à de faibles humaines. Il ne faisait pas le poids par rapport à moi, non ?

Il ne me restait plus qu'à trouver son identité.

Chapitre 6

Allongé sur le ventre, Jack dormait sur la largeur du lit. Je vins me blottir contre lui et posai la tête sur son dos. Après une autre matinée sans pouvoir fermer l'œil, nous eûmes enfin un sommeil réparateur. J'ignorais si je souffrais encore du décalage horaire après mon séjour en Australie, mais j'avais des difficultés à m'endormir, et Jack se forçait à veiller avec moi.

Milo déboula dans notre chambre sans frapper. Il venait de vivre sa première journée dans son nouveau lycée et débordait d'enthousiasme. Comme Bobby était toujours à la fac, il n'avait personne à qui parler, alors il nous réveilla. Du moins, il essaya.

J'étais contente pour lui, mais je dormais depuis quelques heures à peine lorsqu'il débarqua. Jack réussit à s'asseoir et à participer à la conversation, mais je me serrai encore plus contre mon petit ami et absorbai les informations par osmose.

Ses professeurs se rendaient compte du génie de Milo, et de nombreuses filles cherchaient à le draguer. Il se demanda à voix haute s'il voulait afficher son homosexualité ou au contraire la dissimuler. Jack lui donna un conseil avisé : rester lui-même, et laisser les gens se forger leur propre opinion.

Après cette visite, Jack était réveillé mais, comme il savait que je dormais mieux lorsqu'il était dans les parages, il prit son ordinateur et s'assit à côté de moi. Même si je ne parvenais pas réellement à retrouver le sommeil, je savourai sa compagnie. Puis, soudain, il referma le couvercle et bondit du lit.

— Qu'y a-t-il ? m'enquis-je en l'observant se précipiter dans le dressing.

Lorsqu'il ne me répondit pas, je me redressai. Il réapparut au bout de quelques minutes, enfilant un tee-shirt.

— Tu sors ?

— Oui, confirma-t-il.

Il récupéra son portefeuille sur la commode et l'enfonça dans la poche arrière de son pantalon. Il se retourna pour me regarder, un sourire idiot illuminant son visage.

— J'ai un truc génial à faire, précisa-t-il.

— Comment ça ?

— Tu verras. (Il s'approcha de moi et me déposa un bref baiser sur la joue.) Je reviens dans un petit moment.

— Tout va bien ?

Il quitta la pièce dans un éclat de rire.

Après son départ, je pris une douche et me préparai. Ensuite, je traversai le couloir pour aller voir Milo et Bobby, dans l'ancienne chambre de Peter. Ce dernier avait emballé ses affaires, parce que cette fois il était parti pour de bon. Je détestais me l'avouer, mais mon cœur se serrait chaque fois que j'apercevais sa chambre vide.

Enfin, elle ne l'était pas entièrement. Son lit à baldaquin, démonté, était calé contre un mur dans l'angle, tandis que le matelas et le sommier avaient été mis de côté dans le dressing. Les bibliothèques qui ornaient les murs étaient à présent nues, et tous ses meubles et autres objets avaient disparu.

Il avait également laissé un exemplaire de sa *Brève Histoire des vampires* sur son lit. Je savais que c'était à mon attention. Mais je ne pouvais pas le garder. Je l'avais récupéré avant que Jack s'en aperçoive, et l'avais rangé dans le carton qui contenait le bric-à-brac de Peter, sous une chemise et quelques vieux disques.

Les garçons avaient profité du déménagement de Peter pour transformer sa chambre en salle de jeu. Avant Noël, Jack et Bobby avaient découvert que le magasin *Toys"R"Us* soldait des Lego Star Wars. Incapables de résister à cette fabuleuse aubaine, ils les avaient tous achetés et les avaient rapportés là pour les assembler.

Jusque-là, ils avaient réussi à monter l'Étoile de la mort et un TB-TT, soigneusement disposés sur les étagères, et ils s'attaquaient désormais à un immense Faucon Millenium. Assis en tailleur, Bobby se concentrait sur le tri des pièces, tandis que mon frère était allongé sur le ventre, un manuel déplié devant lui.

Le nouveau CD du groupe Silversun Pickups jouait doucement sur la chaîne hi-fi, et la porte qui donnait sur le balcon était ouverte, laissant s'engouffrer le vent hivernal. Bobby avait relevé la capuche de son sweat, mais il était devenu moins sensible au froid.

C'était encore bizarre pour moi d'entrer dans la chambre de Peter, même si elle ne lui appartenait plus et qu'elle ne ressemblait plus à ce qu'elle avait été. J'inspirai profondément et distinguai encore son odeur. Je m'enveloppai de mes bras et secouai la tête pour tenter de ne plus songer à lui.

— Qu'est-ce que vous faites, les mecs ?

— Des trucs, répliqua sèchement Bobby en ajustant ses épaisses lunettes à monture noire.

Il les portait rarement, mais il en avait besoin pour voir les petites pièces de Lego.

— Bobby a eu une journée de cours difficile, m'informa Milo sans lever le nez de son livre. Un de ses profs le déteste. Mais il n'a pas envie d'en parler.

— Ah ! d'accord.

Je m'approchai de mon frère pour examiner ce qu'il lisait, et constatai que tous les mots étaient dans une autre langue.

— Qu'est-ce que tu étudies ?

— Le français, me répondit-il. Ça te dirait d'aller en France l'été prochain ?

— Pourquoi pas ?

Je m'éloignai un peu de lui et balayai la pièce du regard. Sans toutes les antiquités de Peter qui l'encombraient autrefois, elle paraissait triste et trop grande.

Je savais que Peter et moi ne pouvions plus vivre sous le même toit, pas si je voulais que mon histoire avec Jack se passe bien, mais le vide qu'il avait laissé derrière lui me désolait. Mae avait emporté avec elle une bonne partie de l'atmosphère chaleureuse de la maison qui, à présent, me faisait l'effet d'une garçonnière.

Comme Milo ne semblait plus d'humeur à bavarder, je descendis pour vérifier le linge. En temps normal, Ezra était plutôt propre et soigné mais, sans sa femme, il se morfondait. Milo était le seul à ramasser ses affaires et, de mon côté, je m'étais sentie obligée de faire des efforts.

La buanderie débordait. Si Mae l'avait vue dans un tel état, elle se serait évanouie. Un jour, Jack avait plaisanté en m'indiquant que porter une tenue différente chaque jour serait tout à fait déraisonnable, mais il possédait assez de vêtements pour s'habiller pendant plusieurs mois sans laver quoi que ce soit. Et c'était précisément ce qui s'était produit.

Je poussai autant de vêtements que possible dans les deux machines à laver et les mis en route. Je balayai la mèche qui me barrait le front, puis inspectai la pièce. J'avais à peine entamé la pile de linge en attente. Je soupirai et sortis, puisque je ne pouvais pas faire beaucoup plus pour l'instant.

Je m'arrêtai sur le seuil et jetai un coup d'œil dans le couloir, en direction du bureau d'Ezra, dont la porte était entrebâillée. Je percevais la lueur bleue de l'ordinateur. Depuis le départ de Mae, Ezra se terrait.

Je me mordis la lèvre et me dirigeai lentement vers son antre. J'avais toujours l'impression d'envahir son intimité, mais je ne pouvais plus le laisser ruminer ainsi. Sa femme avait quitté la maison depuis des mois, et il devait, à un moment ou un autre, passer à autre chose.

— Je peux entrer ? demandai-je en poussant la porte.

Je m'attendais à le trouver assis derrière son écran, mais il était allongé sur le canapé, un bras replié sur le front.

— Tu as besoin de quelque chose ?

Il souleva son bras afin de me regarder.

— Non, je voulais juste…

Je haussai les épaules et m'appuyai au chambranle. J'avais envie de m'assurer qu'il allait bien, mais lui poser la question me parut stupide. Bien sûr qu'Ezra allait bien. Comme toujours.

— Qu'est-ce que tu fais ?

— Je n'en sais rien, m'avoua-t-il en laissant retomber son bras, avant de contempler le plafond un instant, ses yeux bruns perdus dans le vague. Je suppose qu'il est l'heure que je me lève.

— Non, tu n'es pas obligé. Il ne se passe rien de spécial.

— Mais tu te fais du souci pour moi.

Il s'assit et observa son bureau, où régnait un désordre inhabituel. Des livres et des papiers jonchaient le sol, ainsi qu'une couverture froissée. Il dormait à présent sur le sofa, préférant le cuir patiné au vide du lit conjugal.

— Est-ce répréhensible ?

— Non. Mais je suis resté trop longtemps enfermé ici. (Pour la première fois, il posa véritablement son regard grave sur moi.) Je me comporte comme un idiot égoïste. Tu as de réelles raisons de pleurer, tandis que je boude comme un enfant capricieux.

— Arrête, Ezra. Tu as partagé cinquante ans de ta vie avec Mae. Je ne suis même pas en mesure de le comprendre.

— Mais elle est vivante et heureuse. Elle éprouve un bonheur que je ne pourrai jamais lui offrir, précisa-t-il avant de pousser un long soupir et de se détourner de moi. Je peux au moins me raccrocher à ça.

— Elle n'est pas plus heureuse. C'est juste… ce qu'elle croit, mais c'est faux.

— Un enfant était la seule chose que j'étais incapable de lui donner. Or c'était son unique désir, ce qu'elle voulait plus que tout au monde.

Il parlait d'une voix si faible que je l'entendais à peine. Puis il secoua la tête et braqua de nouveau les yeux sur moi.

— Et toi, tu tiens le coup avec tout ce qui s'est passé ?

— Très bien, répondis-je avec un haussement d'épaules. Aussi bien que possible dans de telles circonstances.

— C'est vrai ?

Il inclina la tête. Son inquiétude me mit mal à l'aise. Je baissai le regard et jouai avec l'ourlet de mon tee-shirt.

— Ça y est, chérie, je suis rentré ! cria Jack à l'autre bout de la maison.

Je souris, soulagée. Je ne souhaitais pas analyser mes sentiments, pas même avec Ezra.

— Jack est revenu, annonçai-je comme s'il ne l'avait pas entendu. Je vais y aller.

Je m'approchai doucement de la porte, mais attendis le hochement de tête approbateur d'Ezra avant de remonter le couloir en courant.

— Super, tu es là.

Jack m'adressa un sourire. Il se tenait au milieu de la salle à manger, et son enthousiasme me gagna instantanément.

— Oui, pourquoi ? demandai-je en levant un sourcil.

— Je te l'ai dit. J'ai fait un truc génial, ajouta-t-il, les yeux brillants, avant de me prendre par la main. Viens, je vais te montrer.

— Quoi ?

— OK, tu sais que tu as le permis maintenant ?

Il m'entraînait vers le garage.

— Je peux difficilement l'ignorer.

— Et que, comme toi, Ezra, Milo, Bobby et moi conduisons tous, nous avons toujours l'impression de manquer de voitures ? (Il s'arrêta devant la porte.) Et que je devais en acheter une nouvelle depuis que j'ai perdu ma Jeep ?

— Ce n'est pas le terme exact. Tu l'as détruite, lui rappelai-je.

— Ne jouons pas sur les mots. Bref, je cherchais sa remplaçante et, aujourd'hui, je l'ai trouvée.

Avec un geste théâtral, il ouvrit le garage et entra. À côté de la Lamborghini rouge vif était garée une petite voiture grise. L'espace d'une seconde, je restai sans voix. Sa nouvelle voiture avait l'air vieille, comme si elle datait des années quatre-vingts. Que ce soit bien clair, elle était en bon état, presque comme neuve, mais je ne m'attendais pas à cela. J'imaginais que Jack aurait choisi un modèle aussi tape-à-l'œil que la Lamborghini.

— Alors ?

Il me décocha un regard plein d'espoir.

— Elle est jolie, déclarai-je en plaquant un sourire sur mon visage, pour tenter, sans succès, de me montrer aussi emballée que lui.

— Tu ne comprends pas, affirma-t-il, à la fois surpris et déçu. Je n'y crois pas.

— Non, elle est jolie, répétai-je en m'avançant pour l'inspecter de plus près.

Je devais rater quelque chose, puisqu'il était surexcité par cette acquisition.

— Elle est bien plus que jolie ! insista-t-il, toujours consterné. C'est une DeLorean de 1982, entièrement retapée !

Il la désigna d'un geste, comme si cela créerait un déclic en moi, mais ce fut plutôt le nom qui m'évoqua quelque chose.

— Attends… est-ce que c'est la voiture de *Retour vers le futur* ?

— Oui ! s'exclama-t-il avant de foncer vers elle. Mais celle-ci est encore mieux. Elle a été modifiée, donc elle possède un système sans clé, une interface pour iPod et bien d'autres fonctions. En plus, vise-moi ça ! (Il tira sur la poignée et les portières s'ouvrirent vers le haut.) Des portes papillons !

— Alors, tu vas m'emmener faire un tour ?

Je m'en approchai et jetai un coup d'œil admiratif à l'intérieur, qui paraissait impeccable pour un véhicule de presque trente ans.

— Bien sûr, dit-il avec un sourire. Mais, d'abord, je dois parler à Ezra.

— Pourquoi ?

— Eh bien, primo, parce que j'ai pris cent mille dollars de nos économies.

Il se pencha, ouvrit la boîte à gants et en sortit quelques documents, certainement relatifs à la transaction.

— Deuzio, il faut que je lui demande conseil pour l'assurance. Je ne sais pas si je dois en souscrire une pour voitures de collection.

— Tu as déboursé cent mille dollars pour ça ? demandai-je, ébahie.

— Ça les vaut largement ! (Il referma les portières et retourna vers la maison.) Si tu trouves que c'est cher, tu devrais voir combien Ezra a payé la Lamborghini !

— Vous êtes ridicules, tous les deux !

— Ezra ! s'écria Jack une fois à l'intérieur.

Lorsqu'il arriva dans la salle à manger avec moi, son frère était déjà au bout du couloir.

— Ah, tu es là, tant mieux ! Il faut qu'on discute. J'ai acheté une voiture.

Si Ezra était surpris, il ne le montra pas.

— Bien. Quelle marque ?

— Une DMC-12 de 1982 reconstruite, annonça Jack.

Ezra esquissa un sourire approbateur.

— Bien joué, dit-il en hochant la tête. À quel prix ?

— Tiens.

Jack lui tendit les documents qu'il avait récupérés dans la boîte à gants.

Ezra s'assit à la table pour les parcourir, et Jack s'installa à côté de lui. Je regardai par-dessus l'épaule d'Ezra et constatai que Jack avait souscrit une sorte de garantie en même temps. Apparemment, Ezra en déchiffrait les conditions.

— Qu'est-ce que vous faites ? lança Milo.

Il venait de descendre avec son petit ami, et il s'arrêta dans la pièce pour voir ce qui nous occupait. Bobby poursuivit son chemin jusqu'à la cuisine et se dirigea droit vers le frigo.

— Jack a acheté une voiture, expliquai-je.

— Une DeLorean, fanfaronna ce dernier avec un sourire fier, comme chaque fois qu'il la mentionnait.

— Celle de *Retour vers le futur* ? s'étonna Milo.

— Exact.

Le sourire de Jack s'élargit.

— Est-ce qu'elle dispose d'un convecteur temporel ? demanda mon frère.

— Non, répondit Jack en le dévisageant comme s'il était idiot.

— Donc elle ne peut pas réellement voyager dans le temps ?

— Mais bien sûr que non, dit Jack d'une voix un peu déçue. C'est une voiture.

— Une vieille voiture.

Milo croisa les bras.

— Je parie que mon cousin t'aurait vendu son gremlin pour une somme beaucoup plus modique, ironisa Bobby tandis qu'il revenait avec une canette de soda à la main.

— Je m'en fiche, elle est géniale, se défendit Jack. Tu le saurais si tu l'avais vue.

— On peut ? s'enquit Milo.

— Oui, répliqua le nouveau propriétaire avant de sortir les clés de sa poche et de les lui lancer. Vas-y. Mais ne casse rien et ne la conduis pas. Tu regardes juste.

— Oui, chef! obtempéra Milo en s'avançant vers la porte.

Il se tourna alors vers son petit ami :

— Tu veux jeter un coup d'œil ?

— Oui, pourquoi pas ?

— Bobby, je t'interdis de monter à bord avec ta boisson ! s'écria Jack, et Bobby posa son Coca sur le plan de travail de la cuisine avant de suivre mon frère dans le garage.

— Cette voiture est vraiment cool, dis-je à Jack quand ils furent partis.

— Je sais.

Il me prit par la taille et m'attira vers lui pour que je m'appuie contre ses genoux.

— Tout me paraît normal, déclara enfin Ezra. (Il remit les documents en liasse en les tapant contre la table et regarda Jack.) Tu l'as peut-être payée un peu trop cher, mais tout est en règle.

— Alors tu ne m'en veux pas d'avoir retiré l'argent ?

— Tu l'as gagné. Tu peux l'utiliser à ta guise, souligna Ezra d'une voix douce. On doit faire démarrer l'assurance et, tant que j'y suis, j'en profiterai pour mettre l'Audi au nom d'Alice, et la Jetta à celui de Milo.

— Quoi ? m'écriai-je, un peu surprise. Elles ne sont pas à nous.

— Vous en êtes les seuls conducteurs. (Ezra repoussa sa chaise et se leva.) Ils ne reviendront pas, Alice. C'est plus logique de tout mettre à votre nom. En cas d'arrestation ou d'accident, tu aurais déjà bien assez de réponses à donner à des questions pénibles sans avoir à gérer celle de la propriété.

— Sans doute, concédai-je, mais cela me semblait toujours étrange.

— J'ai besoin de certains papiers. Je crois avoir des titres de propriété, déclara-t-il en se dirigeant vers son bureau.

Il y stockait toutes sortes de documents légaux. Cela facilitait les choses lorsqu'il devait faire des transferts puisque, dans la plupart des cas, il les effectuait vers différentes versions de lui-même.

— Si l'Audi ne te plaît pas, nous pouvons t'en prendre une autre, suggéra Jack, qui avait mal interprété ma gêne.

— Non, l'Audi est super. (Je secouai la tête.) Et je n'ai rien fait pour mériter une nouvelle voiture. Tu as travaillé pour avoir la tienne, et je devrais en faire autant.

— Mais tu n'as pas de boulot, me fit-il remarquer, l'air perplexe.

Au bout de quelques minutes, Ezra revint, un Post-it et un stylo à la main.

— Je ne sais pas où ils sont, soupira-t-il. Sans Mae, je ne retrouve plus rien dans ce fichu bureau, lâcha-t-il entre ses dents.

— Si tu veux, je peux t'aider à chercher, lui proposai-je.

— Non, je vais me renseigner, et j'appellerai mon avocat demain, décréta-t-il en se rasseyant à la table.

—Il faut un avocat pour transférer un titre de propriété? m'enquis-je.

—Non, mais il sera en mesure de me procurer les documents dont j'ai besoin, avoua-t-il en se frottant la nuque. Que dois-je lui demander? Le certificat d'immatriculation et un formulaire d'inscription pour Milo et toi? Et je dois téléphoner pour assurer la DeLorean?

—Oui, je crois, acquiesça Jack.

—Désolé, mais je dois prendre des notes, admit-il avec un sourire triste avant de griffonner quelque chose. Ma mémoire me joue des tours en ce moment.

Son écriture était magnifique, et je me penchai pour l'admirer coucher sur le papier les mots « Milo », « Jetta », puis « Audi », suivis par « Alice Townsend » au lieu d'« Alice Bonham ».

—Euh… c'est Bonham, rectifiai-je.

—Oh oui, pardon! j'oublie toujours, s'excusa-t-il en secouant la tête avant de barrer son erreur et de la corriger.

—Et pourquoi on ne laisserait pas Townsend? suggéra Jack en posant le regard sur moi.

—Parce que ça ne correspondra pas à mon permis de conduire, répliquai-je.

—Je sais, mais… tu pourrais également le faire modifier?

—Tu ne vas pas recommencer! explosai-je en levant les yeux au ciel.

—Oh, arrête, Alice! C'est bizarre!

—Pas du tout!

Je me levai, et Jack tenta de garder la main sur ma taille, mais je m'écartai de lui.

—Tu veux savoir ce qui est bizarre? Prendre le nom de son petit ami et de toute sa famille!

—C'est aussi celui de ton frère! souligna-t-il. Et je ne comprends pas pourquoi tu t'obstines autant. Ce n'est pas un nom affreux.

— C'est vrai, dis-je en croisant les bras. Je n'ai aucun problème avec ton nom. C'est juste que ce n'est pas le mien.

— Mae a pris celui d'Ezra, avança-t-il comme si cela validait son argument.

Ezra se leva lentement.

— Je n'ai pas vraiment envie d'être mêlé à ça.

Je m'empressai d'utiliser Mae pour détourner le sujet.

— Jack, on devrait éviter de parler d'elle.

— Ça ne va pas le tuer d'entendre son nom, railla Jack. Dieu sait que tu n'as jamais cessé de mentionner Peter en ma présence.

— Très bien, je vais dans mon bureau.

Ezra tourna les talons et sortit, échappant si vite à l'atmosphère tendue que je le jalousai.

— J'évoque rarement Peter quand tu es là ! Je me retiens en permanence ! m'exclamai-je, mesurant un instant trop tard que cela envenimerait la situation.

— En permanence ? (Jack plissa les yeux et se mit debout.) Je suis navré, Alice. Je ne comptais pas t'empêcher de t'épancher à propos de Peter. J'ignorais que tu avais autant de mal à ne pas parler de lui.

— Ce n'est pas ce que je voulais dire, soupirai-je. J'ai fait attention à ne pas te froisser, voilà tout, et j'estime que tu devrais montrer le même respect envers Ezra, puisque tu comprends ce qu'il ressent.

— Non, je ne peux pas le comprendre. Il avait une femme qui l'aimait, souhaitait passer le reste de son existence avec lui, et avait volontiers pris son nom de famille.

— Elle l'a quitté, Jack ! Leur relation ne devrait pas représenter un modèle pour nous.

Je secouai la tête et m'éloignai de lui.

— Tu ne comprends pas.

— C'est toi qui ne comprends pas, insistai-je. Pourquoi tu refuses que je garde un truc qui m'appartient ?

— Quoi ? lança-t-il, déconcerté. Je ne te suis pas. Tout ça est à toi.

— Non. Tout ça est à toi, dis-je en désignant la maison d'un grand geste. Tout ici t'appartient.

— Pas plus qu'à toi, déclara-t-il. C'est à nous. C'est notre vie.

— Non, Jack ! cette existence, c'est la tienne. J'ai toujours tout fait en fonction de toi, et j'ai tout plaqué pour être avec toi. J'ai tout abandonné !

— Non, tu… (La tristesse déforma son visage.) Je croyais que c'était ce que tu voulais.

— C'était vrai. Et ça l'est encore. (Je poussai un soupir et détournai le regard.) Seulement, j'avais envie de faire quelque chose pour moi.

— C'est réellement ce que tu éprouves ?

— Comment ça ?

J'ignorais ce à quoi il faisait allusion.

— L'impression d'avoir renoncé à tout.

La peine que je lus dans ses yeux bleus me blessa.

— J'ai essayé de tout te donner, ajouta-t-il.

— Oui, Jack, je le sais.

Je me passai la main sur le front, luttant pour m'exprimer avec les bons mots.

— Je ne regrette pas d'habiter ici, et je vois bien que tu fais tout ton possible pour me rendre heureuse.

— Mais je n'y arrive pas, c'est ça ?

Il s'appuya contre la table de la salle à manger.

— Si. Tu me combles de bonheur, lui assurai-je en m'avançant vers lui. Mais peut-être que ce n'est pas le seul truc important dans ma vie.

Matilda aboya quand elle entendit frapper sur les portes-fenêtres. Leif se tenait derrière, sous la neige. Jack leva les yeux au ciel et se redressa, sans pour autant se déplacer. Je fis signe à Leif d'entrer. Lorsqu'il ouvrit, un courant d'air glacial s'engouffra à l'intérieur de la maison.

— Je tombe mal ? demanda-t-il.

— Oui, répliqua Jack d'une voix trop forte, et je lui adressai un regard de reproche.

— Non, entre donc, dis-je à Leif avec gentillesse. On discute, c'est tout.

— Je ne voulais pas vous interrompre. Il a beaucoup neigé aujourd'hui mais, si ça pose un problème, je peux trouver un autre endroit où dormir.

Il était entré, mais demeurait près de la porte ouverte, comme s'il s'attendait à ce qu'on le renvoie dans la rue.

— Tu sais que tu es toujours le bienvenu ici, annonçai-je.

Leif consulta Jack du regard pour obtenir son approbation. Lorsque mon petit ami resta muet, je lui donnai un coup de coude.

— N'est-ce pas, Jack ?

— Oui.

— Je ne veux pas déranger..., commença Leif.

— Non, pas de souci, lui assura Jack en lui faisant signe d'avancer. Tu peux dormir sur le canapé du salon. Les couvertures et tout le nécessaire sont dans le placard de l'entrée, et, si tu as envie, tu peux te laver.

Leif le remercia chaleureusement puis nous dépassa.

— Je vois ce qui se passe, sourit Jack quand Leif eut disparu dans le couloir.

— Quoi ?

— Tu penses aussi que c'est notre maison à tous les deux. Si tu avais la sensation d'être exclusivement chez moi, tu ne l'aurais pas invité, m'expliqua-t-il d'un air suffisant.

— Oh, et puis quoi encore ? D'ici demain, ils prévoient trente centimètres de neige. Il n'a pas besoin de coucher dehors dans ces conditions.

— Je ne le laisserais pas dormir dehors, mais je ne vais pas faire semblant de ne pas être en pleine dispute juste parce qu'il s'est pointé.

— Tu te montres malpoli, murmurai-je, même si Leif entendait certainement tout ce que je disais.

— C'est toi la malpolie, riposta-t-il.

— En quoi ?

— Ton frère n'a eu aucun problème pour modifier son nom. Il est davantage lié à moi que toi.

— Ce n'est pas un manque de respect ! m'indignai-je. C'est seulement que… Argh ! grognai-je, de plus en plus agacée par le sujet. Je m'appelle Alice Bonham parce que c'est qui je suis ! Pourquoi est-ce si compliqué de te le faire comprendre ?

— Tu n'as pas lu *Roméo et Juliette* ? « Ce que nous appelons une rose, sous un autre nom sentirait aussi bon », etc. ? Si tu changes ton nom, tu conserveras ta personnalité.

— Et donc je resterai la même, alors qu'est-ce que ça peut bien faire ? Pourquoi ne pas le garder ?

— Ton nom de famille est Bonham, intervint Leif.

Je quittai Jack des yeux et aperçus Leif à l'entrée de la pièce, portant des couvertures et des oreillers. Il semblait pâle, et ses traits s'étaient durcis.

— Oui. Désolée que tu aies entendu tout ça, m'excusai-je, sentant mes joues s'empourprer.

— Tu es d'ici ?

— D'ailleurs, raison de plus pour changer ton nom, souligna Jack. Pour que les gens ne fassent pas le lien avec ton ancienne identité d'humaine.

— En réalité, je ne suis pas du coin, alors… (Je tirai la langue à mon petit ami, démontrant ainsi toute l'ampleur de ma maturité.) Je suis née dans l'Idaho. On a déménagé quand j'avais cinq ans, parce que ma grand-mère vivait ici, mais elle est morte, donc personne d'autre ne risque de me rechercher.

— Milo est ton vrai frère ? me demanda Leif. Pas comme… pas au sens vampirique du terme ?

Même s'il me regardait, j'avais l'impression qu'il contemplait quelque chose d'autre.

— Non, c'est mon frère biologique. Nous avons la même mère. Hé, tout va bien ?

Soudain, son expression avait changé.

— Oui, ça va. Je pense que je suis… juste fatigué.

Il se força à sourire, ce qui ne fit qu'attirer davantage l'attention sur son malaise.

— Tu es sûr ? demanda Jack.

Même lui semblait inquiet, c'est dire si c'était grave.

— Pas de souci.

Leif déglutit et se dirigea vers le salon.

— Tu crois qu'il a un problème ? chuchotai-je à Jack. Est-ce que les vampires peuvent tomber malades ?

— Je n'en sais rien.

Jack secoua la tête, visiblement aussi interloqué que moi. Lorsque son regard avait croisé le mien, il s'était adouci.

— Je n'ai plus envie qu'on se dispute à cause de ça, décrétai-je. Je t'aime. On peut en rester là pour le moment ?

— D'accord. Je suis désolé, s'excusa-t-il en s'approchant de moi, avant de passer un bras autour de mes épaules. Je ne comprends pas ton choix, mais… je t'ai promis que je ferais tout pour te rendre heureuse, donc si ça te rend heureuse…

— Oui.

Je me blottis contre lui.

Lorsque je me réveillai le lendemain, Leif était parti, mais ce n'était pas étonnant. Il allait et venait sans vraiment prévenir.

La neige continuait à tomber, recouvrant le monde de son blanc manteau. Jack sortit pour mettre un peu d'ordre. Même si nous possédions une souffleuse à neige, elle ne fonctionnait pas bien sur la terrasse en pierre, alors il consacra une grande partie de l'après-midi à la déblayer. Mais comme Matilda « l'aidait » dehors, je le soupçonnais de passer beaucoup plus de temps à chahuter avec elle qu'à se servir de la pelle.

Puisque Jack s'occupait des tâches manuelles, j'entrepris de ranger le salon. Bobby s'y trouvait, assis sur le canapé, son ordinateur portable sur les genoux.

— Où est Milo ? demandai-je en ramassant la couverture roulée en boule près de lui avant de la plier.

— Euh… en cours.

Il cliqua avec frénésie et, quand je me penchai vers l'écran pour voir ce qu'il regardait, il referma brusquement le couvercle.

— Milo s'est inscrit dans une équipe de débat, je crois. Tu peux lui téléphoner si tu veux être sûre.

— Qu'est-ce que tu regardais ? l'interrogeai-je, soupçonneuse.

— Qui, moi ? Rien du tout, répondit-il en repoussant une mèche de cheveux noirs de devant ses yeux, sans pour autant les poser sur moi. Juste un petit tour sur Internet, comme ça.

— Tu fais pitié ! Qu'est-ce que tu trafiques ? Tu télécharges des trucs pornos ?

— Bien sûr, comme si c'était mon genre d'en mater dans le salon, répliqua-t-il d'un ton moqueur.

Comme je ne le lâchai pas des yeux, il soupira et ouvrit son ordinateur.

— Je pensais qu'il valait mieux que tu évites ça.
— Quoi ?
Je tendis le bras, inclinai l'écran vers moi et, soudain, je la vis.

Chapitre 7

La photo géante qui venait d'apparaître était en couleurs mais, à cause du temps nuageux, du béton gris et de la neige sale, on aurait presque dit qu'elle était en noir et blanc. Du moins l'aurais-je cru sans les taches marron rougeâtre qui s'étalaient au centre et contrastaient avec les chaussures noires du policier à côté.

Au-dessus, le gros titre indiquait : « La police dément l'hypothèse d'un tueur en série. » Puis, dessous, je lus de plus petits caractères : « Après trois meurtres similaires, les habitants craignent pour leur sécurité. »

Mais je déchiffrai à peine les mots, car je gardais les yeux braqués sur les éclaboussures de sang sur le trottoir. Je voyais juste assez les bâtiments pour deviner qu'il s'agissait de Hennepin Avenue, là où on avait découvert le corps de Jane. C'était sa scène de crime.

— C'est… c'est le sang de Jane ? demandai-je, hébétée, avant de m'asseoir à côté de Bobby sur le canapé.

— Désolé.

Il s'apprêtait à baisser l'écran, mais je l'en empêchai et lui pris l'ordinateur des mains.

— Tu es certaine de vouloir regarder ça ?

— Non, dis-je.

Pourtant, je cliquai sur le lien afin de consulter l'article dans son intégralité.

Je n'appris pas grand-chose de plus que ce que Jack m'avait raconté. Trois filles, âgées de dix-huit à dix-neuf ans, avaient été retrouvées au petit matin en plein centre-ville de Minneapolis. Comme aucun indice n'avait pu être relevé sur les scènes de crime, les enquêteurs supposaient que les victimes avaient été tuées ailleurs puis laissées dans la rue pour qu'on les découvre.

Lire des informations sur Jane dans un style aussi neutre me paraissait irréel, comme si elle n'était pas une personne en chair et en os que j'avais côtoyée pendant dix ans.

« Jane Kress, dix-huit ans, est la dernière victime présumée. Son corps a été retrouvé le 16 janvier à 4 h 35. Comme celui des deux autres victimes, il était criblé de coups de couteau.

La jeune fille fréquentait les discothèques du quartier. Elle était sortie d'un centre de désintoxication deux jours plus tôt. Son séjour devait durer un mois et demi, mais elle était partie au bout de vingt-quatre jours. Lorsque nous les avons interrogés, le centre et la famille de la victime ont refusé de nous dévoiler pour quoi Jane Kress était traitée, ou ce qui l'a poussée à quitter l'établissement de façon prématurée. »

Je parcourus l'article trois fois de suite, tandis que Bobby gardait le silence à côté de moi. Je me renfonçai dans le canapé et contemplai l'écran, comme si un nouvel élément allait surgir. Mais, bien évidemment, rien ne se produisit. Je n'en appris pas davantage sur les raisons de la mort de mon amie.

— Pourquoi tu lisais ça ? demandai-je.

— J'en ai entendu parler en cours aujourd'hui, m'expliqua-t-il, l'air navré, en dissimulant ses mains sous ses manches. Je ne connaissais pas vraiment les détails, ni elle, d'ailleurs, alors je… Je regrette, je n'aurais pas dû.

— Non, ce n'est pas grave. Je ne t'en veux pas.

— Tu es sûre ?

— Oui. Où as-tu trouvé ça ?

— Grâce à Google, m'indiqua-t-il avec un haussement d'épaules. Pourquoi ?

— Tu crois qu'il y en a d'autres ?

Je lançai le moteur de recherche, m'apprêtant à récolter le maximum d'informations sur le meurtre de Jane.

— Oui, des pages entières, confirma-t-il en se rapprochant de moi pour mieux voir l'écran. Les principaux médias ont repris l'affaire, surtout depuis l'assassinat de Jane.

— Pourquoi ?

Je lui coulai un regard en coin tout en parcourant l'interminable liste de résultats que Google m'avait affichés, qui comportaient tous le nom de Jane.

— Parce qu'elle était riche et belle. Les deux autres étaient pauvres et, d'après certaines sources, l'une d'entre elles était une prostituée. Mais que cherches-tu au juste ?

— Je veux retrouver celui qui l'a tuée. (Je marquai une pause tandis que Bobby me dévisageait, dans l'expectative.) Je vais le supprimer.

— C'est un peu sexiste, non ?

— En quoi un assassinat par vengeance est sexiste ? m'étonnai-je.

— Tu présumes d'office que c'est un type qui l'a exécutée, souligna-t-il. Ce pourrait être une femme.

Je songeai de nouveau à Violette, mais chassai cette pensée de mon esprit.

— La plupart du temps, les tueurs en série sont des hommes, mais bon, admettons. Je vais éliminer celui ou celle qui a tué Jane.

— Tu crois que c'est l'œuvre d'un humain ?

Je fus agréablement surprise qu'il n'essaie pas de me dissuader. Il ne remit même pas mon idée en cause, comme si se lancer à la poursuite d'un tueur en série était parfaitement logique. C'était pour cela que j'adorais Bobby.

— Je ne sais pas trop quoi penser.

Je cliquai sur un lien et me penchai vers l'écran pour absorber un maximum de précisions sur cette histoire.

— Enfin, rectifiai-je, au début, j'ai eu la conviction que c'était un vampire. Mais maintenant... tous les articles affirment que les filles n'avaient aucune marque.

— Ça ne veut rien dire, décréta-t-il.

Je levai les yeux sur lui.

— Comment ça ?

— La police garde toujours certains détails pour elle, expliqua-t-il. Cela leur permet de vérifier les déclarations des gens, aussi bien du meurtrier présumé que des témoins. Une information que les enquêteurs ne dévoilent pas aux médias, et que seul l'assassin connaîtrait.

— Et ce pourrait être des traces de morsures ? m'enquis-je, le cœur battant à tout rompre.

— Exact, acquiesça-t-il. De toute façon, je me suis toujours demandé quel genre de relation les vampires entretenaient avec les autorités municipales.

— Comment ça ? grimaçai-je.

— Eh bien, tu te souviens à l'automne, quand le lycan a tué le type dans le parc et que la voiture d'Ezra était à proximité ? Ezra n'a eu aucun mal à récupérer sa Lexus à la fourrière. On ne l'a jamais interrogé sur le meurtre, pourtant je suis presque certain qu'ils ont conclu que c'était un passage à tabac.

— Impossible, décrétai-je, incrédule. Il avait la gorge arrachée.

— Tout à fait, renchérit Bobby en hochant la tête. Et le *V* est ouvert jusqu'à 7 heures. Comment ont-ils pu obtenir l'autorisation ? Et ils ne demandent jamais les cartes d'identité à l'entrée. Il est plus facile d'entrer dans ce club de vampires que dans n'importe quelle boîte de la ville.

Je levai un sourcil interrogateur.

— Tu penses que les vampires corrompent les élus municipaux ?

— Je n'en sais rien. Probablement pas, mais certains d'entre eux doivent être liés aux vampires d'une façon ou d'une autre pour couvrir tout ça.

— Si c'est le cas et que ces meurtres ont été perpétrés par un vampire, ils étoufferont aussi cette affaire, avançai-je.

— Vous faites tout votre possible pour épargner les humains et je vous en suis reconnaissant mais, parfois, les décès sont inévitables, affirma Bobby. Et on n'entend jamais parler de gens qui disparaissent parce qu'on leur a sucé tout leur sang.

— Oh, mon Dieu ! soufflai-je avant de me pencher en arrière. Ils ont forcément déjà couvert des meurtres commis par des vampires. Et si Jane et les deux autres filles ont été tuées par des vampires, ils auraient également dissimulé l'histoire, sauf que les corps étaient visibles au grand jour. Les habitants les ont vus avant qu'ils puissent intervenir.

— Mais celui qui fait ça veut qu'on le retrouve.

Bobby semblait enthousiaste, pas à cause de la mort de Jane, mais à l'idée de résoudre le mystère. Il s'accroupit et me fit face.

— À mon avis, ce n'est pas un tueur en série classique comme Hannibal Lecter, dont le motif est d'attirer l'attention. Peut-être qu'il essaie de révéler l'existence des vampires.

— Tu dis « il » toi aussi, lui fis-je remarquer.

— Désolé, il ou elle, rectifia-t-il.

— Mais pourquoi vouloir exposer les vampires ?

— Je n'en sais rien. (Il secoua la tête.) Mais sinon, pourquoi avoir laissé les corps dans des endroits publics ?

— Aucune idée, soupirai-je avant de me concentrer de nouveau sur l'écran. Mais ça fait beaucoup de spéculations. Il est plus probable que ce soit un humain tordu.

— On a découvert Jane non loin du *V*. Tu penses que c'est une coïncidence ?

Il inclina la tête, sceptique.

— Oui, et en plus il y a au moins dix autres boîtes dans le coin. C'est peut-être un barman frustré qu'on lui pique des pourboires.

— Tu crois vraiment ?

— Je ne sais pas quoi croire.

Je renversai la tête en arrière et regardai fixement le plafond.

— La terrasse est officiellement déblayée ! annonça Jack en entrant dans le salon.

Son jean et son sweat à capuche étaient couverts de neige, dont une partie ruisselait par terre.

— Bien joué. (J'aurais souhaité lui sourire, mais je ne me sentais pas d'humeur.) Tu mets de la neige partout.

— Oui, je vais aller me changer et filer sous la douche, déclara-t-il en enlevant des morceaux de neige qui fondaient dans ses cheveux. Je voulais juste te prévenir.

Il resta figé un moment, à nous examiner.

— Il y a un problème ? Vous avez l'air maussade, tous les deux.

— Non, je discutais avec Bobby. Tout va bien.

Cette fois, je plaquai un sourire sur mon visage.

— Très bien.

Jack parut hésitant, mais il haussa les épaules et décida de me croire.

— Je serai en haut si tu as besoin de moi, ajouta-t-il.

Je n'avais pas de réelle raison de lui cacher que Bobby et moi parlions de Jane, mais je ne souhaitais pas spécialement qu'il l'apprenne. Soit il se serait inquiété, soit il aurait tenté de me freiner.

Je n'avais pas l'énergie de débattre de mes choix ou de mes sentiments. Je savais ce que j'avais à faire et ne laisserais personne me mettre des bâtons dans les roues.

— Nous devons trouver quelqu'un d'informé, affirma Bobby, reprenant la conversation là où nous l'avions abandonnée. C'est le seul moyen de découvrir ce qui est arrivé à Jane.

— Non, sans blague ? Ce serait super si on… (Une idée me traversa l'esprit.) Figure-toi qu'on connaît quelqu'un.

— Qui ? demanda Bobby.

Sans lui répondre, je refermai son portable et me levai du canapé. Il me suivit, et je pense qu'il comprit lorsque j'empruntai le couloir et me dirigeai vers le bureau. Nous avions Ezra.

— Tu dois cesser de te morfondre, décrétai-je en ouvrant la porte, avant d'allumer la lumière sans attendre la réaction d'Ezra.

Ce dernier se tenait devant les grandes fenêtres qui donnaient sur le lac gelé derrière la maison. Il nous tournait le dos, et ne se retourna pas. Des enceintes de son ordinateur s'élevait la même musique classique que depuis des mois.

— Je me demande comment tu peux écouter ce morceau en boucle, avouai-je.

Je contournai le bureau pour éteindre l'ordinateur. Juste avant de fermer iTunes, je lus le nom du compositeur, Joseph Haydn.

— Personnellement, je me lasserais.

— Je l'ai vu jouer une fois, dit Ezra en me faisant face. J'étais encore avec Willem, le vampire qui m'a transformé. C'était à Londres, vers la fin du XVIIIe siècle, je crois. Très émouvant. Je ne pense pas que tu comprennes à quel point c'était exceptionnel d'assister à un tel concert, à l'époque où la musique était peu accessible.

— Tu ne vas pas nous refaire un discours sur « la magie d'Internet » ? s'inquiéta Bobby.

Il s'était approché de la bibliothèque, et s'empara d'un objet qui ressemblait à un vieil Ondamania.

— Bien sûr que non. Loin de moi l'idée de vous ennuyer, répondit Ezra avec une indifférence exagérée avant de baisser les yeux.

Je jetai un coup d'œil assassin à Bobby, qui haussa les épaules, honteux, puis s'installa sur le sofa.

— Il faut que tu cesses de rester assis dans le noir, à écouter de la musique, décrétai-je en m'appuyant contre son bureau.

Ezra leva un sourcil interrogateur, puis prit place dans le fauteuil près de moi.

— Donc, vous êtes venus ici pour me motiver ?

— Eh bien, non, ce qui ne veut pas dire que tu n'en as pas besoin, soulignai-je.

— En quoi puis-je vous être utile ?

Il se renfonça dans son siège, sans tenir compte de mes conseils, comme tous les jours précédents.

— Que sais-tu à propos des flics ? lançai-je.

Son expression changea, et son regard passa de Bobby à moi. Pour une fois, Bobby resta muet et croisa les jambes pour jouer avec son lacet.

— Je crains que tu sois obligée de préciser ta pensée, déclara Ezra en posant de nouveau les yeux sur moi.

— Comment ça se fait que tu n'aies pas été interrogé par la police en novembre, quand les lycans s'en sont pris à nous ? demandai-je franchement.

Il garda son regard brun rivé au mien.

— J'habite ici depuis très longtemps, et cela me convient très bien d'avoir un accord avec les personnes au pouvoir, répondit-il d'une voix calme. Mais, si tu comptes faire annuler une amende pour excès de vitesse, je ne m'en mêlerai pas.

— Non, ce n'est pas ça.

Je me mordis la lèvre et cherchai de l'aide auprès de Bobby.

— Ah ! je vois. (Il fit pivoter sa chaise.) C'est au sujet de Jane.

— Oui, confirmai-je en hochant la tête.

— Rien de ce que tu trouveras ne pourra la ramener ou t'apporter du réconfort.

Il contempla l'obscurité qui régnait dehors, et le lac gelé qui paraissait noir dans la nuit.

— Malheureusement, il n'existe pas de remède contre la mort, ni même pour soigner la douleur de ceux qui restent, poursuivit-il.

— Peut-être, concédai-je, sans être entièrement persuadée. Mais il y a un assassin en liberté qui tue des filles, et je dormirais mieux si je connaissais son identité.

— Et tu crois que la police sait de qui il s'agit, mais ne s'est pas donné la peine de l'arrêter ? me demanda-t-il lorsqu'il me dévisagea de nouveau.

— Non, soupirai-je en secouant la tête. Je n'en sais rien. Mais je pense qu'ils ont des informations.

— Possible, avoua-t-il. Mais qu'en ferais-tu de plus qu'eux ? Tu supposes que les enquêteurs dissimulent sciemment des détails. Mais qu'espéreraient-ils obtenir ?

— Je l'ignore.

Je soupirai de nouveau, de plus en plus frustrée. Dans le salon, en compagnie de Bobby, la logique de cette théorie m'avait paru imparable, mais Ezra avait le chic pour tout démolir.

— Ce n'est pas parce que nous ne voyons pas pourquoi ils étoufferaient quelque chose qu'ils ne le font pas, argumenta Bobby.

Ezra et moi nous tournâmes vers lui.

— Et maintenant, on dirait de la paranoïa, lâchai-je.

— Ce n'est pas parce que tu es paranoïaque qu'ils ne sont pas après toi, répliqua Bobby avec une expression si grave que je ne pus m'empêcher de rire.

Milo rentra quelques minutes plus tard, rompant toute possibilité pour moi de convaincre Ezra que je devais savoir ce que mijotait la police. Je n'étais pas certaine qu'il s'agissait d'une nécessité absolue, et je détestais admettre qu'Ezra avait raison.

Que pouvais-je faire de plus que les flics ? Ce n'était pas comme si j'avais de l'expérience en matière de résolution de crime ou de matériel médico-légal. Mes connaissances reposaient sur des rediffusions de *New York Police judiciaire*. Je doutais qu'elles puissent m'aider à attraper un tueur en série.

Dès son retour, Milo commença à préparer le dîner de Bobby. Il adorait encore cuisiner, et c'était dommage que la plupart de ses proches ne puissent plus manger. Lorsqu'il nous avait demandé ce que nous faisions, Bobby avait pris soin de ne pas lui parler de Jane. Manifestement, nous jugions tous les deux préférable de laisser nos petits amis respectifs dans l'ignorance.

Jack devait partir en déplacement professionnel le lendemain, alors je passai la soirée blottie contre lui. Dernièrement, il se chargeait de la majeure partie des affaires tout seul, puisque Ezra n'avait plus goût à rien, et j'étais très fière de ses progrès. En revanche, je détestais les nombreuses absences que ses responsabilités impliquaient.

Nous allâmes nous coucher tôt, puisque son vol était à 8 heures, et je me demandais encore comment il avait appris à se débrouiller aussi bien pendant la journée. À présent, je parvenais à supporter le soleil, mais jamais au point de l'apprécier.

Je me réveillai avec lui pour lui dire au revoir. Dès qu'il eut franchi la porte, Matilda se mit à gémir. Je tentai de la rassurer en lui promettant qu'il rentrerait quelques jours plus tard, mais je n'étais pas sûre qu'elle me comprenne. Ou alors elle souffrait encore trop d'être séparée de lui, et j'étais entièrement d'accord avec elle.

Je me glissai de nouveau au lit et me mis à pleurer. Je détestais le vide que Jack laissait derrière lui chaque fois qu'il s'en allait. Je ne m'étais pas sentie aussi seule depuis longtemps, et j'avais l'impression d'être en décalage. Pas uniquement à cause du départ de Jack, mais aussi de ce qui se passait entre Ezra et Mae, sans oublier Jane. Milo était moins disponible depuis qu'il avait repris sa scolarité, Jack avait son travail, tandis que je restais plantée là… à ne rien faire.

— Alice, tu es réveillée ?

Bobby venait de frapper à ma porte, et je me hâtai de sécher mes larmes avant qu'il les remarque. Il ouvrit la porte sans attendre ma réponse.

— Oui. Qu'y a-t-il ?

Je me redressai dans mon lit et me frottai les yeux, dissimulant ma tristesse sous un air fatigué.

— Milo vient de partir en cours, et j'ai vu que Jack s'était absenté pour son boulot, déclara-t-il en entrant dans la pièce.

— Et alors ? Tu ne devrais pas être aux Beaux-Arts ? demandai-je en le regardant, une fois certaine que mes larmes avaient disparu.

— Si, mais j'ai décidé de sécher. (Il se mordit la lèvre inférieure et enfonça les mains dans les poches de son jean slim.) J'ai une meilleure idée pour passer la journée.

— Ah oui ? Qu'est-ce que c'est ?

— Trouver le meurtrier de Jane.

— Maintenant, tu veux dire ? Tout de suite ? Comment ?

Je repoussai ma couette. Bobby ne disposait d'aucun plan, pourtant cette perspective m'enthousiasmait plus que tout le reste.

— Milo et Jack sont absents, alors le moment me semble idéal. Et je me suis dit qu'on pouvait aller en ville, pour observer les scènes de crime. Enfin, je sais qu'elles ont été nettoyées, mais on pourrait dénicher des indices. J'ai noté tous les emplacements.

Il me montra le dos de sa main, où il avait écrit deux ou trois adresses.

— D'accord. Laisse-moi juste le temps de m'habiller.

Il sourit et sortit pour m'attendre. Sans savoir pourquoi au juste, alors que j'enfilais mon jean, je compris que je ne m'étais pas sentie aussi bien depuis mon retour d'Australie. Enfin j'accomplissais réellement quelque chose. Et, même si ce n'était pas gagné, c'était une action qui comptait. Du moins, si nous arrêtions le tueur avant qu'il s'en prenne à une autre fille.

Chapitre 8

Nous étions dans la 8e Rue. Les bâtiments occultaient le soleil matinal. J'avais toutefois revêtu une veste, un bonnet et d'immenses lunettes noires pour me protéger. Alors que nous nous dirigions vers la deuxième scène de crime, je me sentais nauséeuse.

À cette heure-là, le centre-ville était animé, et je n'y étais pas habituée. J'étais accoutumée à la tranquillité de la nuit. Nous frôlâmes des gens, et certains me rentrèrent dedans. Me retrouver au milieu d'une foule ne me dérangeait plus, et l'air frais contribuait à atténuer l'odeur du sang. Ces derniers temps, je contrôlais bien mieux ma soif. D'ailleurs, Ezra avait loué la rapidité avec laquelle j'y étais parvenue.

— Je ne crois pas que ça va marcher, confiai-je à Bobby tandis que nous attendions que le feu d'un passage piéton devienne vert.

— Je sais qu'on n'a pas vu grand-chose là-bas, mais il ne faut pas perdre espoir, affirma-t-il. De toute façon, c'est mieux que de rester les bras ballants.

À part un bout de ruban de police abîmé collé à un poteau, nous n'avions rien trouvé sur la scène précédente. Et la première comportait encore moins d'indices. Je ne savais pas ce que nous cherchions au juste, mais nous étions bredouilles.

Au fur et à mesure que nous nous approchions de l'endroit où Jane avait été découverte, mon malaise grandissait. J'avais la bouche et la gorge sèches, et du mal à déglutir. Mon blouson et mon bonnet me donnaient chaud, et je commençai à transpirer.

— J'hésite.

Je secouai la tête et restai un pas derrière Bobby.

— Ça ne coûte rien de jeter un coup d'œil.

Il glissa sur une plaque de verglas et, d'instinct, je tendis le bras, le rattrapai par le sien puis le soulevai pendant une seconde avant qu'il soit de nouveau debout. Un passant me dévisagea, l'air curieux. Je mis les mains dans les poches et fis profil bas tandis que Bobby rajustait sa veste.

— Merci.

— De rien, marmonnai-je avant de le prendre par le coude pour le pousser à se dépêcher.

D'autres personnes nous scrutaient de manière insistante, et cela me déplaisait.

Si je n'avais pas été aussi nerveuse, j'aurais peut-être pris le temps d'être fière d'avoir bougé assez rapidement pour susciter ces regards interloqués. Mes réflexes étaient bien meilleurs. Je ne glissais plus sur la glace, pas même lorsque je marchais dessus à toute allure. Je commençais à me sentir très à l'aise dans ma nouvelle peau.

— Pourquoi est-ce qu'on trottine ? me demanda Bobby en me coulant un regard en coin.

— On ne trottine pas.

J'allais plus vite que je le souhaitais, alors je ralentis.

Quand nous tournâmes à l'angle de Hennepin Avenue, je lâchai Bobby, même si j'aurais voulu me cramponner à lui. J'enfonçai les mains dans les poches et progressai tout doucement. Nous nous approchions du *V* et, un peu plus loin, j'apercevais l'endroit où le corps de Jane avait été trouvé, sur le béton.

— Ça va ? s'inquiéta Bobby. Tu es toute pâle.

— Oui, mentis-je, mais je cessai d'avancer.

Comme nous étions au milieu du trottoir, les gens devaient se séparer pour nous dépasser, mais je m'en fichais.

— Pourquoi tu fais ça ? l'interrogeai-je.

— Quoi ?

— Pourquoi tu m'aides à tenter de résoudre ce meurtre ?

— Je suis originaire de Saint Joseph, dans le Minnesota, déclara-t-il, et je haussai les épaules, ne voyant pas le rapport. Ma mère était enceinte de moi quand Jacob Wetterling a disparu. J'ai un frère qui a neuf ans de plus que moi, et qui connaissait les enfants Wetterling.

Si les détails de cette affaire m'échappaient, j'en avais assez entendu parler au fil des ans pour en comprendre l'essentiel. À l'âge de onze ans, Jacob avait été enlevé près de chez lui, à Saint Joseph. Vingt ans après, la police ignorait toujours ce qui lui était arrivé et l'identité de son ravisseur.

— J'ai grandi avec une mère ultra-protectrice, qui ne cessait de parler de lui, m'expliqua-t-il en plissant les yeux face au soleil qui se montrait au-dessus des immeubles. C'est comme un mystère qui plane sur tout, alors que je ne l'ai jamais rencontré. Mais je voudrais bien, encore aujourd'hui, savoir ce qui s'est passé.

— Tu recherches l'assassin de Jane parce que tu es incapable de retrouver Jacob Wetterling ?

— Ma mère disait toujours qu'elle ne voyait pas comment sa mère pouvait continuer à vivre en ignorant ce qui était arrivé à son fils, précisa-t-il. Jane n'a pas été kidnappée, et elle n'était pas ton enfant, mais je comprends que tu aies besoin de découvrir la vérité. Même moi j'en ai envie, pourtant elle n'était pas ma meilleure amie.

— Je me demande si elle l'était encore.

Je poussai un long soupir et observai le bitume, là où son corps avait été découvert.

— Eh bien, puisque de fait je suis ton meilleur ami, mon devoir est de t'aider dans cette mission.

— En quoi es-tu mon meilleur ami ? m'étonnai-je.

— Ton frère ou ton petit ami ne peuvent pas remplir ce rôle, ni les frères et sœurs de Jack, donc c'est forcément moi, m'indiqua-t-il avec un sourire. Je suis ton nouveau meilleur ami.

— Et Leif ? ou Olivia ?

— Leif n'est pas ton ami. (Il secoua la tête et fronça les sourcils.) Je ne sais pas ce qu'il est, mais pas ton ami en tout cas. Et Olivia t'entraîne. Elle est comme ta chef. Ça ne compte pas.

— En effet, il existe de nombreuses conditions pour déterminer qui peut être un meilleur ami.

— Ce n'est pas moi qui ai fixé ces règles, se dédouana-t-il. Mais, en tant que meilleur ami, c'est mon devoir civique de te donner un coup de main.

— Et tu crois que regarder cet endroit sera utile ?

— Oui, acquiesça-t-il. Allez, viens.

— D'accord.

Je pris une profonde inspiration, lui emboîtai le pas, puis me rapprochai de lui.

— Alors, que pense ta mère surprotectrice du fait que tu vives ici ? Tu rentres chez toi, parfois ?

— Euh… elle n'en pense rien. Elle est morte d'un cancer quand j'avais douze ans. Et je retourne rarement à la maison. Mon frère habite dans l'Oregon maintenant.

— Oh ! désolée, m'excusai-je, me sentant stupide de ne pas l'avoir su plus tôt.

— Ce n'est pas grave. Enfin, si, ça l'est, mais c'était il y a longtemps. Donc…

Nous atteignîmes l'endroit, et nous nous figeâmes. Les gens décrivaient de grands cercles pour éviter de passer là où le meurtrier s'était débarrassé du corps de Jane, alors notre immobilité ne les dérangeait pas. Un bout de ruban de police récemment posé claquait au vent, mais on avait coupé le reste.

Je m'attendais à ce que mon malaise s'accentue, puisque ma nausée s'était amplifiée en approchant. Mais, une fois sur place, je me sentis étrangement vidée, comme si mes émotions s'étaient tues.

La veille, il était tombé quinze centimètres de neige, et les opérations de déblaiement avaient éliminé la plupart des traces qui auraient pu demeurer. Malgré cela, je distinguai de légères marques là où son sang avait coulé, surtout dans les fissures du béton.

Je m'accroupis et perçus encore l'odeur de Jane, très discrète, sous celle de la neige, du sel, des pots d'échappement et des passants. Si je n'avais pas connu Jane, je ne l'aurais probablement pas décelée. J'inspirai profondément, comme si un élément nouveau allait surgir.

Je tendis le bras pour toucher la partie la plus sombre de la tache. Instantanément, une décharge électrique me parcourut le bout des doigts, et je retirai brusquement la main.

— Ça va ? s'enquit Bobby.

— Oui, répondis-je. (Je chassai cette sensation et me relevai.) Tu vois ça ?

— Quoi ?

— Son sang, précisai-je en le désignant.

Je n'en avais pas vu sur les deux scènes de crime précédentes, et je me demandais si c'était parce que j'étais liée à Jane.

— Oui. C'est très léger, mais je le vois.

— En as-tu aperçu aux deux autres endroits ?

— Non. (Il fronça les sourcils en se concentrant.) Non, rien du tout.

— Je suppose que ça ne veut rien dire. Les meurtres datent. Le premier remonte à avant Noël.

J'examinai l'immeuble qui abritait le *V.* Il semblait si ordinaire, comme tous ceux qui l'entouraient. Personne ne devinerait jamais que son sous-sol accueillait des centaines de vampires tous les soirs.

— Mais je ne me souviens pas avoir vu autant de sang sur les photos des autres scènes de crime, souligna Bobby. Ils en ont peut-être eu moins à nettoyer.

— Tu as vu les vrais clichés ? ou juste ceux qu'ils autorisent à la publication dans les journaux ? Je veux dire par là qu'ils ont forcément mis de côté les plus horribles.

— Tu peux tout trouver sur Internet, m'assura-t-il. Je suis tombé sur des images très dures.

— Tu es un type tordu, tu le sais ?

— C'était dans le cadre de mes recherches ! se défendit-il. Bref, mon argument, c'est que si le tueur s'est plus acharné sur Jane il y avait davantage de sang.

— Je n'ai pas envie de penser à ça, grimaçai-je.

— Désolé. Mais en tout cas, quand c'est brutal à ce point, cela signifie en général que c'est personnel, avança-t-il.

— Beaucoup de gens en voulaient à Jane, soupirai-je.

Il avait raison, mais j'étais trop troublée pour réfléchir. Je gardai le regard rivé sur le *V*, mais j'apercevais toujours les taches de sang à la périphérie de mon champ de vision.

— Écoute, on pourrait discuter en marchant ?

— Euh… oui, pas de souci.

— Le soleil me gêne, prétextai-je.

Désormais, il brillait au-dessus des immeubles, mais cela ne me dérangeait pas encore. Je traversai la rue, en direction du club, afin de me retrouver à l'ombre.

— Alors, qu'en penses-tu ?

Bobby pressait le pas pour me suivre. Il glissa une nouvelle fois sur la neige, et je le rattrapai mais, cette fois, je pris soin de faire un mouvement plus lent, comme celui d'un humain.

— Je suis perplexe, avouai-je.

Nous passâmes devant la ruelle près du *V.* Machinalement, j'y jetai un coup d'œil. Mais ce que je vis me fit tressaillir, et je me figeai.

— Quoi ? me demanda Bobby.

— Oh non ! ne me dis pas que c'en est une autre, murmurai-je.

Au milieu d'un tas de neige contre le mur, je distinguais de longs cheveux blonds. À côté se trouvait un long manteau, qui couvrait la forme d'un corps. L'entrée du *V* était plus ou moins dissimulée dans la ruelle, donc il était moins à la vue de tous, mais il s'agissait manifestement d'un cadavre près de la porte.

— Quoi ? répéta mon ami.

— Reste derrière moi, lui ordonnai-je.

Je plaçai mon bras devant lui, et nous avançâmes avec prudence. Lorsque nous atteignîmes l'amas de neige, mon cœur battait si fort qu'il résonnait à mes tempes et que je m'entendais à peine penser.

Auparavant, ma main aurait trembloté mais, désormais, c'était impossible. Depuis un mois environ, j'en étais incapable. À l'intérieur, j'avais l'impression que mes muscles étaient en coton, même si je savais qu'ils deviendraient durs comme du fer en cas de besoin.

Je me penchai en avant et soulevai le manteau. Je m'attendais à trouver un corps, mais ce que je découvris m'effraya. Derrière moi, Bobby poussa un hurlement.

Un vampire bondit, à une vitesse que nous seuls pouvions maîtriser, et faillit se jeter sur moi avant de me reconnaître. Violette me regarda fixement de ses étranges yeux violets écarquillés, sous le choc.

Sa peau était bleuâtre là où elle était restée plaquée dans la neige, et ses vêtements étaient sales et mouillés.

— Pourquoi tu passes ton temps à m'ennuyer ? cracha-t-elle. Tu me harcèles ?

— Non, pas du tout. Je t'ai vue, et j'ai cru que…

Je laissai ma phrase en suspens, peu encline à avouer ce que j'avais imaginé.

— Vous vous connaissez ? s'étonna Bobby une fois remis de ses émotions.

— Pas vraiment, répliqua Violette en ramenant une mèche derrière son oreille avant de croiser les bras.

— Que fais-tu dehors ? m'enquis-je.

— De quoi je me mêle ?

Elle me foudroya du regard, mais flancha presque instantanément. Elle se détourna et enfila son long manteau.

— Je suppose que je ferais mieux de filer, ajouta-t-elle.

— Tu as quelque part où aller ?

Elle déglutit péniblement.

— Sinon, pourquoi dormais-tu dehors, en plein jour ? insistai-je.

— Je n'avais nulle part où aller, d'accord ? (Elle plongea son regard intense dans le mien, et ses lèvres tremblèrent un peu.) D'habitude, je trouve quelqu'un pour m'héberger mais, ces derniers temps, les boîtes sont beaucoup moins fréquentées.

À cause de ce maudit tueur en série, les gens ne sortent plus de chez eux.

— Oui, il nous en fait tous baver, marmonnai-je d'un ton sec.

— Je t'ai déjà présenté mes condoléances pour ton amie, dit-elle d'une voix un peu radoucie.

Je crois qu'elle se sentait coupable pour tout ce qui s'était produit entre nous, et cela me touchait.

— Pourquoi es-tu obligée de trouver des personnes chez qui loger ? Pourquoi tu n'as pas d'appartement ? lui demandai-je.

— J'ai seize ans, et je fais mon âge ! s'écria-t-elle en se désignant d'un geste.

Elle avait raison. Parfois, elle paraissait même encore plus jeune. Ses yeux trahissaient une singulière innocence lorsqu'elle baissait la garde.

— Je n'ai pas de carte de sécurité sociale, poursuivit-elle, donc je ne peux pas obtenir de travail et, même si c'était possible, un mi-temps chez Starbucks ne suffirait pas à payer les factures. Même lorsqu'il m'arrive d'avoir des sous, tout le monde refuse de me louer un appartement ou une chambre d'hôtel. Je n'ai même pas le permis de conduire. Que suis-je censée faire d'autre ?

Je n'avais jamais songé à ce que la vie de vampire impliquait pour les autres. J'étais tombée dans une famille riche qui s'était occupée de tout, de l'argent à l'hébergement en passant par de fausses cartes de sécurité sociale. Je n'imaginais pas comment on pouvait survivre sans cela, surtout quelqu'un qui faisait aussi jeune que Violette.

— Maintenant, si tu permets, je dois me mettre à chercher un nouvel endroit où dormir, annonça-t-elle en me dépassant.

— Attends !

Elle s'arrêta.

— Quoi ? lâcha-t-elle en m'adressant un regard dénué de patience.

Je ne souhaitais pas la laisser dans la rue, mais je ne pouvais pas la ramener à la maison. Nous n'avions pas vraiment la place et, même dans le cas contraire, je lui accordais une confiance toute relative. Heureusement, je connaissais quelqu'un qui saurait exactement comment s'y prendre avec une ado vampire têtue.

—Viens. Je sais où tu pourrais aller.

—Ah bon ?

—Ah bon ? répéta Bobby avec un haussement de sourcils sceptique, craignant sans doute que je propose notre toit.

—Oui.

D'un coup de menton, je désignai l'entrée du *V*, et Violette laissa échapper un grognement de dédain.

—C'est fermé. À 7 heures, ils mettent tout le monde dehors, affirma-t-elle. Crois-moi, j'ai déjà essayé d'y rester.

—Oui, eh bien, tu ne connais pas la propriétaire aussi bien que moi.

Je m'avançai vers la porte. Malgré leur air dubitatif, Violette et Bobby me suivirent. Je sortis les clés de ma poche. Comme je venais souvent avant qu'Olivia se lève, elle en avait eu marre que je l'appelle et l'oblige à descendre pour me faire entrer.

Je poussai la lourde porte et la tins pour que mes compagnons la franchissent. La faible lumière rouge de l'entrée était éteinte, alors j'attrapai Bobby par la main pour l'aider. Il fallait descendre des marches raides dans l'obscurité la plus totale. Consciente que mon ami se romprait le cou, je le portai sur mon dos. C'était la seule manière d'éviter qu'il se fasse mal.

Lorsque nous arrivâmes dans le tunnel au sous-sol, je le reposai et lui repris la main pour le guider. Pour se rendre au club, il fallait tourner à droite mais, comme j'avais prévu d'aller ailleurs, je poursuivis mon chemin. Violette, troublée, me demanda si je savais où j'allais, mais j'avais déjà parcouru ce trajet une centaine de fois.

Enfin, après avoir zigzagué dans le labyrinthe, nous atteignîmes l'ascenseur au centre. Il était éclairé par des ampoules fluorescentes. Violette et moi plissâmes les yeux, tandis que Bobby était soulagé de voir de nouveau.

— Alors, tu as vraiment les yeux violets ? lança-t-il pendant la montée. Ou est-ce un truc de vampire ?

— Non, ce sont bien les miens, soupira Violette. Une personne sur un million a les yeux mauves. Je devais m'appeler Mischa mais, quand ma mère les a vus, elle a modifié mon prénom.

— Ah ! acquiesça-t-il.

— Elizabeth Taylor avait les yeux de cette couleur, je suppose, ajouta-t-elle.

L'ascension jusqu'au dernier étage de l'immeuble était plutôt longue. Un silence gêné s'installa entre nous. Bobby se mit à fredonner sur l'air de *The Girl from Ipanema* qui s'élevait des enceintes, tandis que Violette contemplait le plafond.

Lorsque les portes s'ouvrirent, je pénétrai dans le magnifique loft d'Olivia. Bobby m'y avait déjà accompagnée à plusieurs reprises mais, sans nul doute, c'était la première visite pour Violette. Elle lâcha un sifflement et marcha jusqu'à la fenêtre pour admirer la vue.

— Cet appartement est superbe, affirma-t-elle d'une voix impressionnée.

— Il est plus joli quand il est rangé, précisai-je.

Olivia faisait venir une femme de ménage deux fois par semaine mais, de toute évidence, ce n'était pas son jour. Il y avait des coussins partout, dont un éventré. Des boules blanches de rembourrage étaient dispersées sur les meubles. Quelques bouteilles de vin étaient éparpillées dans la pièce, ce qui signifiait que la fête avait surtout accueilli des humains, conformément aux préférences d'Olivia.

Deux de ses invités étaient encore évanouis, affalés sur les canapés moelleux. Il s'agissait d'une très belle fille à peine vêtue d'un soutien-gorge noir et d'un legging. Elle avait du sang séché sur le cou. L'autre était un vampire aux pommettes très hautes, qui m'évoqua Daniel Johns, du groupe Silverchair, dans sa période anorexique.

— Olivia ! appelai-je d'une voix forte en donnant un coup de pied dans une bouteille vide.

Le vampire leva un peu la tête et plissa les yeux face à la lumière. Toutes les vitres étaient teintées afin de bloquer les rayons ultraviolets, mais les fenêtres étaient dépourvues de volets, et le soleil frappait l'immeuble de plein fouet. J'ignorais pourquoi le vampire ne s'était pas retiré dans une des chambres pour dormir mais, en réalité, peu m'importait.

— Le club appartient à Olivia ? s'enquit Violette, surprise.

Comme la plupart des gens, elle connaissait Olivia. Mais cette dernière gardait sa fonction secrète. Elle ne voulait pas que tout le monde apprenne qu'elle détenait encore du pouvoir. Elle évitait d'attirer l'attention.

— Oui.

Je me dirigeai vers la chambre d'Olivia et cognai à la porte.

— Olivia, réveille-toi.

— Elle ne m'aime pas beaucoup, me confia Violette.

— Tu es sexy, donc tu lui plais, décréta Bobby en s'asseyant sur le canapé.

Il ramassa une bouteille de vin à ses pieds et la fit tournoyer. Constatant qu'il en restait, il en prit une gorgée.

— Bobby, il est 9 heures ! Tu es vraiment obligé de boire ? m'indignai-je.

— C'est du vin rouge, et j'ai à peine trempé mes lèvres dedans, rétorqua-t-il. Ce n'est pas comme si j'étais bourré.

— Mais qui êtes-vous et que faites-vous ici ? nous demanda le sosie de Daniel Johns.

— Nous ne sommes pas là. Ce n'est qu'un rêve. Rendors-toi, lui conseilla Bobby.

— Olivia !

Je martelai sa porte. Comme elle ne se levait pas, j'entrai.

— Olivia !

— Quoi ? grommela-t-elle, le visage enfoui dans un oreiller.

Elle était allongée sur un immense lit, blottie sous des draps de soie. Près d'elle se trouvait une superbe fille aux seins nus. Je l'avais déjà vue plusieurs fois, sans avoir jamais connu son nom. Je n'en avais pas envie. Il m'était plus facile d'accepter l'idée qu'Olivia s'abreuvait sur des humains si je ne pensais pas à eux en tant que personnes.

— Il faudrait que tu viennes juste une minute, expliquai-je.

Je restai sur le seuil car, si je m'éloignais, elle se rendormirait.

Tout en se levant, elle marmonna quelque chose entre ses dents et revêtit un peignoir en satin. C'était étrange de la voir autrement qu'avec du cuir. En revanche, elle portait exclusivement du noir. Ses longs cheveux chatoyèrent dans son dos, parfaitement lisses et doux, même si elle venait de se réveiller.

— Il fait trop jour ici, protesta-t-elle, refusant de sortir de la pièce. De quoi as-tu besoin ? Je viens de me coucher.

— Je t'ai apporté un cadeau.

Je reculai et désignai Violette, qui se tenait sur le côté.

— Bonjour, salua l'intéressée en agitant discrètement les doigts, un sourire plaqué sur le visage.

— Cette fille a essayé de te tuer, je me trompe ? lança Olivia en levant un sourcil interrogateur.

— C'est de l'histoire ancienne, rétorquai-je. Elle n'a nulle part où aller. Alors elle va séjourner chez toi un petit moment.

— D'accord, d'accord. (Olivia bâilla et me fit un signe de la main.) La deuxième chambre est ouverte, précisa-t-elle en indiquant la porte voisine. Elle peut dormir là. Ne faites pas de bruit tant que je dors.

Violette la remercia, mais Olivia ne lui accorda aucune attention.

— Merci, dis-je à mon tour, et Olivia hocha la tête.

— La prochaine fois, attends un peu plus tard dans la journée. (Elle entreprit de refermer la porte, puis se ravisa.) Tu passes t'entraîner ce soir ?

— Bien sûr.

— Très bien. À ce soir alors.

Après un dernier bâillement, elle ferma la porte.

— Voilà, dis-je à Violette en m'écartant de la chambre.

La fatigue d'Olivia était contagieuse, et je me surpris à bâiller.

— Merci.

Violette semblait hésitante, mais je ne désirais pas particulièrement la rassurer. Elle serait bien dans cet appartement, et j'avais accompli ma part du travail. À présent, le manque de sommeil et le stress de ma journée commençaient à m'atteindre.

— De rien, déclarai-je avant de retourner vers l'ascenseur.

Violette resta immobile, presque comme si elle avait peur de bouger. Lorsque les portes s'ouvrirent, j'entrai dans la cabine, et dus les retenir pour Bobby.

— Pourquoi est-ce que tu m'aides ? me demanda Violette quand Bobby me rejoignit.

— Je n'en sais rien, avouai-je avec franchise juste avant que les portes se referment.

— J'ai pensé à un truc, après avoir vu Violette, m'indiqua Bobby. Mais je n'ai rien dit en sa présence.

— Qu'est-ce que c'est ?

Je m'adossai contre la paroi et me frottai le nez tandis que l'ascenseur descendait.

— À l'endroit où le corps de Jane a été retrouvé, il y avait plus de sang que sur les autres scènes. Eh bien, peut-être que ce n'est pas parce que le tueur s'est montré plus agressif, mais parce que les deux premières victimes ont été vidées de leur sang.

— Par un vampire, tu veux dire ? demandai-je en le dévisageant.

— Oui.

— Mais, dans ce cas, pourquoi Jane n'a-t-elle pas subi le même sort ? Si c'est un vampire, pourquoi n'aurait-il pas bu son sang ? Et pourquoi la tuer tout court ?

— Aucune idée, admit Bobby. Peut-être qu'il a essayé, mais qu'il n'a pas réussi à se nourrir d'elle.

— Et qu'est-ce qui l'en aurait empêché ? Ce n'est pas comme si on était facilement repus.

— Quand tu m'as mordu, ensuite Milo refusait de me mordre, expliqua-t-il. Mon sang était souillé, et le simple fait de sentir ton odeur sur moi le rendait malade. Alors, si Jane avait été mordue par quelqu'un d'autre, si ça se trouve le meurtrier n'a pas pu la mordre. Mais comme elle faisait partie de son plan maléfique, il a continué et l'a tout de même éliminée.

— Mais elle sortait tout juste de désintox. Et je lui avais parlé. Elle allait bien. Je ne crois pas qu'elle serait retombée dans son addiction tout de suite.

— C'était une junkie, souligna-t-il au moment où l'ascenseur arrivait en bas. On ne peut jamais être sûr. Et tu ignores quel vampire l'a mordue en dernier.

— En fait, répliquai-je quand les portes s'ouvrirent, pour autant que je sache, c'était moi.

Chapitre 9

Milo avait pris l'habitude de faire une sieste quand il revenait du lycée, puisqu'il devait rester éveillé toute la journée et rentrait de plus en plus tard. La veille, il s'était entraîné avec son équipe de débat. Le jour même, il avait donné un cours de soutien en maths à une fille. Il s'était également mis à parler beaucoup en français mais, comme mes notes avaient à peine dépassé la moyenne pendant les deux années où j'avais étudié cette matière, il avait juste fini par m'embrouiller.

Jack était toujours en déplacement professionnel. Je choisis de consacrer ma soirée à regarder les épisodes de *Gossip Girl* qui s'enchaînaient à la télévision. Je m'affalai sur le canapé, encore en pyjama, mais je n'étais debout que depuis une heure ou deux, donc ce n'était pas catastrophique.

Ezra entra dans le salon, deux gros livres dans les mains. Il semblait aller mieux, dans le sens où il s'était coiffé et avait visiblement repassé sa chemise. Dieu merci ! il n'avait pas traversé de phase « survêtement », sans se raser ni se laver. Il avait toujours réussi à conserver une belle allure.

Lorsqu'il s'approcha du sofa, il jeta un coup d'œil au poste et leva un sourcil interrogateur.

—Qu'est-ce que c'est ?

—Lui, c'est Chuck Bass, expliquai-je en désignant Ed Westwick.

—Il porte un nœud papillon. C'est revenu à la mode ?

—Pas la moindre idée, dis-je avec un haussement d'épaules. C'est Chuck Bass. Il fait ce qu'il veut.

—Bon, ça suffit.

Il s'empara de la télécommande posée à côté de moi et éteignit la télévision.

—Qu'est-ce qui te prend ? lançai-je en feignant la colère. J'étais sur le point de découvrir si ses manies de séducteur allaient enfin lui causer des ennuis.

—Supposons que oui. Tu as de la lecture.

Sur ce, il laissa retomber les ouvrages sur mon estomac, me coupant presque la respiration.

—Nom de Dieu !

Je soulevai les livres et me frottai le ventre, même si la douleur avait déjà disparu.

—Pourquoi tu as fait ça ?

—Parce que tu avais raison. Je dois cesser de me morfondre, et toi aussi.

—Je ne broie pas du noir. (Je me redressai et inspectai les titres.) *Histoire de l'Europe moderne de la Renaissance à nos jours* et *Gray's Anatomy*, prononçai-je à voix haute. Je présume que ça ne parle pas de la série, puisqu'il fait plusieurs milliers de pages.

—En effet, confirma Ezra, et je levai les yeux sur lui. Tu ne fais absolument rien.

Je secouai la tête.

—C'est faux. Enfin, je ne fais pas grand-chose, mais ce n'est pas faute d'essayer. J'ai rangé la maison et, parfois, je nourris Bobby aussi.

— Tu te rends compte qu'il n'est pas un animal domestique, pas vrai ?

Il croisa les bras, comme peu convaincu que je fasse bien la différence.

— Bien sûr que oui, lui assurai-je en roulant des yeux. Ce que je veux dire, c'est que je fais des efforts. Je m'entraîne avec Olivia, d'ailleurs je dois aller chez elle plus tard dans la soirée.

— C'est bien, mais pas assez. La maîtrise de ton corps et de ta force te sera inutile si tu es incompétente. Tu as besoin d'un solide bagage culturel, et, comme tu as abandonné le lycée, je dois veiller à ce que tu en obtiennes un.

— Écoute, je n'ai rien contre le fait d'apprendre des trucs. C'est juste que… (Je contemplai les livres et caressai les couvertures en papier glacé.) Je crois que je ne vois plus l'intérêt de rien. J'ai déjà tout. Que reste-t-il ?

— Oui, tu as une existence difficile, répliqua-t-il sèchement.

— Non, ce n'est pas ce que je voulais dire, soupirai-je. Je pensais que je désirais juste être avec Jack, et que ma vie serait parfaite. Que nous vivrions heureux à tout jamais. Et j'aime Jack, sincèrement. J'ai envie de rester avec lui. Mais, à présent, je commence à mesurer ce que l'éternité implique et… je ne sais pas quoi faire.

— Il te faut une motivation, affirma Ezra d'un air entendu, et je le scrutai.

— Oui, exactement. Mais comment la trouver ? Quand on dispose de tout ce temps, comment… le remplir ? Avec des parties de solitaire en boucle ?

— Ta perception du temps changera, m'assura-t-il en s'asseyant à côté de moi. Tu finiras par estimer qu'il passe plus vite, et tout se brouillera. Tu auras l'impression que les années seront des semaines.

— Et c'est comme ça qu'on s'en sort ?

— Parfois. (L'espace d'un instant, son regard brun se fit lointain, mais il inspira profondément et cette mélancolie disparut.) Mais tu dois apprendre à savourer le présent, à chérir ce qui t'entoure. C'est la fugacité de l'existence qui lui donne sa valeur et, même si nous sommes là pour l'éternité, tout le reste est provisoire.

— Si je te suis, nous devons nous délecter de ce qui va mourir, donc la mort équivaut au bonheur ?

— Pas exactement. (Il se pencha en arrière et soupira.) Le problème d'offrir à quelqu'un le choix de devenir vampire, c'est qu'il ne s'agit pas d'un véritable choix. On ne se rend pas vraiment compte de ce qu'on accepte. Il est impossible de comprendre ce qu'est la vie éternelle.

— Je ne vois pas où sont les conseils dans ce que tu racontes.

— En aimant une autre personne, voire plusieurs, ta vie sera plus pleine. (Il plongea son regard intense dans le mien.) Mais cela ne la rendra pas complète. C'est à toi de prendre les choses en main, de décider quelle est ta raison de vivre.

— D'où les livres que tu m'as apportés ?

Je les soulevai, et il éclata d'un petit rire déconcerté.

— Non, je te les ai prêtés parce que je souhaite que tu disposes de tous les outils nécessaires pour déterminer ta carrière, et la connaissance représente le plus puissant d'entre eux.

Milo entra dans la pièce en bâillant.

— Qu'est-ce que vous faites ?

— Oh, mon Dieu ! tu es comme le chien de Pavlov dès que tu entends des trucs d'intello, gloussai-je. Je prononce le mot « bouquin », et tu accours.

— Tu retournes au lycée ? me demanda mon frère, les yeux brillants d'enthousiasme.

— En fait, Ezra me donne des cours, je crois, si ça compte.

— Mais c'est génial ! (Milo applaudit et se précipita vers le canapé.) Fais-moi voir !

Il m'arracha les livres des mains, non pas que je résiste.

— Lis les trois premiers chapitres de chaque ouvrage, m'ordonna Ezra tandis que Milo les feuilletait et s'extasiait dessus. Nous en discuterons demain.

— Demain ? Je dois m'entraîner avec Olivia cette nuit. Je n'aurai pas le temps.

— Débrouille-toi.

Il avait employé son ton sérieux. Sa voix n'était ni forte ni bourrue, mais assez ferme pour que je ne me risque pas à argumenter.

— Oh, arrête, Alice, ça va être amusant ! s'écria Milo avec une joie démesurée. Ça te fera un bien fou. Et tu n'auras même pas besoin de te lever tôt. C'est bien mieux que ce que je fais.

Ezra me souhaita bonne chance, puis se leva et me sourit.

— Hé, attends ! pourquoi avoir choisi ceux-là ? lui demandai-je. Enfin, celui d'histoire, je peux comprendre. Mais pourquoi un traité d'anatomie ?

— Tu as déclaré que tu voulais devenir médecin, dit-il avec un haussement d'épaules. J'ai pensé que ça pourrait susciter ton intérêt.

Il me laissa seule avec mon frère, qui se plongea immédiatement dans le livre d'histoire. Que vous le croyiez ou non, Milo était un fondu de cette matière. Il appréciait surtout les temps anciens, comme celui de la Mésopotamie et des débuts de la civilisation, mais tout ce qui touchait à ce domaine le fascinait.

— Si nous ne tirons pas les leçons de nos erreurs, nous sommes condamnés à les répéter, m'expliqua-t-il quand il sentit mon attention faiblir. Il faut apprendre ce que les autres peuples ont fait afin de ne pas le reproduire.

— C'est un conseil très judicieux, mais je ne compte pas diriger une révolution, ni rien de tel.

— On ne sait jamais, répondit-il avec un sourire. On va rester sur Terre un bon bout de temps. Qui sait ce que tu feras ?

J'étudiai deux heures de plus avec lui jusqu'à ce que Bobby arrive et me sauve. Il avait travaillé sur une œuvre d'art dramatique et avait fini tard.

Je fus d'abord soulagée de voir Bobby. Je tentai de me lancer dans une vraie conversation avec lui, car le discours incessant de mon frère sur l'histoire m'avait mis le cerveau en bouillie. Mais, presque tout de suite après le retour de Bobby, ils commencèrent à se peloter.

C'était tout aussi bien, puisque je devais me préparer pour me rendre chez Olivia. Je me douchai et m'habillai. Quand je sortis, les tourtereaux étaient encore dans le salon à se murmurer des mots doux.

Tandis que je filais à toute allure dans l'Audi pour rejoindre le centre-ville, je me demandais pourquoi j'avais tant appréhendé de conduire. Désormais, j'adorais ça. Foncer sur l'autoroute en écoutant Metric à plein volume figurait parmi mes activités préférées.

Le plaisir de ma balade en voiture s'évanouit lorsque j'aperçus un panneau en noir et blanc qui montrait un type canon dont la chemise ouverte dévoilait ses abdominaux parfaits. Comme tous les mannequins, il arborait un air désinvolte, mais sexy. L'affiche se concentrait principalement sur son torse. On distinguait juste la ceinture du pantalon en bas de l'image. Naturellement, il s'agissait d'une publicité pour une marque de jeans.

Ce n'est pas cela qui me fit grimacer de mépris ou cesser de chanter. Mais parce que le type sur la pub était Jonathan, l'ex- « petit ami » de Jane, faute d'un terme plus approprié. La dernière fois que je l'avais vu, il lui rongeait la gorge comme s'il s'agissait d'un os, et elle en semblait ravie.

J'écrasai l'accélérateur pour dépasser cette vision plus vite. Je voulais cesser de penser à Jane, du moins pour ce soir-là. J'avais besoin de répit face à mon sentiment de culpabilité permanent.

Lorsque j'arrivai au club, j'empruntai le tunnel à l'arrière afin d'éviter la foule, mais je jetai tout de même un coup d'œil à la piste de danse. Il était minuit passé, pourtant la boîte n'était remplie qu'à un tiers de sa capacité. Cela représentait de nombreuses personnes, mais Violette n'avait pas menti. La peur du tueur en série avait poussé les gens à se retrancher chez eux.

Cela n'empêchait pas Olivia de trouver des invités. Même si elle prétendait avoir réduit sa consommation de sang, ce qui m'avait paru vrai pendant un temps, quand je sortis de l'ascenseur, la fête battait son plein dans le loft.

De la musique rock résonnait dans la pièce, avec un chanteur dont la voix m'évoqua celle de Maynard James Keenan. Sous la lumière tamisée, la cinquantaine d'individus présents semblaient tous drogués ou soûls. Humains comme vampires planaient, chacun à sa façon.

Je restai un moment près de la cabine. Tout en contemplant deux filles effectuer une danse sensuelle pour un vampire, j'envisageai de partir. C'était la bonne décision à prendre. Dans cet état, Olivia ne pouvait pas m'entraîner, et ces conneries me dégoûtaient. Ce mode de vie était éloigné du mien, et je le désapprouvai chez les autres. S'enivrer de sang humain et utiliser des mortels ainsi ne me plaisait pas.

Je tournais les talons pour repartir quand Olivia me remarqua. Au fond de la pièce, elle se prélassait sur un tapis en fausse peau d'ours. Avant que je parvienne à m'échapper, elle m'appela et se leva en chancelant, manquant de trébucher sur quelqu'un dans sa hâte de me rattraper.

— Alice ! je t'attendais !

Elle courut me saluer, et elle paraissait tout à fait sobre. Sinon, je serais partie sur-le-champ.

— Oui, je vois ça, ironisai-je en balayant le loft de mon regard le plus réprobateur.

— Je t'aurais bien appelée, mais tu sais ce que m'inspirent les téléphones portables, expliqua-t-elle avec un geste dédaigneux. Je t'ai trouvé quelqu'un avec qui t'entraîner.

— Je peux revenir demain pour le rencontrer ?

Soudain, l'odeur du sang frais envahit tout l'espace. Du coin de l'œil, j'aperçus un vampire, les crocs plantés dans le cou d'un type.

— Maintenant que tu es là…

Olivia me posa la main sur le bras. Je faillis m'écarter, mais soupirai et me ravisai.

— On va sur le toit ? proposa-t-elle.

Je la suivis dans la cage d'escalier qui menait à la terrasse. Olivia sifflotait l'*Hymne à la joie*. Elle poussa la porte, et une bourrasque d'air glacial s'engouffra à l'intérieur. Quand nous arrivâmes sur le toit, je vis Violette au bord de la terrasse, en train d'admirer la vue.

Je me figeai.

— Qu'est-ce qu'elle fiche ici ?

— Elle va s'entraîner avec toi, m'annonça Olivia avec un sourire.

— Elle ne peut pas… (Je voulus prendre Olivia à part, mais Violette nous avait déjà remarquées.) C'est tout à fait inapproprié, Olivia.

D'un geste, elle écarta mon inquiétude.

— N'importe quoi ! J'ai discuté avec elle. Elle a été obligée de maîtriser beaucoup de compétences en vivant dans la rue. Je l'ai testée au combat aujourd'hui, et elle est très douée. Elle te donnera un avant-goût de ce que c'est que de se battre contre un vampire.

— Mais Olivia…

— Tu avais besoin de plus d'aide que je suis capable de t'apporter, m'interrompit-elle.

— Je sais que j'ai demandé à m'entraîner, mais je n'ai pas « besoin d'aide ».

J'observai Violette faire le tour du toit et ramasser un tube métallique, manifestement un morceau d'une vieille antenne cassée.

— Oh, mais je t'assure que si, ma puce ! dit Olivia en me touchant le bras. Tu possèdes un pouvoir d'attraction, que j'ai déjà constaté chez plusieurs vampires. À cause de ça, tu auras fatalement des ennuis.

— Un pouvoir d'attraction ? Comment ça ?

— C'est une substance dans ton sang. Je ne pourrais pas l'expliquer, je ne comprends pas grand-chose à ces phénomènes, ajouta-t-elle en contemplant le panorama urbain. C'est comme si tu étais un phare, et que les autres vampires étaient des papillons de nuit. Nous le ressentons tous sans exception, à divers degrés.

— De quoi parles-tu ?

— Tu sembles prête à te battre, déclara Violette avec un rictus.

Elle fit passer le tuyau par-dessus ses épaules, tel un ninja maniant son bâton.

— Pas du tout, rétorquai-je en secouant la tête. Je veux juste savoir ce qu'elle insinue.

— Entraîne-toi avec elle, me conseilla Olivia avec un regard grave. Elle est meilleure que moi.

— Prête ? s'enquit Violette, même si, de toute évidence, je ne l'étais pas.

Olivia recula vers l'escalier, et je l'imitai. Au même moment, Violette apparut près de moi et déplaça le tuyau si rapidement qu'elle faillit m'atteindre au ventre.

— Mais qu'est-ce qui te prend ?

— J'ai envie de voir ce dont tu es capable.

Elle haussa les épaules et fit de nouveau tournoyer son arme. Je me penchai en arrière, comme si je dansais le limbo, et le bâton manqua de me frapper au menton.

— Jolis réflexes, lâcha-t-elle.

J'entendis la porte se refermer, puis jetai un coup d'œil derrière moi, constatant qu'Olivia avait disparu. Violette profita de cette seconde d'inattention pour m'assener un coup sur la tête.

— Concentre-toi, m'ordonna-t-elle.

Une fois ma douleur aveuglante au crâne et les picotements liés à la cicatrisation de l'entaille estompés, je poussai un grognement, puis me ruai sur elle. Je ne voulais pas m'entraîner. Je souhaitais percer l'allusion d'Olivia, et je n'accordais qu'une confiance limitée à Violette. J'avais tendance à haïr ceux qui me cognaient en pleine tête sans prévenir.

Lorsque je l'attaquai, elle m'esquiva facilement. J'avais vu des vampires se déplacer plus rapidement qu'elle, comme le lycan Stellan, dont la vitesse confinait à la téléportation. Mais Violette disposait, elle, d'une grâce véloce qui me fit cligner des yeux pour m'assurer qu'elle avait disparu.

Soudain, elle fut derrière moi, sur le point de me frapper dans le dos. Je bondis dans les airs et fis un salto arrière avant d'atterrir sur le toit. C'était la première fois que je faisais cette figure, du moins d'instinct. J'aurais souhaité prendre une ou deux secondes pour me féliciter de mon agilité, mais elle revenait déjà à la charge.

— Tu as une arme, c'est injuste ! m'écriai-je tandis qu'elle se servait du bâton pour me donner un coup dans les jambes, mais je sautai par-dessus.

Elle frappa dans le vide, anticipant un autre bond de ma part, et je m'écroulai à plat ventre.

— Qui a dit que la vie était juste ? rétorqua-t-elle.

J'échappai de justesse à son assaut en roulant sur moi-même, et le tuyau s'enfonça dans le toit. Si je n'avais pas bougé, elle m'aurait empalée au niveau du ventre. Je me levai d'un bond, consciente qu'il me fallait contre-attaquer, sous peine qu'elle continue à s'acharner.

Je me précipitai vers le bord de la terrasse, et elle lança le bâton comme une lance, visant de manière à me harponner au milieu du dos. Je poursuivis ma course et sautai, me réceptionnant sur la balustrade. Je poussai sur mes jambes et fis un bond en arrière avant de sentir le tuyau m'érafler le mollet et s'envoler à toute vitesse loin de l'immeuble.

Je fis un salto arrière et projetai mes pieds vers l'avant. Violette se déplaça, déjouant mon coup, qui l'atteignit dans la poitrine au lieu de la tête comme escompté. J'atterris sur elle, sans pour autant l'immobiliser. Elle me retourna sur le dos et m'agrippa par les épaules.

Je levai les pieds et les posai sur son ventre afin de la repousser. Elle recula la main d'un geste rapide et attrapa quelque chose à l'arrière de son jean. Alors que je m'apprêtais à me débarrasser d'elle, je ressentis une vive douleur à la poitrine quand elle y pointa un objet.

Je baissai les yeux et vis le bout pointu d'un pieu en titane au-dessus de mon cœur, appuyé suffisamment fort pour qu'une tache de sang se forme sur mon tee-shirt.

Chapitre 10

—Bon Dieu, mais qu'est-ce que tu cherches? demandai-je, le souffle saccadé.

L'adrénaline due à la terreur me parcourait, mais je n'étais pas certaine de réussir à repousser Violette avant qu'elle m'enfonce le pieu dans le cœur.

—Je veux m'assurer que tu ne te fasses plus surprendre comme ça.

Elle soutint mon regard de ses yeux mauves, l'air solennel, puis me relâcha.

—Merde, qu'est-ce qui t'a pris?

Je me levai d'un bond, la main sur le cœur. La blessure, superficielle, guérirait en quelques minutes, mais, l'espace d'un instant, j'avais cru qu'elle allait me tuer.

—Tu as de bons réflexes, et je pense qu'une vraie force se dissimule en toi, affirma-t-elle sans tenir compte de mon trouble et de ma rage.

Elle ôta la poussière de ses vêtements et lissa son tee-shirt du plat de la main.

—Mais tu dois réfléchir davantage, te montrer moins impulsive, ajouta-t-elle. Il faut que tu planifies ton attaque. Tu as déjà joué aux échecs?

— Une fois, et je suis nulle. Mais tu as failli me tuer !

— Très loin de là, dit-elle en levant les yeux au ciel. Si j'avais réellement voulu t'éliminer, tu serais morte.

— Alors qu'est-ce que tu faisais ? Ce n'était pas un entraînement ! Ça ressemblait plutôt à… une tentative de meurtre.

Je cherchai une réplique mordante, qui ne la décontenança pas du tout.

— Je veux que tu te souviennes de ça. De ce que tu as ressenti quand tu as cru que tu allais y passer. Si tu y parviens, si tu reconnais à quel point c'est horrible, tu veilleras à ne plus jamais éprouver cela.

Elle pointa le pieu dans ma direction, ce qui ne me rassura pas.

— Je n'ai aucun désir de mourir, je te signale. J'ai déjà été dans le pétrin. Je me suis déjà battue pour survivre, expliquai-je. Inutile de faire ça.

— Peut-être, mais peut-être pas, répondit-elle en secouant la tête.

— Où as-tu appris à combattre comme ça ? lui demandai-je. La dernière fois que je t'ai vue, tu n'étais pas aussi douée.

— En fait, si, mais Lucian ne l'était pas, et je le laissais tenir les rênes, précisa-t-elle en haussant les épaules. C'était stupide. Mais, quand tu vis dans la rue, beaucoup de vampires te cherchent. Tu dois apprendre à te défendre, sinon ils te tuent.

— Je suis navrée d'entendre ça, murmurai-je.

— Ce n'est pas grave. (Elle fit « non » de la tête tout en retournant vers la cage d'escalier.) Reviens demain. On continuera à s'entraîner.

— Attends ! Tu sais ce qu'Olivia voulait dire tout à l'heure ? Que j'ai un pouvoir d'attraction ?

— Qui sait ce qu'Olivia veut dire ? répliqua-t-elle avant de rentrer.

Je me frottai la poitrine. Mon cœur battait encore à tout rompre. Je jetai un coup d'œil autour de moi, incapable d'admirer la ligne d'horizon comme à mon habitude. Je songeai à la terreur qui m'avait envahie durant la demi-seconde où j'avais réellement cru que Violette désirait me supprimer. Jane avait-elle ressenti la même chose ? S'était-elle rendu compte qu'elle allait mourir ?

Je grimpai sur le rebord du muret d'enceinte de la terrasse et me tins debout dessus, les tibias plaqués contre la balustrade. Je distinguais l'endroit où l'on avait découvert le corps de mon amie. Si je sautais, est-ce que je survivrais ? Mes os étaient difficiles à fracturer, mais ce n'était pas impossible.

Je déglutis péniblement et contemplai le vide sous mes pieds. À présent, j'avais du mal à prendre la pleine mesure de la vie et de la mort. Ces deux notions m'étaient devenues étrangères. Pour exister éternellement, il faudrait que la mort m'entoure en permanence. Je n'étais pas sûre de pouvoir m'y accoutumer.

Lorsque je traversai l'appartement, je ne cherchai pas Olivia pour lui dire au revoir. Je désirais juste m'échapper. Je me hâtai de rentrer et trouvai la maison plongée dans le silence. J'étais déçue que tout le monde soit couché. Seule Matilda était réveillée. Je restai un moment dehors avec elle, à la regarder jouer.

L'adrénaline n'était pas redescendue. Je n'avais pas sommeil, mais j'ignorais que faire d'autre. Je laissai la chienne s'installer sur mon lit, puisque je n'avais pas envie d'être seule. En temps normal, lorsque Jack était absent, elle dormait près de la porte, comme si elle pouvait le faire apparaître.

Je réussis enfin à m'assoupir, mais mon sommeil fut agité. Des cauchemars me tourmentèrent, et j'étais incapable de chasser cette impression, la même que j'avais eue en Australie, cette panique qui me paralysait. Je me réveillai à plusieurs reprises et secouai les jambes, juste pour vérifier que je pouvais bouger.

En fin d'après-midi, Jack se faufila le plus discrètement possible dans la pièce. Matilda poussa de petits gémissements joyeux, et il essaya de la calmer, alors je fis semblant de dormir. Il monta sur le lit et s'allongea contre moi, le torse plaqué contre mon dos. Quand il passa son bras autour de moi, je me blottis un peu plus contre lui.

— Tu m'as manqué, dis-je en lui serrant le bras.

— Toi aussi.

Il me déposa un baiser sur la nuque et m'enlaça un long moment avec force. Puis il prit appui sur son coude. Je roulai sur le dos pour le voir. Ses yeux bleus trahissaient une grande inquiétude.

— Il y a un problème ? me demanda-t-il.

Lorsque je rivai mon regard au sien, ses émotions me frappèrent de plein fouet. Son amour et son anxiété m'enveloppèrent comme une couverture, noyant tous mes sentiments précédents.

— Je suis juste contente que tu sois rentré.

Je tendis la main et lui touchai le visage. Sa peau douce se réchauffa à mon contact.

Il se pencha et ses lèvres trouvèrent les miennes. Je l'embrassai avec fougue et avidité, en l'attirant contre moi. Nous ne faisions plus qu'un, et j'avais terriblement envie de lui.

J'avais besoin de l'aimer et de sentir tout son amour pour moi. Je devais effacer toutes les horreurs que j'avais ressenties, et seul Jack pouvait m'y aider.

J'entremêlai les doigts dans ses cheveux, et il poussa un gémissement contre ma bouche. Ma réaction l'étonna et amplifia son excitation. De ses mains, il explora mon corps, et ses caresses se firent de plus en plus déterminées contre ma peau brûlante.

Je rompis notre baiser et, sans réfléchir, posai la bouche sur son cou et le mordis. Il eut un hoquet de surprise qui se transforma rapidement en grognement rauque. Si lui m'avait mordue à plusieurs reprises, c'était la première fois que je le mordais.

Son sang toucha ma langue. Une décharge de chaleur se propagea dans mes veines. Le goût était plus doux que du miel et plus puissant que de l'alcool. Il m'incendia la gorge de plaisir. J'enfonçai les doigts dans sa chair, si fort que cela devait lui faire mal, mais j'étais incapable de me refréner. Je me cramponnai encore plus à lui et avalai.

Son amour me procurait un bien-être absolu. J'avais l'impression d'accéder à son âme. Sa gentillesse et sa sincérité me stupéfiaient toujours. J'étais submergée de bonheur et toutes mes pensées négatives s'envolèrent. Je ne sentais plus que lui, qui irradiait en moi.

Tout mon corps battait à l'unisson de son cœur. Jack était désormais présent dans les moindres recoins de mon organisme. L'extase se déversait en moi. Mon cœur était prêt à exploser.

Soudain, un changement se produisit. Je perçus quelque chose de sombre qui vacillait en lui. Ma morsure lui procurait encore une sensation merveilleuse, et il gémissait de plaisir, mais un truc clochait.

Presque trop tard, je compris que c'était la mort. Je m'étais abreuvée trop longtemps sur lui. La vie le quittait peu à peu et, si je ne m'arrêtais pas, j'allais le tuer.

Consciente de ce danger, j'eus tout de même un mal fou à lâcher sa gorge. Une nouvelle fois, je sentis le goût de ces ténèbres qui me laissèrent une saveur de peur amère sur la langue.

Je m'écartai brusquement, avalant les dernières gouttes de sang que j'avais dans la bouche, et Jack s'effondra sur le lit, haletant. Je me demandai s'il avait des difficultés à respirer ou s'il avait oublié de le faire pendant la morsure.

Lorsque lui cessait de me mordre, la séparation m'était douloureuse et intolérable. Là, je ne ressentais rien de tel. Plutôt une plénitude absolue et fabuleuse. Comme si, pour la première fois de mon existence, j'étais complète.

Son sang m'avait enivrée. Le monde qui m'entourait semblait rayonner. Les couleurs étaient si vives qu'elles étaient presque impossibles à regarder. Je voyais flou sur les côtés, et je me redressai péniblement. Je percevais vaguement la faiblesse que Jack dégageait.

— Jack. (Je lui touchai le visage, dont la froideur me frappa.) Jack, ça va ?

Je tendis l'oreille, sans pouvoir détecter un pouls. Je n'entendais rien et aucune émotion ne me parvenait de lui. Pendant le moment le plus affreux de ma vie, je pensai l'avoir tué.

Puis il expira profondément et son cœur se remit à cogner.

— Mon Dieu, Jack ! soufflai-je tandis qu'il ouvrait doucement les yeux. J'ai cru que tu étais mort.

— Pas mort, articula-t-il avec un sourire en coin. C'est juste que… tu as pris beaucoup de mon sang.

— Je suis désolée.

La honte embrasa mes joues déjà empourprées.

— Ne t'excuse pas. J'ai adoré, m'assura-t-il avant de pousser un soupir satisfait. Tu es si belle. Tu es radieuse.

— Tu dis ça parce que tu as perdu trop de sang, rétorquai-je en secouant la tête. Tu veux que j'aille te chercher à boire ?

— Non, pas tout de suite. J'ai envie de savourer cette sensation. Je te sens encore dans mes veines, et je ne suis pas prêt à renoncer à ça pour l'instant.

Il souleva la main et la posa sur ma joue. Je me blottis contre sa paume.

— Je t'aime, ajouta-t-il.

— Moi aussi, je t'aime.

Je déposai un baiser sur sa paume et m'allongeai à côté de lui, la tête sur son torse, un bras passé autour de lui.

— Comprends-moi bien, je ne m'en plains pas, mais qu'est-ce qui t'a poussée à faire ça ?

Il me caressait lentement les cheveux, épuisé.

— Je n'en sais rien. J'en avais… besoin, c'est tout. J'avais besoin de toi, précisai-je en me pressant contre lui. Je me demande ce que je ferais sans toi.

— Moi aussi. (Il m'embrassa sur le sommet du crâne.) Et espérons que nous n'aurons jamais à le découvrir.

— Il ne vaut mieux pas.

Je me plaquai encore plus étroitement contre lui, réprimant le frisson qui me parcourait l'échine.

— Ne t'inquiète pas, Alice, murmura-t-il contre mes cheveux d'une voix somnolente. On restera ensemble pour toujours.

Je m'assoupis dans ses bras, presque convaincue par ces paroles.

À mon réveil, plus tard dans la soirée, je le trouvai plus grincheux que je l'avais jamais vu. Chez Jack, cela ne se manifestait pas de la même manière que lorsque j'étais grognon, mais il me parlait sèchement sans raison et criait après Matilda. Je ne l'avais jamais entendu s'adresser à la chienne avec colère auparavant. Le manque de sang dans l'organisme ne lui réussissait pas.

Il descendit à la cuisine, à peine vêtu du boxer avec lequel il avait dormi. J'admirai la vue, sans pouvoir agir. En trois minutes, il vida le contenu de deux poches de sang. Matilda et moi attendîmes à l'autre bout de la pièce, jusqu'à avoir la certitude qu'il contrôle de nouveau son humeur.

— Pardon, dit-il en froissant une poche vide avant de la jeter à la poubelle. Je n'ai pas fait exprès de me montrer si… tu vois.

— Ce n'est pas grave. Je ne voulais pas boire autant de ton sang, m'excusai-je.

— Pas de souci. (Il haussa les épaules.) C'était vraiment génial, et ce n'est pas comme si je n'avais jamais eu ma part du tien, souligna-t-il en ouvrant le frigo pour prendre une autre dose. Je meurs de soif.

— Désolée.

Je grimpai sur le plan de travail. Il secoua la tête, trop occupé à engloutir le sang pour me répondre.

Ezra, qui avait dû nous entendre parler, entra dans la pièce. Il scruta la tenue peu orthodoxe de Jack avec un froncement de sourcils perplexe, mais ne fit aucun commentaire à ce sujet.

— Alors, comment ça s'est passé ? demanda-t-il à Jack.

— Bien. Le transfert s'est déroulé sans souci.

Jack pressa la poche pour s'assurer de récupérer les dernières gouttes. Une fois satisfait, il s'en débarrassa et roula les épaules.

— J'aimerais éviter d'aller sur place tous les quinze jours pour m'en occuper en personne. Le futur, c'est aujourd'hui. La technologie aurait déjà dû nous rattraper.

— Ça te fait du bien de travailler en dehors de la maison, décréta Ezra. De mon côté, j'ai passé trop de temps ici et, la prochaine fois, je t'accompagnerai.

— Et si tu prenais ma place, tout simplement ? J'ai l'impression d'avoir passé plus de temps en déplacement que chez nous ces derniers mois, souligna Jack.

— Si c'est ce que tu veux, répondit son frère avec un haussement d'épaules.

— Je me rappelle à peine à quoi ressemble ma petite amie.

Jack sourit et s'approcha de moi. Il se pencha sur le plan de travail et passa le bras derrière mon dos.

— Et Dieu sait que tu es jolie ! poursuivit-il.

Le portable d'Ezra sonna dans sa poche. J'étais toujours surprise d'entendre les Bee Gees quand il se déclenchait. Apparemment, il avait traversé une terrible phase disco dans les années soixante-dix. Peter m'avait expliqué qu'il avait craint qu'Ezra n'en sorte jamais.

— Tu ne décroches pas ? demandai-je.

— Non.

— Et pourquoi ? s'enquit Jack en le dévisageant avec la même curiosité que moi.

Ezra poussa un lent soupir avant de s'exprimer.

— C'est Mae. J'ai bien peur de ne rien avoir à lui raconter.

— Comment sais-tu que c'est elle ? Tu es télépathe du téléphone ? m'enthousiasmai-je.

La séparation de Mae et d'Ezra me pesait. Si elle l'appelait, peut-être se réconcilieraient-ils un jour ?

— Elle a cherché à me joindre toute la journée, et je l'ai évitée toute la journée, annonça-t-il en se passant la main dans les cheveux avant de secouer la tête. Nous n'avons rien à nous dire. Je n'ai aucune raison de répondre à ses coups de fil.

— Ezra ! protestai-je. Tu l'aimes. Je pense que c'est un motif plus que suffisant.

— Elle a fait son choix.

Sa voix résonnait de manière incroyable lorsqu'il adoptait un ton ferme, si bien qu'il se révélait très difficile à contredire.

— À mon avis, elle n'en avait pas d'autre, argumenta Jack.

J'étais étonnée de le voir prendre la défense de Mae. Il était fâché contre elle depuis qu'il avait découvert qu'elle était à l'origine de sa transformation.

— Au moins, elle sait que tu es en vie et que tu t'en sortiras sans elle. Tandis que, si elle t'avait choisi, l'enfant serait morte.

— Peut-être bien. (Ezra baissa les yeux, de plus en plus songeur.) Mais je ne suis pas prêt à reconnaître mes torts.

— Tu as écouté les messages ? s'enquit Jack.

— Non. (Ezra prit une profonde inspiration.) Je n'ai pas envie d'entendre sa voix, avoua-t-il en secouant la tête avant de river son regard sur nous. Et, pour être tout à fait franc, je ne souhaite pas poursuivre cette conversation non plus. J'ai pris ma décision.

— Je me demande pourquoi il faut que toutes tes décisions soient définitives, déclarai-je, les bras croisés.

— Parce que je suis plus vieux et plus sage, répliqua-t-il en esquissant un sourire. D'ailleurs, comment se déroulent tes études ?

— Très bien, mentis-je.

J'avais parcouru les trois premiers chapitres du livre d'histoire avec Milo, mais j'avais à peine ouvert celui d'anatomie.

— Je veux que tu sois au point pour en discuter plus tard, affirma-t-il. En plus, je t'ai laissé *Ne tirez pas sur l'oiseau moqueur* dans le salon.

— Hein ? Pourquoi ? grimaçai-je. J'ai dû le lire en seconde.

— Relis-le.

Le sujet était manifestement clos, parce qu'il se tourna et traversa la cuisine pour regagner son bureau, afin de se consacrer de nouveau à ce qu'il faisait pour passer le temps en l'absence de Mae. Je poussai un soupir bruyant et me penchai en arrière, mon épaule contre celle de Jack.

— Tes études ? s'étonna ce dernier. Qu'est-ce qui se passe ?

— Ezra estime que, comme je ne vais pas en cours et ne travaille pas, je devrais faire quelque chose pour éviter de finir idiote. (J'ôtai quelques poils de Matilda qui s'étaient accrochés à mon jean.) Il a raison, mais ça ne veut pas dire que ça me plaît.

— Alors quel est ton programme ? demanda Jack, intéressé.

— Je n'en sais rien. Pour l'instant, visiblement, de l'histoire, de l'anatomie et *Ne tirez pas sur l'oiseau moqueur.* (Je désignai le salon d'un geste et grimaçai.) J'aurais cru qu'un livre dont l'un des personnages se nomme Boo Radley serait plus drôle.

— Ce n'est pas le but. Ça traite de la dualité de l'être humain, et montre que le reconnaître signe la fin de l'innocence, expliqua-t-il.

Tu oublies que j'ai étudié les lettres, précisa-t-il quand il surprit mon regard stupéfait.

— Parfois, oui, concédai-je. Alors comment ça se fait que tu travailles avec Ezra au lieu d'enseigner ou d'exercer le métier que tu avais envisagé en t'engageant dans cette voie ?

— L'enseignement, ça ne paie pas, dit-il dans un éclat de rire.

Il me déposa un baiser sur la tempe et retourna devant le frigo.

— Excuse-moi, mais j'ai encore vraiment soif.

— Pardon.

Mon estomac, en revanche, était plein à craquer, et mon ventre presque distendu me rappelait que j'avais consommé beaucoup trop de sang. Je me demandais comment Jack parvenait à marcher.

— Je n'ai pas passé mon diplôme, d'abord.

Il ouvrit le réfrigérateur, en sortit une poche, puis il referma la porte et me fit face, s'appuyant sur l'acier inoxydable.

— Et je crois que je n'ai jamais voulu devenir prof. Je ne sais pas ce que j'avais envie de faire, poursuivit-il. J'aimais la littérature, c'est tout.

— Et, quand tu étais petit, quel métier voulais-tu faire ?

Je me décalai sur le plan de travail, et croisai les jambes sous mes fesses.

— Batman. (Il gloussa et ouvrit sa dose.) Ou Luke Skywalker.

— Très réaliste.

— Non, je pense que je m'imaginais écrivain. Ou musicien. Tu vois, un pur stéréotype.

Il haussa les épaules et contempla la poche comme s'il s'interrogeait sur son désir d'en avaler le contenu.

— À un moment, je voulais être bibliothécaire. Au lycée, j'adorais lire. Je m'enfermais dans ma chambre pour dévorer des livres et compiler des chansons terribles sur des cassettes, pour cette pom-pom girl qui ignorait mon existence. J'étais exactement comme Duckie dans *Rose bonbon*.

— Ah bon ? ricanai-je. Je t'ai toujours imaginé du genre Andrew McCarthy.

— Eh bien, tu t'es complètement trompée, dit-il en m'adressant un sourire. J'avais une coiffure à la Robert Smith, une masse noire en pétard, et, quand je me mettais sur mon trente et un, j'ajoutais un trait d'eye-liner noir.

» Je lisais sans relâche, surtout des bandes dessinées. Quand j'étais en troisième et en seconde, Alan Moore a publié des trucs géniaux. Je me souviens, quand j'ai mis la main sur le premier numéro des *Watchmen*, je me suis dit : « C'est ce que je veux faire. » J'avais envie de participer à cette aventure.

Il s'interrompit pour prendre une petite gorgée de sang. Il s'appuya davantage contre le frigo et croisa les chevilles.

— Je ne savais pas vraiment dessiner, poursuivit-il. Mais je collaborais avec un copain très doué dans ce domaine. On a créé des bandes dessinées très sombres, avec toute une collection inspirée de la nouvelle d'Edgar Allan Poe, *Le Masque de la Mort Rouge*. Une nuit, je me suis introduit dans le bureau du proviseur et j'en ai photocopié tout un tas, que nous avons vendu un dollar l'exemplaire. Oui, à l'époque, je me trouvais super cool.

— Et ensuite, qu'est-il arrivé ?

— J'ai récolté des heures de colle pour être entré par effraction dans le bureau du proviseur, m'indiqua-t-il avec un air suffisant. Mon pote s'est fait virer, et j'ai consacré de plus en plus de temps à ma petite amie. (Il haussa les épaules.) Je ne sais pas. C'est la vie, je suppose. Alors j'ai compris que je ne réussirais sans doute jamais en tant qu'auteur de bandes dessinées.

— Donc tu as renoncé à ton rêve ?

— Ce n'est pas ce que je dirais. (Il renversa la tête contre la porte, ébauchant un sourire empreint d'une certaine tristesse.) Je ne crois pas que c'était vraiment mon rêve.

— C'est quoi ton rêve, dans ce cas ? insistai-je.

— Aucune idée. Mais pourquoi toutes ces questions ? me demanda-t-il avec un regard sérieux.

— Je ne sais pas. Je suis en pleine crise existentielle.

— Je vois.

Il vida le contenu de la poche d'un trait. Elle eut un effet plus puissant sur lui que le reste. Il secoua la tête pour chasser sa sensation de vertige.

— Et toi ? s'enquit-il.

— Quoi ?

— Que voulais-tu devenir quand tu étais petite ?

Il posa la poche sur le plan de travail et s'avança vers moi d'un pas lent et prudent.

— Je ne sais pas. (Je fronçai les sourcils pour réfléchir.) Au lycée, on a passé plein de tests d'orientation et, avant même le début de ma terminale, les profs me martelaient que je devais sélectionner une université, une matière principale et décider sur-le-champ ce que je souhaitais faire dans la vie.

— Et qu'as-tu choisi ?

Jack se tenait debout devant moi, un bras de part et d'autre de mon corps, mais c'était surtout pour se stabiliser.

— Rien du tout. La pression m'a accablée, et je me suis paralysée. Quand j'étais enfant, je changeais d'idée toutes les semaines. J'ai eu envie de devenir tour à tour vétérinaire, réalisatrice, marionnettiste, ninja, pompier et pianiste, énumérai-je avant de secouer la tête. Aucun métier n'a déclenché un déclic.

— Heureusement pour toi, tu as l'éternité. (Il m'adressa un sourire, mais il était de travers.) À présent, tu peux tout essayer.

Tu peux faire ce que tu veux, et exercer la profession qui te chante.

— Ce serait plus facile d'être douée dans un seul domaine, soupirai-je.

— Oui, mais si c'était facile ce ne serait pas du jeu !

Il m'embrassa sur le front, les yeux mi-clos, le sourire aux lèvres.

— Je citerai un grand homme : « La paix nous en apprend si peu. »

— Qui a dit ça ? Dylan Thomas ? demandai-je.

— Non, celui qui a écrit *Fight Club*.

— Alors maintenant tu prônes les épreuves ? Je pensais que tu optais toujours pour la solution la plus facile, le taquinai-je.

Il plongea son regard dans le mien, et j'eus l'impression qu'il lisait en moi comme dans un livre ouvert.

— Peut-être. Mais je ne me suis jamais autant battu que pour toi, mais tu es aussi la meilleure chose qui me soit jamais arrivé. Donc… c'est à mon avis la morale de l'histoire : on n'a rien sans rien.

— Merci. Enfin, je crois.

Je me redressai un peu et l'embrassai avec douceur, mais il chancela vers l'arrière avant que le baiser s'intensifie.

— Je suis vraiment navré, mais je vais devoir m'allonger un moment.

Il secoua la tête et écarquilla les yeux, comme s'il était réellement étonné.

— Ce n'est pas grave ; si tu dois te reposer, n'hésite pas, le rassurai-je en lui mettant la main sur le torse. Je suis désolée de t'avoir complètement épuisé.

J'entendis un crissement de pneus dans le garage, suivi presque immédiatement par un claquement de portière. Un instant plus tard, Milo ouvrit la porte à la volée et fit irruption dans la cuisine, marchant d'un pas lourd.

— Où est Ezra ?

— Eh, mec, est-ce que tu as abîmé ma voiture ? lui demanda Jack d'une voix aussi traînante et colérique que celle d'un ivrogne.

— Pourquoi j'aurais fait ça ? répliqua mon frère, interloqué.

— Tu es entré dans le garage… en faisant crisser les pneus. Tu conduis comme un fou ! l'accusa Jack, un doigt pointé sur lui, sans que je comprenne pourquoi. J'espère pour toi que tu n'as pas touché ma voiture.

— Mais qu'est-ce qu'il a ? m'interrogea Milo.

— Il a bu trop de sang, expliquai-je en haussant les épaules. Laisse tomber. Pourquoi tu cherches Ezra ?

— Ma voiture est une DeLorean, bordel ! Une machine à voyager dans le temps !

Jack perdit l'équilibre. Voyant qu'il allait chuter, je le rattrapai par les bras, puis le remis sur ses pieds. Il se pencha au-dessus du plan de travail, puis posa la tête sur le granit.

— Je crois que je n'ai jamais consommé autant de sang de ma vie, avoua-t-il.

— Mae a tenté de me joindre toute la journée mais, comme j'étais en cours, j'avais éteint mon portable. (Mon frère extirpa son téléphone de sa poche et me le tendit, comme pour prouver que Mae l'avait appelé.) Elle m'a laissé six messages. Tout ce qu'elle dit, c'est qu'elle doit me parler, et qu'elle n'a pas réussi à contacter Ezra.

— Eh bien, rappelle-la, suggérai-je.

— J'ai essayé ! Mais tu sais qu'ils ont beaucoup de mal à capter du réseau en Australie ! (Il lança un regard noir à son portable et le remit dans sa poche d'un geste brusque.) Il y a un problème, et je n'ai aucune idée de ce que c'est !

— Je suis sûre que ce n'est pas grave, dis-je sans y croire.

Mae n'aurait pas tenté de joindre Ezra sans y être obligée. J'aurais dû y songer quand il avait précisé qu'elle l'avait appelé. Surtout après la façon dont Daisy avait agressé Bobby, et les explications que Peter m'avait fournies sur son comportement.

— Ezra ! cria Milo en pénétrant dans la salle à manger.

— Jack, ne bouge pas, lui ordonnai-je en lui donnant une petite tape sur le dos après avoir sauté du plan de travail.

Il marmonna quelque chose, mais je pense qu'il était sur le point de perdre connaissance. Je me précipitai derrière Milo et le rejoignis alors qu'il venait de trouver Ezra dans le salon.

— Pourquoi n'as-tu pas répondu au téléphone ? hurla mon frère.

— Mes appels ne te concernent pas, répliqua Ezra, insensible à la fureur apparente de Milo.

— Mae a essayé de te contacter, et elle a des ennuis, rétorqua ce dernier en le fusillant du regard.

— Tu devrais peut-être tenter de la rappeler, lui conseillai-je. Ou au moins écouter ses messages.

Nous entendîmes un « boum » dans la pièce d'à côté. Je jetai un coup d'œil derrière moi mais, même sans pouvoir l'apercevoir, je devinai que Jack était tombé. L'excès de sang avait eu raison de lui.

— Tu ferais sûrement mieux d'aller vérifier que ton petit ami n'a rien, annonça Ezra d'un ton moins glacial.

— Pas de mal ! hurla Jack.

— Il va bien, dis-je en pointant un doigt vers la cuisine, et Ezra leva les yeux au ciel.

— Ezra, ne change pas de sujet.

Je devais reconnaître que j'admirais mon petit frère de lui parler ainsi, car il fallait une bonne dose de courage pour lui tenir tête.

— Je sais que tu es furieux contre Mae…

— Je ne suis pas fâché contre elle, l'interrompit Ezra. Je n'ai rien à lui dire, voilà tout.

— Bref, soupira Milo. Tu l'aimais. Tu l'aimes toujours, d'ailleurs, et, même dans le cas contraire, vous êtes restés si longtemps ensemble que tu ne peux pas occulter ça. Elle a de graves ennuis. Comment peux-tu refuser de l'écouter ? Tu lui dois bien ça, non ?

— Bien sûr que je l'aiderais si j'en avais la possibilité. (Ezra déglutit avec difficulté. Pour une fois, sa voix de baryton, plus tendue, trahissait sa peine.) Je ne crois pas en être capable.

— Eh bien, si tu décrochais, tu en aurais la certitude ! aboya Milo.

— Milo, ce n'est pas en lui criant après que tu vas arranger la situation, intervins-je.

— Je ne crie pas ! s'exclama-t-il avant de prendre une profonde inspiration. Désolé, je suis énervé. Je n'aime pas savoir qu'il y a peut-être un problème, et que je pourrais lui venir en aide, mais... je suis impuissant.

Mon téléphone sonna, et nous nous figeâmes tous les trois. L'espace d'un instant, nous nous dévisageâmes, puis je me dépêchai de sortir l'appareil de ma poche. Avant de répondre, je vérifiai le nom de l'appelant.

— Est-ce Mae ? haleta Milo.

— Non. (Je ravalai ma salive.) C'est Peter.

Chapitre 11

Une fois remise du choc, je décrochai :

— Allô ?

— Alice ? (Peter poussa un soupir de soulagement.) Heureusement que tu réponds !

— Qu'y a-t-il ? Un souci ? Où est Mae ?

— Elle s'est absentée pour s'occuper d'un petit problème, expliqua-t-il. Nous sommes… Bon, en vérité, Alice, nous sommes dans le pétrin jusqu'au cou, et nous devons partir d'ici. Sans attendre.

— Pourquoi ? Que s'est-il passé ? Vous allez bien ?

— Oui, ça va. Mae et… la fillette vont bien, du moins autant que possible compte tenu de… (Il lâcha un juron entre ses dents.) Mae s'est mis en tête que Daisy était prête pour une balade en ville. Il y avait un carnaval, alors elle a imaginé que c'était l'occasion de passer une agréable soirée.

— Qu'a-t-elle fait ?

Mon estomac se noua, et je reculai afin de m'asseoir sur le canapé.

— Daisy est devenue folle furieuse, m'annonça-t-il avec un rire dénué d'humour. Elle a agressé plusieurs personnes en ville.

J'ai essayé de maîtriser la situation et de les convaincre qu'il s'agissait d'un animal. J'ignore ce qu'ils ont cru, mais nous avons réussi à nous en tirer vivants. Daisy est saine et sauve, et c'est le principal, pas vrai ?

— Est-ce qu'elle a tué quelqu'un ?

Je vis Ezra fermer les yeux, comme pour se protéger.

— Non. Enfin, pas à ma connaissance, rectifia Peter. De la façon dont elle a attaqué certains d'entre eux, il est bien possible qu'ils soient décédés après notre départ. Elle n'est pas… en sécurité. Je ne sais pas comment réagir. Nous avons affrété un avion, et nous devrions embarquer d'ici peu. Mais je n'ai aucune idée de notre destination ni de ce que nous ferons.

— Et Mae, quel est son avis ? demandai-je.

— Je ne comprends plus du tout son raisonnement, me confia-t-il. Je lui ai dit que c'était une erreur de sortir avec Daisy en public, mais elle est en plein déni. Je pense qu'elle commence à se rendre compte que c'était une bêtise mais, à présent, il est trop tard.

— Vous allez rentrer à la maison ?

— Je ne sais pas si c'est la solution, avoua-t-il après un long silence. Je ne suis même pas certain qu'Ezra ou Jack nous autoriseraient à revenir. Et nous ne pouvons pas vivre dans une ville, car il y a du monde partout.

— Tu as envie de parler à Ezra ? proposai-je en consultant du regard l'intéressé.

— Il est dans les parages ? s'étonna Peter.

— Oui, juste à côté de moi. Tu devrais discuter avec lui.

Je me levai et tendis le téléphone à Ezra, sans attendre la réponse de Peter.

— Allô ? dit Ezra après avoir récupéré le portable.

Milo se tenait près de moi, observant la scène avec inquiétude. Ezra se montra peu bavard, se contentant de murmurer quelques onomatopées d'acquiescement.

— Qu'est-ce qui se passe ? me chuchota Milo.

— Daisy s'en est prise à des gens lors d'un carnaval, l'informai-je sans quitter Ezra des yeux.

— Bien, annonça Ezra.

Il raccrocha et se retourna vers nous. Sans rien dire, il s'approcha et me rendit mon téléphone.

— Alors ? m'enquis-je.

— Ils vont prendre un vol, et arriveront ici d'ici un jour ou deux. (Ezra regarda par la fenêtre et secoua la tête.) Je me demande ce qu'on fera une fois qu'ils seront là, mais… c'est comme ça.

— Qu'est-ce que tu veux dire par là ? s'interrogea Milo.

— Ils sont désespérés. Je ne pouvais pas leur refuser ça.

Ezra tentait de se persuader. Milo et moi n'aurions pas pu résister non plus.

— Mais ils ne pourront pas rester, ajouta-t-il. Pas plus de quelques jours. Ou peut-être pas du tout. L'enfant ne peut pas se retrouver en compagnie d'humains. (Les yeux perdus dans le vide, il semblait complètement désorienté.) Je n'ai pas la moindre idée de ce qu'ils vont devenir.

Après un bref silence troublé, il tourna les talons et se dirigea vers son bureau. Je tentai de le retenir, mais il secoua la tête et déclara qu'il devait réfléchir. Je savais que c'était vrai, mais j'avais des doutes quant à sa capacité à trouver un plan pour arranger la situation, malgré toutes ses ressources.

C'était précisément pour cela qu'il s'était farouchement opposé à ce que Mae transforme Daisy. Il était conscient que cela n'apporterait rien de bon, et qu'il ne pourrait pas réparer les dégâts.

— C'est vraiment le bordel, souligna Milo en s'appuyant contre le canapé avant de pousser un long soupir. Est-ce que Peter t'a dit à quel point c'était grave au juste ?

— Pas de manière explicite mais, de toute évidence, c'est la catastrophe. Il y a peut-être des morts.

Mon frère leva les yeux sur moi.

— Et maintenant elle vient chez nous ?

— C'est ça.

— J'ai envie de rendre service à Mae, et je ne souhaite pas spécialement la mort de Peter, commença-t-il en se redressant, les bras croisés. Mais qu'est-ce qu'on est censés faire ? Daisy est dangereuse, et pas qu'un peu. Et quand bien même, sa photo est placardée dans tout Minneapolis. Mae l'a enlevée, tu te souviens ?

— Je sais, acquiesçai-je. Elle ne peut pas vivre ici, pas en ville.

— Où, alors ?

— Aucune idée… (Je laissai ma phrase en suspens, songeuse.) Mais Olivia est la plus ancienne vampire que je connaisse. Peut-être qu'elle détient des informations sur les enfants-vampires.

— Tu as dû rencontrer cinq vampires dans ta vie. Ce n'est pas très significatif, argumenta-t-il.

— J'en ai vu beaucoup plus que ça, rétorquai-je avec un petit grognement de dédain. Et ça n'empêche qu'elle a à peu près six cents ans. Elle sait forcément des trucs sur eux.

Dans l'autre pièce, Jack poussa un gémissement, et je me rappelai soudain l'avoir entendu tomber quand Milo et Ezra se disputaient.

— Je dois m'occuper de Jack. Ensuite, j'irai chez Olivia, affirmai-je. Si tu veux, tu peux m'accompagner.

J'entrai dans la cuisine et découvris Jack évanoui entre l'îlot et le plan de travail. Lorsque je le soulevai, il bougea à peine, alors je le transportai dans notre chambre et l'installai sur le lit. Je ne l'avais jamais vu dans un tel état, mais c'était aussi la première fois que je le voyais perdre autant de sang.

En le regardant dormir, l'air si paisible et vulnérable, une étrange sensation s'empara de moi. Il n'avait jamais été le plus faible. Mais, dernièrement, les choses avaient changé.

J'avais gagné en force et, grâce à mon entraînement avec Olivia, je savais désormais mieux me battre que lui. Lors d'un récent combat pour jouer, je l'avais plaqué au sol sans aucun effort. Je devenais plus puissante que lui, et c'était… déconcertant.

— Tu vas rester plantée là à le contempler, ou on y va ? me demanda mon frère en passant la tête dans l'embrasure de la porte.

— Attends un peu. Je vais me changer en vitesse.

Je me hâtai vers le dressing pour m'habiller, tandis qu'il s'impatientait près de la porte en envoyant un texto.

— À qui tu parles ?

— À Bobby, pour l'avertir de ne pas venir après ses cours.

— Pourquoi pas ?

Je me dirigeai vers l'escalier, et Milo me suivit, sans cesser de composer des messages.

— Parce qu'il ne sera plus en sécurité ici, m'expliqua-t-il. Tu as vu ce qui s'est produit en Australie. Il ne peut plus rester à proximité de Daisy. Je ne prendrai pas le risque.

— Oui, mais pour l'instant elle n'est pas là, fis-je remarquer en lui jetant un coup d'œil par-dessus mon épaule.

— C'est exactement ce qu'il m'a répondu. Je crois que vous passez trop de temps ensemble, tous les deux.

— C'est mon seul ami humain, dis-je.

— Je suis presque certain que c'est même ton seul ami tout court, soupira-t-il.

Au moment où nous arrivions dans la cuisine, Bobby sortit du garage. Manifestement, il prévoyait de ne pas tenir compte des SMS de Milo.

— Fais demi-tour, lui ordonna ce dernier.

— Écoute, elle n'est pas encore là. Je reste ici, insista Bobby.

— Eh bien, nous, on file, soulignai-je en le frôlant pour me rendre dans le garage. On va chez Olivia, si ça te dit.

Je regrettai rapidement de leur avoir proposé de venir avec moi. Pendant tout le trajet, ils se querellèrent à propos du danger que courait Bobby en dormant à la maison. Ce dernier précisa qu'il n'avait pas réservé de place en résidence universitaire pour ce semestre, et qu'il n'avait donc nulle part ailleurs où aller.

Milo céda et autorisa Bobby à rester ce soir-là, après avoir déclaré qu'ils trouveraient une autre solution le lendemain matin, mais seulement au terme de dix minutes de chamailleries incessantes.

Si j'admirais la beauté des grands panneaux vitrés du loft la nuit, ils me paraissaient illogiques pendant l'après-midi. Le soleil se couchait, arrivant au même niveau que les fenêtres. Même si elles étaient teintées, les vifs rayons roses me piquaient les yeux et la peau.

L'appartement d'Olivia semblait propre, pourtant Milo balaya le canapé d'un revers de main avant de s'asseoir, comme s'il avait peur d'attraper des microbes. Bobby m'avait accompagnée bien plus souvent dans cet endroit. Plus à l'aise dans cet environnement que mon frère, il s'affala sur le sofa moelleux.

J'avais essayé de convaincre Milo de venir s'entraîner là avec moi, mais il avait refusé. Il n'appréciait pas Olivia, surtout parce qu'il croyait qu'elle était une ivrogne, mais aussi parce qu'il détestait se battre. Il désirait mener une existence normale, similaire à celle qu'il aurait eue s'il n'était pas devenu vampire. Et, dans des circonstances ordinaires, il n'aurait pas suivi de formation au combat. C'était son point de vue.

Avant même que je frappe à sa porte, Olivia l'ouvrit. J'eus si peur qu'un hoquet de surprise m'échappa. Elle m'adressa un sourire las tandis qu'elle s'enveloppait davantage dans sa robe de chambre en soie. Elle portait une longue natte dans le dos, qui se balança comme une corde quand elle sortit de la pièce.

— Que fais-tu debout ? m'étonnai-je.

— J'ai du mal à dormir, répondit-elle avec un vague geste de la main avant de se diriger vers le canapé.

Elle avait déjà fait allusion à ses problèmes de sommeil. J'en avais parlé à Ezra, qui m'avait expliqué que, comme elle avait réduit sa consommation de sang, l'insomnie pouvait être un effet secondaire. La quantité qu'elle ingurgitait équivalait à des somnifères et, désormais, elle avait des difficultés à s'assoupir sans sa dose quotidienne.

— Bonjour, Olivia, la salua Milo avec un sourire forcé, faisant de son mieux pour se montrer poli.

— Que me vaut le plaisir ? demanda-t-elle.

Lorsqu'elle s'assit confortablement sur le canapé en face de Milo, sa robe de chambre dévoila un peu plus ses jambes fines.

— Que sais-tu à propos des enfants-vampires ?

Je restai debout, tournant le dos aux fenêtres. Le soleil me chauffait la peau, mais j'essayais de ne pas y penser.

— Je m'efforce de ne rien savoir sur eux, répondit-elle, sur la réserve.

— Y a-t-il un moyen de… les dresser ? m'enquis-je.

— Pourquoi tu t'intéresses à ce sujet ? (Elle posa les yeux sur Bobby.) Il est jeune, mais il n'est pas un enfant.

J'échangeai un regard avec mon frère. Olivia ignorait l'existence de Daisy. Il était difficile de prédire la réaction des autres vampires en présence d'un enfant, et nous avions estimé qu'elle n'avait pas besoin de l'apprendre. Mais peut-être était-il temps de la mettre au courant.

— Mae a transformé une enfant, commençai-je en jaugeant la réaction d'Olivia. C'est pour ça qu'elle est partie. Elle se planque avec l'enfant-vampire.

Elle éclata d'un rire narquois, mais ne parut pas surprise.

— Je suis sûre que tout se passe à merveille, ironisa-t-elle.

— Tu as de l'expérience en la matière, ou pas ? aboya Milo.

Même s'il désapprouvait ses choix, il prenait de plus en plus la défense de Mae.

— Pour être franche, j'ai tenté de rester à l'écart de ce truc, soupira-t-elle. Les vampires sont tout aussi susceptibles que les humains de vouloir s'essayer à cet... objet de fétichisme précis, et je sais que, pendant un certain temps, ils souhaitaient instaurer un commerce sexuel d'enfants-vampires.

— Des pédophiles, tu veux dire ? l'interrompit Bobby avec une grimace de dégoût.

— Si tu tiens à mettre une étiquette. (Elle lissa sa robe de chambre du plat de la main et se renfonça dans le canapé.) Il n'y a pas si longtemps, les hommes épousaient des filles à peine âgées de douze ans.

— Tu ne peux pas tolérer ça, rétorqua Milo en lui lançant un regard noir avant de passer un bras autour de Bobby, au cas où Olivia déciderait de le vendre dans ce réseau.

— Bien sûr que je condamne cette pratique, dit-elle sans se départir de son calme. J'approuve très peu des choses qui ont eu cours par le passé.

— Donc, certains vampires transformaient des enfants ? résumai-je pour revenir au sujet. Ils devaient forcément savoir comment les maîtriser.

— Pas vraiment, déplora-t-elle. La plupart d'entre eux sont incapables d'apprendre à se contenir. Ils cherchent à dévorer tout ce qu'ils voient. Et même ceux qui arrivent à se contrôler, à quoi ça leur sert ? C'est une torture de rester prisonnier d'un corps d'enfant pour l'éternité. Si Peter Pan avait réellement existé, il serait devenu fou et aurait tué tous les habitants du Pays imaginaire.

— Peut-être que les vampires que tu as rencontrés étaient comme ça parce qu'on les y forçait, avançai-je. Si on les avait élevés autrement, ils auraient pu mieux tourner.

— Aucune idée, avoua-t-elle dans un haussement d'épaules.

— On se demande bien ce que tu sais, rétorqua Milo d'un ton acerbe.

— Milo, ne sois pas grossier, le réprimandai-je.

— Je ne le suis pas ! insista-t-il.

Toutefois, ses joues s'empourprèrent. Même s'il ne lui accordait aucune confiance, il ne désirait pas se montrer impoli envers elle.

— Je voulais juste dire que… Olivia ne semble avoir aucune réponse.

— Plus on apprend, plus on oublie, énonça-t-elle en haussant de nouveau les épaules.

Une voix s'éleva de la chambre qui jouxtait la sienne.

— Qu'est-ce que vous faites ici ?

Milo se crispa et plissa les yeux.

— Qui est-ce ? demanda-t-il en se penchant en avant.

— Ce n'est que moi, et je vous signale que j'essaie de dormir.

Violette ouvrit la porte. Elle portait un tee-shirt trop grand. Ses cheveux blonds étaient emmêlés, et elle semblait épuisée.

— Mais entre Olivia qui se lève puis s'agite toute la journée, et maintenant vous qui parlez fort sans vous préoccuper de…

— Qu'est-ce que tu fiches ici ? siffla Milo en se levant d'un bond.

— Et toi ? répliqua Violette, désormais bien réveillée.

Elle se déplaçait à la vitesse de l'éclair et, si elle en avait envie, elle atteindrait le canapé et la gorge de mon frère en un clin d'œil.

— Milo, tout va bien. (Je m'avançai, m'interposant entre eux deux.) Elle séjourne ici pour un petit moment.

Même si elle fréquentait le *V* comme lui et que j'étais plusieurs fois tombée sur elle, Milo ne l'avait pas revue depuis l'époque où elle avait les cheveux violets et côtoyait Lucian. Lors de leur dernière rencontre, elle avait essayé de nous tuer. Il n'avait pas été témoin de sa métamorphose d'acolyte maléfique en pathétique SDF, ce qui expliquait son état d'alerte.

— Tu savais qu'elle vivait ici ? me demanda-t-il.

— Oui. Il n'y a pas de quoi en faire toute une histoire.

J'oubliai sciemment de mentionner que l'idée venait de moi. Il valait sûrement mieux qu'il l'ignore.

— Descends de tes grands chevaux, cow-boy, lui conseilla Olivia avec un petit sourire suffisant. J'interdis qu'on se batte à l'intérieur.

— Toi, détends-toi, marmonna mon frère avant de se rasseoir sur le canapé.

— Maintenant que je suis bien réveillée, soupira Violette en se tournant vers la cuisine, autant boire un truc.

— Y aurait-il quelque chose que tu pourrais nous dire pour nous aider ? demandai-je à Olivia sans tenir compte de l'atmosphère tendue.

Milo tenta de suivre Violette d'un regard assassin, mais je me déplaçai pour lui bloquer la vue.

— Ne vous approchez pas de ces enfants, décréta Olivia avant de pencher la tête sur le côté. Pourquoi cet intérêt soudain ? Mae a l'enfant depuis un moment, d'après ce que j'ai compris ?

— Oui, mais… (Je secouai la tête, peu encline à lui avouer qu'ils arrivaient en ville.) Je voulais simplement lui donner un coup de main.

— Parfois, on ne peut pas aider les autres, regretta Olivia d'une voix inhabituellement triste. C'est certainement la leçon la plus dure dans la vie.

Violette nous rejoignit. Elle sirotait du sang à la paille dans un gobelet géant. Le sang parfuma l'air. À en juger par l'odeur, il était plutôt frais mais, pour une fois, je n'avais pas faim. J'étais encore trop repue de Jack pour même envisager de manger, et cette sensation me plaisait.

— Au fait, c'est bien que tu sois là, affirma Violette.

Elle passa par-dessus l'accoudoir d'un fauteuil et s'y assit en remontant les genoux contre sa poitrine. Elle se recouvrit les jambes de son long tee-shirt et avala une grande gorgée.

— Qui ? Moi ? dis-je en me désignant.

— Oui. (Elle prit encore une longue rasade, presque sans déglutir.) Hier soir, j'étais au club, à essayer de garder les racailles sous contrôle, quand j'ai vu cette catin rouge avec une drôle de marque sur le bras.

— Quel genre de marque ?

— Au début, j'ai cru que c'était un « U » majuscule, mais je ne sais pas ce que ça signifie, répondit-elle. Lorsque je l'ai questionnée, elle m'a expliqué qu'un vampire lui avait fait ça. Il s'avère que ce vampire a marqué beaucoup de catins rouges dernièrement.

— Comment ça, « marqué », comme du bétail ? demandai-je en levant un sourcil perplexe.

— Oh ! impossible, rétorqua Olivia d'un ton dédaigneux. Il n'a pas le droit de marquer des filles, sauf si elles font partie de son harem.

— J'ignore si c'est le cas, avoua Violette en haussant les épaules. J'ai juste pensé que ce comportement était suspect.

— Qu'est-ce que tu insinues ? m'enquis-je.

— Je ne sais pas. (Elle but encore, cette fois pour gagner du temps et réfléchir à ce qu'elle voulait dire.) J'ai demandé à la fille pourquoi le vampire avait fait ça, et il lui avait expliqué qu'il désirait que tout le monde sache qu'elle appartenait à un vampire. Ça m'a paru bizarre. Car tout le monde serait déjà au courant.

— Bof! lâchai-je, mais un frisson me parcourut l'échine.

— Bref, j'ai cru bon de t'avertir, puisque tu m'as posé des questions sur le meurtre de cette fille, poursuivit-elle tout naturellement avant de terminer son sang.

Dès qu'elle prononça cette phrase, je sentis Milo river son regard sur moi. Je jugeai plus prudent de partir avant que Violette ou Olivia laissent échapper à quel point j'étais déterminée à retrouver l'assassin de Jane.

Je les remerciai toutes les deux pour leur aide d'une voix nonchalante, mais mon frère remarqua ma sortie hâtive. Il attendit que l'on soit coincés dans la cabine de l'ascenseur pendant la longue descente jusqu'au sous-sol pour évoquer le sujet.

— Qu'est-ce que Violette voulait dire au juste quand elle a affirmé que tu lui avais posé des questions à propos du meurtre de cette fille ? m'interrogea-t-il, les yeux braqués sur moi.

À côté de lui, Bobby se faisait tout petit dans l'espoir que Milo ne s'aperçoive pas qu'il m'avait aidée lui aussi.

— Elle était ma meilleure amie, Milo. (Je contemplai le plafond.) Tu croyais que je n'allais pas me renseigner ?

— Non, mais tu n'as pas intérêt à te lancer dans des investigations, me prévint-il. La police s'en charge.

— Je n'enquête pas mais, si la police contrôle tout, quel mal ça pourrait causer si je faisais des recherches ? S'ils peuvent s'en occuper, j'en suis tout à fait capable aussi, ripostai-je.

— Alice, tu n'as ni les outils ni le matériel pour résoudre cette affaire, affirma-t-il d'un ton las. Tu finiras par t'attirer des ennuis. Et, si tu arrivais à identifier le tueur, que ferais-tu ? Tu ne pourrais pas prouver que c'est lui et, sans cette certitude, tu refuserais de l'éliminer. À quoi cela te servira-t-il de le retrouver ?

— À rien. C'est pour ça que je ne le recherche pas. Je me suis contentée de quelques questions. Je ne me suis pas lancée dans une enquête.

— Tant mieux. J'espère que c'est tout.

— Pourquoi ? (Je le scrutai.) Sinon, qu'est-ce qui se passera ?

— Je raconterai à Jack tous les regards langoureux que tu as échangés avec Peter quand on était en Australie, dit-il d'une voix posée.

J'en restai bouche bée.

— Je… euh… euh…, balbutiai-je en détournant les yeux. Ce n'est pas juste !

— J'en ai marre que tu risques toujours ta vie, Alice ! explosa-t-il. Et si tu ne grandis pas un peu toute seule, eh bien, je t'y obligerai ! Ne te mêle pas de ça, d'accord ?

— Très bien !

J'appuyai sur le bouton de l'ascenseur, comme si cela pouvait accélérer notre descente.

Je n'avais pas besoin que Milo me dénonce pour un truc qui ne s'était même pas produit, ou… si peu. J'étais innocente, mais je me dispenserais d'une nouvelle grosse dispute. J'avais promis à Jack de ne plus jamais lui faire de mal, et j'étais sincère.

Pourtant, je n'allais pas laisser le meurtrier de Jane s'en tirer. Encore moins à présent que je disposais d'un nouvel élément. La piste ne mènerait peut-être nulle part, mais le tuyau de Violette m'avait avancée.

— Jure-moi que tu vas lâcher cette histoire, insista Milo.

— Oui, d'accord, dis-je, parfaitement consciente que je briserais cette promesse à la première occasion.

Chapitre 12

Tous les jours, lorsque je me levai, de nouveaux livres avaient rejoint la pile de ceux qui m'attendaient. Quand je voyais le nombre ridicule d'ouvrages que Milo rapportait à la maison par rapport à ma charge de travail, je regrettais d'avoir opté pour l'enseignement à domicile avec Ezra au lieu de reprendre dans un établissement classique.

J'avais terminé *Ne tirez pas sur l'oiseau moqueur* et les chapitres en histoire, mais j'avais zappé l'anatomie. En fin de compte, la carrière de médecin ne m'intéressait pas tant que ça.

Malgré tous ces devoirs, je parvins à m'éclipser pour passer un moment seule avec Bobby. Nous pensions tous les deux que le vampire qui marquait les filles représentait une piste à suivre. J'avais envie de vérifier mon instinct, mais nous devions le cacher à Milo. Il nous avait clairement dit qu'il ne voulait pas nous voir mêlés à cette affaire.

Comme j'avais fini le premier roman, j'avais trouvé à mon réveil *Sur la route* de Jack Kerouac, et *L'Adieu aux armes* d'Ernest Hemingway, ainsi qu'un manuel juridique. Ils venaient s'ajouter à la montagne d'ouvrages qu'Ezra laissait près du canapé à mon attention. *Sur la route* était moins soporifique que je l'avais imaginé, et je m'installai confortablement pour le lire.

— Alors, qu'est-ce que tu en penses ? me demanda mon tuteur lorsqu'il entra dans le salon pour vérifier mes progrès.

— C'est pas mal.

Je haussai les épaules et me redressai un peu, puis posai le livre afin de parler avec lui.

— Comment choisis-tu les livres que tu veux que je lise ?

— Au hasard parmi les plus salués par la critique au cours du dernier siècle. (Il prit l'exemplaire abîmé de *L'Adieu aux armes*, qu'il feuilleta d'un air absent.) Celui-ci est l'un de mes préférés. J'espérais que tu le sélectionnerais en premier.

— J'ai lu *Le Vieil Homme et la Mer* au lycée, et j'ai failli mourir d'ennui. Je reporte Hemingway à plus tard, si possible.

— Eh bien, tu le liras tout de même.

Il reposa le livre sur le canapé et traversa la pièce pour s'asseoir dans un fauteuil.

— Et le manuel juridique ? Qu'est-ce qui t'a motivé ? demandai-je en désignant l'objet en question.

— Visiblement, l'anatomie ne te captivait pas, alors je me suis dit que le droit te conviendrait peut-être davantage.

— Mais quel est ton objectif ? Tout essayer jusqu'à ce que tu trouves un domaine qui m'intéresse ?

— Mon but, c'est de t'éduquer, précisa-t-il avec un sourire. C'est à toi de trouver ce qui t'intéresse et te passionne.

— Le droit, ça se pourrait bien.

Je me penchai en avant, les coudes sur les genoux.

— Comment ça ? répliqua-t-il d'une voix hésitante, craignant de découvrir pourquoi cette matière pouvait me correspondre.

— Pour tout dire…

Je changeai de position et tentai de savoir comment formuler les choses.

— Un bruit court dans les discothèques selon lequel un vampire marquerait des filles, des humaines.

— De quelle source sûre tiens-tu cela ?

— Tu sais que je vais souvent chez Olivia, et j'entends des trucs. Mais en quoi est-ce important ?

— Parce que je me rends compte que tu développes une hypothèse, et j'aimerais être certain qu'elle se fonde sur la réalité.

Il se renfonça dans son siège et me dévisagea posément.

— C'est le cas. Du moins, je crois.

Je baissai les yeux au sol, peu encline à lui avouer que je n'avais pas une confiance absolue en Violette. Peut-être cherchait-elle à se moquer de moi, par pur plaisir. Je secouai la tête, estimant que je devais suivre la seule piste à ma disposition.

— Écoute, ajoutai-je, partons du principe que tout ce que je te dis est vrai.

— Non.

— Ezra ! protestai-je. Laisse-moi m'exprimer, OK ?

— Je présume que c'est à propos de Jane, et je t'ai déjà expliqué que je ne pouvais pas t'aider, affirma-t-il, le regard triste. Rien ne le pourra.

Je passai outre à son refus.

— Un vampire marque des filles, d'accord ? Ça me semble louche.

— Encore heureux !

— Non, pas seulement parce que c'est inacceptable, mais plutôt… parce que j'ai l'intuition que c'est lié et, si ça se trouve, je me trompe. Avant de me lancer à la poursuite d'un vampire qui marque des humains, j'aimerais être sûre.

— Et comment procéderais-tu ?

— Si c'est le même type, il a probablement marqué les filles qu'il a assassinées. (Je pris une profonde inspiration.) Et donc Jane.

— Tu vas vite en besogne. (Il pinça les lèvres et riva les yeux au sol.) Beaucoup de vampires sont mauvais. Ils infligent certaines choses aux humains juste parce qu'ils en sont capables. Mais un vampire qui marque des femmes n'est pas nécessairement un tueur en série. Et, quand bien même, il n'a pas forcément laissé de marque sur Jane.

— Tu as raison. Je sais que tu as raison, admis-je à contrecœur. Mais j'ai vraiment la sensation que c'est un vampire. Je me suis rendue sur les lieux des crimes et…

— Quoi ? s'écria Jack.

Sous le coup de la surprise, je faillis faire un bond.

Je m'étais tellement concentrée sur mes arguments pour convaincre Ezra que je n'avais pas fait attention, et Jack s'était approché furtivement de moi. Ses yeux bleus écarquillés reflétaient sa désapprobation. Je déglutis avec difficulté et lui adressai un sourire penaud.

— Je ne t'avais pas vu, dis-je.

— Tu es allée sur les scènes de crime ? Mais pourquoi ? demanda-t-il.

— Comment ça ? rétorquai-je en levant les yeux sur lui. J'ai envie de savoir ce qui est arrivé à Jane.

— Et qu'as-tu découvert ?

— Rien, je suis au point mort. (Je contemplai le sol quelques instants, puis me tournai vers Ezra, le suppliant du regard.) Mais tu peux m'aider. Je suis sûre que tu connais au moins un membre des forces de police qui pourrait te renseigner. Je sais que les flics gardent certaines informations secrètes. Si elle avait des marques ou quoi que ce soit…

— Tu vas traquer le meurtrier ? C'est ça, ton plan ? s'étonna Jack.

— Je n'en ai pas vraiment, avouai-je.

— Oui, c'est ce que j'ai cru comprendre, puisque tu trouves que c'est une bonne idée de poursuivre un tueur en série toute seule.

— Je me débrouille très bien, Jack, lui assurai-je en me levant. Milo et moi sommes plus forts que toi.

Jack haussa les épaules.

— Peut-être, concéda-t-il.

Toutefois, une lueur peinée traversa son regard. Physiquement, Milo était devenu beaucoup plus puissant que lui, mais il n'aimait pas l'entendre.

— Mais tu ne me vois pas élaborer des combines stupides, comme toi.

— Tu le ferais si tu avais tenu à Jane, ripostai-je, mais il leva les yeux au ciel.

— Arrête. Je l'ai défendue et aidée chaque fois que j'en ai eu l'occasion. Je ne veux pas que tu te fasses tuer ou que tu commettes un acte que tu regretterais.

Les portes-fenêtres qui menaient sur la terrasse claquèrent, et Matilda accueillit les nouveaux arrivants avec un aboiement joyeux. Pendant un long moment, Jack resta muet, et je savais qu'il se contenait.

— Que se passe-t-il ici ? demanda Milo, remarquant la tension entre Jack et moi.

— Que se passe-t-il ici ? répéta Leif.

Il s'approcha de Milo et de moi, sans quitter Jack des yeux. Ce dernier se tortilla, mal à l'aise, sous le regard glacial de Leif.

— Ta sœur estime judicieux de se charger elle-même de l'assassin de Jane, annonça Jack.

Milo et Leif pivotèrent brusquement vers moi.

— Tu viens de me promettre que tu ne le ferais pas ! cria mon frère.

— Oui, mais…

Je soupirai et croisai les bras.

— Alice, je n'y crois pas ! Tu m'as menti !

Milo semblait réellement blessé. Je poussai un grognement et m'affalai sur le canapé. Toute ma combativité m'avait désertée.

— Ce n'est pas si dangereux que ça. Je me demande bien pourquoi vous avez tous la même réaction. Ce n'est pas comme si j'étais humaine, argumentai-je.

Milo scruta Bobby.

— Je n'ai rien à voir là-dedans ! se dédouana-t-il immédiatement.

Je ne lui en voulais pas. Si j'avais pu nier ma propre implication, je ne m'en serais pas privée.

— Tu as menti sur ça, donc tu étais consciente que c'était mal ! m'accusa mon frère en se retournant vers moi. Tu le savais !

— Je savais que tu serais fou de rage, mais tu n'as aucun motif de l'être ! Je suis une grande fille ! m'exclamai-je en le dévisageant.

— Alice, tu n'es qu'une enfant, intervint Leif en secouant la tête.

— Peu importe. La discussion est close.

Je les dépassai, m'apprêtant à sortir de la pièce comme une furie.

— Alice !

Jack me poursuivit et me rejoignit sur la terrasse. Le vent nocturne glacial nous fouetta, me coupant presque le souffle.

— Alice ! (Lorsqu'il vit que je cherchais à fuir, il me saisit par le bras et m'obligea à le regarder.) Qu'est-ce qui t'arrive ?

— Tu le sais très bien.

— Non, je l'ignore. (Il fronça les sourcils, désorienté et blessé.) Tu es tellement distante ces derniers temps, et je me rends compte que la mort de Jane te touche, mais… j'ai l'impression qu'il y a autre chose. Et maintenant tu sors en douce et tu me dissimules des choses.

— Je ne te cache rien du tout ! crachai-je.

— Ah bon, alors comment tu appelles une enquête criminelle secrète ?

— Tu ne comprends pas. Je m'en doutais.

— Qu'est-ce que je ne comprends pas ?

— La raison pour laquelle j'ai besoin d'un truc à moi !

J'essayai de me libérer, mais il refusa de me lâcher.

— Ça, ce n'est pas un truc à toi. Ce n'est ni du temps pour toi, ni un hobby. C'est dangereux, Alice, et stupide.

— Laisse-la partir, ordonna Leif d'une voix dont la fermeté me surprit.

Il se tenait à l'intérieur, derrière les portes-fenêtres, observant notre dispute.

— Elle va bien, dit Jack sans pour autant me lâcher le bras.

Pourtant, je ne bougeai pas. D'un côté, j'étais tentée de partir, pour le vexer, mais je voulais éviter que Leif pense que Jack me faisait vraiment mal.

— Je crois que tu devrais la laisser un peu tranquille.

Leif sortit sur la terrasse. Ses pieds nus laissèrent des empreintes dans la neige.

— D'ailleurs, qu'est-ce que tu fais là ? lui demanda Jack, visiblement lassé de sa présence.

— Laisse tomber, Jack, rétorquai-je. Il n'insinue rien de spécial.

Jack me sonda du regard. Il jaugeait quelque chose dont je n'avais aucune idée. Au bout d'un moment, il soupira et secoua la tête.

— Très bien. Je retourne dans la maison. Comme ça, tu auras tout l'espace dont tu as besoin.

Il s'exécuta, sans un seul coup d'œil en arrière.

— Ça va ? s'enquit Leif en s'avançant vers moi.

— Oui. (Je me forçai à lui sourire.) Il ne me faisait pas mal.

— Inutile de lui trouver des excuses.

Il mit les mains dans les poches et me regarda avec intensité.

— Ce n'est pas ce que je fais. Il… on traverse une petite crise. Non, en fait, c'est plutôt moi, ce qui implique que lui aussi. J'aimerais seulement identifier le problème.

— Tu devrais peut-être lui en parler. Ou à Milo, me suggéra Leif.

— Je ne peux pas me confier à Milo.

Je croisai les bras pour me réconforter et contemplai la surface noire du lac derrière nous.

— C'est ton frère, et il tient énormément à toi.

— Je sais. C'est juste… compliqué, soupirai-je. L'éternité, ce n'est pas rien, tu vois ? Qu'est-ce qu'on fait quand on dispose de tout ce temps ?

— La même chose que quand on en a moins, dit-il avec un petit sourire. On vit.

— C'est un peu simpliste.

— Mais, au moins, tu as la chance d'avoir Milo. Tu auras toujours quelqu'un qui t'aimera et te soutiendra. C'est important.

Je jetai un coup d'œil en direction de la maison. Sous l'éclairage chaleureux de la salle à manger, je voyais Bobby et Milo qui parlaient. Le vent couvrait presque totalement leurs voix, mais je distinguai tout de même les propos de Bobby, qui niait être au courant de ce que je mijotais. Le visage de mon frère trahissait son inquiétude. Il se demandait quel genre d'ennuis nous pouvions nous attirer.

— Oui, je suppose que tu as raison, dis-je.

— Est-ce que tu regrettes d'être devenue une vampire ? m'interrogea Leif, interrompant ma réflexion.

— Je ne sais pas trop… (J'avais sciemment évité d'y penser.) J'aime Jack. Ma vie me plaît par de nombreux aspects. Mais… de toute façon, je ne peux plus revenir en arrière à présent.

— Ce n'est pas ce que j'aurais choisi pour toi, déclara-t-il.

— Comment ça ? répliquai-je en penchant la tête sur le côté.

— Je ne le recommanderais à personne, s'empressa-t-il de rectifier avant de détourner le regard.

— Pourquoi tu viens ici ? demandai-je, me rappelant qu'il n'avait pas répondu à cette question quand Jack la lui avait posée.

— J'aidais Milo à faire ses devoirs de français. (Il recula d'un pas, comme s'il souhaitait mettre de la distance entre nous.) Il a des difficultés, et je le parle couramment.

— Tu es français ?

— Canadien. J'ai vécu un moment au Québec, précisa-t-il avant de faire encore un pas en arrière. Mais maintenant vous êtes tous les deux occupés. Je ferais mieux de filer.

— Tout va bien ? m'enquis-je, un peu perdue.

— Dis à Milo que l'on se verra bientôt.

Sur ce, il fit volte-face et disparut dans la nuit. Je scrutai de nouveau l'intérieur de la maison. Manifestement, Bobby avait convaincu mon frère qu'il ne se passait rien, puisqu'ils s'enlaçaient et s'embrassaient. Je ne savais pas où se trouvait Jack, mais j'avais la certitude que nos retrouvailles seraient moins tendres.

Chapitre 13

— Alors, comment a réagi Jack ? me demanda Bobby.

J'appuyai plus fort sur l'accélérateur de l'Audi tandis que nous nous faufilions à toute vitesse dans la circulation.

Bobby ne montrait aucun signe de nervosité, comme moi lorsque j'avais roulé avec Jack avant ma transformation. Il avait la même perception erronée que moi à l'époque : que notre immortalité nous rendait infaillibles. Or c'était faux. Je l'envoyai balader :

— Je n'ai pas envie d'en parler.

Je refusais de revenir sur l'interminable conversation que j'avais eue avec Jack la veille. Nous avions abordé en détail tant de sujets, dont Jane, Peter, et même mon identité de vampire, que j'en étais ressortie épuisée. Le pire, c'était qu'en fin de compte je n'avais pas l'impression de me sentir mieux.

Bobby leva un sourcil interrogateur.

— Waouh ! à ce point-là ?

— Oui.

— Donc… tu ne lui as pas révélé où nous allions aujourd'hui, je me trompe ? me demanda-t-il d'une voix nerveuse.

— Bien sûr que non. On a déjà bien assez de soucis comme ça sans qu'il apprenne que j'essaie toujours de trouver qui a assassiné Jane.

— D'ailleurs, pourquoi est-il aussi inquiet ?

— Aucune idée, dis-je en haussant les épaules. Ce n'est pas comme si j'étais super fragile.

— Au fait, comment on tue un vampire ? s'enquit-il en se tournant vers moi.

— Eh bien, nous ne sommes pas exactement immortels, commençai-je, reprenant les explications que m'avait fournies Ezra. Ce qui fait de nous des vampires, en gros, est un virus qui stoppe la décomposition de notre corps et accélère la cicatrisation. Nos os sont plus solides, mais peuvent se fracturer. Au final, nous provenons d'un corps humain, et sommes incapables de fonctionner sans cerveau ou sans cœur.

— J'en déduis que le vieux truc du pieu dans le cœur marche ? s'étonna-t-il.

— Bien sûr, si tu réussis à dénicher un morceau de bois assez dur pour transpercer nos côtes, mais j'en doute sérieusement, soulignai-je. Si quelqu'un parvient, de quelque manière que ce soit, à arrêter notre cœur ou à nous couper la tête, nous mourons.

— C'est bon à savoir.

J'écrasai la pédale de frein, et la voiture dérapa puis s'immobilisa sur le côté. Je levai les yeux vers l'immeuble cossu qui s'élevait au-dessus de nous, puis pris une profonde inspiration.

— Voilà, on est arrivés.

Pendant une grande partie de la journée, le ciel couvert avait apporté une atmosphère sombre et lugubre. Sous la lumière du soleil couchant, les lampadaires semblaient clignoter lorsque je sortis du véhicule. Je contemplai le bâtiment dans lequel je n'avais pas mis les pieds depuis des mois, prise d'une étrange nostalgie. Bobby me rejoignit.

— Où habitait-elle ?

— Au cinquième.

Je désignai l'étage du doigt, même si, sous cet angle et à cette distance, on ne distinguait rien.

— Qu'est-ce que tu as prévu ?

Il enfonça les mains dans les poches de son blouson pour se protéger du vent glacial.

— D'entrer, je suppose, répondis-je en jetant un coup d'œil à la porte principale.

Bobby me suivit jusqu'à la porte, où le concierge me laissa entrer. Je ne le reconnus pas, mais c'était parce que je n'étais pas venue chez Jane depuis trop longtemps. Je n'avais rien fait avec elle depuis un bail.

— Qui dois-je annoncer à M. Kress ? s'enquit le gardien, qui était retourné à la réception pour téléphoner au père de Jane.

Il devait s'assurer que ce dernier accepte de nous recevoir avant de nous autoriser à monter. Or, rien n'était moins sûr.

— Euh… Alice Bonham. Je suis une amie de Jane, ajoutai-je.

— Je vois. (L'homme m'adressa un regard curieux, puis composa le numéro.) Monsieur Kress, une certaine Alice Bonham est ici. Elle dit qu'elle est une… (Il marqua une pause, de toute évidence interrompu par son interlocuteur.) Très bien, monsieur. (Il raccrocha et nous sourit.) Montez. Il vous attendait.

Je le remerciai, esquissai un sourire et me dirigeai vers l'ascenseur.

— Il t'attendait ? murmura Bobby, qui pressait le pas pour suivre mon rythme.

— Apparemment.

Je pénétrai dans la cabine et respirai profondément pour tenter de dissimuler la nausée qui m'envahissait à l'idée de revenir dans l'appartement de Jane et de voir son père.

— Qu'est-ce que ça signifie ?

Je haussai les épaules.

— Est-ce que le père de Jane t'apprécie ? insista-t-il.

— Je ne sais pas vraiment. Pour être franche, j'ignore même s'il aimait sa fille.

— Eh bien… je suis certain que tout ira comme sur des roulettes.

J'avais espéré que le père de Jane serait à son travail. C'était en partie pour cette raison que j'avais choisi cette heure-là. M. Kress avait pour habitude d'effectuer des heures supplémentaires au bureau, alors j'avais imaginé qu'il y serait encore. Certes, j'avais souhaité m'éclipser avant le réveil de Jack et que Milo revienne du lycée, mais éviter M. Kress faisait également partie de mon plan.

À l'enterrement, je ne lui avais pas parlé, ni à Blythe, la belle-mère de Jane, malgré mon affection pour elle. Même à l'époque où Jane et moi étions proches, je détestais manger chez elle. La conversation durant le repas me paraissait trop forcée et guindée. Son père me terrifiait, sans que je sache pourquoi.

La gouvernante ouvrit la porte avant même que je frappe. Elle venait de prendre ses fonctions la dernière fois que j'avais rendu visite à Jane, et je m'efforçai de me rappeler depuis quand je n'avais pas passé un moment avec mon amie dans cet appartement.

Il était toujours aussi magnifique. Sans être très grand, il donnait une impression d'opulence. Tout y semblait luxueux et précieux. Petite, je détestais jouer dans ce lieu, car j'avais la sensation de me retrouver dans un musée. Si je touchais un objet, j'étais sûre de le briser et de provoquer la colère de son père.

La gouvernante nous avait guidés dans l'entrée. J'entendis les talons de Blythe claquer sur le parquet. Jane avait hérité son sens aigu de la mode de sa belle-mère. Sa mère biologique était morte avant même que Jane entre en maternelle, et Blythe l'avait élevée de son mieux.

— Alice, dit cette dernière avec un sourire qui n'atteignit pas son regard.

Elle se posta à quelques mètres de nous et croisa les mains sur son ventre, comme si elle avait peur de s'avancer.

— Bonjour, madame Kress, déclarai-je, me demandant quelle autre formule adopter.

— Tu as l'air en pleine forme.

Elle ramena une mèche blonde derrière son oreille. Je remarquai que, sous son maquillage, ses yeux étaient cerclés de rouge.

— Merci.

Mes joues s'empourprèrent de honte. J'étais consciente que Blythe faisait allusion aux changements qui avaient accompagné ma transformation, mais cela me répugnait. J'aurais dû ressembler à une loque humaine et non pas respirer la santé comme jamais.

— Ça fait si longtemps que nous ne t'avons pas vue. (Plus elle parlait, plus son sourire était empreint de tristesse.) Je t'ai aperçue à... à l'enterrement de Jane, mais tu ne t'es pas attardée.

— Non... euh... je..., balbutiai-je, prise de court.

Je n'avais aucune excuse pour m'être échappée rapidement, alors je laissai ma phrase en suspens.

— Je suis certaine que tu avais d'autres choses à faire, poursuivit-elle, et je baissai les yeux.

— Qu'est-ce qui se passe là-bas ? entendis-je M. Kress crier d'une voix rocailleuse depuis une autre pièce.

— Nathaniel, et si tu venais parler à Alice toi-même ? s'exclama-t-elle.

Elle avait tourné la tête pour répondre à son mari et, à présent, elle tripotait l'une de ses boucles d'oreilles en or avec nervosité.

— Je ne veux pas vous déranger, m'empressai-je de dire en levant la main. Si vous êtes occupés, ce n'est pas grave. Je souhaitais juste voir la chambre de Jane.

— La chambre de Jane ? répéta M. Kress, qui apparut dans l'entrée et s'approcha de sa femme.

Il avait desserré sa cravate autour de son large cou, et tenait un verre à whisky plein, comme chaque fois que je le rencontrais.

— Pourquoi tu veux y aller ?

— Je désirais y jeter un coup d'œil. (Je déglutis péniblement.) Je me demandais si je pouvais prendre quelques-unes de ses photos de nous deux.

— Emporte tout ce dont tu as envie, décréta-t-il avec un geste qui faillit faire déborder son scotch. Maintenant, je n'ai plus besoin de tous ces trucs.

— Nathaniel ! le réprimanda Blythe avec douceur en tirant davantage sur sa boucle.

— C'est la vérité, poursuivit-il avant de reporter son attention sur Bobby, qu'il détailla de son regard gris acier sévère. Qui est-ce ?

— Je m'appelle Bobby. Je suis un copain de Jane.

Bobby tendit la main mais, lorsque M. Kress se contenta de le dévisager d'un air déconcerté, il la baissa.

— Je ne connaissais pas la plupart de ses amis, annonça l'homme, plus pour lui-même que pour nous. Je ne savais pas trop ce qui se passait dans sa vie. En revanche, j'étais sûr que ça finirait ainsi si elle ne prenait pas garde, et Jane n'a jamais été prudente.

— Nathaniel, s'il te plaît.

Blythe lui posa une main sur le bras, mais il se dégagea. Elle se retourna vers moi, sans se départir de son sourire chagriné.

— Vas-y, tu peux aller dans sa chambre, Alice, et prendre tout ce qui compte pour toi. Je suis certaine que Jane serait heureuse de savoir que ces objets te reviennent.

— Elle ne serait rien du tout, Blythe ! aboya son mari, nous faisant reculer Bobby et moi. Elle est morte ! Elle ne ressent rien !

— Tu connais le chemin, me dit Blythe.

Elle baissa les yeux et se poussa sur le côté pour nous laisser passer.

— Merci, marmonnai-je avant de la dépasser, prenant soin de raser le mur.

J'avais envie de courir me réfugier dans la chambre de Jane, comme lorsque nous étions petites et que nous nous cachions sous son lit de princesse dès que son père se mettait à crier. Nous restions allongées là, avec des lampes de poche, et nous nous racontions des histoires, évoquant les princes et autres preux chevaliers qui viendraient nous sauver quand nous serions grandes. Sauf que celui de Jane n'était jamais arrivé. Personne ne l'avait secourue.

Dès que nous atteignîmes la chambre, je refermai la porte derrière nous afin de couvrir les hurlements de son père. Blythe tentait de le calmer avec quelques paroles de réconfort, en vain. Pour une fois, je le comprenais. Il venait de perdre sa fille unique.

— Je n'imaginais pas sa chambre comme ça, déclara Bobby en observant les murs rose pâle.

Au centre de la pièce, le lit à baldaquin de princesse était le même depuis son enfance, avec des guirlandes électriques qui couraient le long de chaque montant. Contre un mur se trouvait une coiffeuse blanche très fournie en maquillage. Sur son bureau d'angle, il y avait un ordinateur portable et quelques cadres photo, mais le reste de la décoration correspondait à une chambre de petite fille.

— Sa mère avait refait cette pièce juste avant de mourir, alors Jane a voulu la garder ainsi, expliquai-je en désignant la vieille lampe de chevet dont la frange rose s'était presque complètement détachée.

— Je vois. (Bobby s'approcha de la table de nuit et souleva un cliché encadré.) C'est Jane en compagnie de Justin Timberlake ?

— Oui, elle l'a rencontré après un de ses concerts il y a deux ou trois ans.

Je marchai jusqu'au bureau et effleurai une photo de nous deux prise lors d'un bal pendant notre première année de lycée. J'arborais une coiffure ridicule, car je l'avais autorisée à s'occuper de mes cheveux.

— C'est plutôt classe, souligna-t-il avant de reposer la photo et de me regarder. Bon, que cherche-t-on au juste ?

— Aucune idée. (Je lâchai le cliché des yeux pour inspecter la pièce.) Je me disais que je trouverais peut-être quelque chose ici.

— Habitait-elle ici avant son décès ? me demanda-t-il. À sa sortie de désintox, je veux dire ?

— Je crois.

Je me mordillai l'intérieur des joues en m'efforçant de me souvenir des informations lues sur le Net. J'aurais pu interroger ses parents mais, à en juger par les vociférations de M. Kress, ce n'était pas le moment idéal.

— D'ailleurs, pourquoi a-t-elle quitté le centre ? Elle a écourté sa cure, non ?

— En effet, confirmai-je. Mais je ne sais pas pourquoi. La dernière fois que je lui ai parlé, elle suivait les étapes du programme et se portait bien. Elle a peut-être rechuté...

— Comment est-ce possible quand on est accro aux morsures de vampire ? Ce n'est pas comme si on pouvait en faire entrer en douce dans ce genre d'endroits.

— Je ne sais pas. Elle est sortie quand j'étais en Australie. Je n'aurais jamais dû y aller.

Je secouai la tête et me rendis devant sa penderie. Plus petite que mon dressing, elle contenait pourtant deux fois plus de vêtements. Lorsque j'ouvris les portes, des chaussures et des jupes débordèrent.

— Tu crois que si tu avais été là elle serait restée au centre ?

Je jetai un coup d'œil à Bobby. Je le vis ouvrir le tiroir de la table de nuit, puis fouiller à l'intérieur.

— Difficile à dire. (J'inspectai ses tenues, mais elles étaient trop nombreuses pour vraiment les passer au crible. Je soupirai et me retournai vers lui.) Une chose est sûre : j'ignore ce qui est arrivé à Jane.

— Bonne nouvelle, jubila-t-il en extirpant un portable du tiroir de la commode. Je crois que j'ai trouvé son téléphone.

— Nom de Dieu !

Je courus vers lui et le lui arrachai des mains. J'eus beau cliquer sur l'écran et appuyer partout, rien ne se produisit. L'écran resta noir.

— Qu'est-ce qui cloche ? Il ne s'allume pas.

— Eh bien, ça fait deux semaines qu'il est là-dedans, il est probablement déchargé, souligna-t-il.

Je parcourus la chambre du regard et localisai le chargeur, sur son bureau. Je branchai l'appareil et m'assis sur la chaise. Avant même de mettre en marche ce fichu portable, j'avais l'impression que mon cœur allait exploser. Bobby se campa derrière moi et observa par-dessus mon épaule.

Son journal des appels nous apprit qu'elle en avait manqué quelques-uns, la plupart de personnes avec lesquelles elle faisait la fête, mais trois provenaient d'un inconnu. Elle n'avait aucun message sur sa boîte vocale, ce qui ne nous aidait pas. Je passai à ses SMS. Avant le 16 janvier, elle en avait reçu deux ou trois, tous de gens que je connaissais, mais elle n'en avait envoyé aucun.

— Pourquoi ne répondait-elle pas aux textos ? demanda Bobby.

— Jusqu'au 16, elle était au centre. Elle n'avait pas son téléphone avec elle, déclarai-je. La date à laquelle elle a répondu correspond à celle de sa sortie.

En substance, tous ceux qui l'avaient contactée l'invitaient à sortir ou à faire la fête, et Jane les avait ignorés. Elle avait seulement écrit à un numéro inconnu, et le contenu de la conversation me glaça d'horreur.

Tu es sortie ? avait tapé l'inconnu.

Qui est-ce ? avait-elle demandé.

Tu sais très bien. Je veux que tu me rejoignes.

Où ?

Devant la station-service dans la 8e Rue.

J'y serai dans peu de temps.

Je t'attendrai.

C'était tout. C'était le dernier texto sur son téléphone.

— Rien d'autre ? s'étonna Bobby.

— Non. (Je me levai, et il tendit la main, alors je lui donnai l'appareil.) Cette station-service n'est pas très loin d'ici. Elle devait être chez elle.

— Donc, elle savait qui c'était ?

Il s'acharnait sur le portable, en quête de messages cachés ou d'indices que nous aurions ratés.

— Oui.

Je me postai à la fenêtre, comprenant qu'elle avait volontairement quitté son domicile pour retrouver son tueur, et qu'elle était sûrement morte à quelques pâtés de maisons de chez elle.

— Appelle-le.

— Quoi ?

— Le numéro. Compose-le, ordonnai-je à Bobby. Pour voir qui répond.

— Et si je ne le connais pas ?

— Dans ce cas, tu demandes qui est au bout du fil. Appelle, et tente d'avoir l'air agressif.

— Prête ?

Il prit une profonde inspiration et appuya sur la touche « appeler ». Je l'observai, retenant mon souffle, et attendis pendant qu'il gardait le portable contre son oreille. La mine déconfite, il secoua la tête.

— « Le numéro que vous avez demandé n'est plus attribué. »

— Merde ! marmonnai-je avant de regarder de nouveau par la fenêtre. Elle savait qui c'était. Elle est partie avec lui. Et elle a été assassinée un peu plus loin dans la rue ! Et je n'ai pas la moindre idée de…

Quelque chose attira mon attention au coin de la rue, pile sous la fenêtre de Jane. Je perçus un mouvement dans l'obscurité, et me rendis compte que le lampadaire était éteint. Tous les autres fonctionnaient, sauf celui d'en face. Cela ne voulait rien dire. Certes, les vampires veillaient à ce que celui situé devant le *V* soit toujours hors service, mais une ampoule grillée n'était pas significative en soi.

Pourtant, j'avais une intuition, impossible à expliquer ; je le sentais dans mes veines. Presque comme des picotements, douloureux cependant, qui s'étaient emparés de moi dès que j'avais aperçu un truc bouger dehors.

— Hé, qu'y a-t-il ? s'inquiéta Bobby.

— Il y a quelqu'un en bas.

— Où ?

Il me rejoignit, et je revis l'individu. Il s'était déplacé sur le côté, et avait presque disparu de mon champ de vision, mais je savais qu'il était là.

— On se retrouve dehors, dis-je à mon ami en ouvrant la fenêtre. J'arrachai le store moustiquaire en le pliant en deux pour gagner du temps.

— Quoi ? Mais qu'est-ce que tu fais ?

— Ce serait trop long de retraverser l'appartement. Rejoins-moi en bas.

Je grimpai sur le rebord de la fenêtre et m'y accroupis.

— Et que vais-je raconter à ses parents pour justifier ton absence ?

— Je n'en sais rien. Invente un truc, lui intimai-je avant de sauter.

Je n'aurais eu aucun problème si j'avais atterri sur le bitume, mais j'avais bondi en direction du lampadaire. Je désirais créer un effet de surprise, si mince fût-il. Je me raccrochai au réverbère, et regardai vers le sol. La silhouette avait la tête levée vers moi.

Mais, dès que nos regards se croisèrent, nous nous reconnûmes. Jonathan se mit à courir, et je me servis de mes jambes pour m'élancer du poteau. Je me réceptionnai juste derrière lui. Une douleur se propagea le long de mes jambes, mais je fonçai dès que mes pieds touchèrent le sol.

Après une seconde de poursuite, je le rattrapai. Je l'empoignai par l'épaule et le projetai contre le mur. Son crâne émit un craquement lorsqu'il le percuta. Jonathan essaya de me repousser, mais j'étais plus puissante que lui. Au cours de notre dernier accrochage, je n'avais pas eu la moindre chance contre lui. Désormais, je disposais d'une force que je maîtrisais.

— Qu'est-ce que tu fiches ici ? grognai-je.

Je le maintins contre le mur en plaquant mon bras sur son torse. Il pouvait se débattre, mais savait qu'il ne gagnerait pas.

— Je pourrais te retourner la question.

Il me fusilla de son regard toujours aussi froid et impassible.

— Jane était ma meilleure amie ! Et tu l'as tuée ! m'écriai-je avant de lui donner un coup de genou dans l'aine.

Il grimaça de manière fugace.

— C'est faux ! Elle m'appartenait, et je veux trouver celui qui a fait ça ! riposta Jonathan, dont l'haleine sentait la viande avariée.

Il s'était alimenté peu de temps auparavant, mais cette odeur sur lui me dégoûta. Tout à son sujet me répugnait, et le sang bouillonna dans mes veines.

— Menteur ! l'accusai-je en lui infligeant un nouveau coup de genou, plus vigoureux.

Les traits de son visage se déformèrent un instant.

— Je suis innocent ! Pourquoi aurais-je tué Jane ? J'adorais son sang, précisa-t-il avec un sourire.

Je refrénai à grand-peine mon désir de lui arracher la gorge.

— Tu la détestais. Tu t'es servi d'elle, tu l'as traitée comme un morceau de viande. Qu'est-ce qui te pousserait à traîner devant chez elle, à part le fait de l'avoir assassinée ?

— La même chose que toi, affirma-t-il. On me l'a volée, et je veux trouver le coupable. Personne ne me prend quoi que ce soit. Tu es bien placée pour le savoir.

Je le jaugeai, m'efforçant de déterminer s'il racontait la vérité. Il était le genre de salaud à éliminer Jane, puis à revenir sur les lieux du crime pour prendre son pied en se remémorant son acte. Mais, même si cela le grisait, à quoi bon rester planté sous sa fenêtre ?

Sauf s'il disait vrai. Il n'aimait pas qu'on le détrousse, j'en avais fait l'expérience. S'il désirait se venger, il devait découvrir l'identité du meurtrier et j'avais moi-même atterri là parce que j'avais cherché dans tous les autres endroits.

— Tu ferais mieux de ne pas me raconter de bobards, le menaçai-je en appliquant une plus grande pression sur son torse avec mon bras. Sinon, je t'arracherai le cœur à mains nues.

Il me sonda de son regard sombre et, lorsqu'il comprit que je ne plaisantais pas, il hocha la tête.

— Je suis sincère.

— Alors, qu'est-ce que tu sais ? demandai-je.

— Tu n'as pas besoin de m'immobiliser. Je ne vais pas courir. D'ailleurs, tu me rattraperais sans mal, ajouta-t-il avec un rictus.

De mauvaise grâce, je baissai le bras et reculai d'un pas. Qu'il ait ou non tué Jane, je le détestais. Il remit de l'ordre dans sa tenue et inclina la tête.

— Comment es-tu devenue si forte ?

— Je me suis entraînée, dis-je en croisant les bras.

— Mais tu ne devrais pas avoir cette puissance, pas pour l'instant. Tu es encore un bébé. (Il plissa les yeux pour m'étudier, ce qui me déplut.) Tu as quelque chose de… différent.

— Oui, eh bien, on n'est pas là pour parler de moi, aboyai-je. Que sais-tu à propos de Jane ?

— Pas grand-chose. (Il secoua la tête.) Presque rien, à vrai dire. On l'a tuée et, quand je trouverai le coupable, je l'éliminerai.

— Tu crois que c'est un vampire ?

— J'en doute. Nous nous conformons aux lois humaines. (Sa voix se gonfla de venin lorsqu'il prononça le mot « humaines ».) Nous n'aimons pas attirer l'attention sur nous plus que nécessaire, ajouta-t-il avant de désigner le réverbère. À ce propos, tu n'avais pas peur que ton petit numéro attire les soupçons ?

— Il fait nuit et froid. Tout le monde est chez soi.

Je jetai tout de même un coup d'œil à la ronde, me rendant compte qu'il avait raison. J'avais eu de la chance que personne ne m'ait vue sauter d'un immeuble de cinq étages et atterrir indemne.

— Oui, pourvu qu'aucun humain ne découvre notre véritable nature, ironisa-t-il. Sinon, nous serions soumis à leur autorité « supérieure ».

— Oui, c'est ça. (Je me passai la main dans les cheveux, sans relever sa tirade.) Je suis souvent du côté des clubs, et je te surveillerai. Si tu apprends quoi que ce soit sur Jane, tu ferais mieux de m'en avertir.

—Je n'y manquerai pas, répondit-il avec un sourire, mais je n'étais pas sûre de pouvoir le croire.

J'entendis les halètements de Bobby derrière moi. Son cœur battait la chamade, mais j'attendis que Jonathan soit loin devant moi avant de me retourner vers mon ami. Je n'avais pas envie de le lâcher du regard.

—Qui était-ce ? s'enquit Bobby.

—Jonathan. Tu te souviens de lui ? Il « sortait » avec Jane, et il a tenté de te tuer.

—Ah oui ! (Il se tint le côté en acquiesçant.) Je ne l'ai jamais vraiment observé.

—Eh bien, maintenant, c'est fait, dis-je avant de tourner les talons pour regagner la voiture.

—Qu'est-ce qu'il faisait ici ?

—D'après lui, la même chose que nous, mais j'ai des doutes, précisai-je en secouant la tête. Je ne pense pas pouvoir prendre pour argent comptant tout ce qu'il raconte.

—Dans ce cas, pourquoi l'as-tu épargné ?

—Parce que. (Je m'arrêtai et dévisageai mon ami.) Je n'ai pas la certitude que c'est lui le coupable. Et il a beau être un salaud, je ne vais pas le tuer si je ne suis pas sûre de moi. Je ne veux pas avoir le sang d'un innocent sur les mains, même si c'est celui d'un vampire.

—Je comprends.

Nous reprîmes notre chemin.

—Qu'as-tu dit aux parents de Jane quand tu es parti ?

—Rien. Ils étaient trop occupés à crier pour me remarquer, alors je me suis simplement précipité vers la porte d'entrée. Ensuite j'ai couru jusqu'en bas, et je ne t'ai pas trouvée tout de suite. (Il inspira profondément.) C'est pour ça que je suis si essoufflé.

— On devrait se dépêcher de rentrer avant que Jack et Milo se rendent compte qu'on a filé. Sinon, on sera tous les deux dans un sacré pétrin.

Le retour se fit dans un silence presque absolu. Je crois que Bobby essayait encore de reprendre sa respiration, et je lui conseillai de se mettre à l'entraînement avec moi s'il voulait continuer à sortir comme ça. Je n'avais pas envie qu'il finisse blessé ou qu'il perde la vie.

Durant le reste du trajet, je demeurai plongée dans mes pensées. Jane connaissait son meurtrier. Mais cela ne signifiait pas grand-chose. Elle avait fréquenté toutes sortes de vampires et, si Jonathan avait été son principal petit copain, rien ne garantissait qu'il était le seul. Et, si elle avait rechuté et désirait se faire mordre de nouveau, elle aurait été prête à tout pour entrer en contact avec n'importe qui.

Ou peut-être ma théorie était-elle complètement erronée. Si ça se trouve, il ne s'agissait même pas d'un vampire, comme le prétendait Jonathan. Un humain était tout aussi capable de commettre un homicide.

— Tu as décidé si tu croyais Jonathan, ou pas encore ? me demanda Bobby tandis que je m'engageais dans le garage.

— Non. Le doute va demeurer, je pense, soupirai-je avant de couper le moteur. Peut-être que je n'apprendrai jamais ce qui lui est arrivé.

— On découvrira qui a fait ça, me rassura-t-il en m'adressant un regard grave. On y parviendra.

— J'espère que tu as raison. (Je descendis de la voiture et remarquai que la Jetta était là.) Milo est rentré du lycée. Que vas-tu lui dire qu'on faisait ?

— Tu vas raconter quoi à Jack ? riposta-t-il.

— Il fait un temps pourri. Je suis allée te récupérer aux Beaux-Arts pour t'éviter de prendre le bus, inventai-je pendant que nous nous dirigions vers la maison. Qu'en penses-tu ?

— Ce ne serait pas la première fois, donc c'est parfait, déclara-t-il en haussant les épaules.

— Super.

Bobby était devant moi. Il ouvrit la porte du garage qui menait à l'intérieur. Jack était là, alors il ne craignait pas d'alerter Matilda. Malheureusement, un bien plus gros problème l'attendait.

À peine avait-il franchi le seuil que Daisy se rua sur lui et le renversa avant même qu'il ait le temps de crier.

Chapitre 14

Je me jetai sur Daisy, plongeai les doigts dans ses cheveux blonds soyeux et tirai d'un coup sec sur sa tête avant qu'elle enfonce ses crocs dans le cou de Bobby. Elle cria lorsque je la soulevai, mais je m'en fichais. Pour moi, la sécurité de mon ami primait.

— Hé, Alice ! doucement ! s'exclama Jack.

Il se précipita vers nous et prit Daisy, me forçant à la lâcher. Elle enfouit le visage contre son épaule en sanglotant, et il la serra contre lui.

Je restai figée, sous le choc, tandis qu'il lui caressait le dos pour la réconforter. Milo aida Bobby à se relever. Ce dernier n'avait pas la moindre égratignure. Daisy lui avait fait une belle frayeur, mais il était indemne.

— Tout va bien ? s'enquit Mae depuis une autre pièce.

— Oui, pas de souci, lui dit Peter.

Je levai les yeux et le vis pour la première fois. Il se tenait sur le côté et observait Jack et Daisy, vérifiant que la situation était sous contrôle.

— Comment va-t-elle ?

— Elle n'a rien, lui répondit Jack en caressant les cheveux de la fillette.

Il pencha la tête pour tenter d'apercevoir son visage.

—Tu vas bien, hein, Daisy ?

Elle acquiesça en reniflant.

—Attendez. Honnêtement, c'est quoi votre problème ? leur lançai-je, bouche bée.

—Comment ça ? rétorqua Jack, qui quitta Daisy des yeux pour les poser sur moi. Peter est ici. (Du pouce, il désigna son frère, qui croisa mon regard, mais le détourna rapidement.) Mae et Ezra discutent. On ne veut pas les déranger.

—Elle a failli tuer Bobby, et tu la consoles ? (Je fis un geste en direction de la coupable, qui se blottit davantage contre lui lorsque je me mis à crier.) Tu étais aussi opposé à son existence que moi !

—Alice, elle n'est pas sourde, souligna-t-il en me foudroyant du regard.

—Elle n'était pas en train d'agresser Bobby, s'excusa presque Peter. Elle était excitée, et tu... tu lui as fait peur.

—Moi, je lui ai fait peur ? aboyai-je.

—Le vol a été long pour elle, précisa Peter en s'avançant vers Jack. Et si je montais la coucher ?

Avec délicatesse, Jack se dégagea de ses bras et la tendit à Peter. Ils ne montrèrent aucun signe de colère ou d'animosité. Jack se contenta de la lui remettre. Peter la tint tendrement contre lui et la transporta à l'étage.

—Bordel, que se passe-t-il, Jack ? Je pars avec Bobby et, à notre retour, j'ai l'impression d'être entrée dans *La Quatrième Dimension* !

—À propos, vous étiez où ? me demanda Milo.

Il avait passé un bras protecteur autour de Bobby, et il avait dévisagé Daisy avec un air méfiant, ce qui me rassurait un peu.

—Alice est venue me chercher à la fac, expliqua Bobby en pivotant la tête de chaque côté. Je me suis fait mal au cou quand Daisy m'a renversé. Je pense que je vais aller m'allonger, moi aussi.

— Je déteste cette gamine, grommela Milo avant de sortir en guidant son petit ami par la main.

— Bon, alors ? (Je croisai les bras et scrutai Jack.) Ils sont là depuis à peine une heure, et tu es tout miel avec Peter et le démon miniature ?

— Je croyais que tu te réjouirais que je m'entende avec Peter, marmonna Jack. Et elle n'est pas un démon miniature. Elle n'est qu'une enfant, Alice.

— Tu ne sais pas ce dont elle est capable !

— Si ! Bien plus que toi ! Je suis vampire depuis plus longtemps que toi, je te rappelle. (Il secoua la tête et se tourna pour aller dans la cuisine.) Je connais deux ou trois choses. Je me demande pourquoi tu me considères toujours comme un imbécile.

— C'est faux, dis-je en me lançant à sa poursuite. Je veux juste savoir ce qui se passe. Comment ça se fait que soudain, tu te retrouves dans le camp du bébé vampire, alors que tu étais contre ?

— Je ne suis dans le camp de personne. Mae a vraiment agi de manière stupide. (Il s'appuya contre le plan de travail et baissa la voix, probablement pour qu'Ezra et Mae ne l'entendent pas.) Mais ce n'est pas la faute de Daisy. Elle n'est qu'une enfant qui n'arrive pas à maîtriser ses gestes. Et je ne dis pas que nous devrions la laisser courir en liberté sans rien faire, mais il existe sûrement une meilleure solution que de la traiter comme un monstre.

— Je ne la traite pas comme un monstre. Mais je déteste quand elle s'attaque à moi ou à mes amis, affirmai-je. Tu t'es plus préoccupé de sa sécurité que de celle de Bobby.

— Elle n'a pas agressé Bobby ! s'écria-t-il en levant les yeux au ciel. Elle courait parce qu'elle jouait avec Matilda et moi et, ensuite, elle vous a entendus rentrer et elle s'est impatientée. Elle aime bien Bobby, tu comprends ? Elle le trouve amusant.

— Où est ta chienne ?

— Dehors, dit-il avec un geste vague en direction des portes-fenêtres.

— Peter t'a raconté qu'elle tue des animaux ? Elle s'est attaquée à un wombat dont elle a tenté de boire le sang.

— On ne peut pas consommer de sang animal, répliqua-t-il, rejetant mon argument.

— C'est vrai, mais elle a tout de même essayé. (Je posai les avant-bras sur le plan de travail et me penchai vers lui.) Je sais qu'elle n'est pas méchante, mais elle est très dangereuse, Jack.

— On dirait Ezra, soupira-t-il en s'éloignant de moi.

— Ezra est un sage ! Je suis fière de parler comme lui, soulignai-je en me redressant tandis que Jack arpentait la cuisine. Comment t'es-tu pris d'affection pour elle en si peu de temps ?

— Elle jouait avec des poupées, comme n'importe quelle fillette, commença-t-il avant de hausser les épaules et de se frotter la nuque. Et elle m'a semblé si petite et si vulnérable. Je ne sais pas. (Il secoua la tête.) Je ne me suis pas vraiment lié à elle. Elle était effrayée, et je n'avais pas envie de la voir dans cet état.

— Ne t'attache pas à elle, Jack. Elle ne peut pas rester ici.

— J'en suis conscient.

Il marcha jusqu'à moi, le regard lointain et triste. Il repoussa une mèche de devant mon visage et me contempla un long moment.

— Tu ne m'en veux pas ?

— Non, lui promis-je avec un sourire.

— Tant mieux. (Il m'enveloppa de ses bras. Je me blottis contre lui, la tête contre son torse.) Tu assures de plus en plus.

— Qu'est-ce que tu sous-entends ?

— La façon dont tu as empêché Daisy de s'en prendre à Bobby. Tu deviens une vraie dure à cuire, déclara-t-il avec un sourire. Tu n'as plus besoin que je te protège.

— Peut-être bien. Mais j'aurai toujours besoin de toi, soulignai-je en me plaquant tout contre lui. Sur d'autres plans.

Ezra et Mae avaient eu une conversation dans leur ancienne chambre, mais Ezra en sortit seul. Il entra dans la cuisine et s'arrêta, sans pour autant nous regarder Jack et moi. Il respirait avec difficulté, serrant et desserrant les poings.

— Tout va bien ? m'enquis-je en m'écartant de Jack.

— Il leur faut un hébergement, déclara Ezra sans lever les yeux. Mais ils ne peuvent pas rester ici. Nous n'avons ni la place, ni…

Il secoua la tête.

— Où vont-ils aller ? demanda Jack.

— Aucune idée. Je dois… (Ezra déglutit péniblement.) Je dois sortir. Gardez la situation sous contrôle.

— Ça va ? insistai-je, mais il demeura silencieux.

Il se rendit dans le garage, et j'espérais que c'était pour nous aider à régler le problème. Je me tournai vers Jack.

— Tu as parlé à Mae ?

— Pas vraiment. Elle a surtout discuté avec Ezra depuis son arrivée. Et…, poursuivit-il, hésitant, je n'ai pas grand-chose à lui raconter.

— Ne me dis pas que tu es encore fâché contre elle.

Je m'éloignai de lui. Il haussa les épaules, puis avança jusqu'aux portes-fenêtres, là où Matilda s'était mise à aboyer.

— Non.

Il ouvrit la porte. La chienne se précipita à l'intérieur et s'ébroua pour enlever la neige de sa fourrure blanche. Jack demeura près de la porte-fenêtre ouverte, laissant pénétrer l'air glacial dans la maison. Il s'adossa contre l'encadrement et joua avec la poignée.

— Mais tu ne lui adresses pas la parole ? demandai-je.

— Non, je ne l'évite pas. C'est juste que… (Il regarda dehors et haussa de nouveau les épaules.) Je ne lui en veux pas pour ce qui s'est passé, pour avoir failli me tuer. Je lui ai pardonné. Mais ce sont ses mensonges et ses sournoiseries… Même si, pour être franc, ce n'est pas ce qui me gêne. (Il soupira, comme s'il avait du mal à formuler ses sentiments.) Simplement, elle n'est pas celle que je croyais.

— Arrête, Jack. Elle est restée la même. Elle déteste voir les autres souffrir.

Je m'approchai un peu de lui et caressai Matilda lorsqu'elle courut vers moi.

— Oui, je sais, et moi aussi. Mais cela ne me donne pas le droit de mentir et de n'en faire qu'à ma tête. (Il riva son regard sérieux au mien.) J'ai toujours pensé qu'elle ferait passer tout le monde avant elle-même, mais elle s'est montrée tellement égoïste sur plusieurs points essentiels ! Pas seulement lorsqu'elle m'a menti, mais avec ce qu'elle a infligé à Daisy, et à Ezra, précisa-t-il en secouant la tête. Ce qu'elle a fait à son arrière-petite-fille est inexcusable.

— C'est vraiment ce que tu penses ? demandai-je d'une voix douce.

— Oui. Mais heureusement pour elle, cette fois, ce n'est pas à moi de lui pardonner. (Matilda bondit sur lui, et il lui gratta la tête.) Dès que Daisy sera assez grande pour comprendre ce que Mae lui a fait…

Il siffla et détourna le regard.

— Où est Mae ?

— Toujours dans la chambre d'Ezra, je suppose. Pourquoi ? Tu comptes aller lui parler ?

— Oui, j'ai envie de savoir où elle en est par rapport à tout ça et ce qu'elle envisage, puisque personne d'autre ne semble en avoir la moindre idée.

— D'accord.

Il eut un petit hochement de tête, mais je ne pus déchiffrer ses émotions. Dernièrement, elles me paraissaient obscures, comme s'il s'efforçait de les ensevelir pour que je ne les perçoive pas.

— Je serai dehors avec Matilda, m'indiqua-t-il avant de sortir, talonné par la chienne, qui pourtant venait de rentrer.

Je me rendis dans la chambre d'Ezra, avec l'impression de m'approcher silencieusement d'une inconnue. J'avais vu Mae quelques semaines auparavant, mais mon séjour n'avait pas été placé sous le signe de l'amitié. Elle ne vivait plus dans cette maison depuis des mois, et c'était bizarre de l'entendre chanter doucement.

La porte était entrebâillée, mais je la poussai un peu plus pour jeter un coup d'œil à l'intérieur. Elle avait fait le lit et entreprenait de redonner du gonflant aux oreillers et de remettre un peu d'ordre dans la pièce. Chaque fois qu'elle rangeait, elle fredonnait toujours une chanson. Ce jour-là, elle avait opté pour un titre mélancolique d'Etta James.

— Tu sais que je te vois rôder sur le seuil, dit-elle sans me regarder.

Elle plia un pantalon d'Ezra qu'elle avait trouvé froissé sur une chaise, et le posa sur le lit.

— Pardon, bredouillai-je avant d'ouvrir la porte en grand.

— Vous n'avez pas besoin de vous cacher de moi, tous. Je ne mords pas. (Elle ramassa d'autres vêtements qui traînaient par terre et se mit à les plier avec soin.) Je ne me doutais pas qu'Ezra deviendrait un tel souillon après mon déménagement. Et j'ai remarqué que personne n'avait fait la vaisselle.

— Il n'y a que Bobby qui mange. C'est à lui de s'en charger, répliquai-je en faisant allusion à la montagne de vaisselle qui s'accumulait dans l'évier de la cuisine.

— Il est votre invité, et vous êtes tous capables de ranger du bazar, peu importe qui en est responsable.

Ensuite, elle ramassa les livres et les journaux qu'Ezra avait éparpillés dans la chambre.

— Vous êtes tous des adultes, sous ce toit, et vous devriez vous comporter comme tels, ajouta-t-elle.

— Milo n'en est pas encore un, rectifiai-je en m'adossant contre le mur.

— Comment va-t-il, d'ailleurs ?

Elle composa une pile nette avec les ouvrages, s'assurant que rien n'en dépasse, puis marqua une pause.

— Il m'a très peu parlé, que ce soit en Australie ou ici. J'ai eu la sensation que ma venue lui déplaisait, comme s'il était en colère contre moi.

— Il va bien, répondis-je. Mais… soyons honnêtes, Mae, nous sommes tous plus ou moins fâchés contre toi.

— Hmm. (Elle cessa de redresser les livres et se toucha les cheveux avant de papillonner dans la pièce pour ramasser d'autres objets.) Je ne m'attendais pas à ce que vous me compreniez, mais j'avais espéré du soutien de votre part.

— Nous comprenons tous ton raisonnement. Je le saisis tout à fait.

Je m'éloignai du mur et fis un pas dans sa direction mais, à présent, elle me tournait le dos et repliait une couverture sur la chaise.

— Non, tu ne comprends pas. Personne ne comprend. Tu penses comprendre, c'est tout.

— OK, très bien. Tu as raison. Personne ne comprend ta douleur, Mae. Parce qu'elle est tellement unique ! Tu es la seule à avoir jamais aimé quelqu'un au point de tout faire pour le sauver. Tu as le monopole dans ce domaine !

— Ne prends pas ce ton condescendant ! s'exclama-t-elle en faisant volte-face, me regardant pour la première fois. Je n'ai rien fait pour mériter ton mépris ! J'ai fait un choix qui ne t'affecte même pas.

— Ah bon ? Toi et « ton choix », vous vous terrez chez moi, mettant ma famille et mes amis en danger !

— Nous partirons dès...

— Ça fait partie du problème, aussi, Mae ! l'interrompis-je. On ne voulait pas que tu sortes de notre vie, mais nous n'avons pas eu le choix. Tu sais qu'elle ne peut pas habiter ici, pas avec nous. Ce qui signifie qu'on ne peut pas vivre avec toi non plus.

— Tu sais que je n'avais pas envie de vous quitter. (Elle inclina la tête, les larmes aux yeux.) Je vous aime tous tellement, et je souhaitais réellement passer le reste de mon existence à vos côtés. Mais j'ai trop laissé tomber ma famille. Je devais la sauver.

— Mais à quel prix, Mae ?

— Je sais.

Elle s'essuya les yeux et les détourna, puis lissa des plis imaginaires sur le couvre-lit.

— J'ai conscience de ce que j'ai fait. Je vois ce qu'elle est, ajouta-t-elle avant de déglutir avec difficulté et de plonger son regard dans le mien. Je ne la quitterai pas. Impossible.

— Personne ne te le demande, dis-je enfin.

— Merci. (Elle hocha la tête et ramassa les vêtements d'Ezra pour les mettre dans le panier à linge sale.) Comment se porte Ezra ?

Je m'assis sur le lit, soulagée d'aborder un sujet moins délicat.

— Mieux. Il m'aide dans mes études, maintenant.

— Ah bon ? J'ignorais que tu avais repris les cours, répondit-elle, à la fois surprise et ravie.

— Ce n'est pas le cas. Du moins, pas encore, mais Ezra ne veut pas que je devienne idiote. Ou plus stupide, en tout cas, précisai-je avec un haussement d'épaules. J'irai peut-être au lycée à la rentrée prochaine. Ce sera forcément plus facile que le travail qu'il me donne.

— C'est très bien. Je suis contente de voir que tu t'y mets. (Elle me sourit, puis s'installa à côté de moi.) Je m'inquiète sincèrement pour toi, ma puce. Et aussi pour Milo et Jack. Je tiens énormément à vous.

— Je sais. Personne n'en a jamais douté.

— Je suis heureuse de l'entendre.

Elle tendit la main et repoussa une mèche de cheveux qui me barrait le front.

— Je peux te poser une question ? demandai-je.

— Tout ce que tu veux.

Elle laissa sa main retomber sur ses genoux et se redressa.

— Avant de transformer Daisy, tu as eu une grosse dispute avec Ezra. (Je contemplai mon jean et tripotai le tissu d'un geste absent.) Tu as dit un truc. (Je me tortillai, réfléchissant à la meilleure façon de formuler ma pensée.) Tu as insinué que... je ne sais pas. Qu'Ezra pouvait... me traiter différemment, ou quelque chose de ce genre.

— Oh, ça ! (Elle soupira et regarda droit devant elle.) C'est vrai qu'Ezra te porte une attention particulière, et également à Milo, en vérité. Mais moi aussi. Tout le monde. Peter aurait dû te tuer, et je me réjouis qu'il ne l'ait pas fait, mais... les autres vampires n'auraient pas hésité. Ou peut-être que si. Avec toi, c'est compliqué à dire.

— Comment ça ?

— Tu es... différente, expliqua-t-elle en fronçant les sourcils. Je n'ai jamais réussi à découvrir en quoi, mais je l'ai toujours senti. Les garçons ont eu plus de mal à le reconnaître, parce qu'ils avaient déjà un lien avec toi. À cause du sang, il leur est plus difficile de voir que le tien est différent, alors que ce devrait être une évidence.

— Je ne comprends pas, avouai-je en secouant la tête.

— Les vampires en général semblent attirés par toi, annonça-t-elle en posant les yeux sur moi. Et tu es plus forte. Tu t'es adaptée plus vite que quiconque.

— Moins que Milo, fis-je remarquer.

— Ce qui prouve ma théorie. Il y a quelque chose de très différent chez vous deux.

Mae me scruta, presque comme si elle me regardait pour la première fois.

— Je ne me suis pas adaptée si rapidement que ça, objectai-je. Et j'ai dû me battre pour dompter ma soif de sang.

— Pas autant que nous. Ezra t'a raconté sa transformation et t'a expliqué que les autres vampires devaient être enchaînés pour éviter de s'entre-tuer ? (Je hochai la tête.) Nous sommes tous ainsi, au début. Tu vois comment Daisy... devient incontrôlable ?

J'étais étonnée qu'elle y fasse allusion.

— Oui ?

— La seule différence entre Daisy et n'importe quel autre vampire est qu'elle a faim plus souvent. C'est comme ça que se comporte un nouveau vampire en temps normal, déclara-t-elle. Et tu n'étais pas comme ça, ni Milo. Mais Jack... (Elle secoua la tête.) Un jour, Ezra a dû le plaquer au sol pour l'empêcher de tuer le facteur.

— C'est vrai ? lançai-je, incrédule.

— Oui. Vous vous êtes adaptés bien plus vite que tous ceux que je connais.

— Mais pourquoi ? En quoi sommes-nous différents ?

— Aucune idée, admit-elle d'un ton las. Et, dans un accès de colère, je l'ai reproché à Ezra. Je voulais le convaincre de se ranger de mon côté et, désormais, je comprends qu'il ne peut pas et qu'il ne le fera jamais. Mais je ne t'en veux pas. Tu es spéciale, ma puce, dit-elle avec un sourire avant de poser la main sur ma joue. C'est quelque chose de positif, que tu n'as pas à craindre.

— Merci. Enfin, je crois.

— Comment va Daisy ? demanda-t-elle en retirant sa main avant de se lever.

— Euh… bien, je suppose. Elle est couchée, avec Peter.

— Tant mieux. Elle avait besoin d'une bonne sieste après ce long voyage. (Elle alla jusqu'à sa valise et l'ouvrit.) Quant à moi, une douche me ferait du bien. Le vol depuis l'Australie a été un calvaire.

— D'accord, dis-je en me levant à mon tour. Dans ce cas… je te laisse.

— Désolée, s'excusa-t-elle avec un sourire contrit. Il vaut mieux que je me lave pendant que Daisy est calme et endormie.

— Bonne idée, en effet.

— En tout cas, j'étais ravie de te revoir, affirma-t-elle en sortant des affaires propres.

— Oui, acquiesçai-je de nouveau avant de reculer vers la porte. Vous savez quand vous repartez ?

— Pas encore, mais bientôt. Dans un ou deux jours, certainement, précisa-t-elle en m'adressant un regard empreint de tristesse. Mais, où qu'on aille, tu seras toujours la bienvenue.

— Merci.

Je lui souris et me faufilai hors de la chambre.

Mae me manquait, mais sa présence me gênait. L'atmosphère de la maison était tendue et le danger rôdait comme si, à tout moment, tout pouvait s'effondrer.

Chapitre 15

Je m'apprêtais à regagner ma chambre, envisageant moi-même de prendre une bonne douche, mais me figeai lorsque j'entendis quelque chose d'étrange en provenance de la pièce. Enfin, rien de surnaturel, mais plutôt complètement inattendu. Manifestement, Peter et Jack se traitaient avec gentillesse.

— Je te dis juste qu'*Apocalypse Now* n'est pas le meilleur film de guerre, décréta Peter.

— Ça ne peut pas être *À l'ouest, rien de nouveau* ! Ce film est d'un ennui mortel ! protesta Jack.

— Tout ce qui est en noir et blanc n'est pas nécessairement soporifique.

— Bref, peu importe. Je ne l'ai pas, donc tu ne peux pas me l'emprunter. Le meilleur film de guerre que je possède, c'est *Apocalypse Now*.

Je grimpai les marches et m'arrêtai devant la porte pour espionner leur conversation avant qu'ils s'aperçoivent de ma présence. Jack avait ouvert la porte escamotable qui dissimulait ses milliers de DVD. Il se tenait devant sa collection, qu'il passait en revue. Peter était assis au bout du lit, tandis que Daisy dormait, recroquevillée près de Matilda.

— Tu n'as pas *Il faut sauver le soldat Ryan* ? demanda Peter en jetant un coup d'œil à son frère.

— Non. Contrairement à toi, les films de guerre ne m'obsèdent pas. (Jack tendit le bras et sortit un DVD des rayonnages.) En revanche, j'ai beaucoup de films de ninjas. Ou avec des robots. Ils sont trop géniaux.

Peter leva les yeux au ciel.

— Je devrais m'estimer heureux que tu n'en sélectionnes pas un avec des robots ninjas.

— Qu'est-ce que vous faites ? lançai-je en entrant dans la chambre d'un pas timide.

— On essaie de trouver un truc que Peter pourrait regarder, mais monsieur fait le difficile, m'expliqua Jack.

— Je ne suis pas difficile. Des explosions ne suffisent pas à me faire aimer un long-métrage, rétorqua Peter.

— Tu rigoles, c'est super ! dit Jack avec dédain. Et puis j'en ai plein qui n'en comportent aucune. Tiens. (Il attrapa un boîtier et le lui tendit.) *Edward aux mains d'argent*. Pas la moindre explosion.

— Mais tu as un faible pour Johnny Depp, alors ça ne compte pas, annonça Peter en secouant la tête.

— C'est faux, réfuta Jack en levant les yeux au ciel. Bref, tu veux un film oui ou non ? Tu as environ un jour à peine pour le visionner. Tu as envie de passer tout ton temps à tergiverser ?

— Hé, ne me mets pas la pression.

Peter se leva et vint se poster devant les rangées de DVD, frôlant Jack au passage sans qu'aucun des deux réagisse.

— J'ai besoin de profiter de la technologie tant que j'en ai encore l'occasion, car Dieu sait où je vais atterrir ensuite.

— Où allez-vous ? demanda Jack en reculant un peu pour que son frère puisse examiner plus facilement les titres.

— Franchement, aucune idée. J'espère qu'Ezra trouvera une solution.

Peter prit un DVD et le retourna pour lire l'arrière de la jaquette.

— Je n'ai pas vraiment envie d'y songer, poursuivit-il. Je compte me doucher, me détendre et dormir, parce que je ne suis pas sûr de pouvoir le faire une fois que nous serons partis d'ici.

— Je vois.

Jack croisa les bras, et ses traits se crispèrent un peu. Il était inquiet pour Peter, et se faisait du souci quant à leur destination, mais il refusait de le montrer.

— Bon, je pense que celui-ci fera l'affaire, affirma Peter en brandissant *Blade Runner.*

— C'est ça ton choix ? s'étonna Jack. Tu viens de te moquer de mes films de robots. Et je croyais que tu voulais un film de guerre.

— J'aime bien ce film, dit Peter avec un haussement d'épaules. Je vais le regarder en bas puisque, comme ma chambre est démontée, je dormirai dans le salon.

— J'ai des couvertures en plus si tu désires retourner dans ton ancienne chambre, proposa Jack.

— Non, ça ira.

Peter passa devant moi en m'adressant un petit sourire, puis il s'arrêta sur le seuil et demanda :

— Je peux laisser Daisy ici ?

— Oui, pour l'instant tout va bien, acquiesça Jack.

— Merci.

Peter lui fit un signe avec la main qui tenait le DVD et descendit.

J'attendis que le bruit de ses pas disparaisse dans le salon pour avancer jusqu'à Jack.

— Qu'est-ce que c'était que ça ?

— Quoi ? (Il reposa ses films à leur place et se retourna vers moi.) J'ai juste prêté un DVD à Peter. La plupart de ses affaires sont restées en Australie.

— Oui, mais tu étais… gentil avec lui.

— Je suis un type gentil, gloussa-t-il avant d'appuyer sur un bouton pour fermer la porte et dissimiler tous ses DVD. Et je ne hais pas Peter.

— Ce n'est pas ce que tu racontes depuis un an, soulignai-je en croisant les bras.

— Tu as envie que je le déteste ?

Il me dévisagea, les sourcils levés.

— Non, bien sûr que non ! m'empressai-je de lui assurer. C'est super de voir que vous vous entendez. C'est juste… étrange.

— Je sais, reconnut-il avant de soupirer et de contempler le sol en frottant son pied contre le tapis. Ce qui me déplaît, c'est ce qu'il ressent pour toi, et je ne supporte pas ce que tu éprouves pour lui…

— Je ne ressens absolument rien pour lui ! l'interrompis-je.

Jack leva les yeux sur moi, et j'eus conscience d'avoir protesté avec trop de véhémence.

— Si tu le dis. Je n'aime tout de même pas ça, insista-t-il avec un haussement d'épaules. Mais tu as séjourné deux semaines seule avec lui en Australie, et tout s'est bien déroulé. Je crois pouvoir vous faire confiance pour rester sous le même toit un jour ou deux. (Il se passa la main dans les cheveux, les ébouriffant encore plus.) Et, même si je me trompe, c'est mon frère, et il a des ennuis. Je ne veux pas que les dernières paroles que je lui adresse soient dictées par la colère.

— C'est vraiment adorable de ta part, Jack, soulignai-je en lui touchant le bras. Et très mature.

— Non, ce n'est pas une preuve de maturité, soupira-t-il. Je n'arrive pas à garder de la rancune. Je suis un pigeon.

— Tu es adorable, et je t'aime.

Je jetai mes bras autour de son cou et lui souris.

Il se pencha vers moi et m'embrassa, pressant avec sincérité ses lèvres contre les miennes. Le baiser, doux au début, devint rapidement plus sensuel. Il me plaqua contre lui avec force. Sa peau était brûlante contre la mienne, et la chaleur de ses émotions m'envahissait.

— Jack, murmurai-je en mettant la main sur son torse.

— Ah oui ! c'est vrai.

Il contempla le lit sur lequel Daisy était allongée, perdue au milieu de son édredon bleu marine. Il sourit lorsqu'il reporta son attention sur moi, mais je perçus sa déception.

— Si seulement il n'y avait pas un enfant sur le lit, je te violerais sur place.

— Je n'en doute pas, dis-je avec un sourire.

— Dommage. (Il me déposa un baiser sur le front et s'écarta de moi.) Je vais filer sous la douche.

— J'allais justement en prendre une.

— C'est moi qui ai le plus besoin d'une douche. Froide, la douche, expliqua-t-il en se dirigeant vers la salle de bains. Sauf si tu avais envie de venir avec moi.

— Dans ce cas, cela remettrait en question l'utilité de la douche froide, n'est-ce pas ?

— Possible.

Il haussa les épaules et ôta son tee-shirt, dévoilant la perfection de ses pectoraux et de ses abdominaux.

Il disparut dans la salle de bains. Au bout d'un instant, j'entendis l'eau couler, et il lança son bermuda dans la chambre pour m'inciter à le rejoindre. Je l'aurais probablement fait si Daisy ne s'était pas trouvée dans la pièce et Peter dans celle d'en dessous.

Je fermai la porte de la salle de bains sans même jeter un coup d'œil à Jack, et il éclata de rire. Je regardai vers le lit, et compris que je ne souhaitais pas rester avec Daisy. Elle me faisait encore flipper. Comme je n'avais pas confiance pour la laisser seule avec Matilda, j'appelai cette dernière quand je sortis, et elle courut derrière moi.

Dans le salon, Peter était assis sur le canapé, les pieds calés sur un pouf. Il avait bien mis le film *Blade Runner*, mais ne semblait pas y prêter attention. Les doigts entrelacés derrière la nuque, il avait les yeux dans le vide.

— Ça va ? m'enquis-je.

— Comment ? (Il tourna la tête vers moi comme s'il venait de se rendre compte de ma présence.) Euh… oui, tout est parfait.

Il baissa les bras et les croisa, puis se redressa, posant les pieds au sol.

— Tu as l'air ailleurs.

— J'ai beaucoup de soucis.

Il haussa les épaules.

Matilda sauta sur le canapé à côté de lui, et il lui gratta la tête. Je m'installai à l'autre bout du sofa, mettant autant de distance que possible entre nous.

— Je croyais que tu n'allais pas y penser, lui rappelai-je.

— J'essaie d'éviter.

Il caressa une dernière fois la chienne, puis laissa retomber sa main. Il me dévisagea de son regard émeraude, s'attardant assez longtemps pour me forcer à détourner les yeux.

— Et toi, comment te portes-tu ? me demanda-t-il.

— Bien, je suppose.

— Malgré le meurtre de Jane ?

Je secouai la tête.

— Elle a été assassinée, c'est ça ?

— Oui. Et ils ne savent pas qui est le coupable.

— J'en suis navré, dit-il d'un ton qui me parut sincère.

J'avais des difficultés à m'habituer à sa gentillesse. Ainsi, sa voix de velours me touchait encore plus, et ne manquait jamais de me surprendre.

— Moi aussi, soupirai-je.

Ensuite nous regardâmes le film en silence. Je restai assise, le dos bien droit, craignant de bouger ou de faire quoi que ce soit. Je sentais que Peter en faisait autant. J'ignore ce dont j'avais peur au juste, mais je ne voulais pas courir le risque de le découvrir. J'avais déjà fait bien trop de mal à Jack et à Peter.

Un peu plus tard, Jack bondit dans le salon. Il se passa la main dans ses cheveux encore mouillés, l'air absent, projetant de petites gouttes d'eau dans toute la pièce.

— Alors, ce film ? lança-t-il en jetant un coup d'œil à l'écran.

— Bien, répondîmes Peter et moi à toute vitesse.

— Super. (Jack poussa sa chienne du sofa et s'assit près de moi, mais se tourna vers son frère.) Je réfléchissais à un truc : pourquoi tu pars avec elles ?

— Quoi ?

— Pourquoi accompagner Mae et Daisy quand elles s'en iront ?

— Parce que.

Peter posa brièvement le regard sur moi, puis le détourna.

— Mae et Daisy n'ont pas besoin de toi, poursuivit Jack. Et je sais bien que Bobby et moi avons mis du bazar dans ton ancienne chambre, mais nous pourrions la débarrasser. De toute façon, nous allons bientôt déménager, mais là n'est pas la question.

— Quelle est la question, alors ?

— Et si tu restais ici ? Cette histoire avec Mae et Daisy, ce n'est pas ta bataille. Aucune des deux ne relève de ta responsabilité.

— Merci. (Peter déglutit avec peine et contempla le sol.) Je te suis reconnaissant, Jack, vraiment. Ça me fait plaisir, surtout venant de toi. Mais tu sais pourquoi je pars avec elles.

— Allez, Peter ! s'exclama Jack en se désignant avant de me lancer un regard. Ce qui se passe entre nous trois, c'est idiot. Je ne m'en étais pas rendu compte avant de te voir aujourd'hui. C'est terminé, tu vois ? Je suis avec Alice, et tu le prends bien. Tout pourrait redevenir… comme avant.

— Je crois que ton raisonnement est trop simpliste, Jack, annonça son frère en relevant la tête vers lui.

Pendant un long moment, ils se dévisagèrent. Enfin, Jack hocha la tête et quitta Peter des yeux.

— Il y a quelqu'un ? appela Leif en ouvrant la porte-fenêtre.

— Qui est-ce ? s'enquit Peter, tandis que Jack adoptait un air excédé.

— C'est Leif, soupira-t-il avant de se lever. Il habite quasiment ici, maintenant.

— Pas du tout, ripostai-je.

Je me levai et me dirigeai vers la salle à manger pour l'accueillir.

— Désolé, je n'avais pas l'intention d'interrompre votre conversation, s'excusa-t-il tout en enlevant la neige de ses cheveux.

— Tu n'as rien interrompu. Tu es toujours le bienvenu, lui rappelai-je avec un sourire.

— Oui, aucun souci, déclara Jack, qui enfonça brusquement les mains dans les poches tandis qu'il entrait dans la pièce, Peter un peu en retrait derrière lui.

Lorsque Leif aperçut ce dernier, il écarquilla les yeux.

— Peter ! J'ignorais que tu étais revenu.

— C'est provisoire, expliqua-t-il en se frottant le bras, une lueur dure dans le regard depuis qu'il avait vu notre invité.

Il avait passé du temps avec lui quand il avait intégré la meute des lycans et, d'après ce que je savais, ils s'étaient bien entendus. Aucun des deux ne mentionnait vraiment ce qui s'était passé là-bas, mais, comme Jack, Peter semblait se méfier de Leif ou de ses intentions.

Je m'approchai de Leif. Il devait déjà supporter les regards assassins de Jack, mais à présent que s'y ajoutaient ceux de Peter, j'avais l'impression qu'il fallait que je prenne sa défense.

— Ah bon ? Et pourquoi ? demanda Leif.

— Nous devons faire profil bas. Je n'ai pas envie d'attirer des ennuis à ma famille, expliqua Peter en révélant le minimum d'informations.

— Tu t'es remis dans le pétrin ? s'étonna Leif.

— Eh bien, cette fois, ce n'est pas Peter, intervins-je avec un petit rire nerveux dans l'espoir de détendre l'atmosphère. Il aide des personnes qui ont des problèmes.

— Alice, il n'a pas besoin de connaître les détails, m'avertit Peter.

— Oui, c'est vrai, concéda Leif. Mais, si tu cherches un endroit pour te cacher, j'ai peut-être ce qu'il te faut.

— Vraiment ? répliqua Peter en croisant les bras. Dans le coin ?

— Oui, lui assura Leif. J'ai moi-même dû me terrer.

— Quel genre de soucis as-tu, Leif? lui demanda Jack d'un ton faussement léger.

Lorsque je vis Jack et Peter regarder Leif de travers, je songeai que leur complicité retrouvée me déplaisait. Auparavant, ils étaient toujours en désaccord, mais ils avaient manifestement décidé de détester Leif, et cela m'énervait.

— Hé, je vous signale qu'il propose de nous donner un coup de main, précisai-je en me plaçant presque devant Leif afin de le protéger des regards imperturbables des deux frères. Et nous avons besoin d'aide. Je pense qu'on devrait l'écouter.

— Où se situe cette « planque » ? demanda Peter en esquissant des guillemets avec les doigts, ce qui me fit lever les yeux au ciel.

— Sous terre.

— Comme le métro, tu veux dire, ou plutôt six pieds sous terre ? s'enquit Jack.

— Véritablement sous terre, insista Leif en pointant le sol du doigt. Dans des tunnels.

— Tu veux qu'on habite dans des tunnels ? reformula Peter d'une voix sceptique.

— Non, le choix vous appartient, rectifia Leif. Je vous suggère un lieu où vous pouvez vous cacher. Je ne connais pas l'ampleur de vos soucis, ni à quel point vous avez besoin de disparaître, mais je sais que cette solution fonctionnera dans tous les cas.

Pendant un long moment, Peter garda le silence et échangea un regard avec Jack, puis il soupira et hocha la tête.

— Allons voir ça, déclara-t-il. À ce stade, nous n'avons rien à perdre.

Sans prévenir personne de notre départ, nous quittâmes la maison dans la Jetta, non sans une légère dispute. Jack désirait conduire sa DeLorean, ce qui aurait nécessité de prendre deux véhicules puisque le sien disposait de deux places seulement. Peter lui ordonna de se taire et de monter dans la Jetta, et, à ma grande surprise, mon petit ami obtempéra.

Jack et moi étions sur la banquette arrière, tandis que Leif tentait de guider Peter jusqu'à l'entrée du tunnel. Comme Leif n'avait pas le permis, il connaissait les trajets piétons, en coupant à travers les espaces verts ou les ruelles. Enfin, Peter réussit à comprendre que Leif l'orientait vers une zone située sous un pont.

Il se gara près de la rivière, et nous dûmes escalader la pente verglacée pour arriver sous le pont. Leif nous mena jusqu'à un trou étroit dans le mur en ciment du passage souterrain. Il s'y glissa en premier avec facilité, mais Peter et Jack restèrent devant, à contempler l'ouverture.

— Tu crois que c'est un piège ? demanda Jack, dont la voix couvrait à peine le tumulte de l'eau et le bruit des voitures qui circulaient à toute vitesse au-dessus de nos têtes.

— Je n'en sais rien. Si c'en est un, il est bizarre, estima Peter sans quitter la brèche de son regard pensif.

— Non mais, franchement, vous êtes bêtes, raillai-je.

Je les dépassai en les bousculant et rampai dans le trou. Un morceau de béton m'égratigna le dos, mais je persistai.

— Alice ! s'écria Jack, étonné que j'y sois entrée, mais je ne m'arrêtai pas.

Le tunnel était plongé dans le noir. Je voyais, mais moins bien que je l'aurais souhaité. Plusieurs rangées de gros câbles noirs tapissaient les murs en brique. Le sol était sale et, à mon arrivée, des nuisibles se dispersèrent, sans que je puisse distinguer s'il s'agissait d'insectes ou de rats.

— Eh bien, l'endroit est glamour, fit remarquer Jack une fois qu'il fut lui aussi à l'intérieur. J'imagine tout à fait Peter faire la fête ici.

— C'est seulement l'entrée. J'ai bien plus à vous montrer, répliqua Leif en se retournant, avant de continuer à avancer.

Peter venait à peine de nous rejoindre, mais je suivis Leif. Jack resta juste derrière moi, pestant contre les rats et l'odeur tandis que nous nous laissions guider dans les méandres du tunnel.

Enfin, les murs de brique cédèrent la place à des couloirs de grès aux plafonds voûtés. Je passai les doigts le long des murs, constatant avec stupéfaction qu'ils avaient été creusés à même la terre. Nous montâmes des marches de fortune découpées dans la pierre, pour arriver dans un endroit qui paraissait beaucoup plus habitable.

Un petit ruisseau traversait le sol en béton lisse en son centre. À en juger par l'odeur, j'en déduisis que c'était une canalisation d'eaux usées. Les plafonds arrondis étaient en brique, mais les couloirs étaient bien plus larges que ceux très étroits que nous avions empruntés jusque-là. De petites ampoules jaunes espacées sur le plafond apportaient une lumière tamisée après l'obscurité dans laquelle nous avions progressé.

— J'ai l'impression d'être une tortue ninja, déclarai-je en passant par-dessus l'eau pour suivre Leif.

— Cowabunga ! s'exclama Jack, et je lui souris.

Il se mit à ma hauteur et me prit la main.

— Voilà, nous y sommes, annonça Leif en indiquant une entrée sur le côté du tunnel.

Jack serra ma main en la franchissant avec moi. Je crois qu'il s'attendait encore à ce que ce soit un piège, même si je ne comprenais pas pourquoi. Leif avait toujours fait preuve de gentillesse envers nous, et ce n'était pas parce qu'il ne parvenait pas à comprendre pourquoi Leif était méchant.

De manière étonnante, les plafonds s'élevaient à au moins six mètres de haut. Trois des parois étaient de la même brique que le tunnel. Quelques ampoules peu puissantes et deux ou trois coffrets électriques couraient le long des murs. Le sol cimenté se terminait abruptement et donnait sur une falaise, mais je vis, de l'autre côté, un mur en béton lisse à une dizaine de mètres.

Je me dirigeai vers le bord et regardai en haut et en bas, sans pouvoir distinguer le début ou la fin du mur. Quelques canalisations en sortaient, déversant de l'eau dans le fond comme des cascades sans fin. Elle était claire et sentait le chlore, je supposai donc qu'elle était propre, contrairement à celle du tunnel.

— Waouh ! la hauteur est impressionnante, dit Jack après un sifflement en regardant par-dessus le précipice avec moi.

Il se pencha un peu plus en avant que moi, et son pied glissa sur la mousse qui poussait au bord. Je le tirai d'un coup sec vers l'arrière, le sauvant d'une mort certaine, et il m'adressa un sourire gêné.

— Pardon.

— Je crois que Mae n'aimera pas ça, annonça Peter en désignant la falaise d'un coup de menton. (Il se retourna et admira la grotte.) Mais le reste me convient.

Dans un coin, il y avait une pile de couvertures, une de livres à côté et quelques vêtements. Peter s'avança pour les inspecter mais, avant même de les atteindre, il comprit ce dont il s'agissait, et pivota vers Leif.

— Tu vis ici ?

— Oui, reconnut l'intéressé avec un haussement d'épaules. L'endroit est calme et sec. Personne ne m'embête.

— Donc tu nous invites chez toi ? résuma Peter.

— On peut le formuler ainsi.

Leif se détourna du regard contrit de Peter, et, pieds nus, marcha à pas feutrés jusqu'au bord du précipice.

— C'est un bon lieu pour se cacher, ajouta-t-il.

— En effet, admit Peter, mais il n'y a ni douche, ni toilettes.

— Les égouts se trouvent dans le tunnel, précisa Leif avec un signe de tête en direction de la porte. La rivière est juste dehors pour une toilette de chat, et il est facile de sortir si tu as besoin de te laver ou de faire ta lessive.

— Mais il n'y a personne dans les parages, soulignai-je. Ici, Daisy ne pourra pas causer d'ennuis.

— J'hésite. (Peter réfléchit à la question en se mordillant l'intérieur des joues.) On ne peut pas rester à la maison. Ezra ne nous y autoriserait pas, même si ce n'était pas dangereux. On sera mieux ici en attendant de trouver un logement qui corresponde à nos besoins.

— Tu penses réussir à convaincre Mae ? lui demanda Jack.

— Je n'ai pas vraiment le choix. Il me faut du temps pour dénicher un endroit plus reculé et moins peuplé que celui où nous étions en Australie. Cela prendra du temps. Et, d'ici là, Daisy sera sous contrôle.

Peter et Jack commencèrent à aborder les points à améliorer pour rendre la grotte plus accueillante. Peter était doué pour l'aménagement intérieur, et Jack se plaisait à croire qu'il l'était, aussi participa-t-il à la conversation avec un enthousiasme injustifié.

Je fis le tour des lieux, admirant les détails surprenants de l'architecture. C'était étrange de songer qu'un siècle auparavant on apportait davantage de soin à la construction des égouts qu'à celle des habitations de notre époque.

La pile des affaires de Leif me faisait de la peine. Elle se composait surtout d'objets que nous lui avions offerts. Les édredons qu'il avait étendus au sol étaient en réalité un cadeau de Noël de la part de Milo. J'avais jugé ce présent horrible, puisque nous ignorions si Leif avait un endroit où vivre, mais mon frère avait répondu que c'était une raison de plus pour avoir besoin de couvertures.

Les livres provenaient de toute évidence de Milo ou d'Ezra. Un épais volume de *Crime et Châtiment*, de Dostoïevski, se trouvait en haut de la pile, juste au-dessus de *Guerre et Paix*, de Tolstoï. Je remarquai d'autres ouvrages russes, et, à côté, se détachait l'exemplaire de *Ne tirez pas sur l'oiseau moqueur*.

Avant même de le prendre, je sus que c'était celui que je venais de lire. Je feuilletais les pages cornées lorsqu'un marque-page improvisé s'en échappa. Je le rattrapai avant qu'il touche le sol, et j'eus le souffle coupé.

Leif utilisait un portrait de Milo et moi comme marque-page. La photo datait du jour de l'An, où nous avions tous les deux abusé des paillettes. Milo l'avait affichée sur le frigo parce qu'il aimait la façon dont ses pommettes ressortaient dessus, mais le cliché avait disparu quelques jours auparavant. J'avais présumé qu'il avait glissé sous le frigo ou la cuisinière, mais il était là. Leif l'avait volé.

— Qu'est-ce que tu en dis ? me demanda-t-il, derrière moi.

Je m'empressai de remettre l'image à l'intérieur du livre, de peur que Jack l'aperçoive.

J'ignorais pourquoi il voulait la photo, et j'avais tendance à penser que ses raisons étaient plus innocentes que Jack le croirait.

— Euh… de quoi ?

Je me tournai pour lui faire face et plaquai un sourire sur mon visage pour dissimuler ma perplexité.

— De la grotte. (D'abord déroutée, l'expression de Leif devint inquiète.) Tout va bien ?

— Oui. (Je souris plus largement.) Oui. J'étais juste en train… euh… d'admirer tes livres, balbutiai-je en désignant sa pile de littérature russe et le titre de Harper Lee.

— Je traverse une phase russe, expliqua-t-il en pointant du doigt le roman que je tenais. J'ai décidé de faire une pause avec quelque chose de plus léger quand je t'ai vue le lire.

— Ah bon ? Eh bien… c'est un bon bouquin, dis-je en le lui tendant.

J'avais envie de retirer la photo qui s'y trouvait mais, d'un côté, j'étais persuadée qu'il n'en ferait pas un mauvais usage. C'était juste étrange qu'il l'ait prise.

— Ezra est au courant que j'ai ces livres, précisa Leif, qui avait mal interprété ma réaction. Il me les a tous prêtés.

— Il a une très grande bibliothèque, affirmai-je avec un hochement de tête trop rapide. Il possède beaucoup d'ouvrages très intéressants, et il adore les partager. Il est vraiment… généreux.

— Oui, c'est vrai. (Il marqua une pause.) Tu es sûre que ça va ?

Heureusement, je n'eus pas à répondre à sa question, puisqu'une chauve-souris vola au-dessus de nous, nous apportant une distraction momentanée. Ensuite, Peter déclara qu'il était temps de partir. Il avait déjà de nombreux projets d'aménagement afin que Mae ne prenne pas peur, et il devait s'y atteler au plus vite.

Leif resta dans la grotte quand nous la quittâmes. Lorsque nous nous engouffrâmes dans le tunnel, je pris la main de Jack. Le comportement de Leif ne m'avait jamais interpellée auparavant. Dès que je l'avais vu dans la forêt finlandaise, il m'avait plu, même s'il faisait partie de la horde de lycans cruels.

Mais cela me gênait qu'il ait dérobé un portrait de Milo et de moi. Bizarrement, je sentais que c'était personnel. Peut-être était-ce parce que Milo figurait aussi sur le cliché.

À présent, je comprenais un peu mieux la méfiance de Jack à son égard. Je savais que, quel que soit le lien que j'avais avec Leif, il était inoffensif. Mais, lorsque mon frère était concerné, mon instinct protecteur reprenait le dessus. Pourquoi Leif s'intéressait-il à Milo ?

Chapitre 16

— La promesse que j'ai faite sur la tombe de mes parents, murmura Bobby d'une voix rocailleuse, celle de débarrasser la ville du démon qui a pris leur vie, est peut-être enfin à ma portée.

Il s'accroupit sur la rambarde qui entourait le toit au-dessus du loft d'Olivia, inspectant les lumières du centre de Minneapolis.

— Qu'est-ce que tu racontes ? lançai-je en repoussant Violette.

Elle avait failli me plaquer par terre, mais j'avais posé les mains à plat sur le sol et m'étais soulevée, presque au point de faire le poirier, en utilisant mes jambes pour la projeter en arrière.

— Bon, on s'y met, ou est-ce que tu vas faire l'andouille avec cet idiot ? s'enquit-elle en ramenant une mèche de cheveux derrière son oreille.

Lorsque je l'avais repoussée, elle n'était même pas tombée. Elle se tenait devant moi, prête à me bondir dessus.

— Et si on alliait les deux ? proposai-je en me relevant.

— Alice, tu ne fais aucun effort ce soir, me reprocha-t-elle avant d'adopter une posture plus détendue. Tu n'aurais pas dû venir avec lui. Il te déconcentre, c'est tout.

— Non, ce n'est pas lui le problème, rétorquai-je en secouant la tête avant de balayer le gravier qui s'était accroché à mon jean. Et, même s'il l'était, ce serait positif. Je dois apprendre à me battre en subissant des distractions.

— Pas faux, marmonna Violette en donnant un coup de pied dans un caillou.

Elle n'avait pas été contente que j'amène Bobby avec moi cette nuit-là mais, après notre rencontre fortuite avec Jonathan, j'estimais qu'il devait travailler ses techniques de défense. Malheureusement, il n'avait pas le cœur à ça non plus.

— De quoi tu parles ? demandai-je à Bobby en marchant vers lui.

Une jambe par-dessus le garde-corps, il se penchait en avant. Si Milo l'avait surpris, il aurait piqué une crise et nous aurait tués tous les deux, mais je choisis de me taire.

— Je suis Batman, déclara-t-il sans se départir de sa voix rauque.

— Oh, tu es bête !

Je levai les yeux au ciel puis m'appuyai sur la rambarde à côté de lui.

— Tu ne te sens jamais comme un superhéros quand tu es ici, tout en haut ? s'enquit-il de sa voix habituelle.

— Non.

— Pas même un tout petit peu ?

Il descendit, sûrement fatigué de rester accroupi, et resserra davantage sa veste contre lui.

— Ou un héros souffrant d'hypothermie, alors ?

— J'aime le froid, lui rappelai-je.

— Bon, aucun de vous deux ne va s'entraîner ?

Les poings sur les hanches, Violette nous fusilla du regard. Pour combattre, elle portait un débardeur et un pantalon de yoga.

Ses bras pâles avaient pris une teinte bleuâtre à cause de la température.

— Je suppose que non. (Je me tournai pour lui faire face, le dos contre la balustrade.) Où m'as-tu dit qu'Olivia était déjà ?

— Aucune idée. (Elle haussa les épaules.) Elle est partie en disant qu'elle rentrerait dans quelques jours. Mais elle se confie très peu à moi. Je crois qu'elle ne m'apprécie pas.

— Elle t'a laissée seule dans son appartement et dans son club, argumentai-je. Je suis presque certaine qu'elle t'aime bien.

D'après la façon dont Olivia regardait Violette, j'aurais affirmé qu'elle lui plaisait énormément, mais je ne voulais pas être celle qui lui dévoilerait cela. Je ne savais pas si Violette pouvait répondre à ce genre de sentiments, et je souhaitais éviter de gâcher l'arrangement qu'elles avaient si Violette était gênée que sa bienfaitrice craque pour elle.

— Comme l'entraînement est annulé, on pourrait peut-être retourner à l'intérieur ? demanda Bobby en claquant des dents.

Il portait un bonnet en tricot qui, pour une fois, lui dégageait les cheveux des yeux, mais la mince écharpe nouée autour de son cou ne lui apportait pas un grand réconfort.

— Oui, venez, nous invita Violette en se dirigeant vers la porte qui menait au loft d'Olivia.

Elle descendit les marches d'un pas lourd, et Bobby me devança en trottinant, impatient d'échapper au froid.

— À un moment ou un autre, tu seras obligé de t'entraîner au combat, le prévins-je tandis qu'il poussait Violette pour se réfugier dans la chaleur de l'appartement.

— Je sais. Et, la prochaine fois, je mettrai une cape ! s'enthousiasma-t-il avant de courir à l'intérieur en se frottant les mains.

Olivia maintenait chez elle une température de 15 °C toute l'année mais, après l'air glacial du toit, il devait se sentir beaucoup mieux.

— Tu vas porter une cape ? ricana Violette en levant un sourcil moqueur. Eh bien, ça s'annonce efficace !

— Je l'enlèverai pour combattre, se défendit-il. J'ai envie de surveiller Gotham City avec ma cape qui claque dans le vent.

— OK, je vais faire comme si tu n'existais pas, parce que tu es vraiment trop stupide, décréta Violette avant de se tourner vers moi. Hé, tu as une voiture, non ?

— Oh ! c'est bien plus que ça, rectifiai-je avec un large sourire.

Peter était revenu et utilisait son Audi pour se déplacer, Milo se servait de la Jetta pour se rendre en cours, Ezra conduisait la Lexus pour faire Dieu savait quoi, et Jack refusait de me laisser la DeLorean. Ce qui signifiait que j'avais enfin eu l'occasion de sortir seule avec la Lamborghini.

— Génial ! Je n'ai pas de véhicule, et on est bientôt à court de sang, expliqua-t-elle en se dirigeant vers sa chambre. Je vais me changer en vitesse, et on peut faire un saut à la banque du sang.

— Il n'y a que deux sièges, objecta Bobby.

Sans relever sa remarque, Violette entra dans sa chambre et referma la porte.

— Il y a juste assez d'espace pour deux personnes, insista-t-il.

— Ou tu te débrouilles, ou tu restes ici, répondis-je en haussant les épaules.

— Je n'ai pas envie de rester ici, dit-il avec un petit grognement de dédain. Je ne suis jamais allé à la banque du sang.

— Ce n'est pas passionnant.

— Je m'en fiche. Je n'y ai jamais mis les pieds, Milo me l'interdit. Je viens, décréta-t-il d'un air sérieux.

Lorsque Violette sortit, elle informa Bobby qu'il devrait se serrer entre elle et moi. Il tenta de protester, mais elle lui lança un regard noir qui le fit taire. Dans la voiture, il s'assit donc au milieu, par-dessus le renfoncement entre les deux sièges, ce qui s'avéra problématique à cause du plafond bas. Il dut se recroqueviller et adopta une position presque fœtale, tandis que ses pieds dépassaient sur les genoux de Violette, qui n'en était pas ravie.

Heureusement pour lui, nous n'allions pas très loin. La banque du sang se trouvait dans un petit immeuble blanc, doté d'un minuscule parking. Je dus me garer cinquante mètres plus loin, devant un parcmètre, et Bobby en profita pour se dégourdir les jambes.

À l'intérieur, tout était blanc et impersonnel. Dans la salle d'attente, il y avait des chaises en plastique ; des magazines en mauvais état avaient été abandonnés sur certaines d'entre elles. Les affiches au mur, représentant des croix rouges, prêtaient volontairement à confusion. La banque du sang vampire faisait tout son possible pour être associée à la vraie Croix-Rouge.

Pour un œil non averti, seul le fait que l'endroit soit ouvert vingt-quatre heures sur vingt-quatre pouvait sembler étrange. Bien sûr, cela contribuait à attirer des donneurs, tout comme l'emplacement. L'établissement dédommageait les personnes qui offraient leur sang. Par conséquent, beaucoup d'entre elles étaient des drogués ou des ivrognes qui avaient besoin d'argent rapidement.

Au centre, à l'accueil, une infirmière était assise derrière un guichet vitré pare-balles, au cas où on tenterait de lui voler la caisse. D'après les éraflures, je devinais que certains avaient essayé.

— Bonsoir, la saluai-je avec un sourire en m'appuyant sur le comptoir.

— Je suis contente de vous revoir, mademoiselle Bonham.

Son large sourire accentua ma culpabilité d'avoir oublié son prénom. Je penchai pour Janice, ou Francine.

— Ravie également, dis-je en hochant la tête.

Sous la lumière des néons, sa peau semblait trop blanche, et ses cheveux blonds étaient dissimulés sous l'une de ces coiffes qui accompagnaient les costumes de carnaval, mais que les véritables infirmières n'utilisent jamais dans la vraie vie.

— Combien de poches vous faut-il, ce soir ? s'enquit-elle.

— Euh… (Je réfléchis un instant. Nous n'étions pas encore à court, mais nous pouvions en reprendre.) Je ne sais pas… une dizaine ?

— Très bien, approuva-t-elle en tapant sur l'ordinateur. Et pour vous, mademoiselle Williams ?

— Une vingtaine, annonça Violette.

— Très bien.

Elle frappa de nouveau sur son clavier, sans se départir de son grand sourire. Parfois, elle me faisait penser à l'épouse d'un homme politique.

— Vous réglerez ensemble ?

— Non, séparément, précisai-je.

— Je mets la facture sur le compte Townsend, dans ce cas ? (J'acquiesçai.) Mademoiselle Williams, sur celui d'Olivia Smith ?

— Oui, confirma Violette avec un hochement de tête.

— Je vous informe que j'ai envoyé une facture à Mlle Smith la semaine dernière, déclara l'infirmière à Violette avant de reporter son attention sur moi. Le compte des Townsend sera régularisé le 15 janvier.

— D'accord. (Je haussai les épaules.) Tant mieux.

— Je reviens tout de suite avec vos commandes, annonça Janice ou Francine avant de se lever et de franchir une porte.

— Au fait, combien ça coûte, le sang ? demanda Bobby.

Il s'était appuyé contre l'une des chaises derrière nous. Je me retournai pour lui répondre.

— Je n'en ai pas la moindre idée. C'est Ezra qui paie.

— Je crois que c'est assez cher, expliqua Violette. Avant, je n'avais jamais les moyens de m'en acheter. Mais il faut avouer que je ne pouvais pas me permettre grand-chose.

— Je pensais que ce lieu serait plus intéressant, regretta Bobby en balayant la pièce du regard. C'est plutôt… ordinaire. On dirait le planning familial où je fais mes tests de dépistage.

— Je t'avais prévenu. (Je m'adossai à la vitre, faisant face à l'entrée.) Alors, ça valait le coup de se tasser dans la voiture ?

— Peut-être. (Bobby ramassa un magazine près de lui.) Oh ! il paraît que l'une des jumelles Olsen est enceinte !

— Je crois qu'elles en ont marre qu'on les appelle ainsi, fit remarquer Violette.

Elle grava un cœur dans la vitre du guichet avec son ongle acéré.

Un bruit de cloche retentit lorsqu'un vampire poussa la porte d'entrée, et je donnai une claque sur le bras de Violette pour qu'elle cesse ses graffitis. Je n'étais pas sûre que cela dérange quelqu'un, mais je ne voulais pas faire de vagues. Deux autres vampires suivaient le premier. Je me redressai. Les vampires en bande me faisaient toujours peur.

Le premier était grand, avec les cheveux et les yeux noirs. Il portait un blouson en cuir et un tee-shirt noir. Il aurait pu être séduisant mais, à cause de tout ce noir, je jugeai qu'il en faisait trop.

Le deuxième ressemblait à James Spader dans sa jeunesse, comme dans le film *Rose bonbon*, avant qu'il devienne aussi bouffi que dans la série *Boston Justice*. Et il était également habillé comme l'acteur dans les années quatre-vingts, le col de son blazer relevé.

La seule femme du trio semblait étrangement sobre par rapport à ses deux acolytes. Les cheveux mi-longs lissés vers l'arrière, elle portait des mocassins et une jupe droite. Si elle exerçait un métier le jour, j'aurais parié sur sténographe judiciaire.

— Bonsoir, lança celui aux cheveux noirs.

Je songeai que c'était certainement leur chef, puis me demandai ensuite s'ils en avaient un. Ce n'était pas parce qu'ils étaient ensemble qu'ils formaient une bande. Violette, Bobby et moi n'en étions pas une, mais ces vampires l'ignoraient également. Peut-être pensaient-ils que j'étais la meneuse. Ou Violette semblait-elle plus coriace ?

Je les saluai, désireuse de me poser en leader, au cas où ils croyaient que nous en avions un.

— Qu'avons-nous là ? dit le jeune James Spader en arrachant le magazine à Bobby.

— Hé ! protesta ce dernier en se levant pour récupérer son bien, et j'avançai.

— C'est un torchon. Aucun intérêt.

Le vampire jeta le magazine à Bobby, qui l'attrapa, non sans le froisser au passage.

— Ce n'était pas très gentil, fis-je observer.

Violette roula des yeux devant la nullité de ma remarque.

— Et que comptes-tu faire ? rétorqua le jeune James Spader en s'approchant de moi.

— Dane.

Le vampire aux cheveux noirs lui posa la main sur le torse, et j'en déduisis donc qu'il s'appelait Dane et non « le jeune James Spader ».

— Nous ne cherchons pas les ennuis, expliqua la femme en s'avançant derrière ses deux compagnons.

Elle avait de grands yeux innocents, mais je perçus quelque chose de sombre en elle malgré son apparence conformiste.

— Nous désirons simplement savoir si vous avez vu quelque chose, ajouta-t-elle.

— Comme quoi ? ripostai-je.

Bobby avait reculé de quelques pas. Désormais, il était derrière moi et plus près de Violette. Sans être certaine que c'était nécessaire, cela me rassura.

— Nous nous occupons de vous. C'est notre mission, précisa le vampire aux cheveux noirs avec un geste qui les enveloppait tous les trois. Nous veillons à maintenir votre sécurité.

— Je ne connais pas votre identité et j'ignore pourquoi vous voudriez me protéger, dis-je en me grandissant.

Du coin de l'œil, je remarquai que Violette s'était crispée également.

— Je suis Thomas, se présenta le vampire aux cheveux noirs. Et voici Dane et Samantha.

— Et donc ? riposta Violette.

— Nous t'avons vue, déclara Samantha sans me quitter des yeux.

— Faire quoi ? De quoi parles-tu ? demandai-je en espérant que ma voix ne trahissait pas mon appréhension.

— Nous souhaitons savoir ce que tu as vu, insista-t-elle.

— OK, écoute, je ne comprends vraiment pas ce que tu insinues, lui assurai-je en levant les mains pour prouver ma bonne foi.

À en juger par l'expression de Dane, un rien suffirait à le provoquer.

— J'étais ici, avec mes amis, pour récupérer de quoi manger. C'est tout. Nous n'avons rien vu, et d'ailleurs nous ne voulons rien voir. Tout va bien, lui certifiai-je.

— Oui, eh bien, nous savons que c'est faux, intervint Dane avec dérision.

Il refusait même de me regarder quand il m'adressait la parole. Pas par peur, mais par mépris.

— Nous pensons que tu as un lien avec le tueur en série, m'informa Samantha, sans tenir compte de l'emportement déplacé de son camarade.

— Quoi ? lançai-je, estomaquée. Non, non, pas du tout ! J'essaie de le retrouver, mais je ne sais pas qui c'est.

Thomas et Samantha échangèrent un regard, mais restèrent muets, alors j'enchaînai les maladresses.

— Et d'ailleurs, qu'est-ce que ça peut vous faire ? On m'a dit que les vampires se fichaient de cette histoire, car les victimes sont humaines.

— Nous considérons la vie avec le plus grand sérieux, affirma Samantha, l'air grave. Toute existence est sacrée, même celle des mortels.

— Merci, marmonna Bobby lorsqu'elle lui adressa un sourire.

— Si les vampires ne se préoccupent pas des meurtres humains, alors pourquoi t'y intéresses-tu ? rétorqua Dane en se grattant l'ongle.

— Une de mes amies a été assassinée, expliquai-je.

— Tu étais amie avec une mortelle ? s'étonna Thomas en me scrutant.

— Eh oui, dis-je en pointant Bobby du doigt pour le prouver.

— Tiens donc, lâcha Samantha, une lueur mauvaise transparaissant dans ses yeux.

— Quel que soit ton lien avec le tueur en série, tu dois laisser tomber. Tout de suite, m'ordonna Thomas.

— Et pourquoi ?

Avant qu'il puisse répondre, Janice ou Francine sortit de la salle à l'arrière, avec deux glacières pour Violette et moi. Thomas s'apprêtait à poursuivre mais, lorsqu'il vit l'infirmière, il referma la bouche. Je jetai un coup d'œil en arrière ; elle avait gardé son sourire d'épouse modèle.

— Bonsoir, monsieur Hughes, le salua-t-elle en posant les glacières sur le comptoir. Je vous sers ?

— Pas aujourd'hui, refusa Thomas avec un sourire peu naturel.

Il fit un signe de tête à ses acolytes, puis tous les trois firent volte-face et quittèrent le bâtiment en faisant tinter la cloche au-dessus de la porte.

— Quelle drôle de rencontre ! m'exclamai-je en me tournant vers Violette.

— Oui. Ils te suivaient ? me demanda-t-elle en plissant les yeux.

— Je n'en sais rien, avouai-je, la gorge soudain sèche.

Ils étaient entrés là, avaient affirmé m'avoir vue, puis étaient partis sans rien acheter.

— C'est possible, souligna l'infirmière.

Nous avions tous les trois regardé les vampires sortir, mais nous nous retournâmes vers elle comme un seul homme.

— Vous les connaissez ? m'enquis-je.

— Évidemment.

Elle sourit et cligna des paupières, sans en dévoiler davantage.

— Vous pouvez nous éclairer ? lança Violette de manière plus brusque que je l'aurais souhaité.

— Non, pour des raisons de confidentialité.

Elle esquissa un sourire gêné et eut un geste d'impuissance.

— Donc, vous ne pouvez rien nous révéler à leur sujet ? insistai-je.

— Oh si ! je peux vous dire quelque chose. (Elle baissa la voix et se pencha vers la vitre.) Il vaut mieux éviter de les chercher, nous conseilla-t-elle. Ce sont des justiciers. Mlle Smith les connaît.

— Pas étonnant, soupirai-je. Mais elle s'est absentée.

— Attendez, intervint Bobby en se glissant entre Violette et moi pour s'approcher du guichet, des justiciers ? Comme Batman ?

— Qu'est-ce qu'il a avec Batman, ce gamin ? grogna Violette.

— C'est juste le personnage le plus génial de tous les temps, rétorqua-t-il en la fusillant du regard.

— Hé, fermez-la tous les deux ! aboyai-je.

Ils se turent, et je reportai mon attention sur l'infirmière.

— Qui combattent ces justiciers ?

— Les vampires, pardi ! (Elle se redressa et scanna le code-barres d'une des glacières.) Les vampires peuvent aller trop loin si personne ne les surveille.

Après avoir scanné les glacières, elle entra des informations sur son ordinateur.

— Et ce sont eux qui s'en chargent ? demandai-je. Font-ils partie d'une organisation ?

Elle fit coulisser la fenêtre du guichet et posa le sang devant nous.

— Non. Et voilà votre commande.

— Avez-vous le droit de nous en dire plus ? la pressai-je tandis que Violette s'emparait de ses provisions.

— Non, désolée, déplora-t-elle avec un nouveau sourire d'excuse. Mlle Smith en sait sûrement plus que moi, de toute façon. Elle a travaillé avec eux.

— Super, merci, soupirai-je.

Je pris ma glacière et me tournai pour partir.

— Oh, à propos, monsieur ! s'écria l'infirmière en pointant Bobby du doigt. Vous aviez l'intention de donner votre sang aujourd'hui ?

— Euh… non, malheureusement, balbutia-t-il avant de nous suivre. J'en offre déjà bien trop gratuitement.

Dès que nous poussâmes les portes, je scrutai les environs, m'attendant presque à ce que le trio guette notre sortie pour nous bondir dessus, mais il n'y avait personne. J'avais envie de regagner la voiture à toute vitesse, mais je dus ralentir pour ne pas distancer Bobby. Si quelque chose arrivait à son petit ami, Milo me tuerait.

— Est-ce qu'Olivia t'a laissé un numéro pour la joindre ? interrogeai-je Violette en ouvrant le coffre.

— Non. Elle est contre les téléphones portables, répliqua-t-elle avant de poser sa glacière, ce en quoi je l'imitai.

— Mais ce n'est pas forcément une mauvaise chose, dit Bobby. La plupart des justiciers sont des gentils. Ils sont de notre côté. Ils essaient de serrer le même tueur que nous.

— Peut-être.

Je claquai le coffre avec force et montai dans la Lamborghini. Bobby entra ensuite et s'installa au milieu, puis Violette se mit sur le siège passager.

— Mais si ces vampires pensent que je suis avec le meurtrier, et qu'ils en ont après lui, alors ils en ont aussi après moi. Et ce n'est pas bon signe.

— C'est vrai, concéda Violette tandis que je démarrais. Et d'ailleurs ce Dane avait l'air d'un connard de premier ordre.

— Oui, et tu as vu ses fringues ? fit observer Bobby.

Quand j'écrasai l'accélérateur, il fut projeté en arrière et se cogna la tête contre la vitre.

— Accroche-toi, lui conseillai-je un peu tard.

— Ça arrive parfois chez les vampires plus anciens, expliqua Violette à propos de la façon de s'habiller de Dane. Ils ne sont plus du tout dans le coup, surtout s'ils vivent en marge. Olivia m'a parlé de ses activités antérieures. Lorsqu'elle travaillait, elle se déplaçait beaucoup. Elle ne réintégrait la société que quand on faisait appel à elle.

— Tu veux dire que quelqu'un a convoqué ces trois-là ici pour qu'ils s'occupent de cette affaire ? m'étonnai-je.

— Je suppose. S'ils sont réellement amis avec Olivia, ils connaissent sans doute la région.

— Tu crois que c'est elle qui les a appelés ?

— J'en doute. Du moins, à mon avis, elle t'aurait prévenue.

— Mais, dans ce cas, qui les a fait venir ?

Je négociai un virage à toute vitesse, et Bobby percuta Violette.

— Dégage ! s'exclama-t-elle en le repoussant avec brutalité.

— Ce serait génial si tu pouvais ralentir un peu, déclara-t-il en rajustant son bonnet.

— Désolée.

Je levai un peu le pied de l'accélérateur tandis que nous nous rapprochions de l'immeuble d'Olivia.

— C'est un vampire, annonça Bobby.

Je lui jetai un coup d'œil.

— Comment ?

— Comme je l'ai dit l'autre fois, le tueur est un vampire, précisa-t-il. C'est le seul motif qui justifierait la présence des justiciers, je me trompe ? Enfin, à supposer que ce soit bien leur fonction.

Je m'arrêtai devant le bâtiment en écrasant le frein, et Bobby tendit les mains pour ne pas emboutir le tableau de bord.

— Merde ! tu as raison.

— Vous savez, Olivia ne s'est jamais désignée comme une justicière, fit remarquer Violette en nous dévisageant. C'est une chasseuse de vampires. Et eux aussi, ajouta-t-elle en rivant ses yeux mauves aux miens. Et, toutes les deux, nous sommes des vampires.

— Waouh, quelle réflexion profonde ! ironisa Bobby.

— Tu as de la chance d'être avec elle, sinon je te supprimerais, rétorqua-t-elle d'une voix sans appel.

Chapitre 17

J'ouvris le coffre, et Violette sortit de la voiture. Elle récupéra son sang puis, après m'avoir adressé un signe de la main, disparut à l'intérieur de l'immeuble. Bobby reprit une position confortable sur le siège avant, boucla sa ceinture de sécurité, et je m'éloignai du trottoir.

— Tu crois que c'est elle ? demanda-t-il tandis que je roulais vers la maison.

— Qui ?

— Violette. Tu penses que c'est elle l'assassin ?

— Bien sûr que non, dis-je avec un reniflement moqueur.

— Et pourquoi pas ? objecta-t-il avec franchise. Elle a déjà tenté de te tuer une fois. Après tout, vous avez éliminé son petit ami. Elle vient de menacer de me supprimer. Et elle connaissait Jane.

— Arrête, elle n'a pas mis ta vie en danger, rétorquai-je.

— D'accord, mais tout le reste colle. (De plus en plus enthousiaste, il se tourna vers moi.) Les seuls indices dont on dispose à propos du meurtrier, c'est qu'il la connaissait et que c'est un vampire.

— Et cette histoire de marquage ? C'est elle qui nous en a parlé.

— Justement ! s'écria-t-il. Ce pourrait être une fausse piste ! Et on ignore si Jane a été marquée. Et, même si c'était vrai, ça n'a peut-être aucun rapport.

— Sois honnête, le pressai-je, même si son raisonnement était irréfutable. Tu ne penses pas vraiment que c'est elle la coupable ?

— Non… Je n'en sais rien. (Il haussa les épaules et renversa la tête contre l'appuie-tête.) Mais c'est possible. On ne doit pas l'exclure.

— En effet, soupirai-je.

Même si je n'avais aucune envie d'abonder dans son sens, à ce stade, je ne pouvais rayer personne de la liste.

— Eh bien, selon toi, qui d'autre pourrait avoir commis ce crime ?

— Aucune idée, admis-je.

En réalité, je ne souhaitais pas envisager les différentes hypothèses.

— Et Jonathan ? poursuivit Bobby. C'est un sale type, non ?

— Si, mais ça ne fait pas de lui un meurtrier, argumentai-je. Et, pour l'instant, c'est tout ce que j'ai à son sujet : que c'est un salaud.

— Et les trois enfoirés de ce soir ?

— Non. (Je poussai un soupir.) Je n'en sais rien. Peut-être. Enfin… peut-être qu'ils… je ne sais pas. Ils auraient pu, je suppose, mais comme je n'ai aucune information sur eux je ne peux pas me prononcer.

— Et Leif ?

— Quoi ?

Je tournai la tête vers lui en donnant un brusque coup de volant.

— Hé, doucement ! (Il leva la main.) Regarde la route. J'énonce des hypothèses, c'est tout.

— Tu ne peux pas imaginer que ce soit lui, dis-je en secouant la tête. Quel serait son motif ?

— Il a été membre d'une meute de lycans complètement sadiques qui ont essayé de vous tuer Jane et toi, souligna-t-il. Ou l'as-tu oublié ?

— Non, je m'en souviens, mais il s'est battu contre eux pour nous secourir, rétorquai-je en lui adressant un regard sévère. Et il t'a également sauvé la vie.

— Eh bien, peut-être qu'il a assassiné Jane par altruisme. Par exemple, pour vous protéger Milo et toi parce que Jane avait une mauvaise influence sur vous.

— Mais pourquoi voudrait-il nous préserver ?

— Aucune idée, reconnut-il en haussant les épaules. Mais il le fait tout le temps. Chaque fois que je me dispute avec Milo pour un truc stupide, il prend toujours sa défense, même si ton frère a tort. Et j'ai déjà observé la même réaction avec Jack et toi. Il vous soutient en permanence tous les deux.

— Et donc il ne peut pas avoir tué Jane, car il aurait su que cela nous ferait du mal, avançai-je de façon peu convaincante.

— Possible. (Je lus dans les yeux de Bobby qu'il n'était pas persuadé.) Mais tu n'as pas la certitude que ce n'est pas lui.

— Je n'ai aucune certitude tout court ! (Excédée, j'eus envie de lever les mains mais, comme je conduisais, je préférais éviter de le tuer.) Ça pourrait être toi, pour ce que j'en sais.

— Non. J'étais avec toi en Australie quand on l'a assassinée. Les seuls innocents confirmés sont toi, moi, Milo, Mae, Peter et leur sale gamine. C'est peut-être Jack.

— Non mais arrête ! (Je levai les yeux au ciel.)

La maison apparut au détour du virage.

— Je t'interdis de parler à Milo des vampires que nous avons rencontrés ce soir, compris ?

— Je ne suis pas idiot, répliqua-t-il. Et tu ne dis rien à Jack.

— Je sais.

Je n'aimais pas cacher des choses à Jack mais, sinon, il aurait piqué une crise ou se serait inquiété.

Quand nous rentrâmes, Milo et Jack étaient là. Peter avait emmené Mae et Daisy visiter le tunnel, et j'ignorais s'ils reviendraient.

Milo était dans le salon, assis par terre près du canapé, entouré de quelques-uns de mes livres. Jack jouait à la Xbox. Visiblement, il affrontait un horrible démon digne de *L'Enfer* de Dante. Il avait déjà terminé ce jeu deux fois, mais il y revenait toujours.

— Est-ce que tu les lis, au moins ? me demanda Milo sans même lever le nez de l'ouvrage juridique ouvert sur ses genoux.

— Certains, répondis-je en m'affalant sur le sofa derrière lui. Aujourd'hui, je n'ai encore rien lu, mais j'ai eu une journée bien remplie.

Je me penchai par-dessus son épaule et lui pris le livre.

— Comment s'est passé l'entraînement ? me lança-t-il en se retournant vers moi.

Bobby prit place à son côté et ne tarda pas à se blottir contre lui. Je m'en réjouissais car, si son petit ami le distrayait avec ses gestes d'affection, Milo serait moins susceptible de me sermonner à propos de mes études ou de chercher à savoir comment s'était déroulée notre soirée.

— Très bien, lui assurai-je avant de feuilleter mon livre.

— Tu as mis une pâtée à Bobby ? s'enquit Jack sans quitter l'écran des yeux.

— Non, il n'a pas fait grand-chose, dis-je. Il était trop occupé à se prendre pour Batman.

Bobby se tourna et me lança un regard noir.

— S'il existait, c'est exactement le genre d'endroit qu'il fréquenterait ! Cet immeuble ressemble à Wayne Industries !

— Tu dévies le sujet parce que tu ne sais pas te battre, se moqua Jack en se détournant de son jeu.

— Tu peux parler, railla Milo. Tu n'es pas spécialement doué dans ce domaine.

— Je sais me battre, protesta Jack. (Il mit le jeu sur pause lorsque Bobby et Milo éclatèrent de rire, et se retourna vers nous.) Vous pensez vraiment que je suis nul ?

— On t'a déjà vu te battre, Jack, précisa Milo avec un petit rictus. On est au courant que tu es nul.

— Oh, c'est parti ! (Jack éteignit la console, jeta la télécommande sur le fauteuil et se leva.) Tu veux te battre, petiot ?

— Tu plaisantes ? s'étonna Milo.

— Non ! Allons-y !

Jack pointa le torse de mon frère du doigt, dans un étrange geste de domination, tandis qu'il se retenait de sourire.

— Jack, tu n'es pas très convaincant pour interpeller ton adversaire, soulignai-je.

— Allez, dit Jack à Milo avec un sourire. C'est maintenant !

— D'accord.

Milo haussa les épaules et se mit debout. Je levai les yeux au ciel.

Jack bondit de l'autre côté de la pièce et fit rouler sa tête, comme s'il se prenait pour Mohamed Ali. Mon frère sourit et commença à pousser tous les meubles sur le côté afin de limiter les risques d'endommager quelque chose s'ils s'empoignaient.

— Bobby, tu devrais t'écarter, lui conseillai-je en tournant une page du livre que je parcourais d'un œil distrait.

Bobby s'exécuta et s'installa sur le canapé près de moi. Je me demandais pourquoi Milo et Jack voulaient se battre, puisque aucun des deux n'était du genre bagarreur, pas même pour s'amuser. C'était probablement lié au fait que Jack était énervé par ses jeux vidéo, et que tous les deux s'ennuyaient.

Ils se jaugèrent du regard, un sourire idiot sur les lèvres, sans savoir vraiment comment amorcer le combat. Chaque fois qu'ils avaient participé à un affrontement, ils ne l'avaient pas démarré.

— T'es prêt ? s'enquit Milo, refrénant un éclat de rire.

— Depuis ma naissance ! déclama Jack.

Milo fonça sur lui sans enthousiasme, mais Jack réagit avec toute son énergie. Il fit un pas de côté pour esquiver mon frère et le fit trébucher, mais Milo reprit son équilibre avant même de chuter. Il se retourna vers Jack et balança la jambe, atteignant les pieds de Jack.

Ce dernier tomba avec un petit « boum », l'air surpris, en adressant un sourire à son adversaire. Matilda aboya et agita la queue. Pour éviter qu'elle soit blessée dans la bagarre, je me levai et la fis sortir sur la terrasse.

En revenant, j'entendis un affreux bruit de collision, et me précipitai dans le salon. Jack était étendu sur une chaise cassée et, derrière lui, je vis un cadre brisé au sol. Milo se tenait de l'autre côté de la pièce, manifestement plutôt fier de lui-même.

— Les mecs, Mae va…

Je laissai ma phrase en suspens. Elle ne vivait plus sous ce toit. Elle ne serait pas furieuse si nous détruisions des objets, puisqu'elle ne l'apprendrait jamais.

— Ça va ? s'inquiéta Bobby, les yeux écarquillés.

Il se leva du canapé pour aider Jack.

— Oui, ça va.

Jack secoua la tête pour s'éclaircir les idées, et quelques morceaux de verre s'échappèrent de ses cheveux. Je ramassai l'image. Pour moi, elle ne représentait que des gribouillis et des traits, mais il s'agissait sûrement d'une œuvre d'art inestimable, alors je m'échinai à la sauver. Je balayai les tessons et les éclats de bois, puis examinai le bazar d'un air renfrogné.

Bobby tendit la main à Jack, qui se laissa relever, même s'il était capable de le faire seul. Jack secoua encore la tête, abasourdi par ce qui s'était produit.

— Quand es-tu devenu aussi fort ? demanda-t-il à Milo en ôtant des débris de son tee-shirt. Avant, j'étais à ton niveau.

— Nous ne nous sommes jamais vraiment affrontés. Tu n'as pas eu l'occasion de combattre contre moi, rétorqua Milo en haussant les épaules.

— Eh bien, je parvenais au moins à te contenir. (Jack pencha la tête, considérant mon frère sous un autre jour.) Désormais, je crois que je n'y arriverais même pas. Pourtant, tu devrais être encore assez faible. Tu n'es qu'un bébé.

— Qu'est-ce que ça signifie ? lançai-je.

Jonathan m'avait dit exactement la même chose l'autre soir, et je ne comprenais pas totalement.

— Il est vampire depuis six mois seulement, annonça Jack en désignant Milo. Il devrait encore être en train de s'y accoutumer. D'habitude, la force augmente avec l'âge, mais Milo m'a retourné comme une crêpe en un claquement de doigts, expliqua-t-il en joignant le geste à la parole.

— Tu as toujours affirmé que tu étais pour la paix, et non pour la guerre, lui rappelai-je.

Je me levai et tendis la peinture à bout de bras. Elle était déchirée au centre, mais peut-être pouvais-je la récupérer avec un peu de créativité et de colle forte.

— Qu'est-ce que tu fais ? me demanda-t-il, derrière moi.

— J'essaie de voir si c'est réparable.

— Pourquoi ?

— Parce que vous avez détruit un tableau hors de prix, lui reprochai-je avec un regard noir.

— Il ne vaut rien, rétorqua-t-il. C'est une reproduction achetée dans un supermarché. On l'a peut-être payée une vingtaine de dollars.

— Ah… eh bien…, bredouillai-je, ce n'est pas une raison pour bousiller des trucs.

— Que s'est-il passé ici ? tonitrua Ezra.

Sa voix résonnait toujours, ce qui me rendait nerveuse, même si, en l'occurrence, il paraissait plus perplexe que fâché.

— Ils faisaient les imbéciles, s'empressa d'expliquer Bobby en pointant un doigt accusateur sur Milo et Jack.

— Espèce de traître, marmonna Jack.

— Désolé, s'excusa Bobby en baissant la tête, les joues empourprées. Ezra me fait peur.

— On s'amusait, c'est tout, dit Milo à Ezra. On va tout nettoyer.

— Je vois.

Ezra examina l'étendue des dégâts, hocha la tête puis posa ses yeux brun-roux sur moi.

— Alice, je peux te parler un instant ?

— Comment ? (J'échangeai un regard avec Jack, qui se contenta de hausser les épaules.) Euh… oui, pas de souci, bien sûr.

Ezra fit volte-face et regagna son bureau. Je laissai la peinture à Jack et passai par-dessus les décombres. Je ramenai des mèches derrière mes oreilles, réfléchissant à ce que j'avais bien pu faire de mal. J'avais pris un peu de retard au niveau des devoirs qu'Ezra me donnait mais, dernièrement, j'avais été très occupée.

Enfin, peut-être pas tant que ça. Mais Peter et Mae avaient tout chamboulé, puis je m'entraînais encore et je tentais de retrouver l'assassin de Jane. Pour couronner le tout, ce soir-là, des chasseurs de vampires m'avaient harcelée. Donc, Ezra ne pouvait pas me reprocher dix pages de lecture en retard sur un ouvrage juridique destiné à des étudiants en droit.

Peut-être était-il en colère parce que je n'avais pas discipliné les garçons. Mae s'en était toujours chargée. Du moins, elle s'y employait. Depuis son départ, je m'étais efforcée de prendre l'initiative et de remplir ce rôle, mais ce n'était pas évident d'être la seule fille dans une maison pleine d'adolescents mâles. Même s'ils ne l'étaient plus tout à fait, ils se comportaient comme tels la plupart du temps.

Avant même de pénétrer dans le bureau d'Ezra, j'avais échafaudé des milliers d'excuses et de prétextes à lui fournir.

— Alors… tu voulais me voir ?

Je franchis à peine le seuil, me collant à la porte, les mains croisées dans le dos.

— Ferme la porte derrière toi, s'il te plaît, me commanda-t-il avec un geste avant de s'asseoir à son bureau.

— Euh… d'accord.

J'obéis et déglutis péniblement.

— Je suppose que tu n'as pas envie que Jack apprenne que tu recherches le meurtrier de Jane ?

Il leva le regard vers moi, et fut déconcerté lorsqu'il remarqua mon anxiété.

— En effet. Pourquoi ? répliquai-je, méfiante.

— Eh bien, comme tu me l'as demandé, j'ai mené ma petite enquête, m'expliqua-t-il.

— C'est vrai ? (Je m'avançai rapidement pour me poster juste devant son bureau.) Qu'est-ce que tu as fait ?

— J'ai trouvé ceci.

Il pianota sur son clavier, puis tourna l'écran de l'ordinateur vers moi.

Je vis une marque rouge, si enflée que je ne parvenais pas à la déchiffrer. Je me penchai plus près en plissant les yeux. Elle avait la forme d'un U, comme l'avait affirmé Violette. Elle comportait d'autres détails, mais je n'arrivais pas à les distinguer précisément.

— C'est un fer à cheval ?

— Pas exactement.

Il cliqua et une nouvelle image apparut.

Il s'agissait de la même que la précédente, mais cicatrisée. Il y avait un dessin sur le U, comme des hachures. Le côté gauche était plus mince que le droit, et ce dernier se terminait avec une sorte de queue.

— Un serpent ? devinai-je en inclinant la tête dans l'espoir qu'un examen sous un angle différent m'éclairerait.

— C'est un dragon. (Ezra indiqua le dessous du U.) Ses ailes sont repliées sur les côtés, là.

Les hachures étaient en réalité des écailles, et le bout représentait la tête.

— Le motif ne ressort pas bien lorsqu'on l'applique au fer rouge, mais la personne qui a réalisé cette marque est très minutieuse.

— C'est ça, la marque ?

Je collai presque le nez à l'écran, comme si cette proximité pouvait résoudre le problème.

— Oui. Celle-ci, précisa-t-il avec un coup de menton en direction de la deuxième image, est la photo d'une fille arrêtée en ville pour prostitution.

— Les forces de police connaissent l'existence des catins rouges ?

Je me redressai et contournai le bureau, puis m'assis au bord près d'Ezra. Il retourna l'écran devant lui et se renfonça dans son siège.

— Pas la majorité d'entre elles, dit-il en secouant la tête. Elle a été interpellée pour prostitution classique, mais il s'agit sans aucun doute d'une catin rouge.

— A-t-elle parlé du type qui l'a marquée ?

— Pas d'après ce que je sais, mais je pense qu'elle n'a rien dévoilé. En général, elles sont loyales à l'excès. (Il poussa un long soupir et contempla l'image.) Le premier cliché que je t'ai montré, c'était le corps d'une des filles assassinées.

— Jane ? murmurai-je, la gorge nouée.

— Non, je ne te la montrerais pas.

Son regard sombre croisa le mien, et je lui exprimai ma gratitude avec un hochement de tête.

— Mais c'est une bonne piste, non ? repris-je en chassant la tristesse de mon esprit. C'est le lien que l'on recherchait. Celui ou celle qui marque les filles est le tueur.

— On dirait bien, admit-il. Ce pourrait être une coïncidence. Mais, en fait, les marques étaient très difficiles à distinguer sur les cadavres parce qu'elles étaient récentes, il les a pratiquées juste avant leur mort, donc elles n'ont pas eu le temps de cicatriser.

— Tu as la certitude que le coupable est un homme ?

— Non, dit-il en secouant la tête. En revanche, je suis persuadé que c'est un vampire.

— Pourquoi ?

— D'abord, les victimes avaient toutes du tissu cicatriciel résultant de morsures répétées.

— Comment tu le sais ?

— J'ai vu le rapport d'autopsie, annonça-t-il d'un ton désinvolte.

— Comment y as-tu eu accès ?

— J'ai des relations, dit-il avec un haussement d'épaules avant de se pencher davantage vers l'écran. Mais ce symbole constitue le principal indice.

— Un dragon ?

— On l'a longtemps associé à Dracula. « Dracul » vient du latin « draco », qui signifie « dragon », expliqua-t-il en désignant la marque à l'écran.

— Attends. Tu es en train de m'annoncer que Dracula a tué Jane ? raillai-je.

Il me dévisagea comme si j'étais idiote.

— Bien sûr que non. Je te dis que celui qui fait ça marque ses filles avec le symbole d'un vampire. Il veut que les gens sachent que c'est l'œuvre d'un vampire.

— C'est donc ainsi qu'elles sont mortes ? Mordues par un vampire ?

— Non. Elles ont toutes été poignardées, répliqua-t-il en fronçant les sourcils.

— Ne serait-ce pas plus logique de les tuer comme un vampire s'il souhaitait que l'on découvre que le meurtrier en est un ?

— C'est ce qu'on pourrait penser, au début. Mais c'est une mort nette. (Il me dévisagea.) Pas de sang. Aucune preuve. Pour que ça ait un impact, il lui fallait des décès violents.

Je me remémorai la photo de la scène de crime que j'avais vue dans le journal. Tout le sang de Jane qui maculait le trottoir… Mon estomac se révulsa. Je baissai le regard sur le tapis oriental et avalai péniblement ma salive.

— Pourquoi ? Quel serait son but ? Pourquoi quelqu'un voudrait-il faire ça ?

— Honnêtement, je n'en ai pas la moindre idée. (Ezra m'observa, puis posa doucement la main sur ma jambe.) Ça va ? Je n'avais pas l'intention de te bouleverser. J'aurais peut-être…

— Non, je te remercie. (Je secouai la tête et esquissai un sourire.) J'avais besoin de savoir. Je m'en remettrai.

— Je n'aurais pas dû te révéler cela. J'ai fait des recherches il y a quelques jours, mais j'ai hésité à t'en informer.

Il se mordilla l'intérieur des joues, le regard perdu dans le vague, et je sentis sa main appuyer davantage sur ma cuisse.

— Tu ne peux pas t'en prendre seule à lui, je suis bien clair ?

— Oui, bien sûr, le rassurai-je.

Au fond de moi, je me demandai si Ezra considérerait Bobby comme du renfort.

— Je t'autorise à enquêter tant que tu le souhaites mais, si tu sens que tu te rapproches du but, appelle-moi.

Il garda ses yeux brun-roux plongés dans les miens, et son expression sévère me rendait trop nerveuse pour réagir autrement que par un hochement de tête.

— Tu ne peux pas l'affronter seule, poursuivit-il. C'est un vampire dépourvu de tout sens moral, et nous ignorons quelles sont ses motivations, ce qui fait de lui un adversaire dangereux.

— Je comprends, acquiesçai-je.

Lorsqu'il détourna le regard et relâcha un peu la pression sur ma jambe, j'expirai profondément.

— Je n'aurais même pas dû chercher toutes ces informations pour toi.

Il se laissa aller contre le dossier de son fauteuil, et fit doucement pivoter son siège de part et d'autre.

— Pourquoi l'as-tu fait ? lui demandai-je. Je t'en suis reconnaissante, mais je ne m'y attendais pas.

— Je ne sais pas. (Il resta muet un long moment.) Il me fallait une raison pour m'échapper d'ici, et t'aider dans ta quête inaccessible me semblait un bon moyen.

— Oh !

Je me rendis compte que je n'avais pas eu de véritable conversation avec lui depuis des jours, et presque pas depuis que Mae était revenue.

— Tu tiens le coup, avec tout ce qui se passe ? m'enquis-je.

— J'ai traversé des épreuves plus difficiles.

Son sourire ne dissimula pas la lueur peinée de son regard. Il dut s'en apercevoir, car il se retourna pour faire face à l'ordinateur.

— Tu lui as parlé depuis qu'elle est rentrée ? (Il secoua la tête.) Pourquoi ?

— Alice, tu connais la réponse, souffla-t-il.

Pour éviter le sujet, il se mit à faire des zooms avant et arrière sur le symbole du dragon qui figurait sur le bras de la fille.

— Je n'avais rien à lui raconter quand elle était en Australie, et j'en suis toujours au même stade, déclara-t-il.

— C'est ta femme, Ezra.

— Je suis au courant, merci, rétorqua-t-il d'une voix tendue.

Lorsque la flèche de la souris refusa de lui obéir, il cogna cette dernière contre le bureau.

— Ce truc ne marche jamais ! pesta-t-il.

— Ne reporte pas ta colère envers elle sur l'ordinateur.

— Je ne suis pas furieux contre elle. Pour l'instant, c'est plutôt cette conversation qui m'agace.

Il me jeta un coup d'œil, mais je ne me laissai pas démonter.

— Et si tu allais avec elle ?

— Pour vivre dans les égouts ? dit-il sur un ton dédaigneux. Non. Qu'elle et l'enfant vivent heureuses jusqu'à la nuit des temps comme des rats d'égout. Elles n'ont pas besoin de moi.

— Ne sois pas amer. (J'eus envie de lui toucher l'épaule, mais j'appréhendais sa réaction.) Je comprends que tu sois énervé et triste, et que tu l'aimes encore, mais… je ne veux pas que ça te rende aigri.

Je vis ses épaules s'affaisser quelque peu, et son visage s'adoucit. Il tourna la tête vers moi, sans pour autant la lever et me regarder.

— Je ne t'ai pas menti, Alice. J'ai connu pire, et je m'en sortirai. Mais cela me touche que tu te fasses du souci pour moi.

— Je t'en prie.

Il se remit à contempler l'écran, marquant la fin de la conversation. J'envisageai de lui raconter notre rencontre avec les chasseurs de vampires lors de notre virée à la banque du sang mais, devant son expression fatiguée, je jugeai qu'il avait déjà bien assez de problèmes comme ça.

J'avais ouvert la porte quand il m'arrêta.

— Alice, n'oublie pas ce que je t'ai dit. Ne t'en occupe pas toute seule.

— Je te le promets.

Je lui souris, sans savoir si je lui mentais ou non.

Chapitre 18

Jack se tenait devant le miroir en pied, son tee-shirt roulé en boule entre les mains. Il tentait d'inspecter son dos, en se tortillant pour mieux le voir. Après l'avoir observé depuis le couloir pendant quelques secondes, j'entrai dans notre chambre.

— Qu'est-ce que tu fais ?

— Il y a un truc qui me fait mal.

Il tendit le cou le plus possible, jusqu'à un point qui me parut inconfortable.

— Dans le bas du dos, précisa-t-il. Mais je ne vois pas ce que c'est.

— Comment ça, tu as mal ?

Je m'approchai de lui. Les vampires ressentent la douleur, mais elle disparaît au bout de quelques instants, sauf en cas de blessure grave qui nécessite plus de temps pour guérir, ou s'ils perdent beaucoup de sang, ce qui ralentit le processus de cicatrisation.

— Je ne sais pas. Mais je souffre.

Comme il se retournait en permanence, je lui posai une main sur le dos.

— Arrête. Laisse-moi jeter un coup d'œil.

Lorsqu'il cessa enfin de bouger, je la vis. Juste au-dessus de la ceinture, il avait une grosse bosse. Un éclat de bois de la chaise qu'ils avaient cassée avec Milo s'était logé dans ses muscles et, d'après l'angle, on aurait dit qu'il s'attaquait à sa colonne vertébrale. Seul un petit morceau dépassait, mais je le saisis et tirai dessus d'un coup sec.

— Ouille ! grimaça-t-il.

Je lui tendis l'écharde, qui mesurait plus d'un centimètre de large et sept de long.

— C'était dans mon dos ?

— Oui.

— Ça craint.

Il l'examina un moment, puis la posa sur la commode derrière lui. Quand il commença à enfiler son tee-shirt, je l'en empêchai.

— Qu'est-ce qui te prend de te rhabiller ?

— Et toi, qu'est-ce qui te prend ? répliqua-t-il avec un sourire étonné.

— Je ne sais pas. Après la déculottée que mon petit frère t'a infligée, je pensais que tu aurais envie de tenter ta chance contre moi.

— Désolé. Je ne peux pas t'affronter.

Il me jaugea de ses yeux bleus tout en se mordillant la lèvre.

— Parce que tu sais que je gagnerais ?

— Je ne frappe pas les filles, dit-il avec un geste d'impuissance.

— C'est sûrement tout à ton honneur. (J'avançai vers lui, et il éclata de rire.) Dommage que ça ne m'arrête pas.

Je plaçai les mains sur son torse. Il s'apprêtait à me prendre dans ses bras, pourtant je le repoussai, pas fort, mais il chancela et retomba sur le lit. Je montai sur lui, le chevauchant, et il posa une main sur ma hanche. Lorsque mes cheveux glissèrent devant mon visage, il se servit de sa main libre pour les ramener derrière mon oreille.

— De quoi s'agit-il ? me demanda-t-il avec un sourire.

— Je ne sais pas. J'ai l'impression de ne pas t'avoir beaucoup vu ces derniers temps.

— C'est la réalité, concéda-t-il. Tu n'es jamais à la maison. (Il inclina la tête et me dévisagea avec gravité.) Qu'est-ce que tu mijotes, Alice ?

— Je m'entraîne beaucoup.

Je n'avais pas envie de me lancer dans cette conversation, pas à ce moment-là. Je ne voulais pas lui mentir.

— Je… j'ai trouvé des occupations.

Pour éviter d'éventuelles questions supplémentaires, je me penchai vers lui et l'embrassai. Je sentis ses lèvres hésiter contre les miennes, alors je me plaquai contre lui, mais sa peau resta fraîche. J'interrompis notre baiser.

— Qu'y a-t-il ?

— Tout va bien entre nous deux ? me demanda-t-il.

— Bien sûr, pourquoi ça n'irait pas ?

— Je n'en sais rien. (Il fronça les sourcils, perplexe.) Je trouve qu'on a eu beaucoup de disputes récemment, et je ne sais plus sur quel pied danser. (Il déglutit péniblement.) J'ai la sensation que… qu'un truc cloche.

— Mais non, le rassurai-je. Je te rappelle que je t'aime. J'ai choisi cette existence pour la passer à ton côté, et notre vie ensemble commence à peine. Tu ne peux pas déjà tout remettre en question.

— Non, ce n'est pas le cas, répliqua-t-il avec un sourire plus spontané désormais. Et, oui, je sais que tu m'aimes. Seulement… tu me le dirais si quelque chose n'allait pas, hein ?

— Je te raconte tout, Jack, mentis-je.

J'eus un pincement au cœur en prononçant ces paroles, autrefois vraies, et qui le redeviendraient mais, en attendant, je devais garder quelques secrets.

— Tant mieux.

Il tendit les mains et enfouit les doigts dans mes cheveux, puis m'attira à lui pour m'embrasser. À présent, ses baisers étaient comme avant, passionnés et désespérés, comme s'il avait peur de s'arrêter. Des picotements me parcoururent l'épiderme, et mon cœur palpita.

Lorsqu'il s'assit, il garda une main dans le creux de mes reins, me tenant contre lui. Il interrompit notre baiser juste le temps de m'enlever mon haut en le faisant passer par-dessus ma tête. Avec une dextérité surprenante, il dégrafa mon soutien-gorge et plaqua sa peau nue brûlante contre la mienne.

Son cœur battait vite et fort, faisant écho au mien. Il me renversa sur le matelas pour me mettre sur le dos, et parvint à m'ôter mon pantalon et ma culotte. Il eut un peu de mal à défaire son jean, et mes doigts volèrent à son secours pour le déboutonner à toute vitesse.

Son éclat de rire provoqua de nouveaux picotements dans tout mon être. Ensuite il couvrit mon corps de baisers : mon ventre, ma poitrine, mes épaules et mon cou. Je levai le menton, l'autorisant à me mordre, mais il ne le fit pas. Il resta au-dessus de moi, ses yeux presque translucides plongés dans les miens.

— Pas cette fois-ci.

Son sourire sembla empreint de tristesse, mais ses regrets étaient à peine palpables sous son excitation.

— Pour une fois, poursuivit-il, je veux t'aimer comme tu le mérites. Sans tous ces… trucs de vampires.

— Je ne comprends pas.

Je tendis les mains et passai les doigts dans ses cheveux, puis caressai sa tempe du bout du pouce.

— Je sais.

Il laissa échapper un rire qui sonna faux et me brisa le cœur. Au lieu de me regarder, il avait les yeux rivés sur un point au-dessus de moi.

— Je t'ai transformée en vampire avant même de t'avoir donné l'occasion d'apprendre ce que c'était vraiment. Et je t'ai expliqué que je l'avais fait pour te protéger, ce qui est exact, mais peut-être que…

— Je sais que tu l'as fait par amour pour moi et parce que tu voulais m'avoir auprès de toi pour toujours.

— Oui. (Il baissa les yeux et avala péniblement sa salive.) Tu le regrettes. J'en ai la certitude, et… je suis responsable de ça.

— Jack, non.

Je secouai la tête. Il se tenait au-dessus de moi, prenant appui sur ses bras qui m'encadraient. Je lui caressai les biceps pour tenter de le réconforter.

— Tu t'es engouffrée dans une vie dont tu ne mesurais pas les implications, car c'était ce que je désirais, et tu ne peux plus revenir en arrière.

— Je n'en ai aucune envie, insistai-je, même si, désormais, je doutais.

— Arrête, Alice, dit-il en secouant la tête. C'est pour ça qu'on se dispute souvent ces derniers temps. En réalité, toutes nos prises de bec ont la même origine : tu refuses de changer. Tu ne veux pas être cette créature qui boit du sang. J'ai fait de toi un monstre.

— Non, Jack, c'est faux ! Je ne suis pas…, balbutiai-je, m'efforçant de formuler mes pensées. Nous ne sommes pas des monstres, d'accord ? Tu m'as offert l'éternité avec toi, et je souhaite être avec toi. Je t'aime.

— Je sais. C'est pour cela que c'est encore pire.

Lorsqu'il me regarda, il avait les yeux inondés de larmes. Je le dévisageai, bouche bée.

— Je ne regretterai jamais d'être avec toi, lui confiai-je, sincère.

— Et j'aurai toujours des remords de t'avoir infligé ça.

Même si nous étions tous les deux nus, allongés l'un contre l'autre, je n'avais jamais senti une telle distance entre nous. Le problème, c'était qu'il avait raison. Malgré tout mon amour pour lui et ma volonté de rester auprès de lui pour le reste de mes jours, je ne voulais pas être une vampire. Je ne voulais pas être un monstre qui chassait des gens et les faisait souffrir, qui menait une vie éternelle sans aucun but, errant sur terre sans aucune utilité pour la société.

Mais je ne le reprochais pas à Jack. J'avais fait un choix et, même si je m'étais précipitée, c'était ma faute, pas la sienne.

Incapable de trouver les mots pour soulager sa culpabilité, je me blottis contre lui et l'embrassai encore, avec plus de passion et d'ardeur. J'avais envie de faire disparaître sa douleur, qu'il sente à quel point je l'aimais et avais besoin de lui, et que je n'aurais jamais imaginé vivre sans lui.

Il se glissa en moi. J'enfonçai les doigts dans son dos pour le plaquer contre moi. Son amour me submergea, mais je perçus la trace d'une autre émotion. Ses regrets le freinaient et, même lorsqu'il m'embrassait, la proximité à laquelle j'aspirais nous échappait.

Ensuite il m'enlaça et fit semblant de s'assoupir, alors que je savais qu'il était réveillé.

Incapable de trouver le sommeil et trop agitée pour prétendre y être parvenue, je me levai, pris une douche et m'habillai. Dans la chambre d'à côté, Milo et Bobby dormaient à poings fermés. Je les enviais. Milo se couchait plus tôt parce qu'il devait se lever le lendemain pour se rendre au lycée. Quant à Bobby, pour une fois, il paraissait avoir vaincu son insomnie.

Désœuvrée, je me dis que j'allais manger. Désormais, le sang ne m'assommait plus autant qu'auparavant. En réalité, sauf quand j'en buvais du frais, par exemple quand je mordais Jack, il exerçait un effet stimulant sur moi. Je ne savais pas si c'était ce que je désirais à ce moment-là, mais j'avais l'impression que mes veines étaient sèches et mon estomac gargouillait.

Ce fut seulement en ouvrant le frigo que je me rendis compte que je n'avais rien avalé depuis plus d'une semaine. Et j'avais à peine faim.

Encore abasourdie par cette prise de conscience, je faillis laisser mon téléphone sonner dans ma poche sans y répondre. Mais, comme il s'agissait peut-être d'un appel important, je refermai le frigo sans me servir et décrochai.

— Allô ?

— Alice ? s'enquit Mae.

Du moins, c'est ce que je crus l'entendre dire, puisque de son côté la ligne grésillait.

— Al... (Il y eut une microcoupure.) ... tente d'arriver enfin à...

Un gros bruit parasite l'interrompit.

— Mae, que se passe-t-il ? Où es-tu ? Je t'entends à peine.

— ... ichu tunnel ! J'essaie, mais l'appel...

Sa voix disparut de nouveau, et je soupirai.

— Mae ! je ne t'entends pas ! De quoi as-tu besoin ?

— Des serviettes ! Il nous faut... (Nouveau bruit de friture.) ...nous les apporter ?

— Oui, d'accord. Pas de problème. Je vous apporte ça.

Mae reprit la parole, mais la communication fut coupée, ce qui était tout aussi bien. Je ne voulais plus écouter ces grésillements.

Comme je n'avais rien de mieux à faire, je me dirigeai vers la salle de bains et rassemblai des serviettes. Ignorant combien il leur en fallait, j'en pris beaucoup. J'envisageai de récupérer d'autres affaires, comme des couvertures et des oreillers, mais Peter avait déjà emporté de nombreux objets pour rendre la grotte habitable.

Sans personne pour me l'interdire, j'empruntai la Lamborghini, mais la garai à l'écart du pont, car un bolide rouge vif stationné sous un passage souterrain attirerait l'attention. Porter une pile de serviettes en descendant un ravin glissant s'avéra plus périlleux que je l'aurais pensé, mais j'y parvins.

Peter avait agrandi le trou dans le béton pour faciliter l'accès au tunnel. Désormais, je pouvais y pénétrer debout, et il restait encore beaucoup d'espace autour de moi.

Avant même que j'atteigne la grotte qu'ils habitaient, j'entendis la voix de Daisy qui résonnait contre les parois. Son chant était mélodieux, surtout pour une enfant aussi jeune. En revanche, elle massacrait les paroles de *Hey Jude*.

Je la retrouvai à l'intérieur du tunnel, juste avant l'entrée de la grotte. Un ruban maintenait ses boucles blondes. Accroupie, un paquet de grosses craies déballé à côté d'elle, elle gribouillait avec entrain une image sur le sol.

— Salut, Daisy, lançai-je en m'avançant vers elle.

Apparemment, elle coloriait un dessin qui représentait un hippopotame volant mauve, mais je pouvais me tromper.

— Salut, Alice.

Elle me jeta un bref coup d'œil, mais toute son attention se focalisait sur son œuvre.

— Comment ça va ? demandai-je.

— Bien. Aujourd'hui, j'ai eu de nouvelles craies parce que je m'ennuyais. Mae dit qu'on ne peut pas avoir de la musique ici, ni regarder *Rue Sésame*. J'espère qu'on va bientôt déménager.

— Oui, ce sera certainement mieux, approuvai-je. Tu es toute seule ?

— Peter est dedans, m'informa-t-elle en indiquant l'entrée du doigt. Mae est partie et, l'autre monsieur, je ne sais pas où il est allé.

Je me crispai.

— Quel autre monsieur ?

— Je ne sais pas, répondit-elle avec un haussement d'épaules. Celui qui vit aussi ici.

— Oh ! Leif ?

En vérité, j'avais oublié qu'il serait là également, et mon estomac se noua. Je ne lui avais pas parlé depuis que j'avais découvert la photo de Milo et de moi. Puis je me rappelai soudain que Bobby m'avait fait remarquer que c'était un tueur, ce qui ne me rassura pas.

— C'est bizarre, comme nom, observa Daisy.

— C'est vrai. Bon, je te laisse reprendre ton coloriage.

Elle hocha la tête.

La grotte avait bénéficié d'améliorations, limitées, car l'endroit restait un égout. Mae avait utilisé des rideaux aux couleurs vives un peu partout, qui servaient de séparations et cachaient les murs. Dans un coin, Daisy disposait d'une montagne de jouets et d'albums de coloriage. Trois matelas de fortune étaient disposés dans différentes zones. Peter était allongé sur celui qui se trouvait à proximité du précipice, un livre à la main.

— Salut, Peter. (Je m'approchai de lui.) Je vous ai apporté des serviettes, ajoutai-je en les posant près du lit.

— Oh ! merci, dit-il avant de mettre son livre de côté et de s'asseoir. Mae croyait que tu ne l'avais pas entendue. Elle est allée au supermarché pour acheter d'autres trucs.

— Pourquoi ne t'a-t-elle pas envoyé à sa place ?

— Apparemment, j'ai oublié trop de choses la dernière fois que je m'y suis rendu.

— Je vois. (Je balayai la grotte du regard.) Vous avez drôlement bien arrangé l'endroit.

— C'est plus confortable, je suppose, déclara-t-il en haussant les épaules. J'ai passé la journée à chercher un autre lieu où habiter.

— Tu as trouvé ? demandai-je en m'installant près de lui sur le matelas.

— Pas encore. Mais ça ne devrait pas tarder.

— C'est… (Je me penchai en avant, les coudes sur les genoux, sans savoir comment poursuivre. Cela me paraissait cruel d'affirmer que c'était bien qu'il parte bientôt.) Pourquoi partir avec elles ?

Il me dévisagea.

— Non, rectifiai-je. Je veux dire que tu es libre d'aller où bon te semble. Mais pourquoi les accompagner ? Tu pourrais vivre n'importe où sur la planète.

— Contrairement à ce qu'on raconte, je n'ai aucun désir d'errer sur terre seul. Mae et moi n'avons jamais été aussi proches que Jack et elle, mais elle a toujours compté pour moi. Je me préoccupe de son bien-être et de celui de Daisy.

» Et je le fais également pour Ezra, poursuivit-il. Il a tout fait pour Mae et moi. Il a été notre point de repère dans la tourmente. (Sa voix mourut quand il songea à ce qu'ils avaient traversé ensemble.) Mais, aujourd'hui, il ne peut pas protéger Mae, et je sais que ça le rend malade. Alors j'irai avec elle et m'occuperai d'elle, parce que lui ne peut pas.

— Et Daisy, comment se porte-t-elle ? Est-ce mieux ici ?

— Pas vraiment.

Il se tourna brièvement vers le tunnel, où la fillette s'était mise à chanter le générique de *Rue Sésame*.

— Elle se réveille toutes les nuits en hurlant, à cause de la douleur, expliqua-t-il.

— La douleur ? répétai-je. Mais sa transformation est terminée depuis longtemps, elle ne devrait pas souffrir.

Il secoua la tête.

— Ce n'est pas ça. Elle est tellement affamée en permanence que son agonie est presque constante. Le corps d'un enfant n'est pas adapté pour supporter cette métamorphose.

— Seigneur ! (Je déglutis avec difficulté, tout en l'écoutant fredonner.) Que pense Mae de tout ça ?

— Aucune idée, soupira-t-il. Je crois qu'elle commence à peine à mesurer ce qu'elle lui a infligé. Jusqu'à présent, elle a réussi à justifier son acte en disant qu'elle l'a sauvée, et que l'existence qu'elle lui a offerte était préférable à une mort certaine. Mais, maintenant que Daisy souffre le martyre, je suppose que son argument ne tient plus.

— Je suis navrée, dis-je, sans savoir quoi répondre.

— Tout n'est pas horrible à propos de Daisy. Certains aspects sont juste étranges. Elle essaie sans cesse de chasser des rats et de les tuer, donc je dois l'en empêcher. (Il leva les sourcils, désemparé.) Elle mange des cafards.

— Comment ?

— Elle les attrape et les avale tout rond, et ensuite elle les vomit parce qu'elle ne peut pas les digérer. D'où les serviettes, affirma-t-il avant de se passer la main dans les cheveux et d'expirer. En même temps qu'elle rejette les insectes, elle vomit du sang, et nous devons la nourrir deux ou trois fois par jour pour atténuer sa faim et maintenir sa douleur à un niveau tolérable. La quantité de sang que nous utilisons est impressionnante.

— Je suis navrée, répétai-je.

— Pour ce qui est du positif, elle a appris à réciter l'alphabet en français, m'annonça-t-il.

— Hein ? Pourquoi ?

— Mae estime que c'est bon pour son cerveau, dit-il avec un geste d'impuissance. En réalité, Daisy est très intelligente. Elle est juste… incontrôlable et assoiffée de sang.

— Eh bien, c'est toujours sympa !

Il se tourna vers moi, et son regard émeraude me transperça, comme toujours.

— Et toi ? Quoi de neuf dans ta vie ?

— Tout va bien, mentis-je.

Je ne pouvais en aucun cas lui confier mes problèmes avec Jack, d'autant plus qu'ils étaient en pleine phase de réconciliation.

— Je m'entraîne beaucoup, ajoutai-je, donc j'ai gagné en force.

— Tant mieux. (Il sourit, ce qui me troubla. Cela lui arrivait si rarement que cela me semblait presque magique, comme apercevoir une étoile filante.) C'est un souci de moins pour moi.

— De quoi parles-tu ?

Je posai la tête sur mes bras et le regardai.

— De toi. (Il détourna les yeux et, du bout du pied, toucha quelque chose sur le béton.) Je m'inquiéterai encore pour toi, j'en suis certain, mais au moins je saurai que tu es en sécurité.

Il ramassa un caillou et le jeta dans le vide. Nous guettâmes le bruit de son crash, mais n'entendîmes rien.

Je me penchai en avant et tentai de distinguer le fond.

— À ton avis, quelle est la profondeur ? demandai-je.

— Aucune idée. Mais, si Mae te pose la question, ce n'est pas si haut que ça, m'avertit-il. Elle commençait à paniquer que la petite tombe et meure, mais je crois que Daisy est assez intelligente pour éviter de sauter d'une falaise. Mais, d'un autre côté, il faut reconnaître qu'elle mange des insectes, précisa-t-il en inclinant la tête.

— Si elle tombait, ce ne serait pas dramatique, si ? murmurai-je, culpabilisant d'exprimer cette éventualité.

Je l'entendais chanter dans le tunnel. C'était juste une fillette qui fredonnait et coloriait avec des craies.

— Oublie ça. Je ne le pensais pas, me corrigeai-je.

— Tu veux savoir le pire ? lâcha Peter, le regard perdu vers la falaise. On finit par s'attacher à elle. Je sais que c'est une abomination de la nature, et qu'elle fera fatalement du mal à des gens, sans compter à des millions de cafards sans défense. Mais… elle a passé une heure à apprendre comment tresser les cheveux de Mae hier soir et, quand elle se concentre, elle fait une petite moue adorable, la langue tirée sur le côté.

Il se tourna vers moi et me sourit. Je gardai le silence, et il secoua la tête.

— Il aurait fallu que tu sois là pour comprendre, je suppose.

— Oui, certainement.

— Je n'ai jamais eu d'enfants, m'expliqua-t-il soudain. Ezra en a eu, et Mae aussi, bien évidemment. Je ne me rappelle pas en avoir jamais désiré. (Il fronça les sourcils.) Quand je suis devenu un vampire, je n'y ai jamais songé. J'ai fermé la porte, soupira-t-il. Comme j'ai essayé de le faire avec toi. Visiblement, je ne suis pas très doué pour repousser les choses.

— Et j'en suis ravie, lui dis-je d'une voix douce.

Il plongea ses yeux dans les miens, de cette façon qui me coupait le souffle auparavant. Cela m'affectait encore un peu, mais je m'efforçai de ne pas le montrer.

— C'est aussi pour elle que je les accompagne déclara-t-il sans me quitter du regard, mais je savais qu'il faisait référence à Daisy. Et je ne suis pas totalement malheureux. C'est important que tu le saches. Ce n'est pas ce que j'avais prévu ni ce que je croyais vouloir, mais… d'une manière bizarre, je suis heureux d'aider Mae à élever Daisy.

— Bien.

Je ravalai ma salive, réprimant ce mélange de tristesse et de soulagement qui m'envahissait.

Pendant très longtemps, j'avais eu peur que Peter ne connaisse plus jamais le bonheur. Pas parce que j'étais si fabuleuse que je ne comprenais pas comment il pouvait l'atteindre sans moi.

Mais j'avais imaginé qu'il s'était fermé à cette perspective, qu'il avait subi de trop nombreuses blessures, et que j'y avais contribué.

Mais je m'étais trompée. Il y était parvenu, malgré les choix que j'avais faits.

— Donc, tu t'entraînes ? (Il détourna le regard.) En quoi ça consiste ?

— Principalement à combattre. (Je me frottai les bras pour essayer de contenir les émotions qui me submergeaient.) Euh… par exemple, j'apprends à travailler mon agilité et à maîtriser ma force. Ce genre de choses, ajoutai-je en haussant les épaules. Toutefois, j'aurais bien voulu aborder davantage le pistage.

— C'est facile, affirma-t-il.

— Parle pour toi.

Je poursuivais le meurtrier depuis des semaines, sans presque aucun résultat.

— Pour tous les vampires, précisa-t-il. Il suffit de mordre.

— Comment ça ?

— Tu peux retrouver la trace de tous ceux que tu mords, surtout s'il existe un lien affectif entre vous, déclara-t-il en me regardant. Tu as bien dû le constater à ce stade.

— Non, je…

Je fronçai les sourcils. J'avais mordu Jack et Bobby, alors je tentai de me concentrer sur eux, pour vérifier si je détectais l'endroit où ils se trouvaient. J'étais extrêmement attachée à eux, mais je ne ressentis rien.

— Je n'arrive à suivre personne. Je n'ai pas la moindre idée de ce dont tu parles.

— Tu gagneras en maîtrise si tu t'entraînes, mais tu le percevras réellement quand eux se sentiront menacés, souligna-t-il. Par exemple, s'ils sont blessés ou en danger. Mais, si tu es avec Jack et qu'il se retrouve dans cette situation, le pistage passera inaperçu, puisque tu seras témoin de la scène et ressentiras ses émotions. Tu vois ce que je veux dire ?

— Je crois que oui, mais…

Je laissai ma phrase en suspens, m'efforçant de me souvenir si Jack ou Bobby avaient été en danger en mon absence. Troublée, je me rendis compte que cela ne s'était jamais produit, pourtant Bobby avait eu beaucoup d'ennuis récemment. Je lui portais malheur.

— C'est grâce à ça que je t'ai localisée, annonça Peter.

Je m'extirpai de mes pensées et levai la tête vers lui.

— Quoi ?

— La nuit où ces vampires t'ont poursuivie, alors que tu étais encore humaine.

Je m'étais rendue en ville seule pour discuter avec Jane et, sur le trajet du retour, Lucian et Violette m'avaient attaquée. Peter avait surgi de nulle part puis tué Lucian, me sauvant ainsi la vie.

— Comment l'as-tu su ?

— J'étais revenu en ville, pour toi, et je t'ai mordue. (Il baissa les yeux. Même s'il tentait de le masquer, sa voix était tendue.) Mais j'ai senti Jack sur toi, alors je… je suis parti, sans m'éloigner de Minneapolis, le temps de prendre une décision.

» Cette nuit-là, quand les vampires t'ont traquée, je l'ai deviné, ajouta-t-il. C'est comme une crise de panique. Ta peur et ta montée d'adrénaline, je les ai ressenties. Je ne vois rien, mais ça ressemble au syndrome du membre fantôme, sauf que ce n'est pas une jambe amputée que je perçois, mais tes émotions.

— C'est encore vrai ? demandai-je.

Il secoua la tête.

— Moins. Peut-être si tu éprouvais une frayeur énorme… mais c'était il y a longtemps, et ton sang a changé. En général, cela dure quelques mois, même avec quelqu'un que tu aimes.

— Donc, tu…

Je m'arrêtai net, comprenant que je connaissais ce que Peter décrivait. J'avais uniquement songé à Jack et Bobby, mais je n'avais pas mordu qu'eux.

J'avais également mordu Jane.

— Oh, mon Dieu !

Je blêmis, et mon estomac se noua. L'espace d'une seconde, mon cœur cessa de battre, et j'eus le souffle coupé.

— Alice ? s'inquiéta Peter en me posant une main sur le dos et en se penchant vers moi. Alice ? Tout va bien ?

— J'ai senti Jane mourir.

— Quoi ? (Il posa son autre main sur mon genou et s'approcha encore plus de moi.) De quoi parles-tu ?

— Jane, je l'ai mordue quand je l'ai vue, et je sais que c'était une erreur, mais après elle est entrée en cure de désintoxication, et j'ai cru que tout s'arrangeait, qu'elle se rétablissait, débitai-je tandis que des larmes roulaient sur mes joues.

— Tu as mordu Jane ?

Il s'était mis à me caresser le dos, mais cela ne me réconfortait pas.

— Oui, et ensuite, quand j'étais en Australie…

Je m'interrompis, la gorge serrée.

Je me rappelai la terreur qui s'était emparée de moi à mon réveil. La panique et la peur qui avaient déferlé dans mes veines, mon esprit embrouillé, et mon cœur qui martelait ma poitrine. Je n'avais jamais éprouvé une telle frayeur de ma vie. Or, c'était ce que Jane avait ressenti. C'était elle qui mourait.

Je me tournai vers Peter, dont le visage soucieux m'apparut flou à travers mes larmes.

— Tu t'en souviens ? Tu es entré dans la chambre, et j'étais affolée, sans savoir pourquoi, sans parvenir à me débarrasser de cette sensation. Et ça m'a mise en colère ! Ça m'a agacée, alors que c'était Jane !

— Non, Alice, ce n'est pas une certitude absolue.

Il s'efforçait de me rassurer, mais je me demandais si lui-même était convaincu de ce qu'il disait.

— Si ! Jack m'a téléphoné plus tard dans la soirée, pour m'annoncer qu'elle était morte, et je…

Mes sanglots redoublèrent, et j'essuyai mes larmes avec la paume de ma main.

— Je l'ai sentie mourir, Peter ! J'ai ressenti ses émotions, et elle avait tellement peur ! Elle était terrorisée, et je n'ai rien fait !

— Tu ne pouvais rien faire. (Il me prit dans ses bras. J'enfouis ma tête contre son épaule et sanglotai.) Tu ne savais pas, et tu n'aurais rien pu y changer.

Il me caressa les cheveux et tenta de me dire que ce n'était pas grave, mais c'était faux. Ce n'était pas seulement le fait de l'avoir sentie partir, ni de ne pas être intervenue, même si le poids de la culpabilité menaçait de m'écraser. À présent, je mesurais combien sa mort avait été horrible et effrayante.

Même si je savais qu'elle avait été assassinée, dans un coin de mon esprit, je m'étais persuadé qu'elle n'avait pas souffert. Si elle avait été mordue avant son meurtre, elle aurait été inconsciente, et ne se serait rendu compte de rien.

Mais, désormais, je savais. Elle avait tout senti. Elle s'était vue mourir, et c'était plus terrifiant que tout.

Lorsque j'eus cessé de pleurer, je restai dans les bras de Peter. Pour de nombreuses raisons, j'aurais dû le repousser, mais la force me manquait. Je me sentais en sécurité contre lui et, s'il me lâchait, je craignais de m'effondrer.

— Ce qui est arrivé à Jane n'est pas ta faute, murmura-t-il contre mes cheveux.

Il me déposa un baiser sur le sommet du crâne puis, d'un geste doux, il dégagea mon visage des cheveux qui s'accrochaient à mes joues humides.

— Peu importe. (Je secouai la tête et m'écartai de lui. Il garda une main sur mon bras, et je ne le rejetai pas.) Elle est morte, et je dois clarifier la situation.

— Comment ?

— Je trouverai un moyen.

Je déglutis avec peine, sans le regarder. Je ne pouvais pas lui dévoiler mon projet d'éliminer le salaud qui avait tué mon amie. Il serait aussi angoissé que Jack, voire pire.

— Ne fais rien de stupide, Alice, me prévint-il.

— Qui ça, moi ?

Mon rire morne résonna contre les parois de la grotte. Tout à coup, je me sentis honteuse d'avoir fait une telle scène, et je m'essuyai le visage.

— Désolée. Je n'avais pas l'intention de fondre en larmes. C'est juste que… je viens de tout comprendre.

— Tu n'as pas besoin de t'excuser, m'assura-t-il.

— Si, au contraire. (Je m'essuyai les mains sur mon jean et me levai.) Tu as déjà bien assez de soucis comme ça, sans avoir à t'inquiéter de mes histoires.

— Ce n'est pas grave.

Il se mit debout en même temps que moi et remonta les manches de son tee-shirt. Je m'apprêtai à bafouiller une nouvelle excuse, mais il m'en empêcha en levant la main.

— Alice, pas de souci.

Je levai la tête, m'obligeant à le regarder. L'espace d'un instant, les excuses de Jack me revinrent à l'esprit. Il se sentait coupable de m'avoir contrainte à mener cette existence parce qu'il savait que la vie de vampire ne correspondait pas à tout ce que j'avais espéré.

Les yeux rivés sur ceux de Peter, je me demandai si je ressentirais la même chose si je l'avais choisi au lieu de Jack. Notre lien aurait-il donné à ma vie le sens que je recherchais désespérément ?

— Peter ! hurla Daisy, interrompant ma réflexion.

Elle se précipita dans la grotte, sa jupe voletant autour d'elle, et courut vers Peter. Au début, je crus qu'elle avait eu un problème mais, quand elle bondit sur lui, elle poussa un cri de joie et gloussa lorsqu'il la souleva.

— Quoi de neuf, ma puce ? lança-t-il en la calant contre sa hanche.

— J'ai fini mon dessin ! s'exclama-t-elle.

Des traces de craie multicolores maculaient ses joues rebondies et ses bras potelés. Elle avait le poing refermé. Je pensais qu'elle tenait un morceau de craie, mais elle l'écarta de Peter, comme si elle essayait de le dissimuler.

— Qu'est-ce que tu as dans la main ? lui demanda-t-il, mais elle mit son poing derrière son dos. Montre-moi.

Elle secoua la tête avec force, et sa queue-de-cheval se balança. Peter tendit la main et ouvrit celle de la fillette, dévoilant un cafard tout écrasé. Il grimaça et jeta le cadavre de l'insecte.

— Daisy, qu'est-ce qu'on a dit à propos des bestioles ? la sermonna-t-il en prenant l'une des serviettes que j'avais apportées.

— Qu'elles sont dégoûtantes, récita-t-elle en lui laissant docilement essuyer les intestins du cafard de ses mains.

— Exactement. Il faut cesser de les toucher pour ne plus tomber malade, d'accord ?

Peter me consulta du regard pour vérifier que j'allais bien. Ce n'était pas le cas, du moins pas encore, mais je parvenais à donner le change.

— Je ferais bien de filer, de toute façon, indiquai-je avec un sourire.

— D'abord, tu dois voir mon dessin ! s'écria Daisy.

— Bien sûr, acquiesçai-je.

Peter la porta jusqu'au tunnel avec moi. Pendant ma conversation avec lui, l'œuvre de Daisy avait pris des proportions déraisonnables. L'hippopotame mauve volant avait à présent un compagnon, une grenouille difforme. Il y avait des lettres aléatoires, des étoiles et des cœurs partout.

À côté de tout cela, elle avait dessiné des personnages bâtons : un homme, une femme aux cheveux ondulés et une petite fille bouclée. Je présumai qu'il s'agissait de Peter, de Mae et d'elle, mais je n'en étais pas complètement sûre.

— C'est très joli, la complimenta Peter.

Elle se lança sans attendre dans une explication détaillée de ce qui se passait dans son dessin, et elle demanda à Peter de la poser pour pouvoir courir dans tous les sens et pointer les différents éléments du doigt. Pendant qu'elle parlait, il l'observait, le sourire aux lèvres.

Je partis dès que j'en eus la possibilité. Daisy me fit signe et me cria « au revoir » longtemps après que j'eus disparu de sa vue.

Quand je regagnai la voiture, tout me rattrapa. Cette distance entre Jack et moi, que je ne parvenais pas à combler. Ce que Jane avait ressenti en mourant. Le fait de devoir passer l'éternité avec les regrets que mes choix engendraient.

Je roulai jusqu'à la maison, impatiente de me blottir contre Jack et de m'endormir. Malgré nos problèmes, dormir près de lui restait la seule solution pour que je me sente mieux à cet instant-là, ne serait-ce qu'un peu.

Lorsque je rentrai, tout le monde était couché, sauf Matilda. Elle aurait dû être au lit à cette heure-là. Or elle arpentait la cuisine en gémissant. Je tentai de lui donner de la nourriture, qu'elle refusa.

Je me dirigeai vers les portes-fenêtres et, dès que je les ouvris, la chienne se précipita dehors en grognant et en aboyant.

— Matilda ! criai-je avant de me lancer à sa poursuite.

Elle courait sur la pelouse et reniflait la neige. Seule dépassait la fourrure de son dos.

— Matilda, qu'est-ce qui se passe ?

Mais je l'entendis avant elle. Derrière moi, à l'intérieur de la maison, un bruit fracassant se produisit, et Milo se mit à hurler.

Chapitre 19

Je fonçai si vite que mes pieds touchèrent à peine le sol, mais je n'allai pas plus loin qu'en bas de l'escalier. Samantha se tenait devant moi, les cheveux lissés vers l'arrière en un chignon tiré à l'extrême. Son regard avait toujours une innocence trompeuse, mais elle avait troqué sa jupe droite contre une tenue de cuir noir qui semblait tout droit sortie de la garde-robe d'Olivia.

Milo avait cessé de crier, mais il ordonnait à quelqu'un de le lâcher. Je jetai un coup d'œil en haut des marches, sans voir mon frère. Je l'entendais simplement se débattre et son cœur cognait. Pire encore, je sentais l'odeur du sang, douce et entêtante.

— Hé ! protesta Jack.

Il venait de sortir de sa chambre, en boxer, les cheveux ébouriffés.

— Fais un pas de plus et nous tuerons votre humain, menaça Dane, et Bobby geignit.

Jack resta immobile, tandis que Milo continuait à lutter et à grogner.

— Tu veux que je l'élimine ?

— Laissez-le partir ! ordonna Milo, mais manifestement il avait fini par céder.

— Qu'est-ce que vous fichez ici ? demandai-je à Samantha.

J'avais envie de la bousculer pour monter, mais j'estimai que cela n'arrangerait pas la situation. Milo était fort, sûrement plus que moi, et ils le contrôlaient. Pour l'instant, ils ne s'en étaient pas encore pris à Jack, et je ne souhaitais pas les braquer, de crainte qu'ils le fassent. Après Bobby, Jack était le plus faible sous notre toit.

— Nous te cherchions, déclara Samantha avec un sourire qui réduisit ses lèvres à un fin trait rouge.

Elle s'approcha de moi en descendant de la dernière marche, et je dus reculer pour éviter qu'elle me percute.

— Nous t'avons suivie. Ce n'est pas très difficile de pister une Lamborghini rouge vif.

— Tu les connais ? s'étonna Jack en m'adressant un regard soupçonneux.

Soudain, la voix d'Ezra retentit derrière moi :

— Et tu as pris la Lamborghini ?

Je jetai un coup d'œil par-dessus mon épaule et l'aperçus, debout dans la salle à manger. Il retenait Matilda, qui grognait et montrait les crocs. S'il la lâchait, elle se ferait tuer en tentant de neutraliser Samantha.

— Pourquoi me suivez-vous ? m'enquis-je, sans tenir compte de Jack ou d'Ezra.

— Si je te lâche, tu promets d'être sage ? demanda Thomas à Milo.

Mon frère grommela. J'entendis un craquement d'os, puis il rugit de douleur.

— Réponds-moi, ou je ferai ça à l'humain.

— J'ignore ce que vous voulez, mais prenez-le, déclara Jack. (Il avança d'un pas vers eux, et Milo hurla de nouveau.) Arrête ! Laisse-le tranquille !

— Que désirez-vous ? crachai-je.

J'avais un goût métallique dans la bouche, et l'adrénaline monta dans mes veines. Chaque fois que mon frère criait, je ressentais une décharge qui me rappelait la soif de sang par son intensité. Comme poussée par un instinct animal, je dus serrer les poings pour éviter d'arracher la tête de Samantha.

— Inutile de crier.

Thomas dépassa Jack et descendit avec une grâce nonchalante. Lorsqu'il balaya des mèches noires de son front, il remarqua un peu du sang de mon frère sur sa main. Avec une moue de dédain, il le lécha, et je serrai les dents pour ne pas l'étriper.

Sur les talons de Thomas, Dane traînait Bobby par la gorge, le soulevant si haut que ses pieds ne touchaient pas les marches. Bobby essayait de le griffer et de desserrer son emprise, en vain.

Jack baissa les yeux vers moi, puis se retourna pour s'occuper de Milo. J'entendis les os de mon frère craquer tandis que Jack tentait de les remettre en place, puis Milo laissa échapper encore quelques grognements de douleur.

Ezra poussa Matilda dans une chambre voisine. La chienne se mit alors à gratter à la porte et à aboyer. Il s'avança vers moi, jusqu'à ce que Samantha le foudroie du regard, et il s'arrêta à un mètre derrière nous.

— Qu'est-ce que c'est que cette histoire ? demanda-t-il.

— Nous avons besoin de connaître ton implication dans cette affaire, répondit Thomas en braquant ses yeux noirs sur moi. Et pourquoi un humain t'aide.

— C'est le petit ami de mon frère ! protestai-je en désignant Bobby.

Dane l'avait plus ou moins reposé, et il tentait de reprendre son souffle.

— Il ne sait rien sur rien ! C'est un imbécile ! m'exclamai-je.

— Elle a raison, croassa Bobby.

Dane resserra les doigts sur sa gorge. Le visage de Bobby devint violacé.

— Je vous dirai tout ce que vous voulez mais lâche-le !

Je tendis le bras, sans oser avancer. À cette distance, Dane pouvait briser le cou de Bobby avant que je l'atteigne.

— Nous te tuerons si tu nous mens, m'annonça Thomas. Tu en es consciente, n'est-ce pas ?

— Oui ! m'écriai-je en observant Bobby lutter pour sa vie.

— D'accord.

Il haussa les épaules, et Dane relâcha Bobby, qui s'effondra au sol, haletant.

Même si je n'avais pas eu leur permission, je me précipitai vers mon ami, lui saisis le bras et l'entraînai à quelques mètres d'eux. Je n'avais pas la possibilité de vérifier comment il allait, parce que je ne voulais pas baisser la garde, mais je me plaçai devant lui.

— Es-tu membre d'un mouvement ? me demanda Thomas.

— Un mouvement ? répétai-je, surprise. Comme un mouvement artistique ? Comment ça ?

— N'essaie pas de la jouer fine avec nous, me menaça Samantha en plissant les yeux. Nous n'aurons aucun scrupule à éliminer n'importe lequel d'entre vous. Cela fait partie de notre métier.

— Écoutez, je répondrais volontiers à vos questions. Seulement, je n'ai pas la moindre idée de ce dont vous me parlez ! leur dis-je sur mon ton le plus persuasif. Vous vous exprimez par énigmes. J'ignore ce que vous voulez de moi !

— Nous savons que l'humain et toi êtes liés au tueur en série, et nous avons des raisons de croire que vous avez également un enfant-vampire, déclara-t-elle. Es-tu membre du mouvement pour révéler l'existence des vampires ?

— Quoi ?

Je haussai un sourcil et consultai Ezra du regard. Il resta imperturbable, choisissant de ne rien dévoiler aux autres, mais il devait forcément détenir des informations.

— Je vous le répète, je n'ai aucun rapport avec le tueur en série. Je le recherche, mais je commence à penser que les assassins, c'est vous.

— Ne sois pas ridicule, dit Samantha en levant les yeux au ciel.

— Nous sommes ici pour l'attraper. C'est notre mission, expliqua Thomas en désignant ses deux compagnons. Nous maintenons l'ordre dans une société sans règles.

Bobby toussa et se mit debout. Il était à présent à côté de moi. Je le fusillai du regard, espérant qu'il comprendrait et se laisserait retomber par terre, mais il n'en fit rien.

— Vous êtes des chasseurs de vampires, pas vrai ? lança-t-il en se frottant le larynx.

Comme un seul homme, Samantha, Thomas et Dane le dévisagèrent. Je m'avançai un peu plus afin de le protéger en partie derrière mon épaule.

— En réalité, ce sont plutôt des chasseurs de primes, précisa Ezra.

— C'est un terme lourd de sens, affirma Thomas avec un mépris exagéré. De plus, nous travaillons rarement pour des commissions.

— Donc, personne ne vous paie pour être ici ? insista Ezra avant de faire un pas vers nous, les bras croisés.

— Nous rendons service à la communauté, répliqua Samantha avec un sourire en coin.

— Qui vous a appelés ? demanda Ezra.

— Nous ne sommes pas libres de divulguer cette information, rétorqua Samantha d'un ton plus froid.

— Mais tu connais plusieurs personnes qui ont notre numéro, ajouta Thomas avec un rictus. Le commissaire a toujours beaucoup apprécié notre travail.

Bobby eut un hoquet de surprise, puis me murmura :

— Je t'avais dit que la police était dans le coup.

— Bobby, le réprimandai-je entre mes dents.

L'air excédé, Dane consulta sa montre vert et rose fluo.

— On peut en finir ?

— Je rêve ! (Bobby le pointa du doigt.) Ce mec est censé être un chasseur de vampires, et il porte une Swatch, nom de Dieu ! Ce sont des imposteurs !

— Bobby ! aboyai-je.

— Bref, tout ce que je dis, c'est que c'est n'importe quoi, persista-t-il.

— Si tu ne la fermes pas, c'est moi qui vais te tuer.

Je lui adressai un regard mauvais, et il leva les yeux au ciel, mais se tut. Je me retournai vers les prétendus chasseurs de vampires.

— Je vous ai déjà raconté tout ce que je savais.

— Et l'enfant-vampire ? lança Thomas.

Je m'efforçai de conserver une expression impassible.

— Le seul que nous ayons ici, c'est Milo, à l'étage, et tu viens de lui mettre une raclée.

J'avais envie de jeter un coup d'œil en direction d'Ezra pour jauger sa réaction, mais cela m'aurait trahie. En haut, mon frère avait cessé de grogner, et ses os ne craquaient plus. Pourtant, Jack et lui demeuraient hors de ma vue.

— Je me demande si je dois te croire, annonça Thomas, les bras croisés. (Il me dévisagea en faisant semblant de réfléchir.) Je voudrais bien, mais je sens que tu mens.

— Je ne sais pas comment vous convaincre que je dis la vérité, leur avouai-je avec sincérité.

— J'ai tendance à penser que les gens sont plus honnêtes lorsqu'ils sont sous pression, fit observer Thomas, et Dane s'avança.

— Je vous ai déjà tout dit ! criai-je en levant les mains.

J'ignorais si Dane comptait me torturer ou supprimer Bobby, mais je préférais éviter de découvrir ses plans.

— Ah bon ? s'étonna Thomas. Tu en es sûre ?

— Ce meurtrier a tué Jane, ma meilleure amie, et je l'ai cherché partout, m'empressai-je d'expliquer en songeant que raconter mon histoire à toute vitesse la rendrait plus plausible. Je sais que le coupable est un vampire, qu'il marque ses victimes, et qu'il veut qu'on l'attrape. Il a envie que les gens apprennent qu'il est un vampire, mais je ne sais pas pourquoi. Il connaissait Jane. D'ailleurs, je ne suis même pas certaine que ce soit un « il ». Ce pourrait être une femme. Ou une bande. Ou… n'importe qui.

— Tu ignores pourquoi il souhaite se faire prendre ? me demanda Samantha avec un regard grave.

— Oui, complètement.

Elle me dévisagea un peu plus longtemps, mais ma réponse parut lui convenir. Elle consulta Thomas du regard. Il hocha la tête. Dane roula des yeux et grogna, donc je supposai que c'était bon signe pour nous.

— Nous n'allons pas vous importuner davantage, déclara alors Samantha.

— Désolé pour le dérangement, ajouta Thomas.

Tous les trois se retournèrent pour partir. Dane émit un sifflement de colère en croisant Bobby, qui sursauta, avant de se moquer de lui-même. Dès qu'ils eurent franchi la porte, je me précipitai à l'étage pour voir Milo, Bobby sur les talons.

Mon frère était torse nu, affalé contre le mur, les yeux mi-clos. Il avait une grosse bosse rouge bizarre sur le côté. Son bras gauche pendait selon un angle improbable et, tout autour, sa peau avait pris une teinte violacée. L'une de ses joues était boursouflée et couverte de sang séché.

— Il va bien, me rassura Jack lorsque je m'agenouillai près de Milo.

Jack, accroupi à côté de lui, l'observait.

J'étais déroutée de constater combien un vampire pouvait paraître si mal en point après une bagarre.

— Tu en es certain ? demandai-je. Que lui est-il arrivé ?

— Milo, tu m'entends ? s'écria Bobby.

Il était assis près de mon frère, qu'il craignait de toucher, les larmes aux yeux.

— Tu devrais le laisser dormir, lui conseilla Jack. Il a de nombreuses fractures, et plus il y a de blessures, plus le temps de guérison augmente. Je lui ai donné de mon sang pour accélérer le processus, et il sera remis d'ici peu.

— Est-ce que je devrais aussi lui offrir le mien ? proposa Bobby avant de renifler et de s'essuyer le nez.

— Non, le mien est plus puissant, affirma Jack. Je te promets qu'il va s'en sortir.

— Oh, merci, mon Dieu !

Je poussai un long soupir de soulagement et me passai la main dans les cheveux.

Milo venait de se faire tabasser par ma faute, parce que je refusais d'accepter le décès de Jane. Cela me rendait malade mais, quand je me remémorai ce qu'elle avait ressenti au moment de sa mort, je me sus incapable d'arrêter.

Jack se tourna vers moi.

— Bon, commença-t-il d'une voix calme et sans émotion, qu'est-ce que tu as fichu ?

Chapitre 20

Après avoir confortablement installé Milo dans sa chambre, je laissai Bobby s'occuper de lui et descendis. Jack et Ezra m'attendaient en bas. Jack, désormais habillé, arpentait le salon. La porte qui menait sur la terrasse était encore grande ouverte, laissant passer un vent glacial et la lumière du soleil matinal. De la neige s'était infiltrée dans la maison, mais personne ne semblait le remarquer ou s'en soucier.

Je m'assis sur le canapé. Ezra prit place sur le fauteuil d'en face. Bien qu'il avait été au courant de mes agissements, le fait que j'ai gardé le silence à propos des chasseurs de vampires était grave. Jack refusa de s'asseoir et continua de faire les cent pas, les bras croisés.

— Qu'est-ce que vous voulez savoir ? demandai-je en déglutissant avec peine.

— Dis-moi tout, répondit Jack.

Je pris une profonde inspiration, puis leur racontai tout depuis le départ, même les éléments qu'ils connaissaient, par exemple mon sentiment d'impuissance après l'attaque des lycans, et ma promesse à moi-même de ne plus jamais réitérer l'expérience. Je leur livrai ce que j'avais éprouvé en mordant Jane, sa grande tristesse et son immense solitude. Je leur expliquai qu'elle m'avait ensuite appelée depuis son centre et avoué que c'était la première fois qu'elle avait eu l'impression que quelqu'un tenait à elle.

Je leur confiai également ce que Peter m'avait appris. Que j'avais senti Jane mourir. Que j'avais presque immédiatement décidé de stopper le monstre qui l'avait assassinée, et je leur détaillai toutes mes démarches pour retrouver sa trace, que j'avais entraîné Bobby, le seul au courant de ce que j'avais réellement fait.

Une fois que j'eus commencé à leur parler, je n'arrivai plus à me taire. J'avais détesté cacher des choses à Jack, et je voulais qu'il sache.

— Et voilà tout, conclus-je en les contemplant.

Jack se figea. Quand je lui avais donné tous les éléments dont je disposais sur le tueur afin de trouver son identité, j'avais espéré que l'enthousiasme le gagnerait et qu'il aurait envie de m'accompagner dans ma quête.

Mais, lorsque je vis son regard bleu impassible et indéchiffrable, je compris que je me trompais. Il m'empêchait tout accès à ses émotions, enfouies si profondément que seul un bourdonnement émanait de lui, comme celui d'un fil sous tension.

— Pourquoi ne pas m'avoir parlé des chasseurs ? me demanda Ezra.

J'étais soulagée que ce soit lui qui s'exprime en premier.

— Je ne sais pas. Je ne… (Je secouai la tête.) J'ai cru que tu tenterais de me dissuader si tu l'apprenais.

— C'est précisément pour cela que tu aurais dû me le dire, soupira-t-il avant de se renfoncer dans son siège. Je n'aurais rien dû te révéler. De toute évidence, tu n'es pas assez mature pour te charger de cette affaire.

— C'est injuste ! protestai-je. Comment étais-je censée savoir qu'ils me pisteraient comme ça ? D'ailleurs, qui sont-ils au juste ?

Et qu'insinuaient-ils quand ils m'ont interrogée à propos du « mouvement » ?

— Ce sont des chasseurs de vampires. Ils maintiennent l'ordre, par tous les moyens nécessaires. (Ezra se frotta les mains et baissa les yeux.) C'est moi qui suis responsable de leur venue.

— Quoi ? Tu les as appelés ?

— Non, j'ai discuté avec le commissaire après tes questions sur la marque, soupira-t-il. Je lui ai indiqué que le meurtrier pouvait être un vampire. Donc il a téléphoné aux chasseurs. En général, ils travaillent pour les humains, qui les délèguent pour régler un problème que les mortels sont incapables de résoudre.

— Alors c'est la police qui les embauche ? Mais…, objectai-je en fronçant les sourcils, je croyais qu'ils n'étaient pas payés.

— Je suis convaincu qu'ils reçoivent de l'argent pour attraper le tueur en série mais, à mon avis, ils opèrent aussi en free-lance.

Ezra jeta un coup d'œil à Jack, qui gardait le silence, puis se pencha en avant et poursuivit :

— Il y a un mouvement parmi les vampires qui prône la révélation de notre existence. Il n'est pas très important. La plupart d'entre nous sont heureux de vivre cachés, parce que c'est beaucoup plus simple. Si les gens connaissaient notre vraie nature, ils nous chasseraient et, même s'ils ne parviendraient pas à nous tuer, ce serait pénible.

— Comme dans *True Blood*, tu veux dire ? Quand les vampires font leur « coming out » et s'intègrent à la population ? ou du moins, le tentent ?

— Non. Ces vampires-là n'aspirent pas à devenir les égaux des mortels. Ils désirent les dominer, précisa-t-il. Les humains sont notre nourriture, et certains vampires estiment qu'ils devraient être traités en conséquence. Marqués au fer rouge et parqués dans des enclos, comme du bétail. (Il détourna le regard et changea de position, mal à l'aise.) Les chasseurs ne seraient pas forcément au chômage, mais ils connaîtraient une baisse d'activité. La majorité de leurs interventions consiste à à ce que les humains soient laissés en paix ou à garder le secret de l'existence des vampires.

— OK, je comprends maintenant pourquoi ils étaient aussi furieux contre moi, parce qu'ils croyaient que je faisais partie du « mouvement » qui les mettrait sur la touche. Mais pourquoi s'intéresser à Daisy ?

— Les enfants-vampires sont instables et lunatiques. Si on en libère un, ne serait-ce qu'une journée, tout le monde serait au courant pour nous, m'indiqua Ezra. Et c'est ce qu'a fait Mae en Australie.

— Comment ont-ils pu le découvrir ?

— Les nouvelles vont vite, répliqua-t-il en haussant les épaules. Si ça se trouve, le commissaire a mentionné la disparition de Daisy, et chacun sait que Mae a déménagé. Les vampires disposent de tout leur temps pour les ragots.

Enfin, je compris.

— Les chasseurs supposent qu'elle a fait ça pour attirer l'attention, soulignai-je. Et si les humains apprenaient l'existence des vampires par ce biais, avec le tueur en série et une enfant meurtrière incontrôlable, ils seraient terrorisés. Ils essaieraient de nous chasser et de nous éliminer, ce qui donnerait au « mouvement » toutes les munitions nécessaires pour rassembler les humains et les transformer en troupeaux de bétail.

— Exactement, avoua Ezra. Les chasseurs tentent d'éviter cela. Dans ce cas précis, ils nous aident.

— Mais ce sont des abrutis ! m'indignai-je avec un geste vers l'étage. Ils sont entrés chez nous par effraction, nous ont frappés et ont menacé de nous tuer ! C'est ça, les gentils ?

— Alice, il n'y a pas de gentils, rétorqua-t-il avec un regard sévère. Nous sommes des vampires, c'est un fait, malgré tous nos efforts. Nous ne sommes pas dans le camp des bons.

— Oui, je commence à le comprendre.

Je me calai contre le dossier du canapé et me mordillai la lèvre inférieure.

— Tu as été bien occupée à essayer de comprendre beaucoup de choses, ces derniers temps, intervint Jack.

Je levai la tête vers lui. Sa voix restait égale, mais il luttait pour la maîtriser.

— Jack, je suis désolée de ne pas t'avoir…

— Vraiment ? Tu es navrée ? lâcha-t-il. L'étais-tu la semaine dernière lorsque je t'ai demandé ce qui se passait et que tu ne m'as rien dit ? Et il y a quelques heures, quand je t'ai demandé ce que tu faisais et que tu m'as menti, droit dans les yeux ? Et quand je m'autoflagellais à propos de cette distance entre nous, alors qu'en réalité tu filais en douce et me racontais des histoires ? Tu étais désolée, là ?

— Jack, j'étais obligée ! Il fallait que je l'aide ! m'écriai-je d'un ton implorant.

— Elle est morte, Alice ! Tu ne peux pas l'aider ! Tu m'as menti ! Tu as menti à ton frère et tu t'es mise en danger ! Tu as fait courir des risques à Bobby ! Qu'est-ce qui t'a pris, bordel ? C'est un humain ! Il a failli y passer ce soir ! Par ta faute !

— Je sais. (Des larmes amères me piquèrent les yeux, et je contemplai le sol.) Crois-moi, j'en suis consciente. Mais je ne pouvais pas faire autrement.

— Quand tu as embrassé Peter l'année dernière, je t'ai suppliée, tu m'entends, je t'ai suppliée de ne plus recommencer !

— Il n'y a pas eu d'autre baiser ensuite ! protestai-je en relevant le menton d'un coup.

— Non, Alice. (Un sourire triste sur les lèvres, il secoua la tête.) Ce n'est pas ce que je voulais dire. Je t'avais demandé de ne plus jamais trahir ma confiance.

— Je suis désolée, dis-je d'une voix tremblante tandis qu'une larme coulait sur ma joue. Je suis sincèrement navrée, Jack. Mais je crois que je n'avais pas le choix.

— C'est toujours comme ça avec toi. Tu penses n'avoir pas le choix, alors que tu l'as. (Il se mordit la lèvre et secoua la tête.) Mais tu aimerais ne pas l'avoir, ajouta-t-il en détournant le regard. Parfois, j'ai l'impression que tu regrettes de m'avoir rencontré, comme ça tu n'aurais pas eu à choisir entre Peter et moi.

— Non, Jack, c'est faux ! (Je me levai.) C'est complètement faux ! Je t'aime !

— Oh ! ça, je le sais.

Il acquiesça, et le coin de sa bouche se releva comme lorsqu'il se retenait de pleurer.

— Tu m'aimes tellement, et ça craint vraiment pour toi. Parce que sinon tu pourrais faire ce que bon te semble. Tu pourrais être humaine, ou une détective vampire, ou encore sortir avec n'importe lequel de mes frères. Si seulement tu n'avais pas besoin de te soucier de moi !

— Jack, non. C'est une erreur. C'est une bêtise que j'ai commise, mais cela reste mineur, il faut relativiser. Tu es furieux parce que je t'ai menti, mais ce n'était pas sur un sujet important. Je ne t'ai pas trompé, et je n'ai fait de mal à personne.

— Tu m'as raconté des salades à plusieurs reprises, tu as filé de la maison en douce et, moi, j'ai tout gobé. Tu ne comprends pas, Alice. Je ne peux plus te faire confiance désormais.

— Non, insistai-je. Je ne te mentirai plus jamais. Quand tu m'as demandé de ne pas trahir ta confiance, tu m'as dit que ce n'était pas grave, que tu me pardonnerais tout, d'ailleurs ce n'est pas ce que je te demande. Je te demande de me pardonner juste ça. Une dernière chose.

—J'ai dit ça, c'est vrai.

Il parlait d'une voix si basse que je l'entendais à peine, et ses yeux bleus étaient inondés de larmes.

—Mais tu sais quoi ? ajouta-t-il. Moi aussi, j'ai menti.

Mes forces me quittèrent aussitôt, et je tombai à genoux. Trop d'événements s'étaient produits et, lorsqu'il prononça ces paroles, j'eus l'impression de recevoir un coup de couteau en plein cœur. J'étais incapable de pleurer tant la douleur était grande.

Ezra s'avança jusqu'à moi et m'entoura de son bras.

—Alice. Tout va bien.

—Que se passe-t-il ? demanda Leif.

Je l'entendis, mais ne le vis pas. Je ne pouvais pas relever la tête. Je refermai les bras sur mon ventre pour tenter de contenir ma douleur. J'étais obligée de me tenir physiquement, sous peine de m'écrouler. J'avalai de grandes bouffées d'air pour ravaler ma bile et éviter de vomir.

—Mais qu'est-ce que tu lui as fait ? demanda Leif en se campant à deux centimètres de Jack. Tu l'as frappée ?

—Je ne ferais jamais ça ! Et c'est elle qui…

Jack me pointa du doigt, puis fit « non » de la tête.

—Ça n'a pas d'importance, reprit-il. Tu devrais être content, car maintenant elle est libre de faire ce qu'elle veut !

—Quoi que tu lui aies fait, arrange ça ! Excuse-toi auprès d'elle ! hurla Leif.

—Personnellement, je n'ai rien fait de mal ! riposta Jack en criant. Et quel est ton problème ? Et pourquoi tu te soucies de ça ? Si je romps avec ma petite amie, en quoi ça te regarde ?

—Parce que je suis son père ! s'exclama Leif.

Chapitre 21

Le choc lié à l'intervention de Leif eut au moins le mérite de faire disparaître ma douleur. Je le contemplai, oubliant momentanément l'affreuse perspective d'une vie sans Jack, qui me déchirait. Il plongea timidement ses yeux bruns dans les miens.

— Excuse-moi. Je ne comptais pas te le révéler de cette manière, me dit-il en enfonçant les mains dans les poches de son pantalon crasseux.

— C'est une blague tordue ? demanda Jack d'une voix dépourvue de colère.

Au fond de moi, je savais que c'était la vérité, peut-être l'avais-je même deviné avant qu'il me l'avoue. J'avais toujours perçu un lien inexplicable entre nous.

— Tu as le même regard que Milo, murmurai-je.

Il était en effet de la même couleur, et m'évoquait celui d'un chiot, comme celui de mon frère.

— En fait, c'est lui qui a hérité de mes yeux, précisa Leif avec un sourire, mal à l'aise.

— Attendez. (Jack nous dévisagea tour à tour.) Vous rigolez, non ? (Il se tourna vers Ezra.) Il ne peut pas être sérieux. C'est impossible. Je me trompe ?

— Oui, annonça Ezra.

Ce dernier avait gardé la main sur mon dos, et semblait peu enclin à répondre.

— C'est rare, ajouta-t-il, mais ça arrive.

Je tentai de me lever, mais mes jambes refusaient de me porter. Leif s'avança pour m'aider, mais Ezra, déjà à côté de moi, me soutint en premier.

Je marchai vers Leif, comme dans un rêve. Je tendis la main pour le toucher, m'attendant à ce qu'elle le traverse, comme s'il était un mirage, mais ce ne fut pas le cas.

Du bout des doigts, je lui effleurai la joue. Sa peau était lisse et fraîche, comme la mienne. Je le regardai, bouche bée, puis laissai retomber mon bras, incapable de faire autre chose que de chercher à assimiler cette révélation.

— Tu es mon père, haletai-je, et il hocha la tête. Quel âge as-tu ?

— Je suis né il y a cinquante-quatre ans, mais j'en avais à peine vingt-deux au moment de ma transformation, m'expliqua-t-il.

Cela accentuait mon sentiment d'irréel. J'avais dix-huit ans, et mon père en paraissait seulement quatre de plus que moi. De façon étrange, je n'avais jamais remarqué auparavant à quel point il ressemblait à Milo. Des gens qui les auraient rencontrés en même temps les auraient pris pour des frères.

— Comment m'as-tu retrouvée ? lui demandai-je.

— Je…

Il baissa les yeux, et ses joues s'empourprèrent.

— Je ne te cherchais pas. Je n'ai pas retrouvé ta trace.

— Comment ?

— Il y a quelques semaines, j'ignorais que Milo et toi étiez mes enfants.

Il déglutit péniblement et pinça les lèvres.

— Comment pouvais-tu ne pas le savoir ?

Je reculai d'un pas, me sentant trahie par cet aveu.

Ezra s'approcha de moi afin de me soutenir en cas de besoin, tandis que Jack restait en retrait, hésitant quant à la conduite à adopter.

— Tu étais si petite la dernière fois que je t'ai vue, et Milo n'était pas encore né, reprit Leif, le regard triste et implorant. Je ne savais même pas que j'avais un fils. Ta mère venait juste d'apprendre sa grossesse.

— Tu nous as quittés, dis-je doucement en faisant un pas en arrière. Tu nous as abandonnés, et je ne me souviens même pas de toi.

— Alice, je n'ai pas eu le choix, regretta-t-il, les yeux mouillés de larmes. J'ai cru que… (Il se frotta la bouche et baissa la tête.) J'adorais Anna, mais nous étions ensemble depuis peu quand elle est tombée enceinte de toi. Je n'ai pas eu le temps d'envisager ce que ce serait. Et je t'aimais. Je vous aime encore tellement, Milo et toi. Je suis parti pour vous protéger.

— Comment as-tu pu ignorer que j'étais ta fille ? insistai-je, plus fort cette fois. Si tu tiens à moi autant que tu le prétends ?

— Si tu savais le nombre de filles que j'ai croisées en me disant que c'était toi. Chaque fois que je voyais une petite fille, je me demandais si c'était toi. Chaque fois que j'entendais ton prénom, je me demandais si c'était toi. Et j'ai fini par… être comme anesthésié.

— Je ne comprends pas ce que tu veux dire, dis-je en m'essuyant les yeux avant que les larmes coulent.

— Je me suis interdit de penser à toi, ou de m'inquiéter pour toi, ta mère ou ton frère, précisa-t-il. Je savais que je vous survivrais, et j'étais incapable de gérer cette situation. J'ai essayé de vous balayer de mon esprit.

— C'était mon anniversaire le mois dernier ! Tu ne t'es pas dit « Tiens, j'ai eu une fille prénommée Alice qui aurait eu dix-huit ans aujourd'hui ? » Ça ne t'a pas traversé la tête ?

— Je ne savais pas que tu avais dix-huit ans, et je… (Il secoua la tête.) Tu en parais dix-neuf, mais tu es une vampire. Tu aurais tout aussi bien pu en avoir cent.

— Et avec Milo ? Tu n'as pas assemblé les pièces du puzzle ?

— J'ignorais même que c'était ton frère biologique, reconnut Leif. J'ai cru que tu employais ce terme comme Ezra et Jack sont frères. Il n'était pas encore né quand je suis parti et, la dernière fois que je t'ai vue, vous viviez dans l'Idaho. Je n'avais pas la moindre raison de penser que…

» J'ai bien ressenti un lien avec Milo et toi, poursuivit-il, mais je ne me suis pas rendu compte de votre identité jusqu'à ce que je surprenne une dispute entre Jack et toi il y a quelques semaines. Et, dès que je l'ai appris, j'ai su que je devais faire tout mon possible pour que tu me pardonnes. Mais je n'avais pas encore trouvé la bonne manière de vous le dire.

— Je sais que tu es un vampire, mais… pourquoi es-tu parti ?

Je m'essuyai de nouveau les yeux, puis croisai les bras.

— Ta mère avait à peine dix-neuf ans quand je l'ai rencontrée, et ç'a été le coup de foudre. (Cette fois, il ne me quitta pas du regard.) Elle ignorait que j'étais un vampire. J'avais l'intention de le lui confesser, mais elle est tout de suite tombée enceinte de toi. Ensuite, je ne pouvais pas le lui dire, de peur qu'elle prenne une décision radicale, comme celle de s'enfuir ou d'avorter.

» Je l'ai installée dans un appartement, et je suis resté avec elle la plupart du temps. J'inventais des histoires à propos de mon travail, mais je me suis occupé d'elle de mon mieux, ajouta-t-il. Je ne croyais pas pouvoir aimer quelqu'un plus qu'elle, jusqu'au jour de ta naissance. J'aurais tout donné pour te regarder grandir.

— Pourtant, tu ne l'as pas fait, rétorquai-je, et il hocha la tête.

— La veille de mon départ, Anna se tenait devant la glace, expliqua-t-il. Sa nouvelle grossesse commençait à se voir. Elle avait relevé son chemisier, et se caressait doucement le ventre. Je me suis approché d'elle, je l'ai prise dans mes bras et lui ai dit qu'elle était magnifique.

» Elle m'a répondu que je mentais, qu'elle était devenue grosse, alors que je n'avais absolument pas changé depuis que nous étions ensemble. (Il ferma les yeux en se remémorant cette scène.) Elle plaisantait, mais je savais qu'il ne me restait que quelques années avant que cela se remarque beaucoup. Elle allait vieillir, tandis que je demeurerais jeune pour toujours.

— Et alors ? lançai-je. Tu aurais pu la transformer. Ou pas. Lui avouer que tu étais un vampire. On aurait pu déménager avant que les gens aient des soupçons.

— Je l'ai envisagé. J'ai songé à faire d'elle une vampire une fois qu'elle aurait accouché de Milo. J'imaginais que nous pourrions nous enfuir et vivre heureux pour l'éternité. Je nous fantasmais, Anna et moi, jeunes et beaux pour toujours, élevant nos enfants à travers le monde.

» Mais, si je vous avais élevés ainsi, je savais que vous auriez eu envie de vivre comme nous. Et ce n'était pas l'existence que je souhaitais pour vous, précisa-t-il avec un sourire de plus en plus peiné. Je voulais que vous viviez. Que vous ayez une véritable vie. Si j'étais resté, je n'aurais pas pu vous offrir cela. Je ne désirais pas vous voir finir comme moi.

— Eh bien, tu as bien fait de nous abandonner, parce que je ne suis carrément pas devenue vampire, ironisai-je. Non, attends, en fait, si. Par contre, j'ai grandi sans père.

— Tout ce que j'ai fait, c'était pour votre bien, insista-t-il. Tu n'es pas obligée de me croire, mais c'est vrai. Je suis parti à ce moment-là parce que je ne souhaitais pas que tu te souviennes de moi ou que je te manque. Je voulais que tu m'oublies et que tu poursuives ta vie.

— Ça n'a pas marché, « papa » ! aboyai-je. Tu m'as tout de même manqué ! Quand j'étais petite, je m'endormais en pleurant, et Milo me posait des tas de questions sur toi, et j'inventais des réponses pour le réconforter. Et maman, elle n'a jamais tourné la page ! Elle a été malheureuse, elle est devenue aigrie et… tu nous as laissés seuls avec elle !

— Je suis désolé, s'excusa-t-il, les yeux baignés de larmes. Je ne savais pas. Je ne… (Il baissa le regard.) Je me suis efforcé de vous protéger. Je ne désirais que votre bonheur. Ç'a été un déchirement de vous quitter, Alice, affirma-t-il, les lèvres pincées. C'est pour ça que j'ai fini par atterrir chez les lycans. Je pensais qu'ils me tueraient.

— Est-ce que maman t'était destinée ?

Du coin de l'œil, je vis que Jack m'observait.

— Oui, dit Leif à voix basse. Elle l'était. Elle l'est toujours.

Je me mordis la lèvre inférieure. Je savais la douleur d'avoir grandi sans père et de me demander pourquoi il ne m'aimait pas assez pour rester. Et je connaissais l'affreux chagrin de perdre un être cher. Ma dispute avec Jack avait été si brutale que je pouvais à peine parler ou respirer.

Mais Leif avait volontairement choisi cette douleur. Il avait abandonné ma mère, mon frère à naître et moi en mesurant la souffrance qui en résulterait, tout ça pour nous protéger. Il s'était sacrifié pour notre bonheur.

Depuis que je connaissais Leif, il avait toujours fait preuve de gentillesse. Plus d'une fois, il avait risqué sa vie pour nous aider, moi ou mes amis. Et, jusqu'à ce que je découvre qu'il m'avait abandonnée quand j'étais petite, je l'appréciais vraiment.

— Mais maintenant tu ne vas pas partir, hein ? demandai-je.

— Non, bien sûr que non, dit-il en secouant la tête. Je ne vais nulle part.

— Dans ce cas, on ferait mieux de l'annoncer à Milo, suggérai-je.

Même si mon frère devait encore se reposer pour se rétablir, je le réveillai pour tout lui raconter. Sa peau avait repris sa couleur normale et n'était plus boursouflée, mais il se déplaçait lentement. Sans lui expliquer pourquoi je l'avais tiré de son sommeil, je réussis pourtant à le traîner en bas. Bobby ne cessait pas de me traiter de méchante, alors je lui donnai un coup de coude dans le ventre, et il se tut.

Je m'installai sur le canapé à côté de Milo, un bras passé autour de lui. Je ne sais pas si lui en avait besoin, mais moi oui. Leif tira une chaise devant nous et s'assit, s'apprêtant à dévoiler toute l'histoire. Ezra resta dans la pièce pour nous surveiller, ce qui me rassura.

Jack tenta de s'asseoir près de moi, mais je le repoussai.

— Non, lui dis-je. Je ne te laisserai pas faire.

— De quoi parles-tu ? s'étonna-t-il.

— Essayer de… faire celui qui me réconforte, soulignai-je avec un regard noir. Tu as rompu avec moi, je te rappelle !

— Quoi ? lâcha Milo en me regardant.

— Ce n'est pas le sujet, déclarai-je.

Jack prit place sur une chaise sur le côté, en marmonnant qu'il pouvait soutenir mon frère.

— Leif a un truc plus important à te dire, Milo.

Leif lui dévoila tout, et la réaction de mon frère fut proche de la mienne. D'abord la stupéfaction, puis l'incrédulité, et enfin la colère quand il se souvint que Leif nous avait abandonnés. Mais il prit la nouvelle mieux que moi. Il se montra plus clément, comme il avait tendance à l'être dans la vie en général.

— Waouh ! s'extasia Bobby, assis aux pieds de Milo, impressionné. On dirait Luke Skywalker, là.

— Leif n'est pas Dark Vador, répliqua Milo en inclinant la tête. Comment dois-je t'appeler ? Leif ou papa ?

L'intéressé haussa les épaules.

— Comme tu préfères. Je suis juste heureux de faire partie de ta vie.

— Je ne comprends toujours pas.

Ses traits se tordirent dans une grimace de concentration, qui me fit penser au Milo humain qu'il avait été.

— Comment… euh… comment est-ce possible ? demanda-t-il.

— Tu veux savoir comment j'ai réussi à te concevoir ? s'enquit Leif d'un ton prudent. De la même façon que n'importe quel homme. (Mal à l'aise, il se tortilla sur son siège.) Je suis certain que tu connais les mécanismes de la reproduction.

— Oui, chez les humains, objecta mon frère. Mais je croyais que les vampires étaient incapables de se reproduire et de s'assurer une descendance. (Il se tourna vers moi.) Tu le savais ?

— Non. Pourquoi aurais-je été au courant ? répliquai-je avec un haussement d'épaules.

Ezra s'avança vers nous. Il nous avait laissé un moment d'intimité pour discuter, mais sa présence me tranquillisait.

— J'ai déjà vu cela arriver, intervint-il. Seulement deux fois, mais c'est un phénomène suffisamment répandu pour avoir un nom : un dhampire.

— Un quoi ?

— Le fruit de l'union entre un vampire et une mortelle, me précisa Ezra, et Leif se tourna vers lui. Cela explique bien des particularités que j'ai constatées chez vous. Votre rapport fort et votre attirance pour les vampires et, à leur tour, leurs affinités avec vous. Votre transformation relativement aisée et, à présent, votre force et votre maîtrise supérieures à la moyenne.

— Attendez deux secondes, intervint Bobby en claquant des doigts. Ça me dit quelque chose. C'est comme dans le film *Blade*, non ? Wesley Snipes y joue un chasseur de vampires, super fort et doué grâce à sa nature d'hybride. (Il jeta un coup d'œil à Milo.) Mais tu n'étais pas comme ça quand tu étais humain, si ?

Milo fronça les sourcils en se remémorant son existence de mortel.

— Non, je me faisais botter le cul en permanence.

— Alors pourquoi ils n'étaient pas du tout comme Blade ? demanda Bobby à Ezra.

— Parce que c'est une fiction, Bobby, dis-je sèchement. La réalité est différente.

— Chaque dhampire est unique, précisa Ezra. D'après ce que j'ai entendu, certains sont plus puissants que d'autres, mais la seule constante est leur attirance pour les vampires. La plupart finissent par le devenir.

— Nous sommes attirés par les vampires ? répétai-je, l'estomac soudain noué.

— En effet, acquiesça Ezra.

Je me refusai à regarder Jack, mais je sentais qu'il m'observait. J'avais encore un bras passé autour de Milo, et je resserrai mon étreinte, cette fois pour me soutenir moi-même.

Mon père était un vampire. J'étais née avec une partie de ce virus en moi, qui avait modifié mon sang, si bien que les vampires m'attiraient. J'avais été programmée pour les rechercher, et ils désiraient eux aussi ma compagnie.

Et si c'était l'unique raison de mon lien avec Jack ? ou avec Peter ? La conséquence indirecte d'un virus contracté avant que je vienne au monde ? Peut-être n'avais-je jamais été liée à aucun des deux frères, ni à personne d'autre.

Les paroles de Mae, qu'elle avait prononcées un soir où, quand j'étais encore mortelle, elle m'avait accompagnée pour une sortie histoire de me remonter le moral, m'obsédaient à présent, alors qu'à l'époque je n'y avais pas réellement prêté attention.

« *J'essaie de comprendre votre ascendance, parce que ton frère et toi êtes véritablement uniques. Je me demande si nous ne nous sommes pas trompés. Peut-être que tu n'es pas destinée à Peter, et que tu es juste faite pour devenir vampire. Pour vous, nous ne sommes qu'un moyen de parvenir à vos fins* », avait-elle dit, l'air lointain.

— Alice ? Tout va bien ? s'inquiéta Leif en se penchant vers moi.

— Oui, articulai-je, hébétée.

Ma bouche refusait de fonctionner. J'étais comme paralysée.

— Tu es sûre ? insista Milo. Tu es toute pâle.

— Oui, ça va. C'est juste que… la nuit a été très longue, m'excusai-je en essayant, en vain, de plaquer un sourire sur mon visage. (Je me levai, soulagée que mes jambes ne se dérobent pas sous moi.) J'ai besoin de… de me reposer un peu.

— Tu veux de l'aide ? me proposa Ezra, l'air soucieux.

— Non, dis-je en secouant la tête. Non, je suis tout à fait…

Je n'achevai pas ma phrase, incapable de mettre des mots sur mes émotions.

Milo se leva et tenta de me soutenir, mais je ne le laissai pas faire. Il devait rester avec Leif pour discuter et régler quelques questions. De mon côté, j'avais atteint ma limite, mon cerveau marchait à peine.

Il était 13 heures passées, et je n'avais pas encore dormi. Je venais de traverser la plus longue nuit de mon existence. J'avais compris que j'avais senti la mort de Jane, des chasseurs de vampires nous avaient attaqués, mon petit ami avait rompu avec moi, et j'avais appris que mon père était un vampire. C'était un peu trop.

Je montai d'un pas chancelant pour regagner la chambre que je partageais avec Jack, en m'interdisant de songer à lui ou de me demander où je dormirais le lendemain. J'étais même incapable de me déshabiller. Je m'effondrai sur le lit. Tandis que je sombrais dans le sommeil, les paroles de Mae se répétaient en boucle dans mon esprit.

« Pour vous, nous ne sommes qu'un moyen de parvenir à vos fins. »

Chapitre 22

J'essuyai la buée du miroir et constatai avec surprise que mon reflet était normal. Malgré de longues heures de sommeil et une douche chaude, j'avais encore l'impression d'être passée sous un train, même si mon apparence n'avait pas changé.

C'était la rupture qui me faisait le plus mal. J'avais cru que la douleur s'atténuerait un peu, comme le choc lié à la découverte de l'identité de mon père. Or elle restait toujours aussi vive, me tenaillant comme une plaie purulente. Je n'avais pas encore pleuré depuis mon réveil, mais je soupçonnais que j'avais épuisé toutes mes larmes pour un bon moment la nuit précédente.

Je ne parvenais pas à chasser Mae de mes pensées. Et si elle avait eu raison ? Si j'avais juste été faite pour devenir vampire ? Si je n'avais jamais été destinée à Jack ou à Peter, les avais-je vraiment aimés ?

Chaque fois que je songeais à ma dispute de la veille avec Jack, la nausée m'envahissait. Sans lui, mon existence ressemblait à un tourbillon géant. Ce désespoir, cette envie d'être à son côté, ce devait être parce que je l'aimais. Je lui vouais un amour véritable et sincère. Cela ne pouvait pas résulter d'une réaction biologique inscrite en moi pour que je me transforme en vampire. Ou me trompais-je ?

Cependant, cette question n'avait plus d'importance désormais, puisqu'il m'avait rejetée.

— Alice, dit-il en ouvrant la porte à la volée.

— Jack ! protestai-je.

Je m'étais enroulée dans une serviette, mais je n'étais pas encore vêtue. Lorsqu'il était entré, j'avais sursauté et resserré la serviette contre moi.

— Quoi ? lança-t-il, étonné par ma pudeur. Ce n'est pas comme si je ne t'avais jamais vue nue.

— Oui, eh bien, tu m'as larguée, lui rappelai-je. Donc tu n'as plus le droit de me voir nue.

— Tu es dans ma salle de bains, riposta-t-il.

— Même. Maintenant, pourrais-tu sortir pour que je m'habille ?

Il quitta la pièce sans insister et, dès qu'il eut refermé la porte, je m'appuyai sur le lavabo et tentai de reprendre mon souffle. J'avalai ma salive et songeai que je pouvais y arriver.

— Alice, dit-il de l'autre côté de la porte, je voulais te parler.

J'enfilai mes vêtements à la hâte, de crainte qu'il ne m'attende pas longtemps. Il avait tendance à se montrer impatient, et peut-être désirait-il m'annoncer de bonnes nouvelles. Par exemple, qu'il s'était rendu compte de son comportement injuste de la veille. Certes, je lui avais menti, mais pas de quoi en faire toute une histoire.

Je sortis, les cheveux encore mouillés. Jack se tenait vers le bout du lit, les bras croisés, et il évita de croiser mon regard.

En temps normal, lorsque je me trouvais près de lui, une douce chaleur se propageait en moi, et je ressentais des picotements. Ce n'était pas exactement comme des papillons dans le ventre. C'était arrivé quand j'étais devenue vampire, car il m'avait offert son sang. Je percevais sa présence, comme si mon cœur était lié au sien. Sans aucun effort de ma part, mon corps allait naturellement vers lui. Il attirait mon sang comme un aimant.

Mais c'était terminé. Seule une douleur subsistait, comme un nuage noir qui grandissait en moi et menaçait notre lien. Mon cœur était serré dans un étau, si fort que cela m'empêchait de sentir le fil invisible qui nous reliait.

— De quoi veux-tu discuter ? demandai-je en me mordillant la lèvre.

— Euh… (Gêné, il bascula son poids sur une jambe.) Je souhaitais m'assurer que tu allais bien. Après tout ce qui s'est passé hier.

— Tu veux dire parce que tu as rompu à cause d'un prétexte stupide ?

— Ce n'est pas stupide, Alice, soupira-t-il avant de secouer la tête. Et, non, ce n'est pas ce que je voulais dire. Je pensais à… Leif, et aussi à tout le reste.

Je m'entourai de mes bras, la bouche soudain sèche, un poids sur l'estomac. Je ne savais même pas comment répondre à sa question.

— Euh… pourquoi ?

— Comment ça ?

Il leva la tête vers moi, sans pour autant me regarder dans les yeux. Je sentais qu'il me jaugeait, cherchant à vérifier comment j'allais, et cela ravivait ma douleur.

— Non, Jack, je ne te le permettrai pas.

Je passai la main dans mes cheveux emmêlés, puis je la plaquai le long de mon corps, comme pour contenir ma tristesse.

— Je ne te laisserai pas me briser le cœur et ramasser les morceaux.

— Alice.

Ses traits se décomposèrent, puis ses épaules s'affaissèrent tandis qu'il me contemplait, impuissant.

— Je ne… je ne voulais pas te faire de mal.

— Tu es encore un plus gros menteur que moi, dis-je en levant les yeux au ciel pour retenir mes larmes.

Je détestais me retrouver dans la même pièce que lui et sentir ses émotions. Son propre chagrin et ses idées confuses se répandaient dans l'air, comme un épais brouillard, et je ne le supportais pas, car ils s'ajoutaient aux miens.

— En quoi est-ce un mensonge ? lança-t-il, affichant à présent un air défensif. Je ne veux pas te faire souffrir.

— Je sais ! criai-je sans en avoir l'intention. (Je secouai la tête, puis repris la parole en baissant la voix.) Mais tu m'avais promis de m'aimer pour toujours, puis j'ai commis une petite erreur et… enfin, soyons honnêtes, embrasser Peter, c'était bien pire que ça.

— Non. (Il fronça les sourcils et se mordit l'intérieur des joues.) C'était grave. Mais ça… Je t'ai demandé ce que tu faisais, je t'ai avoué que je sentais qu'une distance se creusait entre nous. J'ai été franc avec toi, et tu n'as pas cherché à me contredire. Tu ne… tu n'as pas réussi à me faire confiance concernant cet aspect de ta vie.

— Mais je ne voulais pas que tu te fasses du souci, c'est tout ! Je n'avais pas envie d'une autre dispute avec toi, on en a eu suffisamment ces derniers temps sur d'autres sujets.

— Mais c'est justement ça qui coince, Alice, insista-t-il avec un regard empreint de gravité. Il y a eu de nombreuses disputes, et tu me caches quelque chose. Tu es inquiète et préoccupée. Toute cette affaire n'est qu'un symptôme de ton état. Tu as un problème que je ne peux résoudre.

— Jack, tu n'en as pas besoin. (Je secouai la tête.) Et, effectivement, je traverse une crise. Mais cela ne signifie pas pour autant qu'on devrait mettre fin à notre relation. On ferait mieux d'essayer de surmonter nos différends.

Il esquissa l'un de ses sourires peinés, qui me fendit encore plus le cœur. Il baissa la tête et se passa la main dans les cheveux. Pendant un long moment, il resta silencieux.

— J'ai tout fait pour correspondre à tes désirs, pour t'offrir tout ce que tu voulais. Et tu n'es pas heureuse. (Il prit une profonde inspiration, et laissa sa phrase en suspens.) Alors, maintenant, je me conformerai à ce dont tu as besoin.

Mon téléphone retentit dans ma poche, mais je n'en tins pas compte.

— Que veux-tu dire par là ? demandai-je, et il secoua la tête.

— Décroche, m'ordonna-t-il avec un hochement de tête avant de se retourner.

Je l'appelai, mais il quitta la pièce sans même un dernier regard.

— Allô ? articulai-je dans un grand soupir.

— Alice ? s'enquit Olivia.

— Olivia, tu es rentrée ? Je t'ai cherchée.

— Il faut qu'on parle, m'annonça-t-elle sans se lancer dans ses divagations habituelles qui lui servaient de préambule.

Sa voix paraissait lucide et crispée, ce qui me rendit nerveuse.

— Quand peux-tu venir chez moi ? demanda-t-elle.

— Quand tu veux.

— Dès que possible.

Sans attendre ma réponse, elle raccrocha.

Je consultai l'écran de mon portable pour vérifier que la communication n'avait pas été coupée, ce qui n'était pas le cas. J'envisageai de la rappeler mais, si elle voulait que je la rejoigne immédiatement, c'était sans doute important. Inutile de perdre de précieuses minutes.

— Salut, Alice, comment…

Lorsque Milo vit que je mettais mes chaussures, il s'interrompit.

— Où vas-tu ?

— Je sors.

Puis je secouai la tête et poussai un soupir. Après ce qui s'était passé avec Jack, il valait certainement mieux ne plus laisser personne dans l'ignorance désormais.

— Olivia m'a appelée. Elle m'a demandé de la retrouver chez elle.

— Pourquoi ? s'enquit mon frère en plissant les yeux.

— Je n'en sais rien, mais ç'avait l'air important.

— Je t'accompagne.

À présent, il commençait à maîtriser le ton qu'Ezra employait lorsque le débat était clos.

— Tu n'as pas cours ?

Je préférais éviter qu'il vienne avec moi, surtout si Olivia s'était attiré des ennuis, mais je ne pouvais pas facilement le lui avouer, car il ne ferait qu'insister davantage.

— Il est 22 heures, et nous sommes vendredi.

— Ah ! d'accord. (Je hochai la tête.) Bon, eh bien, allons-y.

Comme il venait, Bobby était automatiquement du voyage, mais cela ne me gênait pas. Sans réussir à me l'expliquer, je me sentais rassurée que mon ami nous accompagne lors de nos escapades risquées, même s'il était plus fragile que nous. Je tenais presque autant à lui qu'à mon frère, donc ce n'était pas ça.

De manière étrange, je le considérais plus comme un égal que Milo. Ce dernier resterait toujours mon petit frère, que les autres enfermaient dans son casier et qui avait besoin que je fasse attention à lui. Bobby était plutôt comme… un acolyte.

Mais Milo ne partageait pas mon avis. Manifestement, ils avaient eu tous les deux une violente dispute à propos du fait que Bobby soit sorti en douce avec moi, mais heureusement elle s'était déroulée pendant mon sommeil. Dans la voiture qui nous conduisait chez Olivia, Milo prit bien soin de me préciser à quel point il était mécontent que j'aie mis son petit ami en danger, même s'ils s'étaient déjà pardonnés.

J'enviais la facilité déconcertante avec laquelle ils se réconciliaient. Je mettais cela sur le compte de Milo et de son infinie patience, ainsi que de l'adoration sans bornes que Bobby vouait à mon frère. Leur relation aurait dû être presque aussi compliquée que celle qui m'unissait à Jack, mais elle ne l'était pas.

En ce début de week-end, le club était encore plus bondé que lors de mes dernières visites. Nous le traversâmes pour emprunter l'ascenseur qui menait au loft d'Olivia, car c'était le chemin le plus rapide d'ordinaire et, des soirs comme celui-là, se frayer un chemin se révélait plutôt pénible.

Le single *Bulletproof* de La Roux hurlait à plein volume. Même si j'appréciais ce titre, les décibels m'agressèrent les oreilles. Je n'avais pas assez dormi et mangé dernièrement, et une sévère migraine se profilait à l'horizon. La musique empirait mon état.

Je me faufilai parmi les corps en sueur, les bousculant au passage. Auparavant, j'étais délicate et prévenante, mais désormais j'aurais écarté quiconque se serait mis sur ma route. La foule menaçait sans cesse d'engloutir Bobby, alors je lui saisis le bras et le tirai d'un coup sec vers l'avant. Milo le suivait de très près, repoussant les assauts de ceux qui auraient pu s'en prendre à son petit ami.

— Regarde où tu vas ! me cria quelqu'un, et je ne me serais même pas arrêtée s'il n'avait pas éclaté de rire. Tu me suis, c'est ça ?

— Hé, c'est ce gros con ! s'exclama Bobby d'une voix presque enjouée.

Je pivotai et vis Jonathan, son sourire tordu aux lèvres. Il portait un blouson de cuir sans rien dessous. Malgré ses abdominaux irréprochables, sa tenue semblait de mauvais goût. Il s'était même mis une croix en argent autour du cou. Rien que ce détail me donnait envie de lui donner un coup de poing.

— J'ai une raison de te suivre ? lui lançai-je.

Il se tenait à environ cinquante centimètres de moi, et la foule s'était écartée autour de nous. Nous nous trouvions à l'extérieur d'un petit cercle où personne ne dansait, comme si nous étions sur le point de faire une démonstration de danse ou de nous affronter sur la piste. Bobby et Milo restèrent derrière moi, contribuant à cette impression que la bagarre allait éclater.

— La même raison que tous les autres, c'est tout, répliqua Jonathan avec un sourire plus large, révélant plus de dents que nécessaire.

— Laquelle ?

— Parce que tu n'arrives pas à me résister, bébé !

Il écarta les bras avec un geste théâtral. Bobby eut un reniflement moqueur. Le sourire de Jonathan faiblit, à peine un instant, mais je compris qu'il était énervé.

Il m'avait toujours donné la chair de poule, mais désormais c'était pire. En sa présence, mon sang brûlait dans mes veines, comme si je ne pouvais pas le supporter physiquement. Mon estomac se souleva. Mon instinct me dictait de m'enfuir.

— Nous n'avons pas le temps pour tes bêtises, annonçai-je en levant les yeux au ciel avant de me retourner.

Bobby, impertinent, déclara qu'il n'avait aucun mal à lui résister, mais à peine avait-il prononcé cette remarque que Jonathan se rua sur lui pour l'attaquer. Je ne réussis pas à me déplacer assez vite afin de l'empêcher de frapper Bobby, mais ce dernier n'encaissa qu'un seul coup.

Je fondis sur le vampire et lui donnai un coup de pied à l'arrière des jambes, qui se dérobèrent sous lui. Il chancela en arrière puis tomba sur les genoux. De la main gauche, je lui serrai le cou, si fort que je sentis sa pomme d'Adam craquer et, de ma main libre, je lui assenai un violent coup de poing. J'eus l'impression de cogner du béton, mais sa mâchoire céda et se brisa sous mes jointures.

Je m'apprêtais à le frapper de nouveau lorsque Milo m'en empêcha en posant la main sur mon bras.

— Alice ! s'écria-t-il.

Le bas du visage de Jonathan était en charpie. Son sang ruisselait sur ma main, gargouillant de sa bouche explosée. Cet imbécile tentait de reprendre son souffle, mais il n'essaya même pas de se battre contre moi. Il avait les bras ballants et la tête renversée en arrière. Il me contemplait, les yeux écarquillés, son regard aussi froid et impassible que d'habitude.

Même sachant que je passerais à tabac un individu incapable de se défendre et bien que mon frère me tire par la manche pour partir, je ne baissai pas le poing. Mon sang bouillonnait, me brûlant les muscles, et de l'électricité traversait tout mon corps. Je voulais littéralement détruire Jonathan.

— Alice ! il faut emmener Bobby en haut ! hurla Milo.

À en juger par la douleur qu'il m'infligeait, il employait presque toute sa force pour m'entraîner, mais j'étais comme clouée sur place.

La foule formait encore un cercle autour de nous, observant la scène. Si Jonathan avait été humain, je l'aurais probablement tué. Un nouveau frisson me parcourut l'échine quand j'en pris conscience. Sans même essayer, j'avais failli provoquer sa mort.

Je le lâchai, et il resta agenouillé. Il partit en arrière, comme suspendu au bout d'un fil. Il incurva sa bouche ensanglantée et boursouflée dans une ébauche de sourire, et je détournai les yeux, ne supportant plus de le voir.

Lorsque Milo fut certain que je le suivrais de mon plein gré, il me libéra. Il entoura la taille de Bobby et le soutint jusqu'à l'ascenseur. Les gens s'écartèrent sur notre passage, mais personne ne m'adressa la parole, pas même mon frère.

— Qu'est-ce qui t'a pris ? siffla ce dernier une fois dans la cabine, à l'abri des oreilles indiscrètes.

— Je vais m'en remettre, lui assura Bobby.

Il avait la main sur l'œil, mais du sang s'en écoulait et ruisselait sur sa joue.

Son odeur emplissait tellement l'espace exigu que je suffoquais, d'autant plus que je n'avais pas bu depuis longtemps. Je fis les cent pas dans l'ascenseur et frottai les paumes sur mon jean pour me débarrasser du sang de Jonathan.

— Je sais, dit Milo. Mais je ne m'adressais pas à toi, même si ce que tu as fait était vraiment stupide. Je posais la question à Alice. À quoi as-tu joué ?

— Il a frappé Bobby, marmonnai-je.

Mais je savais que ce n'était pas tout à fait ça. Cela m'avait énervée qu'il s'attaque à Bobby, comme l'aurait fait n'importe qui qui s'en serait pris à lui ou à un de mes proches, mais il y avait autre chose. Une rage incontrôlable s'était emparée de moi.

— Oui, je comprends, mais j'ai cru que tu allais le tuer.

Milo avait un bras autour de son petit ami, qu'il berçait presque contre son torse, et il gardait une voix calme.

Ce ne fut qu'en le regardant que je me rendis compte de sa peur. Il avait aperçu un aspect de moi qui l'avait effrayé.

— Je t'avais dit que j'étais capable de me débrouiller seule.

— Ne sois pas fâché contre elle, intervint Bobby. Elle m'a défendu, c'est tout. Elle a eu raison.

Milo soupira, mais resta silencieux. Bobby tenta de le convaincre que sa blessure n'était pas très grave et que je n'avais rien fait de mal, mais mon frère lui répéta de se taire.

Lorsque les portes de l'ascenseur s'ouvrirent, Olivia nous attendait au milieu du salon. Dans son dos, ses longs cheveux se fondaient dans la longue robe noire qu'elle portait. Elle tenait un verre à vin rempli de sang frais, et je me mis à saliver un peu.

— Alice, ma puce, il y a un souci ? s'inquiéta-t-elle en s'avançant.

— Je dois nettoyer sa plaie, expliqua Milo en aidant son petit ami à sortir de la cabine. Je pourrais emprunter ta salle de bains ?

— Oui, elle est juste après la cuisine, dit-elle en lui indiquant la direction, et Milo y emmena Bobby. Qu'est-il arrivé à votre humain ?

— Pourquoi avais-tu besoin de me voir de façon si urgente ? demandai-je, éludant sa question.

J'enfonçai les mains dans les poches de mon blouson et fis le tour de son loft. Visiblement, il n'y avait personne à part nous, et je ne perçus aucun danger. J'étais encore nerveuse et angoissée par mon altercation avec Jonathan, mais mon sang refroidissait progressivement, pour retrouver sa température glaciale normale.

— Tu veux boire un coup ? me proposa-t-elle. (Je m'arrêtai devant les fenêtres et contemplai les lumières de la ville, puis me tournai vers elle.) On dirait que tu en as bien besoin.

— Oui, s'il te plaît, acceptai-je.

Elle se rendit dans la cuisine et me servit une dose de sang dans un verre à vin. Milo sortit de la salle de bains, et elle lui donna une poche de glace qui venait du freezer, puis il retourna rapidement s'occuper de Bobby. Elle ne mangeait pas, mais stockait de la nourriture pour ses invités humains, comme nous en gardions pour Bobby chez nous.

— Tiens, dit-elle avec un sourire en me tendant ma boisson.

— Merci.

Je n'avais jamais bu de sang dans un verre. C'était élégant et, au lieu de l'avaler d'une traite comme je le faisais en temps habituel, je le sirotai.

— Tu as eu un souci, affirma Olivia en m'observant.

— Rien d'important, lui confiai-je avec un haussement d'épaules avant de prendre une autre gorgée.

— Assieds-toi. (Elle désigna ses canapés.) Calme-toi. Ensuite, nous discuterons.

Je lui obéis, et elle s'installa sur le sofa en face du mien, laissant la soie de sa longue robe flotter autour d'elle. Elle fit tournoyer le pied de son verre entre ses doigts et me regarda boire.

Je m'efforçai de savourer le sang, mais j'en avais vraiment besoin. Il s'écoulait en moi et me remplissait d'extase. Mon corps semblait plus léger. L'euphorie me gagnait mais, en réalité, je me sentais plus attentive qu'auparavant.

— Est-ce que tu m'as invitée chez toi pour me séduire? demandai-je.

Olivia portait une robe, et c'était la première fois que je la voyais vêtue ainsi. De la musique classique, du Mozart, je crois, jouait en fond sonore. L'éclairage était tamisé, et elle me resservait continuellement à boire.

— Non, je voulais te mettre à l'aise, m'indiqua-t-elle avec un sourire. J'ai des conquêtes bien plus ambitieuses que la tienne dans ma ligne de mire.

Je me demandais si elle faisait allusion à Violette, mais je m'abstins de lui poser la question.

Milo et Bobby sortirent de la salle de bains. Mon frère guidait son petit ami comme un chien d'aveugle. Jonathan avait frappé Bobby à l'œil gauche, sur lequel ce dernier maintenait la poche de glace.

— Comment ça va ? m'enquis-je.

— Je suis comme neuf, affirma Bobby avant de s'asseoir près de moi sur le canapé, et il grimaça quand la poche de glace bougea. Du moins, presque, rectifia-t-il.

— Alors, Olivia t'a dévoilé sa grande nouvelle ? lança Milo en prenant place sur l'accoudoir à côté de Bobby.

Il passa son bras derrière les épaules de Bobby, dans un geste censé être romantique mais, en fait, il visait plutôt à le protéger. Mon frère se méfiait toujours d'Olivia.

— Pas encore, répondis-je. Pourquoi m'as-tu fait venir, Olivia ?

Elle pencha la tête en arrière et appela en direction de la chambre derrière elle :

— Violette !

Milo resserra son étreinte sur Bobby, qui tressaillit de douleur, mais il ne bougea pas d'un pouce. Je devais reconnaître que la combinaison d'une information enveloppée de mystère et de Violette avait tendance à me rendre moi-même nerveuse, mais le sang contribuait à atténuer cette impression. Je me sentais presque sereine.

La porte de la chambre de Violette s'ouvrit, mais ce ne fut pas elle qui franchit le seuil. En lieu et place, une enfant de huit ou neuf ans s'avança. De longs cheveux châtains ondulés lui encadraient joliment le visage, et sa peau était lisse et parfaite. Elle se déplaçait avec des mouvements lents et réfléchis. Je n'avais jamais vu un être aussi calme.

Mais, lorsqu'elle me regarda, je compris. Ses yeux bleus étaient anciens. Ils n'avaient pas l'innocence et l'énergie d'une fillette de son âge.

— Oh, mon Dieu ! haletai-je en la dévisageant, bouche bée. Quel âge as-tu ?

— C'est malpoli, déclara-t-elle d'une voix glaciale.

— Alice, je te présente Rebekah, la plus vieille enfant-vampire que je connaisse. (Olivia sourit, puis se tourna un peu plus vers elle.) Tu peux lui avouer ton âge ?

— J'ai plus de mille ans, répondit Rebekah d'un ton blasé.

Chapitre 23

Rebekah demeura parfaitement immobile. Elle dégageait une tranquillité que je ne pensais pas possible chez les êtres vivants. Son regard semblait me transpercer, mais aussi tout le reste.

— On dirait une poupée en porcelaine, mais en beaucoup plus flippante, murmura Bobby.

— Tu m'étonnes ! renchérit Violette.

Elle était sortie de sa chambre, mais je n'avais pas remarqué sa présence parce que j'étais trop concentrée sur Rebekah. En tortillant une mèche de ses cheveux, Violette contempla Rebekah avec prudence.

Cette dernière avait quelque chose de très perturbant. Elle possédait l'apparence d'un enfant, alors que, de toute évidence, elle n'en était pas un. Mais ce n'était pas tout. Je n'avais jamais vu un vampire paraître moins humain qu'elle.

— Rebekah, assieds-toi, lui ordonna Olivia. (Avec un soupir résigné, Rebekah la rejoignit sur le canapé.) C'est pour cela que j'étais partie. Je suis allée la chercher.

— Est-ce qu'elle avait des ennuis ?

Je détournai les yeux de Rebekah, qui devait juger mes regards insistants malpolis, mais je ne pouvais pas m'en empêcher.

— Non, je l'ai emmenée ici pour toi, m'annonça Olivia. Tu m'as parlé de la situation délicate de l'enfant-vampire, et Rebekah sait les contrôler. Elle y arrive depuis des siècles.

— Je me souviens à peine de mon enfance, dit cette dernière avec un certain mépris.

— Oui, eh bien, tu es la seule spécialiste que je connaisse.

Olivia lui adressa un sourire timide, et Rebekah la toisa de son étrange regard de poupée.

D'ailleurs, sa tenue ressemblait également à celle d'une poupée. Sa robe tenait davantage de la robe du soir. Elle était bien trop extravagante et ornée pour correspondre à ce que portaient les enfants de nos jours. C'était comme si une poupée de porcelaine avait pris vie, du moins essayait de le faire, car Rebekah ne semblait pas très vivante.

— J'ai aidé quelques enfants au fil des ans, même si je préférerais cesser de le faire. (Elle croisa les jambes, puis entrelaça les doigts sur ses genoux.) Olivia m'a ramenée de Prague pour ça, alors me voilà.

— Tu as toi-même admis qu'il était temps que tu me rendes la pareille, lui rappela Olivia en lui lançant un regard glacial.

— J'honore toutes mes dettes, répliqua Rebekah en relevant le menton.

— Quelle dette as-tu envers Olivia ? lâcha Bobby. (Je lui donnai un coup de coude.) Si tu ne veux pas que je parle, ne m'emmène nulle part, Alice.

— Non, ce n'est pas grave, affirma Olivia avant de siroter son sang. Quand elle était petite, Rebekah vivait en Angleterre avec sa « famille » pendant la guerre des Deux Roses, au cours du XVe siècle. Elle s'était alliée à la maison de Lancastre dans le but de s'emparer du trône, mais ce pari n'a pas porté ses fruits. Sa famille a été massacrée lors d'une bataille, ce qui l'a laissée orpheline aux yeux de la société.

— Ce n'est pas tout à fait exact.

Furieuse, Rebekah scruta Olivia, qui n'en tint pas compte.

— Rebekah a été bannie d'Angleterre, sans un sou et incapable de se débrouiller seule, du moins, pas sur le plan économique, précisa Olivia. En tant que courtisane en France, veuve et sans enfant, je répondais parfaitement à ses besoins.

Je me penchai en avant et les regardai tour à tour.

— Elle t'a transformée ?

— En effet, répliqua Olivia, dévisageant Rebekah avec un étrange mélange de haine et d'affection. Mon créateur est une enfant. (Rebekah soupira en entendant ce terme.) Nous avons conclu un arrangement, après ma transformation, bien sûr. Je la protégerais et lui tiendrais lieu de mère en public, alors qu'en réalité je n'étais qu'une servante.

— N'en rajoute pas, Olivia, annonça Rebekah d'une voix laconique avant de se renfoncer dans le canapé. Nous avons mené une vie agréable. As-tu été privée de quoi que ce soit avec moi ?

— De mon humanité, répliqua Olivia.

L'intensité de son émotion me surprit. Elle exprimait rarement autre chose que la faim et l'agacement.

— C'est une dette que tu ne pourras jamais effacer, reprit-elle.

— Après ceci, j'estimerai l'avoir pleinement remboursée, lui indiqua Rebekah.

— J'ai travaillé pour toi pendant plus de deux siècles, et ce n'est que le deuxième service que je te demande. (La voix d'Olivia partit dans les aigus, mais elle secoua la tête, puis avala une nouvelle gorgée de sang.) Mais comme tu veux. C'est la dernière fois que je fais appel à toi.

— Très bien.

Rebekah esquissa un rictus, et elle se tourna vers moi.

— Où est ton enfant ?

— Euh… elle se cache, expliquai-je. J'ignorais que j'étais censée venir avec elle.

— Je suis certaine que c'est mieux ainsi, m'assura-t-elle. Quel âge a-t-elle ?

— Cinq ans. Et elle est devenue vampire en novembre.

— Je vois.

Rebekah pinça les lèvres et ne développa pas davantage.

— Mais tu peux l'aider ? s'enquit Milo.

Il avait relâché sa prise sur Bobby et s'intéressait de plus en plus à Rebekah et à ce qu'elle pouvait faire pour Daisy.

— Tu réussirais à l'empêcher de tuer des gens ?

— C'est un vampire. De toute évidence, je ne peux pas le garantir, rétorqua la spécialiste. Je peux lui apprendre à se maîtriser. C'est un mythe que les enfants-vampires ne grandissent jamais. Physiquement, nous restons les mêmes mais, avec le temps et la pratique, nous acquérons la même maturité émotionnelle et mentale que nos homologues adultes.

— Elle mange des insectes et tue des animaux, intervins-je. (Tout le monde eut une moue de dégoût.) Tu peux faire en sorte qu'elle cesse ?

— Oui, acquiesça-t-elle. C'est assez courant chez eux, cette incapacité à dompter leur instinct de chasseur. En réalité, les vampires désirent bien plus que du sang. Nous sommes programmés pour tuer. Mais, au fil du temps, ce besoin peut s'atténuer.

— Au bout de combien de temps ? demanda Milo.

— Cela dépend. (Elle inclina la tête, l'air pensif.) Disons dix ans avant que je l'autorise à vivre au sein d'une communauté composée d'humains. Un demi-siècle pour qu'elle atteigne ta maîtrise actuelle. Dans cent ans, tu ne pourras pas faire la différence entre elle et Olivia au niveau du contrôle de soi.

— Dix ans ? répétai-je, abasourdie. Tu insinues qu'elle devrait s'exiler sur une île déserte pendant dix ans ?

— J'ai choisi un lieu plus froid qu'ici, mais oui, dit Rebekah en hochant la tête. J'ai contacté des connaissances, et je nous ai trouvé un endroit où habiter au Groenland. Nous devrions y rester en toute discrétion pendant la décennie à venir.

— Ça paraît extrêmement long, fit remarquer Bobby, reflétant mon opinion.

— Pour toi, peut-être, déclara-t-elle en lui adressant un rictus condescendant. Pour moi et tous les autres, cela filera à la vitesse de l'éclair.

— Pas pour moi, marmonna Violette.

Elle était restée en retrait, évitant Rebekah. Cette enfant-vampire devait lui inspirer la même peur qu'à moi.

— Alors, qu'en penses-tu ? me demanda Olivia.

— C'est… génial, lui assurai-je avec un sourire de gratitude. Je ne sais pas comment je pourrais te remercier.

— Pour l'instant, c'est bon, dit Olivia en me rendant mon sourire. Mais je suis certaine que je finirai par trouver une idée.

— Alors, Rebekah ? intervint Bobby, et l'enfant-vampire leva les yeux au ciel. Qu'est-ce que ça fait de rester comme ça pour l'éternité ?

— C'est un enfer interminable, avoua-t-elle, révélant par mégarde ses sentiments.

Elle se hâta de les occulter en se tournant vers moi :

— J'aimerais partir d'ici quelques jours. Est-ce que ça suffira pour prendre toutes les dispositions avec l'enfant ?

— Euh… oui, acquiesçai-je, ça devrait aller.

— Maintenant que c'est réglé, je vous prie de bien vouloir m'excuser. (Elle se leva et se retourna vers Violette.) Violette, tu ne m'as pas préparé un humain quelque part ?

— Il n'est pas vraiment « préparé » à quoi que ce soit, mais il y a un type dans la chambre voisine de la mienne, précisa Violette en pointant la porte du doigt. Et il est prêt à… ce que tu boives sur lui, je suppose.

— Olivia, tu dois trouver un personnel plus compétent, décréta Rebekah tandis qu'elle contournait le canapé, l'ourlet de sa robe glissant sur le sol. Un chef correct est indispensable pour préparer la nourriture.

— Violette n'est pas mon assistante, lui fit remarquer Olivia en la regardant disparaître dans la chambre d'amis. Rebekah ne comprend pas que tout le monde n'est pas à son service. Malgré cela, elle sait ce dont elle parle, et elle peut t'aider, Alice.

— Comment prépare-t-on un humain ? s'enquit Violette, les yeux rivés sur la porte que Rebekah venait de refermer. Je suis censée les saler ?

— Elle préfère que l'on pratique l'incision pour elle, expliqua Olivia en désignant son cou. Dans la gorge, pour que le sang coule. Elle prétend qu'ainsi le débit est plus rapide.

— Intéressant, lançai-je.

— J'allais plutôt opter pour « choquant », commenta Bobby.

— Que t'est-il arrivé au visage ? lui demanda Violette en faisant référence à la poche de glace qu'il plaquait sur son œil.

— J'ai reçu un coup de poing, dit-il en haussant les épaules.

— Est-ce que c'est grave ? m'enquis-je.

Je n'avais pas vu l'étendue des dégâts, car il dissimulait sa blessure depuis le départ. Tout ce que je savais, c'était que Jonathan l'avait frappé jusqu'au sang.

— Pas tant que ça, m'annonça-t-il en retirant la poche. Je m'en serais mieux tiré s'il n'avait pas porté de bague, mais je m'estime heureux qu'elle n'ait pas touché mon globe oculaire.

Il déplaça sa main et, enfin, j'aperçus sa plaie. Il continuait de parler, mais je ne l'entendais plus. Les battements de mon cœur et le sang qui affluait dans mes veines couvraient tous les autres bruits.

Son œil était rouge et enflé, mais j'avais reconnu la forme ensanglantée sur sa tempe, même sous cet angle-là. J'avais déjà vu cette marque, sous une apparence presque identique. Sauf que celle que j'avais vue avait été appliquée en utilisant de la chaleur, et non de la force. Elle ressemblait à un U, mais même les écailles s'étaient imprimées sur la peau de Bobby.

Il s'agissait d'un dragon, le symbole de Dracula. Celui des vampires. On avait utilisé ce bijou pour marquer les filles assassinées.

Je me levai, mais j'avais la sensation d'être sous l'eau. Toutes les voix étaient étouffées, et j'avais du mal à me tenir droite.

Chaque fois que je m'étais retrouvée en présence de Jonathan, mon sang avait réagi. C'était parce qu'il avait mordu Jane, et le sang de mon amie qui était resté dans mon organisme détectait le sien. C'était comme si Jane avait essayé de me prévenir qu'il l'avait tuée et que je n'étais pas parvenue à l'écouter.

— Merde ! il l'a tuée, soufflai-je.

Ma vue se troubla, et un brouillard rouge recouvrit tout le reste, comme lorsque la soif de sang s'emparait de moi et que je m'évanouissais, mais c'était différent. C'était de la rage brute.

— Alice ? (Le visage de Milo apparut devant moi, et il posa les mains sur mes épaules.) Qu'est-ce que tu racontes ?

— C'est Jonathan qui a éliminé Jane. Je dois le retrouver.

— Quoi ? s'étonna mon frère.

Il blêmit et je sentis ses doigts se crisper. Bobby bondit du canapé et se précipita vers nous.

— Alors c'est bien lui ? Comment en es-tu sûre ?

— Cette marque, dis-je en désignant sa tempe, c'est celle du meurtrier.

Olivia et Violette se mirent à faire des réflexions sur Jonathan et les tueurs en série, et exigèrent de savoir ce qui se passait, mais j'étais incapable de leur répondre. Je sentais seulement ce que Jane avait éprouvé. Sa terreur et sa panique m'envahirent de nouveau. Je repoussai Milo et reculai d'un pas chancelant.

— Alice, où vas-tu ? me demanda-t-il tout en essayant de me suivre.

— Il faut que…

Je secouai la tête. Il fallait que je le retrouve.

— Tu lui as massacré le visage, Alice, me rappela Bobby. Il a dû rentrer chez lui.

— Non, objectai-je, il est blessé. Il doit guérir. Il est en train de se nourrir.

Quand Milo avait été battu, Jack lui avait donné son sang pour accélérer le processus de cicatrisation. Le sang vampirique était plus puissant que celui des humains, mais du sang frais ferait l'affaire s'il n'avait pas le choix. Et, après ce que je lui avais infligé, c'était le cas.

Je ne pouvais pas me permettre d'attendre l'ascenseur, alors je courus vers la cage d'escalier au milieu du loft. Quelqu'un essaya de m'arrêter, sûrement Milo, mais je ne l'entendis pas et fonçai de plus belle. Je dévalai les marches, en sautant plusieurs à la fois, mais c'était tout de même trop long.

Je me penchai par-dessus la rampe et regardai le trou au centre de l'escalier. Le rez-de-chaussée se trouvait vingt étages plus bas, mais je ne pouvais pas perdre de temps.

Je pris mon élan et bondis par-dessus la rambarde. Mes pieds s'écrasèrent sur le béton. L'une de mes chevilles émit un fort craquement. L'os en sortait un peu, alors je le remis en place en poussant. Je serrai les dents pour ne pas hurler, me focalisant sur Jonathan et ce qu'il avait fait, ce qui m'aida grandement à oublier la douleur.

Les arrière-salles du club se situaient dans un dédale de couloirs tous reliés les uns aux autres, où les vampires se nourrissaient. Localiser Jonathan aurait pu me prendre des heures, mais je savais que j'y arriverais sans souci. Je restai à l'entrée du labyrinthe et fermai les yeux en me concentrant sur son sang. J'en avais un peu sur mon pantalon, ce qui me permettait de repérer sa trace.

Je me précipitai dans les couloirs. Ma cheville menaçait de lâcher, mais je persistai. Après avoir parcouru trois couloirs, je le retrouvai.

Lorsque je poussai la porte de la chambre, je vis d'abord Jonathan, affalé contre le mur. Sa mâchoire était encore mutilée mais, de toute évidence, elle cicatrisait. Du sang lui maculait le visage et le torse. Son cœur cognait vite et fort. Il était repu.

Puis mon attention se porta sur la fille allongée sur le lit. Sa colonne vertébrale arquée vers l'arrière donnait à son corps un angle bizarre, et sa tête était tordue. Du sang s'écoulait de son cou sur le matelas, mais ce n'était qu'en raison de la gravité. Il ne battait plus dans ses veines. Jonathan avait bu tout son soûl sur elle, et il l'avait complètement vidée.

— Espèce de connard ! hurlai-je avant de me ruer sur lui.

Je l'attrapai par le blouson et le soulevai du sol, puis le plaquai contre le mur, si fort que son crâne craqua contre le béton.

— Pourquoi m'embêtes-tu toujours en plein repas ? demanda-t-il. (Malgré sa bouche enflée, il tenta d'esquisser un sourire suffisant.) C'est très malpoli.

— Tu vas mourir, lui murmurai-je, le nez collé au sien.

— Tu ne peux pas les sauver, tu sais, déclara-t-il d'une voix lasse. Les humains. Ils finiront tous par mourir. Tu ne leur rends pas service.

Je l'écartai et le projetai avec violence contre le mur opposé, sur lequel il s'écrasa. Dans un fracas, son corps s'effondra au sol, mais il rit. Il ne prit même pas la peine d'essayer de se relever. Il s'écroula le long de la paroi et gloussa, éclaboussant du sang au passage.

— Pourquoi Jane ? Pourquoi elle ?

— Parce qu'elle m'appartenait, grogna-t-il après avoir interrompu son rire de fou. C'était un morceau de viande. Et elle pensait pouvoir décider quand partir, qu'elle en avait fini, mais ça ne fonctionne pas ainsi. Les humains se croient tout permis.

» Mais Jane a compris, poursuivit-il avec un rictus mauvais. Je l'ai même poussée à quitter son centre. Il m'a suffi de lui téléphoner et de lui rappeler qui j'étais et ce que je faisais pour elle. Quand elle m'est revenue, elle m'a supplié de la mordre. Comme tous les mortels devraient le faire. C'est nous qui sommes au sommet de la chaîne alimentaire, et il est temps qu'ils l'apprennent !

— Mais ça ne se produira pas, rétorquai-je en lui souriant à mon tour. Je vais te tuer, ici et maintenant, et tout le monde sera persuadé que ces filles auront été victimes d'un humain. On attribuera tes meurtres à un misérable petit humain. Personne ne saura jamais que tu as existé.

Cela le fit réagir. Il bondit sur ses pieds et fonça sur moi, m'envoyant contre le mur. Je le repoussai d'un coup de pied, réveillant la douleur atroce de ma cheville fracturée. Il tenta de me donner un coup de poing, mais je l'esquivai. Sa main percuta le mur en béton. Je m'éloignai de lui et me dirigeai vers le lit.

— Tu sais, je suis plus fort que ce que tu crois, dit-il, le sourire aux lèvres. J'ai tué des salopes plus puissantes que toi.

— Je n'en doute pas, concédai-je.

Le lit sur lequel reposait le cadavre de la fille était constitué d'un vieux cadre métallique, dont les longs pieds étaient rouillés. Je me penchai et en détachai un sans difficulté.

— Qu'est-ce que tu vas faire avec ça ? railla Jonathan. Me crever un œil ?

— Non.

Je le brandis pour lui montrer le bout cassé et pointu.

— Si tu imagines pouvoir me planter avec ça, tu te trompes, ricana-t-il. Ça se brisera avant d'avoir atteint mes côtes.

— Je le sais.

Dérouté par ma réponse, il s'avança vers moi. Je lui flanquai un coup de pied dans la poitrine, et il chancela en arrière. Je me précipitai sur lui et le projetai contre le mur. Je tirai le pied métallique puis l'enfonçai dans son ventre, la pointe vers le haut.

Tout en le poussant, je glissai le pieu improvisé sous ses côtes. Surpris, il écarquilla les yeux, mais il était trop tard pour lui. J'écrasai l'arme contre son cœur, et Jonathan s'effondra contre moi.

Je reculai d'un pas et le laissai s'écrouler au sol. Mes mains étaient couvertes de son sang, encore tiède et qui sentait celui de la fille. Le pieu dépassait de son estomac, et Jonathan avait les yeux ouverts, le regard vide. Sa main retomba sur mon pied, et je fis un bond en arrière pour m'en écarter. Il était mort, et je ne voulais pas que son cadavre me touche.

Je m'attendais à éprouver un soulagement et une satisfaction immédiats mais, même si c'était un peu le cas, je me sentais surtout nauséeuse. Je venais de tuer quelqu'un. Bien que ma victime l'ait bien mérité, je n'en demeurais pas moins une meurtrière.

Sans savoir comment, je parvins à sortir. Je me déplaçais dans un état second, et je ne me souvins de rien jusqu'à mon arrivée sur le trottoir, à un pâté de maisons des discothèques. Les gens m'évitaient et me dévisageaient d'un air curieux.

Le froid me faisait du bien, mais j'ignorais où j'allais, alors je m'arrêtai. Je fermai les yeux et laissai le vent me fouetter le visage. Le sang sur mes mains s'épaississait, car il commençait à sécher. À présent, il glissait plus doucement le long de mes doigts et tombait goutte à goutte sur le béton.

— Je l'ai retrouvée ! cria Milo non loin de moi.

Quelques secondes plus tard, il était à mon côté.

— Mon Dieu, Alice !

Il posa les mains sur mes joues, et j'ouvris les yeux.

— Je l'ai tué.

— Tu vas bien ? me demanda-t-il, et je hochai la tête. Rentrons vite à la maison avant qu'on te prenne pour une folle échappée de l'asile.

Il ôta son blouson et le passa autour de mes épaules, dissimulant le sang qui maculait mes vêtements. Bobby nous rejoignit en courant. Il commença à me dire qu'ils m'avaient cherchée partout, mais il s'interrompit quand il vit mon visage. Milo me guida jusqu'à la voiture.

Avant de monter dans le véhicule, je m'appuyai d'une main dessus pour rassembler mes forces. Puis je me penchai en avant et rendis le contenu de mon estomac, mon étrange vomi rouge éclaboussant la neige autour de nous.

Chapitre 24

Malgré une longue douche, j'avais l'impression que ma peau restait poisseuse là où le sang de Jonathan l'avait aspergée. Quand il n'y eut plus d'eau chaude, je sortis et m'habillai doucement. Lorsque j'ouvris la porte de la salle de bains, j'aperçus Ezra assis sur mon lit.

— Comment te sens-tu ? me demanda-t-il en m'inspectant.

— Bien, mentis-je en me frottant les cheveux avec une serviette.

— Tu y es allée en dépit de mes conseils, déclara-t-il.

— Oui, je suis désolée.

Je jetai la serviette dans le panier à linge et tournai le dos à Ezra, peu disposée à voir son regard désapprobateur sur moi.

— Je t'avais dit de m'appeler, poursuivit-il. Mais, d'après ce que j'ai compris, tu as faussé compagnie à Milo, Olivia et Violette. Tu avais tous les renforts nécessaires, pourtant tu y es allée seule.

— Je devais m'en occuper par moi-même. (Je passai la main dans mes cheveux emmêlés et me retournai vers lui.) Je devais me charger de lui.

— Et ?

— Et quoi ? répliquai-je, étonnée par sa voix dénuée de jugement.

— Comment ça s'est passé ?

— Je l'ai tué.

Ces paroles me laissèrent un goût amer dans la bouche que je ravalai. J'avais envie de vomir ou de pleurer à l'idée d'être une meurtrière, mais je devais me retenir. J'avais fait ce qu'il fallait, et je ne m'autoriserais pas à verser une larme sur Jonathan.

— Je suis déjà au courant, m'indiqua Ezra avant de détourner le regard et de lisser son pantalon du plat de la main. Olivia m'a téléphoné après avoir nettoyé derrière toi. Tu as une énorme dette envers elle pour cela.

— Je la remercierai demain, lui assurai-je.

Il avait raison, et je me sentais coupable qu'elle ait dû masquer mon crime. Mais, pour l'instant, je n'avais pas la force de m'en excuser.

— Il y avait un cadavre dans la chambre avec lui ? s'enquit-il.

J'acquiesçai en me mordant la lèvre inférieure.

— Si je l'avais arrêté quand je l'ai vu devant chez Jane…

Je secouai la tête sans achever ma phrase.

— Tu as bien fait d'attendre.

Il se mit debout et marcha jusqu'à moi, puis me posa une main sur l'épaule. Je levai les yeux vers lui.

— Tu ne m'as pas écouté, ajouta-t-il, mais tu t'es bien débrouillée. Tu as fait preuve d'une force et d'une maturité immenses, bien supérieures à celles des autres chasseurs de vampires que j'ai croisés. Je suis fier de toi, Alice.

J'avais envie de le remercier mais, si j'ouvrais la bouche, j'étais certaine de me mettre à sangloter. Je pus seulement hocher la tête. Il m'entoura de son bras et me serra contre lui. Je pris une profonde inspiration pour éviter de fondre en larmes, et il me tint jusqu'à ce qu'il soit sûr que j'irais bien sans son soutien.

Après son départ, je me couchai. Heureusement, je sombrai vite dans le sommeil. L'agréable chaleur habituelle m'enveloppa, et je me blottis davantage sous la couette. Je ne souhaitais pas quitter mon rêve et retrouver la froide réalité de mon lit, mais je ne pouvais plus lutter.

J'ouvris les yeux, et cillai pour m'assurer que j'étais bien réveillée. Jack était assis près de moi sur le lit, les sourcils froncés, mais il ne faisait rien. Il réfléchissait.

— Bonjour.

Je n'avais aucune idée de ce qu'il faisait là mais, en tout cas, mon cœur se mit à battre plus rapidement.

— Salut. Désolé, je ne voulais pas te réveiller. Je… (Il s'humecta les lèvres et me dévisagea.) Je regrette notre rupture.

— Je ne sais pas quoi te dire. (Je détournai le regard et me redressai pour m'asseoir.) Je ne comprends même pas pourquoi tu as rompu.

— J'ai cru que c'était mieux pour toi. (Il renversa la tête contre le mur.) J'avais l'impression que c'était ce que tu souhaitais.

— Et pourquoi aurais-je voulu ça ? rétorquai-je, perplexe. Tu sais ce que je ressens pour toi, et ce que j'ai traversé pour être avec toi !

— Et ce à quoi tu as renoncé, soupira-t-il. Tu as abandonné trop de choses.

— Je n'ai renoncé à rien.

Sauf s'il faisait allusion à Peter, mais j'espérais éviter une nouvelle conversation à ce sujet.

— Si, à ton humanité, souligna-t-il. À mes yeux, cela ne semblait pas très important. Mais, dans ton cas, je crois que renoncer à la mort t'a vraiment perturbée.

— Je n'y ai pas renoncé. Je peux encore mourir, précisai-je, même s'il n'avait pas tort.

— Et tu es si jeune. (Il hésita.) Par rapport à moi, tu ne parais pas si jeune, mais en réalité tu l'es. Tu ignorais quel métier tu voulais exercer, et ce n'était pas grave quand tu avais dix-sept ans puisque tu disposais de tes années d'université pour prendre une décision. Mais, désormais, tu es immortelle, tu as l'éternité devant toi, et on dirait que tu n'as aucune idée de comment la remplir. C'est accablant.

— Oui, admis-je. Mais je ne peux rien y changer. Je ne peux pas revenir en arrière, et je n'ai pas envie de me suicider. Je dois… j'essaie de trouver ce qui me passionne, à part toi. Une activité qui m'occuperait.

— Non, ça, je le comprends. Je craignais que ce soit moi qui t'empêche de progresser, précisa-t-il en me regardant. Cette histoire avec Jane, ta recherche de son assassin… je ne t'avais pas vue aussi emballée par quelque chose depuis longtemps.

— Ce n'était pas enthousiasmant, rectifiai-je.

Lorsque je songeai au meurtre de Jonathan, mon estomac se noua.

— Tuer n'a rien d'amusant, ajoutai-je.

— Oui, bien sûr. (Il fronça les sourcils.) Tu t'en es remise ?

— Ça va. Mais je n'ai pas envie d'en parler.

— D'accord.

Il me contempla pendant un moment, puis reprit la parole :

— Je sais que donner la mort ne te plaît pas, et que seule la vengeance te motivait. Mais certains aspects de cette affaire t'ont vraiment plu.

— Je suppose que oui.

Je m'efforçai d'y réfléchir, en séparant mon chagrin d'avoir perdu Jane de la véritable traque du tueur.

— J'ai aimé résoudre cette enquête et cette impression d'avoir accompli quelque chose de significatif. Jonathan assassinait des filles et, grâce à moi, cela ne se reproduira plus.

— En effet. (Il posa la main sur la mienne et me la serra.) Je suis extrêmement fier de toi, tu t'en rends compte ?

— Pas vraiment, reconnus-je en secouant la tête.

— Tu as fait ce en quoi tu croyais et tu as aidé des gens. (Il se tourna davantage vers moi, puis se rapprocha.) Tu n'as pas besoin de me cacher ça, OK ? Je veux dire que si ça fait partie de ta personnalité, de ce qui t'anime, alors… ça me convient. Tu as tout mon soutien.

— Je ne pense pas que ce soit ce que j'ai envie de faire, répliquai-je. C'était un hasard, une exception. Mais merci pour tes encouragements.

— De rien. (Il me sourit, puis me scruta avec intensité.) Je t'aime, Alice. Et si tu arrives à me pardonner ma réaction stupide de l'autre fois, désires-tu toujours passer l'éternité avec moi ?

Je lui souris, mais n'eus pas l'occasion de lui répondre. Peter frappa à la porte déjà ouverte. Il s'accrocha au chambranle et pencha la tête dans la chambre.

— Pardon de vous interrompre, affirma-t-il, même si son sourire en coin m'indiquait qu'il n'était pas désolé, mais Mae est en pleine crise d'angoisse. Elle ne retrouve pas des draps que sa mère lui avait donnés, et comme c'est toi qui t'es occupée du linge, Alice, elle veut absolument te voir.

— Alice ! cria Mae en bas, illustrant son propos.

— Dis-lui que je descends dans une minute, soupirai-je en sortant de mon lit.

Peter s'attarda un moment sur le seuil tandis que je ramassais un jean par terre. J'avais dormi en débardeur et en sous-vêtements, mais ma culotte couvrait mes fesses.

— Peter, tu devrais aller la prévenir, lui suggéra Jack sans hostilité.

Peter comprit à demi-mot et disparut au rez-de-chaussée.

— Excuse-moi, dis-je à Jack en enfilant mon pantalon. On a interrompu notre discussion.

— Non, ce n'est pas grave, m'assura-t-il. Nous avons tout le temps de la poursuivre, pas vrai ?

— Oui, approuvai-je avec un sourire.

Lorsque j'arrivai en bas, Mae avait retourné tout le contenu du placard à linge de l'entrée. Elle s'était rendue chez Olivia pour régler les détails avec Rebekah, puis elle était venue à la maison avec Daisy et Peter pour commencer à faire les bagages.

Ils décollaient le lendemain pour le Groenland, mais ils avaient laissé la majorité de leurs affaires en Australie, après leur départ précipité. Dernièrement, Mae avait fait quelques virées shopping, mais elle désirait récupérer certains objets chez nous avant de partir.

— Alice ! cria-t-elle de nouveau en sortant un vieux dessus-de-lit.

— Je suis là, Mae, lui indiquai-je en marchant jusqu'à elle.

— Oh ! pardon, ma puce. (Elle repoussa une boucle de devant son visage et me sourit.) Je suis tellement crevée avec toute cette histoire.

— Je comprends. Qu'est-ce que tu voulais ?

— Cette couverture que ma mère m'a donnée, avec des roses dessus. (Elle tendit le dessus-de-lit qui, lui, ne comportait pas de fleurs.) Tu l'as vue ?

— Non, je ne pense pas. Tu ne l'avais pas emportée en Australie ?

— Non. (Elle posa les mains sur ses hanches et soupira.) Je crois que je n'étais pas arrivée à la retrouver.

— Tu es sûre qu'elle est ici ? Je veux dire, tu l'as peut-être laissée lors de ton déménagement précédent.

— J'aurais juré qu'elle était là.

Elle eut un geste d'impuissance et contempla l'intérieur du placard.

— Bon, n'oublie pas de ranger ton bazar quand tu auras fini, la taquinai-je en récitant une phrase qu'elle m'avait répétée au moins une dizaine de fois.

Elle me fusilla du regard lorsque je m'éloignai, ce qui me fit rire.

Je la laissai terminer de trier les rares draps et couvertures qu'elle n'avait pas déplacés et me rendis dans le salon. Milo avait installé le jeu de société Candy Land par terre, et il était assis en tailleur en face de Daisy.

— Quoi de neuf ? m'enquis-je en croisant les bras.

— Tout va bien, dit Milo en haussant les épaules.

— Où est Bobby ? demandai-je.

— Je lui ai demandé de partir.

Mon frère désigna Daisy, qui semblait plus fascinée par le fait de faire danser les pions colorés entre eux que de jouer.

— Je crois qu'Ezra et Peter s'occupent de transférer de l'argent pour le voyage et tout, ajouta-t-il.

— Et Ezra, que pense-t-il de leur départ ? murmurai-je.

Mon frère haussa les épaules.

— Ces poupées sont moins drôles que mes vraies, se plaignit Daisy en soupirant.

Elle fit tourner le pion bleu sur lui-même avec une moue boudeuse.

— J'aurais bien voulu que Mae m'autorise à les prendre.

— Tu t'apprêtes à partir, lui expliqua Milo en s'efforçant d'adopter une voix enjouée. Tu te souviens, Daisy ? Mae t'a parlé de tout ce que vous deviez faire.

— J'en ai marre de déménager.

Elle fit tournoyer le pion plus fort. Ce dernier vola sous un fauteuil. Les traits de la fillette se décomposèrent, comme si elle allait se mettre à pleurer.

— Je vais le récupérer, ne t'inquiète pas, s'empressa-t-il de lui promettre pour la calmer.

Il avança à quatre pattes jusqu'au fauteuil et tendit le bras dessous en tâtonnant à la recherche de la pièce.

— Il va le trouver, Daisy, affirmai-je en lui posant la main sur le dos. Ce n'est rien, dis-je quand je vis sa lèvre inférieure trembler. Ne t'en fais pas.

— Est-ce qu'elle devient grognon ? nous interrogea Mae depuis l'entrée. Elle n'a pas mangé depuis plusieurs heures.

Le bras toujours dissimulé sous le siège, Milo arqua les sourcils quand il entendit les mots « plusieurs heures ». Daisy était grincheuse parce qu'elle ne s'était pas alimentée depuis seulement quelques heures. Même très peu de temps après ma transformation, j'avais pu me passer de nourriture pendant un ou deux jours sans aucun souci.

— Aïe ! grimaça Milo avant de retirer brusquement sa main.

Je le sentis avant de le voir. On avait oublié de balayer un tesson du cadre brisé. Milo avait malencontreusement réussi à se le planter dans l'avant-bras. Du sang coulait autour de la plaie. L'odeur était déjà douce et enivrante mais, lorsqu'il arracha le bout de verre, la blessure saigna plus vite et plus fort, emplissant l'air.

Daisy sauta sur lui avant même que l'un de nous deux réagisse. Elle referma la mâchoire sur son bras, et Milo l'attrapa par les cheveux, puis lui tira la tête en arrière, mais elle garda un morceau de sa chair dans la bouche, ce qui accentua sa rage.

Je me précipitai vers elle et lui entourai la taille, mais elle réussit à se libérer en se tortillant. Elle était si petite qu'elle me glissa des bras et fondit de nouveau sur mon frère. Cette fois, elle visa le cou, et il ne pouvait pas la repousser, sous peine de se faire arracher la gorge.

— Enlève-la… de moi.

À cause des crocs de Daisy plantés dans son larynx, il peinait à articuler.

Mae arriva en courant et cria le nom de son arrière-petite-fille, mais je ne l'autorisai pas à les approcher. Je ne lui faisais pas confiance pour mettre tout en œuvre afin de sauver Milo.

J'employai la même technique que Jack avait utilisée sur moi quand j'avais refusé de lâcher Bobby. Je passai la main autour de la gorge de Daisy et serrai de toutes mes forces pour l'empêcher de déglutir, même si je n'étais pas sûre qu'elle avalait. Ses morsures ressemblaient davantage à des attaques incohérentes, plus en rapport avec de la rage incontrôlée qu'un besoin réel de boire du sang.

Elle cessa en effet de le mordre assez longtemps pour se retourner et refermer la mâchoire sur ma main. Je reculai, l'entraînant avec moi pour l'éloigner de Milo, dont le sang se répandait partout sur le sol. Il tenta de stopper l'hémorragie en plaquant les mains sur sa blessure.

J'enserrai Daisy et l'immobilisai contre moi dans l'espoir qu'elle se détende, mais la soif de sang avait l'air de la rendre de plus en plus folle. Elle me griffa les bras. Ses petits ongles, aussi durs que de l'acier, me labouraient la peau, et elle me mordait à chaque endroit que sa bouche pouvait atteindre.

— Daisy, ma puce, calme-toi ! la supplia Mae, les larmes aux yeux.

— Fais quelque chose de cette enfant tout de suite ! tonitrua Ezra de l'autre côté de la pièce. Sinon, c'est moi qui m'en chargerai.

— Alice, laisse-moi m'occuper d'elle ! s'exclama-t-elle en me tendant les mains.

Daisy me mordit le bras si profondément que ses dents percutèrent l'os. Je grimaçai, puis consultai Ezra du regard. Je n'étais pas très douée pour la contenir mais, au moins, quand elle me mordait, elle ne faisait de mal à personne d'autre.

Soudain, Daisy leva la main et m'entailla le dessous du menton avec ses ongles. Lorsqu'elle s'agita pour tenter d'atteindre mon sang, je la relâchai.

— Daisy ! s'écria Mae, mais sa protégée la dépassa en courant.

Ezra et Peter formèrent un barrage devant la porte, tandis que je me postai à l'autre bout de la pièce. Piégée, Daisy se précipita dans un coin, se tourna vers nous et grogna, le visage crispé par un rictus maléfique.

Pendant que j'essayais de la contenir, Jack était descendu. Il était accroupi près de Milo et maintenait un plaid sur sa blessure. Les éraflures et les morsures que Daisy m'avait infligées sur tout le haut du corps me grattaient et provoquaient des picotements, signe qu'elles cicatrisaient.

— Daisy, ma puce, commença Mae, les bras tendus vers elle en l'approchant avec prudence. Il faut que tu te calmes, mon ange. Tout va bien se passer.

— Non ! gronda Daisy, du sang ruisselant de sa bouche. Non ! C'est faux ! J'ai faim ! J'ai tellement faim !

— Je peux te nourrir, ma puce, lui assura Mae d'une voix douce.

Elle la toucha, et Daisy la frappa. Elle s'était mise à sangloter, mais sa soif de sang demeurait intacte. Mae l'attrapa et la serra dans ses bras pour l'immobiliser, mais la petite lutta sans merci, sans hésiter à la mordre, lui donner des coups et la griffer.

— Daisy, je t'en supplie, calme-toi.

Mae tenta de lui caresser les cheveux, et Daisy faillit lui arracher un doigt d'un coup de dents.

— Daisy !

— J'ai faim ! pleurnicha cette dernière tandis que les larmes qui coulaient sur ses joues se mélangeaient au sang. Ça fait mal ! Tellement mal !

Elle renversa la tête en arrière et poussa un hurlement, qui ne ressemblait pas à celui d'un enfant en plein caprice, mais qui exprimait bel et bien une souffrance atroce due à une soif impossible à assouvir.

Ezra s'avança vers Mae, qui s'efforçait de maîtriser Daisy, et il s'accroupit près d'elles.

— Mae.

— D'habitude, elle se comporte différemment, insista-t-elle en levant vers lui ses yeux mouillés. Je ne l'ai jamais vue dans un tel état, mais…

— Mae, l'interrompit Peter avec gentillesse, tu te trompes. Elle est comme ça en permanence maintenant.

— J'ai mal ! pleura Daisy, mais sa crise semblait s'éloigner.

Elle avait cessé de mordre Mae, mais continuait à se tortiller et à envoyer des coups de pied.

— Mae, elle souffre, lui chuchota Ezra, le regard rivé au sien.

— Si je la nourris…

— Quand a-t-elle mangé pour la dernière fois ? s'enquit-il.

— Il y a trois heures.

Mae déglutit péniblement et contempla l'enfant qui sanglotait dans ses bras. Elle criait et s'agitait dans tous les sens à cause de sa douleur et, même en lui offrant du sang sur-le-champ, elle reviendrait à la case départ au bout de quelques heures.

Personne ne comprenait vraiment ce que c'était que d'être un enfant-vampire. Mais, à en juger par le comportement de Daisy, je présumais que la faim qui la rongeait était pire que lorsque j'étais moi-même affamée. Ce n'était pas seulement son manque de maîtrise qui la faisait réagir ainsi. Elle était à l'agonie.

Mae la serra contre elle, plus pour la câliner que pour la contenir, et caressa ses boucles mouillées de sueur.

— Daisy. Daisy, ma puce, s'il te plaît…

Mae ferma les yeux très fort tandis que des larmes s'en échappaient.

Daisy se débattit de plus belle, et elle s'attaqua à Ezra, essayant de le griffer. Elle grogna avec hargne et faillit bondir des bras de Mae, mais cette dernière réussit à la maintenir. En réponse, Daisy enfonça ses crocs dans l'épaule de Mae.

— Daisy, je t'aime, lui murmura-t-elle.

Elle lui déposa un baiser sur le sommet du crâne et lui caressa les cheveux. Puis, sans relâcher son étreinte, elle tendit la main et lui tordit brusquement le cou. Le craquement qu'il produisit en se brisant, pourtant tout juste audible, me fit sursauter.

L'espace d'une seconde, un silence étrange, presque irréel, retomba.

Puis Mae se mit à gémir. Je n'avais jamais entendu un tel son. Elle se balançait d'avant en arrière, l'enfant morte dans ses bras, et versait toutes les larmes de son corps. Ezra tenta de lui passer le bras autour des épaules. D'abord elle le repoussa en lui hurlant qu'elle le détestait, mais elle finit par céder et se laisser bercer par lui.

Mon frère avait perdu une si grande quantité de sang qu'il était au bord de l'évanouissement, alors Jack courut lui chercher une poche dans le réfrigérateur. Je m'assis près de lui pour maintenir le plaid sur sa plaie, et regardai Mae s'effondrer. Milo but rapidement, et Jack le transporta à l'étage pour qu'il se repose.

Mes propres blessures avaient déjà cicatrisé, mais ma peau et mes vêtements étaient maculés de sang séché. J'aurais dû monter me changer ou me terrer mais, au lieu de cela, je restai assise sur une marche non loin du salon et écoutai Mae.

Pendant un long moment, je crus qu'elle ne cesserait pas de pleurer, mais ensuite elle commença à perdre la voix. Alors elle émit de petits sanglots rauques et des reniflements. Ezra lui murmurait des choses, mais elle demeurait muette.

— Alice ?

Je levai les yeux vers Peter. J'avais appuyé la tête contre le mur et je les écoutais. Il se tenait devant moi au pied de l'escalier, les yeux humides.

— Hé, dis-je doucement.

Je n'avais pas envie de déranger Ezra et Mae, même si tous les deux étaient assez loin et tellement submergés par la douleur qu'ils ne me remarqueraient pas.

— Qu'est-ce que tu fais ? me demanda Peter.

J'ignorais quoi lui répondre. J'avais juste eu l'intuition qu'il fallait que je les écoute. Comme si c'était ma faute et qu'entendre Mae pleurer comme ça était ma punition.

— Ça t'ennuie si je me joins à toi ? s'enquit-il en montant la première marche.

— Non, je t'en prie.

Je désignai l'espace vide à côté de moi, et il s'y assit.

— Comment tu vas ? m'enquis-je.

— Je ne sais pas trop.

Il secoua la tête, mais ses yeux étaient encore rouges et humides. Il s'était attaché à Daisy, et n'avait pas souhaité son malheur.

— Je savais que ça se terminerait comme ça, mais…

— Je suis navrée. (Je lui posai une main sur le dos, laissant une trace de sang poisseux sur son tee-shirt mais, à mon avis, il ne s'en souciait pas.) Je sais que tu l'aimais bien.

— C'est mieux ainsi, dit-il d'une voix rauque en examinant ses mains. Sa vie aurait été une torture. Elle aurait continué à faire du mal aux autres, à les tuer, mais je crois que Mae l'aurait toléré. Le pire, c'était surtout… qu'elle souffrait tellement.

— Ah bon ?

— Oui, acquiesça-t-il avant d'avaler sa salive. Elle se réveillait la nuit en hurlant de douleur. La faim est trop intense pour une créature aussi petite. Elles n'arrivent pas…

Sa bouche se crispa tandis qu'il luttait pour refréner ses larmes.

— Je suis vraiment désolée de ce qui s'est passé.

Des larmes ruisselèrent sur ses joues. Je l'enlaçai et l'attirai contre moi.

Il pleura doucement dans mes bras, comme me l'indiqua son corps secoué de sanglots étouffés. Je souffrais pour lui, et j'aurais voulu chasser sa peine.

— Pardon, bredouilla-t-il une fois un peu apaisé.

— Ne t'excuse pas.

Je repoussai une mèche de cheveux qui lui barrait le front, et il se redressa, sans s'éloigner de moi.

Lorsqu'il plongea ses yeux émeraude dans les miens, je compris qu'il n'avait jamais éprouvé un tel chagrin. La main encore sur son visage, je me penchai en avant et l'embrassai sur la joue pour faire disparaître ses larmes. Sa peau se réchauffa au contact de mes lèvres. Un frisson familier me parcourut, et je reculai.

Je passai le pouce là où j'avais déposé un baiser, comme pour l'effacer, et son regard me captiva comme auparavant. Fascinée et envoûtée, j'oubliai de respirer. Je n'en avais pas envie. Je désirais juste me perdre en lui et oublier tout ce qui m'avait blessée dernièrement.

Mais je me souvenais, et j'expirai profondément, consciente que ce moment devait se terminer.

— Tu vas t'en remettre, n'est-ce pas ? demandai-je en laissant retomber ma main sur mon genou.

— Comme toujours.

Il essaya d'ébaucher un sourire, et ses efforts me firent sourire.

— Je t'aime, tu sais ?

Il hocha la tête.

— Et tu l'aimes encore plus.

— Mais ça ne change pas ce que je ressens pour toi. (Je lui pris la main.) Rien ne le pourra jamais. Et je veux qu'il ne t'arrive rien de mal.

— Tu as peur que je fasse une bêtise ?

Il haussa un sourcil interrogateur, et son sourire s'élargit.

— C'est ce que tu as tendance à faire quand tu souffres, soulignai-je.

— Ne t'inquiète pas, Alice. Je suis certain que tu me retrouveras toujours, et je prendrai soin de ne plus jamais te mettre en danger.

— Bon…, nous interrompit Jack. (Je levai les yeux vers lui. Il était en haut des marches et me contemplait alors que j'étais à côté de Peter, dont je tenais la main.) Je voulais juste vous informer que Milo allait bien.

Je lâchai la main de Peter et me levai sans me presser. Je n'avais rien à me reprocher, ni à cacher.

— Merci, Jack. Je ferais bien d'aller me laver.

— Oui, comme tu veux, dit-il en descendant l'escalier, nous effleurant Peter et moi au passage.

— Où vas-tu ? lui demandai-je.

— Je sors, m'annonça-t-il sans se retourner. Et je pars en déplacement ce soir, alors ne m'attends pas.

— Jack ! m'écriai-je, mais il ne me répondit pas.

Chapitre 25

Ezra enterra Daisy dans le jardin, sous le saule, puis décida qu'il était temps de quitter Minneapolis et mit la maison en vente.

Durant les quelques jours qui suivirent, Mae demeura inconsolable. Elle errait comme un zombie. Ezra devait sans arrêt la pousser à s'activer. Elle était pâle et léthargique. Je me demandais même s'il était convaincu que son état s'améliorerait. Mais, malgré tout, il l'accompagnerait dans cette épreuve.

Milo estima que nous devions rendre visite à notre mère, et que Leif devait venir avec nous. Cette idée me déplaisait, mais mon frère finit par m'avoir à l'usure. Elle était notre mère, et elle nous avait aimés de son mieux. Elle ne méritait pas de se retrouver seule, abandonnée par ses proches, sans savoir pourquoi.

De plus, peut-être n'était-ce plus nécessaire qu'elle se sente délaissée. Milo souhaitait tout lui avouer, dans l'espoir de ne plus avoir à nous cacher d'elle.

Avant l'arrivée de Leif, Milo et moi eûmes une conversation avec elle dans notre ancien appartement, et il lui révéla toute la vérité. Il lui confessa où nous avions été et ce que nous étions devenus.

Au début, notre mère se mit en colère, nous demandant pourquoi nous nous montrions si cruels envers elle. Puis Leif était entré, et elle s'était adoucie. Il lui avait dit qu'elle était toujours aussi belle et, d'après la façon dont il la regardait, je savais qu'il était sincère. Ils sanglotèrent et s'embrassèrent, puis nous parlâmes tous ensemble, pendant des heures. Pour la première fois de notre vie, nous eûmes un véritable dialogue.

Elle pleura beaucoup, alors que je ne l'avais jamais vue verser une larme. Elle s'excusa de nous avoir toujours fuis, et se traita de lâche. Milo et moi lui rappelions trop notre père. Elle avait tenté de dépasser la douleur que cela engendrait, sans jamais y parvenir.

Quand mon frère et moi la quittâmes, Leif resta. À en juger par la manière dont ils discutaient, je me dis qu'il n'était pas près de partir. Ils avaient de nombreuses années à rattraper.

Ces retrouvailles me remontèrent un peu le moral après tout ce qui s'était passé. Jack m'avait très peu parlé depuis son départ. Il avait seulement répondu à deux ou trois textos, tous envoyés par moi.

Même si, à sa décharge, il m'avait expliqué qu'il était très pris parce qu'il devait tout assumer lui-même, alors que normalement Ezra était censé s'en occuper. Mais ce dernier veillait sur Mae, tandis que Peter faisait son deuil à sa manière.

Je tentai de me vider l'esprit et entrepris de ranger la maison. Je ne savais pas combien de temps nous mettrions à la vendre, ni où nous irions une fois que ce serait fait, mais je souhaitais être prête.

Alors que je triais mes vêtements dans mon dressing, choisissant ceux à emporter et ceux dont je voulais me débarrasser, j'ouvris mon tiroir à sous-vêtements. J'estimais que j'en avais beaucoup trop, et j'en triai quelques-uns à jeter. Lorsque je les soulevai, un objet s'accrocha au tiroir.

C'était le pendentif en forme de cœur incrusté de diamants que Peter m'avait offert pour mes dix-huit ans. Je le démêlai de mes culottes et le tins devant moi, admirant la lumière qui se reflétait sur les pierres précieuses tandis qu'il tournait.

Il était magnifique, et je l'adorais, même si je me demandais bien pour quelle occasion je pourrais arborer un bijou aussi somptueux. Je me l'attachai autour du cou et me rendis devant le miroir pour voir comment il m'allait. Je ne l'avais jamais essayé, et il fallait reconnaître qu'il était du plus bel effet, tombant juste au-dessus de mon décolleté.

Mais je ne le porterais jamais. Même s'il était plus que joli, il n'était pas pour moi. Je le détachai et le posai avec les affaires dont je me débarrasserais.

Peter n'avait pas mieux réagi que Mae à la mort de Daisy. Il passait tout son temps enfermé dans le bureau d'Ezra, la lumière éteinte, à écouter de la musique classique.

Bobby exposait ses œuvres aux Beaux-Arts, alors je forçai Peter à m'accompagner pour le sortir un peu de la maison. Bobby avait réalisé de splendides croquis au fusain. Même Peter loua son talent.

Mais la foule ne tarda pas à le miner. Pas à cause du sang, mais des bavardages incessants. Il y avait trop de monde, trop de conversations. Nous restâmes assez longtemps pour voir le travail de Bobby et l'en féliciter, puis nous partîmes en laissant Milo gérer les visiteurs pour le reste de la soirée.

— Parfois, ça fait du bien de s'aérer un peu, dis-je à Peter en sortant de la faculté.

— Je suppose que tu as raison, admit-il, mais je préfère rester dans le bureau et écouter Joseph Haydn.

— Par moments, tu ressembles tellement à Ezra que ce n'est pas drôle, répliquai-je en levant les yeux au ciel.

— Eh bien, nous avons vécu ensemble pendant presque deux cents ans, précisa-t-il. Nous avons forcément des points communs.

— En effet, concédai-je.

Soudain, je me tins le ventre, prise d'une étrange nausée. Je m'arrêtai et attendis un moment qu'elle s'estompe.

Peter cessa de marcher.

— Ça va ? s'inquiéta-t-il.

Nous étions au beau milieu du trottoir. Les étudiants, entourés de leurs amis et de leurs familles, nous dépassèrent. Peter posa une main sur mon bras et m'entraîna sur le côté pour moins gêner le passage.

— Oui, je vais bien, lui assurai-je.

— Tu en es sûre ?

— Oui, insistai-je.

Mon malaise s'était dissipé, aussi étais-je convaincue d'aller mieux.

Pendant le court trajet de retour, la nausée me noua l'estomac à deux reprises. Je baissai les vitres, espérant que l'air froid me ferait du bien, mais l'effet fut limité. Peter m'interrogea sur ce que je ressentais, mais je n'avais aucune envie de parler, alors j'allumai le poste et la musique de Julian Plenti retentit, m'évitant d'avoir à me confier.

Dès que nous nous garâmes, Peter bondit de la voiture et la contourna pour m'aider à descendre. J'essayai de lui faire signe que c'était inutile mais, à peine levée, je me retrouvai pliée en deux. La nausée était si forte que je faillis vomir sur ses chaussures.

— Qu'est-ce qui t'arrive ?

Il passa un bras autour de moi et me soutint tandis que je clopinais pour rejoindre la maison.

— Je n'en sais rien. (Je secouai la tête.) C'est venu d'un seul coup. J'ai peut-être la grippe.

— Les vampires ne peuvent pas l'attraper, m'informa-t-il en ouvrant la porte. Oh, merde !

— Quoi ?

Je levai le menton et, lorsque je vis la cuisine, je compris.

On avait mis la maison à sac. Des appareils cassés et une chaise brisée étaient éparpillés dans la pièce. Le carrelage était éclaboussé de sang, qui maculait tous les objets.

Chapitre 26

Je me précipitai à l'intérieur en bousculant Peter, et découvris celle à qui appartenait le sang, allongée dans un coin de la cuisine. La fourrure de Matilda était toute rouge. Elle me regarda en gémissant et en frappant le sol de sa queue. J'eus envie de m'accroupir près d'elle et de lui dire que tout irait bien, mais je ne pouvais pas.

— Ezra ! criai-je en me tenant le ventre pour tenter de contenir la douleur qui augmentait. Mae !

— Je vais voir ! s'exclama Peter, qui me dépassa en courant.

Je le talonnai. Il se rendit à l'étage tandis que je fouillais le rez-de-chaussée. Toutes les pièces semblaient avoir été saccagées, mais elles étaient vides.

— Personne, déclara Peter en dévalant l'escalier pour me rejoindre.

— Peut-être qu'ils n'étaient pas à la maison.

Je me passai la main dans les cheveux, des larmes me piquant les yeux.

— Je crois que leurs voitures n'étaient pas dans le garage, dit-il en se hâtant dans cette direction.

Il ouvrit la porte du garage pour vérifier, mais resta figé sur le seuil.

— Quoi ?

— La Lexus a disparu. Mais la DeLorean est là, ajouta-t-il en se tournant vers moi.

— Jack devait rentrer ce soir, me rappelai-je soudain, et ma douleur à l'estomac s'intensifia. (Je posai une main sur ma bouche pour retenir un sanglot.) Oh, mon Dieu, Peter, et s'il était présent ?

— Appelle-le, m'ordonna-t-il en sortant son portable. Je téléphone à Ezra. Ils sont peut-être allés quelque part ensemble.

J'extirpai mon téléphone de ma poche, et Matilda gémit. Je m'accroupis près d'elle et écoutai la tonalité se répéter de manière interminable. En même temps, je caressai la fourrure mouillée de la chienne pour essayer de la rassurer.

Peter s'anima quand Ezra lui répondit. Mais Jack resta injoignable. Au fond de moi, je savais qu'il ne décrocherait pas.

— Ezra et Mae vont bien. Ils se sont rendus sur la tombe de l'autre enfant de Mae. (Peter raccrocha, puis vit mon expression.) Jack n'a pas répondu ?

— Non. (Je déglutis péniblement et me redressai.) Où est-il ?

La nausée me submergea de nouveau, plus intense, provoquant une douleur fulgurante dans tout mon corps. Je me penchai en avant et m'effondrai sur les genoux, désormais incapable de tenir debout.

— Alice !

Peter s'accroupit près de moi et posa une main sur mon dos.

— Oh, c'est affreux !

Je serrai les dents pour m'empêcher de crier.

— Quand as-tu mordu Jack pour la dernière fois ? me demanda-t-il, et je secouai la tête.

— Aucune idée, réussis-je à articuler quand la douleur se calma un peu. Qu'est-ce que ça peut faire ?

— La douleur que tu ressens, tu crois que ça pourrait être lui ?

— Comment ? lançai-je en levant les yeux vers lui.

— Tu peux peut-être l'utiliser pour le retrouver, m'expliqua-t-il en m'entourant la taille. Viens.

Il se mit debout et m'entraîna avec lui.

— La douleur ? m'étonnai-je en me tenant le ventre. Elle provient de Jack ? Il éprouve une douleur aussi atroce ?

— N'y pense pas, me conseilla-t-il en posant les mains sur mes épaules, le regard rivé sur le mien. Si tu as envie de le localiser, il faut que tu te concentres sur lui. Tu arriveras à savoir le chemin qu'il a parcouru.

— Comment ?

— Pense à lui. À lui, pas à la douleur.

Je fermai les yeux et me focalisai sur Jack. La douleur me foudroya encore. Peter resserra ses doigts sur moi pour me forcer à rester dans le moment présent. Je songeai à Jack, à son sourire, à son rire et au fil qui nous reliait… et je le perçus. Je le sentis me tirer vers lui.

— J'ignore où il est, mais je peux nous y mener, déclarai-je avant d'ouvrir les yeux. On doit se dépêcher.

— Je conduis.

Lorsque nous sortîmes en courant, je promis à Matilda que nous reviendrions dès que possible. Je pris place sur le siège passager de la Lamborghini, sans cesser de me tenir le ventre pour éviter de vomir, et je guidai Peter. Je ne pouvais pas lui donner une adresse, j'étais simplement attirée dans une certaine direction.

Nous étions presque arrivés quand je me rendis compte que nous allions dans les tunnels où Peter, Mae et Daisy avaient séjourné. On avait emmené Jack sous terre.

— Tu sais ce qu'il fait là ? demandai-je à Peter quand il se gara près du pont.

— Non. Normalement, il ne devrait y avoir personne. Si Leif est resté chez ta mère… le tunnel devrait être désert.

La souffrance et l'attraction s'amplifièrent quand on atteignit les tunnels, que je traversai aussi vite que mes jambes me le permettaient. Peter me demanda de ralentir et de l'attendre, mais cela m'était impossible. Je savais à quel point Jack souffrait, et je devais le rejoindre.

Avant d'arriver dans la grotte où avait séjourné Peter, j'entendis les hurlements de mon petit ami qui résonnaient dans les égouts. J'eus la chair de poule, et une décharge d'adrénaline me parcourut le corps. Mon instinct animal commençait à prendre le dessus, occultant les émotions de Jack et même mon lien avec lui, mais je m'en fichais. Je devais être forte pour l'aider.

Je jetai un coup d'œil par l'entrée de la grotte pour vérifier ce que j'allais affronter, et ce que je vis me fit froid dans le dos. Thomas, Samantha et Dane, les chasseurs de vampires, avaient également saccagé cet endroit. Toutes les affaires de Peter et de Mae avaient été retournées et détruites.

Samantha avait éventré le matelas de Mae, et elle fouillait à l'intérieur. Dane se tenait au bord du précipice, une chaîne à la main. La chaîne avait été passée dans un vieux système de poulies accroché au plafond. Jack pendait à l'autre bout, juste au-dessus de la falaise. Des chaînes lui entravaient les mains, et il était couvert de sang. Sa tête pendait, et son corps était mou.

Thomas était sur le côté. Il s'appuyait sur une canne. Du moins, ce fut ma première impression, mais je m'aperçus ensuite qu'il s'agissait d'un long tisonnier en métal, dont le bout sur le sol brillait d'une lueur orange. Ils avaient mis le feu aux livres de Leif, et la fumée empestait les lieux.

— Donc tu persistes à prétendre que tu ne sais pas où est l'enfant ? demanda Thomas.

Il remonta le tisonnier et le fit tournoyer dans sa main, comme une baguette.

— Non, je vous ai déjà dit qu'elle était morte, affirma Jack.

Dane tira sur la chaîne d'un coup sec, ce qui fit rebondir Jack de haut en bas. Il grimaça. Ses épaules étaient disloquées, ses poignets semblaient avoir été écrasés, et du sang coulait le long de ses bras.

— Nous devons retrouver l'enfant, décréta Thomas d'une voix ferme. Je crois que tu ne comprends pas à quel point je suis sérieux.

— Si, au contraire… seulement… (Jack ferma les yeux et grimaça de douleur) je ne peux pas vous aider.

Thomas plaça le tisonnier dans les flammes s'élevant de la pile de livres. Il attendit que la pointe soit jaune vif pour l'en retirer. Il s'avança vers Jack en levant l'instrument dans sa direction, et c'en fut trop pour moi.

— Arrête ! criai-je en me précipitant à l'intérieur.

— Alice.

Jack me dévisagea, les yeux écarquillés par la terreur.

— Tiens, tiens, dit Thomas avant de faire pivoter encore le tisonnier. Peut-être qu'elle peut nous renseigner.

— Non ! hurla Jack. Elle ne sait rien ! Laissez-la tranquille ! (Il se débattit contre ses chaînes, et ses violentes ruades devaient lui causer une douleur insupportable.) Alice ! sors d'ici !

— Est-ce que tu as l'enfant ? s'enquit Samantha.

Elle interrompit son massacre de matelas, sans lâcher son couteau, et s'avança vers moi.

— Non. Mais je sais où elle est.

— Alice ! s'exclama Jack. Non, ne l'écoutez pas ! Elle ne sait rien ! L'enfant est morte !

— Oh ! tais-toi, lui ordonna Thomas d'un ton blasé.

Sans me quitter du regard, il donna un petit coup sec vers l'arrière avec le tisonnier brûlant, en plein dans l'abdomen de Jack, puis il le fit tourner.

— Arrête ! m'écriai-je. Arrête, ou je ne vous dirai pas où elle est !

— Dis-nous où elle est, ou nous le tuerons, rétorqua Thomas.

— Je ne pense pas qu'elle sache quoi que ce soit, annonça Samantha avec un reniflement.

Elle s'approcha de moi et me flaira.

— Je crois qu'elle ment, ajouta-t-elle.

— Et je crois que tu es une imbécile, ripostai-je.

Elle écarquilla les yeux, ce qui était sûrement la plus vive réaction que j'obtiendrais de sa part. Je levai le bras droit comme si j'avais l'intention de la frapper et, lorsqu'elle esquiva mon attaque sur le côté, je lui donnai un coup de genou en plein dans le ventre.

Dans sa chute, elle tenta de me flanquer un coup de couteau dans les jambes, mais je bondis à temps. Elle toucha le sol, mais se releva d'un bond.

Elle m'atteignit à la hanche, mais je lui attrapai la jambe et la tordis. D'un mouvement brusque, elle me poignarda dans l'estomac, mais je n'en tins pas compte. Je lui empoignai les cheveux et lui projetai la tête en arrière.

— Tu te bats comme une vraie salope, fit-elle observer avec un sourire mauvais.

— Et ce n'est que le début.

Je délogeai le couteau de mon ventre et lui tranchai la gorge.

Je la lâchai. Elle posa une main autour de son cou pour tenter de stopper l'écoulement. Je tournai le couteau et, tandis qu'elle se tenait la gorge, je le lui enfonçai dans la poitrine. La pointe se glissa entre ses côtes et l'atteignit en plein cœur.

Elle me dévisagea un instant et, voyant qu'elle ne s'écroulait pas, je tordis la lame pour m'assurer de l'avoir tuée. Ses yeux devinrent blancs, puis elle s'effondra sur le béton.

—Je ne m'attendais pas à ça, déclara Thomas.

J'essuyai le sang sur ma main pour qu'elle soit moins glissante, puis je lançai le couteau sur Dane, le touchant à l'épaule, pas assez fort pour le blesser mais, sous l'effet de la surprise, il lâcha la chaîne. Dès mon projectile envoyé, je me mis à courir et bondis lorsque j'arrivai près du bord. L'un de mes pieds atterrit sur Dane, dont je me servis pour prendre de l'élan et gagner de la hauteur. Cela eut également comme conséquence de faire basculer le corps du chasseur de vampires dans le précipice. Il hurla en tombant, mais je ne l'entendis jamais atteindre le fond.

J'attrapai l'extrémité de la chaîne juste avant qu'elle glisse dans la dernière poulie, arrêtant sa course une demi-seconde avant que Jack suive Dane dans sa chute. En descendant, le corps de Jack entraîna la poulie si violemment que je m'écrasai contre le plafond.

Je faillis lâcher prise, aussi j'enroulai la chaîne à mon poignet en faisant deux tours. J'utilisai mon corps pour faire contrepoids et éviter que la chaîne glisse à l'intérieur de la poulie et que Jack chute dans le gouffre sans fond.

Thomas n'eut pas l'occasion de m'en empêcher, parce que Peter arriva et se mit à le combattre. Thomas était beaucoup plus doué que ses compagnons, mais Peter se défendait plutôt bien dans ce domaine aussi. Il prit son élan contre un mur puis donna un coup de pied dans la tête de Thomas, mais ce dernier récupéra rapidement.

J'appuyai les pieds contre le plafond et tentai de remonter la chaîne. Jack ne pesait pas tellement lourd mais, comme j'avais un poignet attaché, je supportais son poids d'un seul bras.

De plus, j'avais la tête en bas, ce qui me compliquait la tâche, et l'angle n'était pas évident.

—Alice.

Jack leva les yeux vers moi. Il avait les pieds suspendus dans le vide, au-dessus d'un trou noir sans fin.

—Accroche-toi, Jack, je vais y arriver, lui expliquai-je en tirant de toutes mes forces sur la chaîne.

Elle m'entailla profondément le poignet. Le sang s'écoula sur mon bras et sur la chaîne, ce qui la rendit glissante, et elle commença à m'échapper. Elle ne tarderait pas à m'arracher la main et, si cela arrivait, elle glisserait sur la poulie, et Jack tomberait…

—Alice, arrête ! me supplia-t-il.

—Non, je vais la récupérer !

Mais, au même instant, elle glissa.

Comme j'avais remonté Jack, sa chute fut plus rapide et plus violente, ce qui exerça une plus grande pression sur mon poignet lorsque la chaîne se tendit.

Ma main alla s'écraser contre la poulie, et j'entendis Jack crier. La chaîne devait presque lui arracher les mains et les bras.

—Alice, écoute-moi. Tu dois cesser. Tu ne réussiras pas à me remonter, et si tu t'obstines, tu finiras par perdre ta main et tomber avec moi.

—Je peux te sauver, lui assurai-je. Tu dois me faire confiance.

—Non, libère ton poignet et regagne le bord en sautant, m'ordonna-t-il. Nous n'avons pas besoin de mourir tous les deux à cause de ça.

—Non ! Si tu meurs, je meurs aussi ! Tu m'as demandé de passer l'éternité avec toi, et c'est ce que nous allons faire !

Je redoublai d'efforts, tirant encore la chaîne. Il fallait que je parvienne à la remonter jusqu'à ce que Jack puisse se balancer et poser les pieds au sol. Il ne me manquait plus qu'un mètre environ.

Peter était trop occupé à repousser Thomas pour m'apporter son aide, alors je devais me débrouiller seule.

J'y étais presque. La tête de Jack dépassait à présent le niveau de la falaise, mais la chaîne glissa de nouveau. Cette fois, je restai impuissante. La chaîne m'écrasa le poignet. J'entendis mes os se briser dans un bruit sec lorsque je percutai la poulie, et ma peau menaça de s'arracher.

Je perdais du sang, ce qui m'affaiblissait davantage et contribuait à rendre la chaîne extrêmement glissante. Elle m'échappait, malgré toute ma force.

— Alice, m'appela Jack.

Mais je persistai à tirer sur la chaîne, sans parvenir à la ramener vers moi. Ma main ne cessait de glisser. Jack ne progressait pas d'un pouce, mais j'insistai encore malgré les larmes qui me piquaient désormais les yeux.

— Jack, je t'aime, et je ne te laisserai pas tomber !

J'étais renversée au-dessus de lui, les pieds en appui au plafond, mon poignet bloqué dans la chaîne contre la poulie. Il riva son regard au mien, et il comprit.

— Pardon pour tout ce que je t'ai dit, l'autre nuit. Je n'en pensais pas le moindre mot. J'essayais juste de te protéger, déclara-t-il d'une voix rauque. Je n'étais même pas fâché contre toi, et je peux tout te pardonner. Toujours. Je t'aime plus que tout au monde, dans cette existence et la prochaine.

Je plongeai le regard dans ses yeux bleus. Je ne voulais plus rien voir d'autre. Ils ne vacillèrent pas une seule fois, pas même lorsque la chaîne glissa de mon poignet.

Chapitre 27

Je percutai violemment le béton. J'avais eu l'intention de basculer par-dessus le bord de la falaise pour suivre Jack mais, à cause de ma position initiale, j'atterris sur le dos. Je contemplai les briques du plafond, incapable de ressentir quoi que ce soit pendant un moment.

J'entendis Peter grogner. Quelque part au fond de moi, je savais que je devais aller l'aider, mais je ne pouvais pas m'y résoudre.

Au prix d'un gros effort, je tournai la tête et l'aperçus, accroupi au bord du gouffre près de moi, la chaîne dans les mains. Il me fallut une seconde pour comprendre la scène. Une main après l'autre, il tirait sur la chaîne et, au bout de quelques secondes, il hissa Jack sur le bord.

—Jack ! criai-je en rampant vers lui.

Même s'il avait les mains encore attachées et que son torse ainsi que son ventre étaient couverts de blessures, je fonçai sur lui. Je plaquai mes lèvres contre les siennes et l'embrassai. J'écartai quelques mèches qui lui barraient le front et me mis à sangloter.

—Je t'aime, je t'aime, Seigneur, je t'aime tellement, répétai-je en boucle entre chaque baiser.

J'avais vraiment cru le perdre, et mon baiser, qu'il me rendait avec la même ferveur, reflétait la rage de mon désespoir. Je passai les bras autour de son cou et le tins contre moi, savourant son odeur, le goût de ses lèvres et les battements de son cœur contre le mien.

— Je vais bien, Alice, m'assura-t-il avec un sourire, les yeux plongés dans les miens.

— Je suis désolée pour tout ce que je t'ai fait subir, déclarai-je. (Des larmes de soulagement coulèrent sur mes joues, et il se contenta de me sourire.) Je n'ai jamais cessé de t'aimer. Jamais. Et je me suis trompée. Tu suffis à mon bonheur. Je n'aurai jamais besoin d'autre chose pour être heureuse.

— C'est faux et, d'ailleurs, ce n'est pas ce que je souhaite. Je veux simplement t'aimer pour le reste de ma vie et, si tu m'y autorises, tout ira bien.

Je me penchai pour l'embrasser, mais il m'arrêta.

— Pardon de t'interrompre, mais ça te dérangerait que je me fasse remettre les épaules en place d'abord ?

Lorsque je m'excusai, il éclata de rire. D'incroyables petits picotements me parcoururent, comme toujours.

— Vous avez besoin d'aide ? proposa Peter.

Il s'accroupit près de nous. À présent que le choc de voir Jack vivant était passé, je regardai Peter. Il avait encaissé quelques coups, mais c'était Thomas que je distinguai dans un coin, le tisonnier en métal planté en plein cœur.

Jack grimaça quand son frère remboîta ses épaules disloquées. Ensuite, Peter entreprit de défaire la chaîne qu'il avait autour des poignets. Au passage, il lui luxa peut-être le pouce, mais il parvint à la lui enlever.

Jack s'assit et frotta ses poignets meurtris, même s'ils semblaient dans un meilleur état que ma main complètement détruite. Sans se relever, Peter jeta la chaîne dans le vide. Jack le contempla.

— Peter ? lança-t-il en remettant son pouce en place.

— Oui ?

Peter se tourna vers lui.

— Merci.

Leurs regards se croisèrent un moment, puis Peter déglutit et hocha la tête.

— On ferait sûrement mieux de vous sortir d'ici, dit-il enfin en se redressant. La main de ta petite amie nécessite des soins.

— Merde ! s'exclama Jack, qui en remarqua les dégâts seulement alors.

Elle ressemblait à un morceau de viande ensanglantée. Je ressentais déjà la chaleur des picotements qui m'indiquait que le processus de cicatrisation avait débuté. J'avais perdu beaucoup de peau, et je me demandais comment elle se régénérerait.

Peter prit une serviette et s'en servit pour m'envelopper la main. Il nous aida à regagner la voiture, et Jack nous raconta ce qui s'était passé. Quand il était rentré, il avait surpris les chasseurs de vampires en train de massacrer la maison, et Matilda par la même occasion.

Manifestement, l'idée de trouver Daisy les obsédait. Ils étaient persuadés qu'elle faisait partie du mouvement, qu'elle avait été envoyée pour exposer les vampires. Ils étaient prêts à tout pour arrêter cela, et Jack avait eu beau essayer, il n'était pas parvenu à les convaincre qu'elle était morte. S'il avait été là quand on l'avait enterrée, cela aurait peut-être été plus facile.

Samantha avait vu la Lamborghini garée à l'extérieur des tunnels lorsqu'ils m'avaient filée, et elle avait insisté pour que Jack les conduise là-bas. Comme ils n'avaient pas trouvé Daisy, ils avaient décidé de le torturer pour obtenir des informations. C'était à ce moment-là que j'étais entrée.

Sur la route, j'appelai Milo pour lui dire de rentrer chez nous. Ezra et Mae nous attendaient déjà. Grâce à cette crise, Mae était sortie de sa léthargie. Elle m'enveloppa la main dans de la gaze. Ma peau se régénérerait en quelques heures, mais je voulais éviter qu'elle saigne entre-temps. Ezra soigna Jack, examina ses blessures et le força à compenser sa perte de sang.

Dès que Milo et Bobby arrivèrent, Jack leur demanda d'emmener Matilda aux urgences vétérinaires. Ezra pensait qu'elle avait quelques fractures, mais estimait qu'elle s'en remettrait une fois qu'elle aurait reçu les soins nécessaires.

Quand Mae eut fini mon pansement, je décidai de monter me reposer. Jack était déjà à l'étage. Je l'entendais discuter avec Ezra, qui lui soutenait qu'il devait laisser le sang agir, tandis que Jack répétait que sa place était auprès de Matilda à la clinique, même s'il avait des plaies ouvertes sur tout le corps.

Dans la salle à manger, j'aperçus Peter qui ramassait le bazar que les chasseurs de vampires avaient laissé, et je m'arrêtai.

— Ça va ? demandai-je.

— Mieux que toi. Et ta main ? ajouta-t-il en la regardant.

— Je survivrai, affirmai-je en haussant les épaules.

— J'en suis ravi.

Il me sourit et me contempla. Ses yeux émeraude croisèrent les miens. Même s'ils ne me fascinaient plus autant qu'avant, ils retenaient encore mon attention.

— Merci, Peter, chuchotai-je. Pour ce que tu as fait ce soir.

— Tu sais, je ne l'ai pas sauvé pour toi. (Il leva les yeux vers l'étage, où se trouvait Jack.) C'est un type bien et, sans lui, le monde serait moins agréable.

— En effet, répliquai-je avec un sourire. Mais merci quand même.

Je gravis les marches. Ezra se tenait sur le seuil de la chambre pour empêcher que Jack s'échappe de la pièce. Ce dernier était assis sur le lit, en boxer. La plupart de ses entailles avaient guéri, mais certaines restaient rouges et enflées. L'une d'entre elles, sur son ventre, particulièrement profonde, saignait encore.

— Mattie doit être terrorisée sans moi ! s'exclama-t-il.

— Milo et Bobby sont avec elle, soupira Ezra. Tu arriveras peut-être à le raisonner, ajouta-t-il en me regardant.

— Je vais essayer, lui promis-je.

Il nous laissa seuls, et je m'approchai de Jack. À son expression, je compris qu'il échafaudait un prétexte pour justifier sa nécessité de partir, mais je m'assis sur ses genoux à califourchon. Je l'embrassai, avec une telle passion que je sentis son sang battre sur ses lèvres. Il passa les bras derrière moi et me serra contre lui.

Peut-être n'avais-je jamais été destinée à Jack ou à Peter. Peut-être avais-je juste été programmée pour devenir vampire. Auparavant, cette idée me terrifiait mais, désormais, je savais que c'était mieux ainsi. Quand je me plaquais contre Jack et sentais tout l'amour que nous éprouvions l'un pour l'autre, j'avais la certitude que c'était réel.

J'aimais Jack pour tout ce qu'il était et les moindres détails de sa personnalité : son rire, sa façon de me faire sourire, les jours où il veillait jusqu'à 9 heures pour regarder des films de zombies qu'il avait vus des centaines de fois, et sa propension à ne jamais garder de la rancune contre personne.

Je l'aimais parce que je l'aimais, et non parce que c'était mon destin ou inscrit dans mon sang. Nous nous étions choisis, et cela me semblait encore plus fort et plus magique.

Matilda revint avec trois côtes cassées et une fracture à la patte arrière, mais elle se rétablirait complètement. Jack la choya à l'excès, car elle avait été blessée en essayant de le protéger, mais je ne lui en voulais pas.

Quand les choses se calmèrent un peu, je m'assis avec lui et lui avouai ce que j'avais réellement envie de faire. Après tout ce qui s'était passé avec les chasseurs de vampires, cela relevait de mon devoir.

On faisait du mal et on torturait des humains et des vampires, et je ne resterais pas les bras croisés.

Sans se montrer enthousiaste, Jack me soutint. Je me rendis chez Olivia avec sa bénédiction, et c'était tout ce qui comptait à mes yeux.

J'arrivai au *V* au petit matin, alors que le club était désert. C'était l'heure où ils réceptionnaient les livraisons d'alcool pour le bar destiné aux humains. Quand elle était vide, la discothèque semblait toujours très vaste et il y régnait une atmosphère étrange, mais je supposai que c'était le cas pour tous les établissements de ce type.

Olivia, assise au bar près de la piste de danse, vérifiait sa liste de stocks. Violette était derrière le comptoir, à l'autre bout, occupée à aider le livreur. Ils étaient suffisamment loin de moi pour ne pas m'entendre parler à Olivia.

— Si tu cherches Rebekah, elle est partie hier soir puisque vous n'aviez plus besoin d'elle, m'annonça-t-elle tandis que je m'installais sur le tabouret à côté d'elle. Cependant, Dieu sait ce qui pousserait quelqu'un à passer volontairement du temps en sa compagnie.

— Non, je ne suis pas venue pour elle.

— Dans ce cas, que puis-je faire pour toi, ma puce ? demanda-t-elle en levant la tête avec un sourire.

— Ces chasseurs de vampires, ils étaient mauvais, déclarai-je, et elle hocha la tête. Ils n'agissaient pas pour le bien des vampires ou des humains. Seul l'argent les intéressait, et ils étaient des monstres. Nous ne leur avions absolument rien fait, et ils nous ont torturés.

— Je suis navrée de l'apprendre, m'affirma Olivia, et je la savais sincère. Ils ne devraient pas se comporter ainsi. Quand j'étais une chasseuse, j'étais différente, et j'ai toujours espéré qu'on pouvait à la fois rendre service aux humains et aux vampires.

— Ezra m'a expliqué qu'aucun vampire n'était bon. Mais je crois que c'est faux. Je souhaite faire partie des gentils, décrétai-je. Je veux que tu m'entraînes à devenir une chasseuse de vampires.

— Ma chérie, ce sera avec plaisir, accepta-t-elle avec un sourire.

TOUTE L'ACTUALITÉ
CASTELMORE
SE TROUVE SUR :

www.castelmore.fr

Les nouveautés, les couvertures, les biographies des auteurs et des illustrateurs, des interviews, un blog et bien d'autres surprises !

Des dossiers pédagogiques réalisés pour les enseignants sont disponibles en téléchargement gratuit (format pdf) pour certains titres du catalogue.

Pour les lecteurs aux canines pointues,
rendez-vous sur :

www.vampire-academy.fr

pré-publication, widgets, goodies, interviews vidéo de l'auteur de la série ***Vampire Academy***.

Pour toute demande d'information, vous pouvez nous écrire :

CASTELMORE
60-62, rue d'Hauteville
75010 Paris
E-mail : info@castelmore.fr

AUBIN IMPRIMEUR

Achevé d'imprimer en juillet 2013
N° d'impression 1305.0333
Dépôt légal, août 2013
Imprimé en France
36231092-1